高唱战歌赴疆场

——臧克家抗战诗文选

臧克家　著

臧乐源　臧乐安　臧小平　郑苏伊　选编

山东大学出版社

图书在版编目(CIP)数据

高唱战歌赴疆场:臧克家抗战诗文选/臧克家著.—济南:山东大学出版社,2015.5

ISBN 978—7—5607—5270—9

Ⅰ.①高… Ⅱ.①臧… Ⅲ.①文学—作品综合集—中国—现代 Ⅳ.① I216.2

中国版本图书馆 CIP 数据核字(2015)第 103113 号

责任编辑:王桂琴
封面设计:牛 钧

出版发行:山东大学出版社
社 址 山东省济南市山大南路 20 号
邮 编 250100
电 话 市场部(0531)88364466
经 销:山东省新华书店
印 刷:山东华鑫天成印刷有限公司
规 格:720 毫米×1020 毫米 1/16
27.75 印张 8 插页 492 千字
版 次:2015 年 5 月第 1 版
印 次:2015 年 5 月第 1 次印刷
定 价:76.00 元

谨以此书纪念我们亲爱的父亲臧克家诞辰110周年，纪念伟大的中国人民抗日战争和世界反法西斯战争胜利70周年！

作者 1993 年 5 月摄于北京赵堂子胡同 15 号旧居，时年 88 岁。

1938 年 5 月，作者（后左一）与碧野（后左二）、柳依（后左三）、田涛（后右）、于黑丁（前左）、曾克（前右）摄于武汉黄鹤楼前。六人均为第五战区战时文化工作团成员。

1938 年 6 月，作者与于黑丁（右）摄于武汉。

1938年6月摄于郑州。

1938年，作者率领的第五战区战时文化工作团与河南“战教团”联合演出后合影。站立者右六为臧克家。

1940 年 5 月，作者（右二）与碧野（左一）、姚雪垠（左二）、田涛（右一）在抗战鄂西北前线。

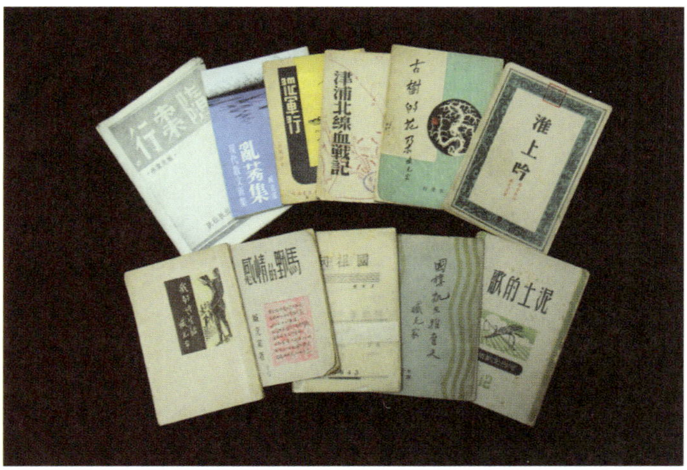

抗战时期作者部分作品集书影。

抗战时期作者结识的部分抗日爱国将领：

李宗仁将军

白崇禧将军

池峰城将军

黄樵松将军

钟毅将军

丁行处长

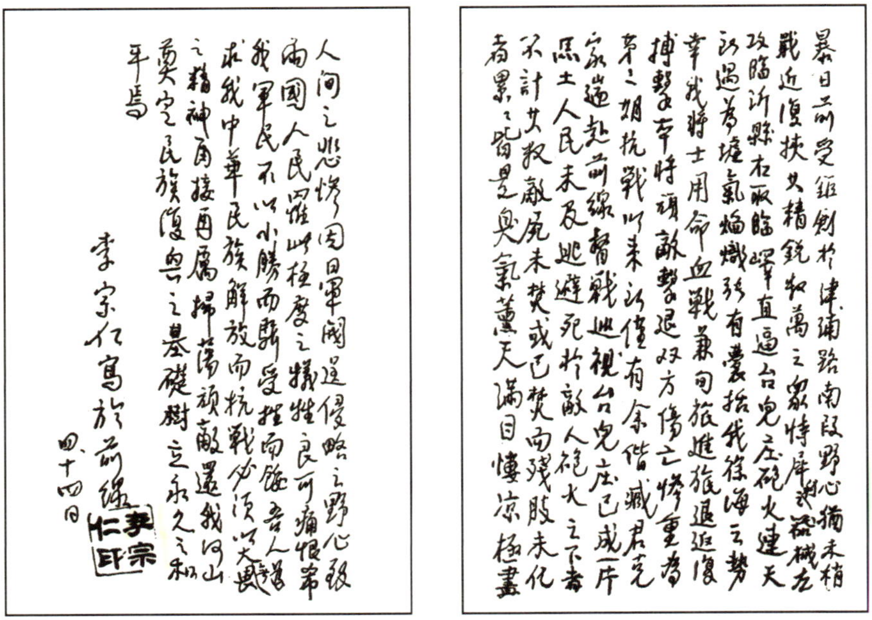

暴日前受挫創於津浦路南段，野心猶未稍戢，近復挾其精銳數萬之眾，恃其[illegible]機械化攻臨沂縣，右取臨嶧，直逼台兒莊，砲火連天，所過為墟，氣焰熾張，有囊括我徐海之勢。幸我將士用命，血戰兼旬，旅進旅退，近復搏擊，卒將頑敵擊退，双方傷亡之慘重，為第二期抗戰以來所僅有。余偕臧君克家遠赴前線督戰，巡視台兒庄，已成一片焦土，人民未及逃避，死於敵人砲火之下者不計其數，敵屍未焚或已焚而殘肢未化者，累累皆是，臭氣薰天，滿目淒凉，極盡人間之悲慘。因日軍閥逞侵略之野心，致兩國人民罹此極度之犧牲，良可痛恨。希我軍民不以小勝而驕，受挫而餒，吾人誓求我中華民族解放而抗戰，必須以大無畏之精神再接再厲，掃蕩頑敵，還我河山，奠定民族復興之基礎，樹立永久之和平焉。

李宗仁寫於前線 四、十四日

李宗仁印

1938 年 4 月 14 日，第五战区司令长官李宗仁将军在台儿庄战场亲笔为作者的长篇战地通讯报道集《津浦北线血战记》题句。

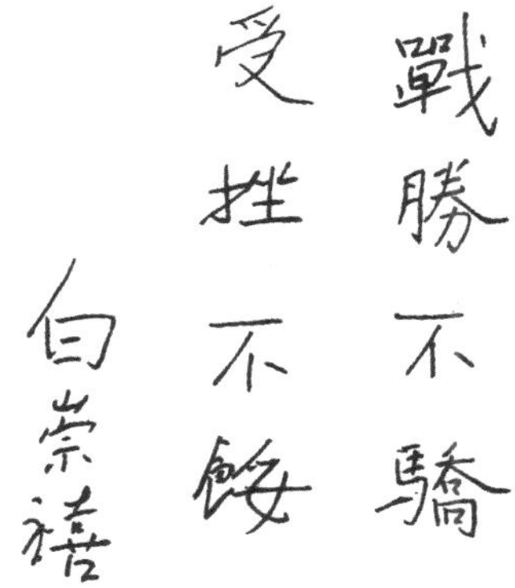

1938 年 4 月 15 日，白崇禧将军在台儿庄战场为《津浦北线血战记》题辞。

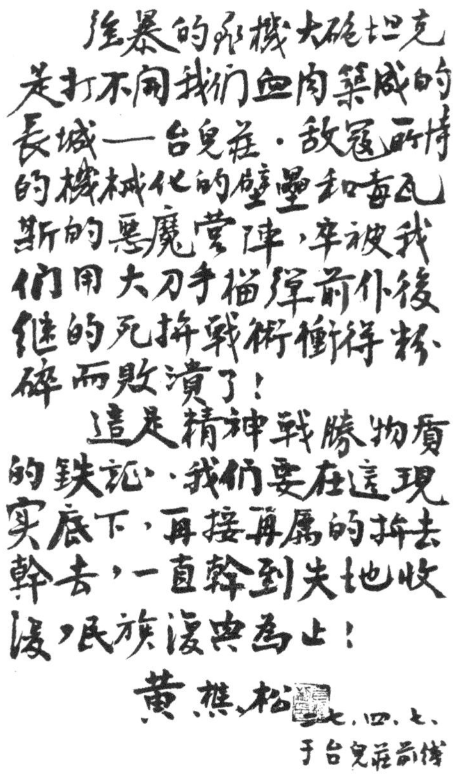

1938 年 4 月 7 日，黄樵松将军在台儿庄前线赠送作者的题句。

目录

新诗·长诗

通讯·特写

序言

回忆录

附录

高唱战歌赴疆场

（代序）

诗人呵……
请放开你们的喉咙，
除了高唱战歌，
你们的诗句将哑然无声。

1937 年 10 月，我从临清回到了故乡。盼望已久的抗日战争已经成为事实，自己应当怎样投入这救亡的洪流呢？心里正在盘算着，吴伯箫同志带领他负责的莱阳乡村师范全体师生到了我县。老友相逢，各道别后情况。他的学校，将迁往临沂，作暂时之计，坚约我同往。一二年前，何其芳同志离开了莱阳乡师，伯箫曾邀我前去顶其芳国文教师的缺，“临中”不放，没能成功。这次机会正巧，我就随着他们一道到了临沂。一个县城，突然浩浩荡荡地来了几百人的队伍，因陋就简，得到安身，就不容易。我只给同学们上过一两次大课，抽空到城外沂水河边去蹓了一下。默诵三千年前曾点言志的那几句动人的话：“暮春者，春服既成，冠者五六人，童子六七人，浴乎沂，风乎舞雩，咏而归。”这志愿多超脱，这情景多迷人而又富于诗意呵！童年读了，就很感动，觉得它意境高，很向往，对这几句言志的话，不厌百回读！而今，我徘徊在沂水的沙滩上，望着逝水，能不发思古之幽情？

日本侵略者的飞机掠过顶空，投下了一颗炸弹，使我清醒地回到了紧张而悲壮的现实中来。

流亡，流亡，何处是归宿？我决心离开临沂，和爱人王深汀（慧兰）还有她的弟弟甡珙（王斐）到第五战区司令长官部所在地——徐州去。一路上遇到许多从北向南流亡的人群，青年居多，徒步跋涉，早行晚宿。有一夜，住在一个荒村里，土匪横行，我们三人睡在一间大房子的土地上，半夜里，好几个彪形大汉来到我们身边，我们闭着眼睛，心突突地乱跳，大约他们看我们身上没有什么油水，便失望而去了。

上火车，等于拼命。连车门口都有人站着，敞篷车上，人像沙丁鱼。敌人的铁蹄踏入了河北，大家争着向南方流亡，人人心里装着爱国思想，也装着酸辛难言之痛。大家很陌生，又感到亲切，举目有河山之异，共有着同样的一个命运。

到了徐州，这个历史上有名的古战场，另是一番景象。在这里遇到了许许多多各界的朋友，都是从四面八方汇集到这第五战区司令长官部所在地来的。到了这儿，生命了有安全感，心也壮了。

我爱人的五哥王深林同志，在司令长官部做随从秘书，那时李宗仁想招贤纳士为自己增添力量，在当地报纸上刊登出一条消息，说：凡马寅初、孟超……（记得有十几个人的名字）等先生的朋友和学生，请留在徐州，其中有我的名字。

司令长官李宗仁，有意办一个青年军团，收容训练从北方各省流亡来的青年学生，作为抗战的一支队伍。他知道我到了徐州，就让王深林同志约我去晤谈。李宗仁住在一个很大的公署里，住处院子的门上有一副对联，至今还记得："门对千竿竹，胸罗百万兵。"一进院子，刚巧警报来了，我看见一个人站在房檐底下悠然地望着天空盘旋的飞机，高大的防空洞近在身边，也不进去，这人就是第五战区司令长官李宗仁。他和我对坐寒暄，态度和蔼平易。他说："各方面的著名人士来到徐州，希望能在这里从事抗战工作，我想办个青年军团，正在筹备。"话虽然这么说，但是虚的，没有安排工作，怎么能留住人呢？停留了不多几天，下定决心：到延安去！这是蓄愿已久了的。我们三人行，告别了徐州，到了西安。到七贤庄一号八路军办事处，见到秘书李初梨同志，感到很亲切，他是创造社的成员，中学时代就读过他的文章，熟悉他的名字。他很高兴地接待了我，说："我马上打电报到延安去，回电一到，就请你起身。把住址留下。"等了五六天，没收到延安的电报，而王深林同志追我们赶快返回徐州、抗敌青年军团已成立的电报却先到了。经过商量，决定回徐州，把王甡珙（他现在冶金工业部做司长）送过黄河，到山西去参加游击队，转去延安。我同王深汀两个踏上了征途。因为新年临近，火车上乘客极少，空空洞洞。刚离开不多天，又回到徐州，真可谓去来匆匆了。

在我的《诗选》第二辑中，开头有两篇诗，第一篇题名《从军行》，副标题是“送珙弟入游击队”，它是我抗战以后写的较早的一篇诗，从中可以见出我当时的思想情感的真实情况。

1938年1月2日我写了一首四十五行短诗《别长安》，虽说这次没去延安，但也留下了对它的向往和歌颂：

陕北，
你身旁最神秘的部分，
太阳挂在它的头上，
黑暗在那里扎不住根。

结尾一节，表现了我所以回到徐州的原因和心情：

长安城，
你问我匆匆何处去？
我要去从军，到铜山，
因为那儿最接近敌人。

第五战区抗敌青年军团成立了。李宗仁挂名团长，刘汉川、刘仲华、刘仲容是顾问，黄季陆是政训处长。男女学员数千人。学科分政治、经济、军事、国际、艺术等。教官有匡亚明、张勃川等十余人，大半是进步人士。王深林是宣传科长，我和美术家王寄舟、王景鲁都在宣传科工作。李宗仁这时候政治态度比较开明，他在公开讲话中力主抗战救国，不管共产党、国民党的同志，要团结一致。

在用人方面，他兼容并包，延揽人才，以为己用，做政治资本。当时我就觉得刘仲华同志是个神秘的人物，大概是共产党员，身穿一件蓝布长衫，为人十分平易，和我关系很好，后来成为朋友。有关统战工作，需要和共产党组织打交道的时候，李宗仁就打出进步人士这张牌来。1938年，他曾派王深林去山西会见朱德同志，朱德同志给他签名留念。

学生方面情况复杂，共产党员、共青团员不少，“民先”分子数量很多，当然国民党、三青团也有一些，在抗战初期，大敌当前，团结抗战，目标一致。

青年军团的学员，有大学生，也有中学生。有从北平来的，也有从山东来的，其中也有我临清中学的学生。在这许多青年当中，不少喜爱文艺的，有的课余来访我，和我谈诗，让我改稿子。政训处曾经拿出一百元来做文艺奖金，让我来评选。结果七人中选，头二名是诗创作。状元是章文龙同志，他写了一篇题名《元宵》的长诗，写得很有感情，很动人。他以浓厚的抒情之笔，回忆过去元宵节的盛况，因而想起了老母亲“白发的星星”，想起了故乡元宵节天上的月明，读了令人怅然，凄然，好似听人用悲伤的情调低唱《流亡三部曲》。调子虽然低了一点，但思乡爱国的思想感情深厚，能引起同情，打动人心。我把它介绍到诗人臧云远编的《自由中国》杂志上发表了，发生了不小影响。十年前，在江南干校时，侯金镜同志谈到这首诗，他极口称赞，对着我还背诵了其中他喜欢的句子。

入选的第二名，是庄重(坤)的一首诗，也是写抗战的，调子高昂，字句铿锵有力。他和我比较熟，不时来访，我也很喜欢他的为人。后来到新四军去了。这两位青年战友、诗友，现在都在北京工作，四十多年不见，想已头上“白发星星”了吧？

徐州会战开始，司令长官部移到了河南潢川的专员公署里。青年军团学员，也随着转移。车抵郑州站已是黄昏，在不远的地方飞来一串清脆激昂的救亡歌声，孩子们的歌声叫开了我们的车窗，歌声像火把，燃烧着每个听众的心，学员们高唱呼应着。救亡的洪流，撼摇得地动，激荡得人心痛，温暖了三九的严冬。列车开动了，只听见他们的歌声，追着我们的歌声，一团火的救亡热情，追一团火的救亡热情。这动人的场面，使我一到信阳，就写下了《伟大的交响》这首长诗。下车后，我们徒步行军前往，出发时，大雪纷飞。为了避敌机的眼睛，我们把棉大衣翻着穿，里子是白的。长官部所在地的后院，有一座坟墓，墓前石碑上写着“大汉黄宪之墓”。我在墓前徘徊，心想，这就是“千顷汪汪黄叔度”的归宿处。

许多机关纷纷迁移到了潢川，把一水带两城的潢川挤得更窄小了，到处是人，街道好似灌肠，各地来的文化人也不少。戏剧家章泯、音乐家沙梅，我也是在这儿认识他们的。

1938 年 3 月间，因为和王深汀关系破裂了(那时她在青年军团女生中队做指导员)，我辞职离开潢川到武汉去。和青年们虽相处不久，但情感上牵连很重。临别的依依之情，使我写下了《别潢川》这首诗。武汉，是当时全国的中心，文化人云集。于黑丁、碧野、田涛……许多作家住在武昌的小旅馆里，连房租加饭钱，一天五六角。我和老友黑丁在离乱中重逢，快慰之极。碧野、田涛、曾克、柳依(李辉英的爱人)，我们初次识面，成为终生好友，至今我还珍存着那时大家在黄鹤楼头留下的一帧鸿影。

在武汉，到青年会听了邓颖超同志的讲演，访了郭沫若、于立群同志，结识了臧云远同志，他正在主编《自由中国》。特别使我高兴的是，去年在济南分手，今天在武汉又与老舍先生聚首了。离乱之中，人与人好像水上的浮萍，聚散全凭一阵不可捉摸的风。老舍住在冯玉祥先生的公馆里，正为中华全国文艺界抗敌协会的事务忙碌。见到面，他很高兴。谈起去年秋天我到济南去看望他的情况，他有点感叹地说：一个家分在两地，为了抗战，也无法两全了。他在一家大馆子里请我们吃饭，记得有郁达夫、田汉、洪深、吴组缃、楼适夷、胡风、陈纪滢……一共十二位。抗战了，全国朝气勃勃，大家都很兴奋，谁都愿意为救亡工作贡献自己的一份力量，计划着个人的前途。我和一些文朋诗友，在小小的咖啡馆里谈诗歌问题，每个人的心头和笔头都在兴奋地跳动。

我想象中的武汉，这战时的重镇，应该比 1927 年大革命时代，更雄壮，更年轻。而实际上呢，却使我大失所望，为之悲愤满怀。就在这年的 4 月 1 日，我写下了《武汉，我重见到你》这篇八十一行的诗，对国民党达官贵人、腰缠万贯花天酒地的商人和富豪们投出了我的锋锐的讽刺。在诗的最后，亲密的战友一般，我对武汉寄以热切忠诚的劝告与希望：

高举你的大手，
招起广大的人民大众，
放开你的喉咙，
唤起救亡的热情，
大时代的洪流
已荡近了你，
起来，
给祖国再造一个新生！

在武汉旅馆里住了没有几天，忽然接到韦永成先生邀请的函件，这有点出我意外。韦是李宗仁的政治灵魂，传说是他的外甥，后来做了第五战区的政治部主任。他又是王深林留学德国的同学，在青年军团宣传科时，我不时见到他。

他住在武汉有名的大旅社璇宫饭店里，我应邀去了他处。他非常客气地接待了我，开门见山地对我说：“台儿庄正在作战，请你赶快回前方去，写点报道文章，鼓舞军心也鼓舞人心。”这个突然而来的要求，使我有点儿踌躇不决，他看到这种情况，就用坚定的口气恳求地道：就这么决定吧！一面说着，一面把他写给李宗仁的一封介绍信和封好的路费交给了我，说："明天就起身吧。"

回来，我看了信，很简单，请李宗仁给我个秘书名义，到台儿庄去采访，做报道。

我搭上北去的火车，要驰赴战场，心里很激动。时间是4月初，台儿庄战事正紧张。

我回到司令长官部所在地没几天，有一个晚上，有八九辆小汽车载着司令长官和重要的高级将领乘着夜色向车辐山进发，我也在内。这个指挥百万抗日大军的指挥部，设在一个不大的乡村里，第一战区司令长官程潜，副总参谋长白崇禧都在。

我穿一身便服，住在招待所里，被待如上宾。眼里看到的这种情况，使我的精神昂奋而紧张！

我们在台儿庄的主力部队是三十军。这时候，敌人刚被击退，飞机还在上空盘旋，我进入寨子去访问三十一师，师长池峰城。寨子里残烽废垒，战痕斑斑，他嗓子嘶哑，红丝络眼，看样子多夜不曾睡觉了。他的师里有一个战地服务团，由共产党员丁行同志负责领导。团员有蒋牧良、叶以群、欧阳蒋弼、李辉英……等同志。我们一道谈战争形势，戎马匆匆，但紧里有松。午间，我们常靠着草垛一道聊天，看牧良和丁行下棋。他二人性子都很直率坚强，有时为了一步棋，大声争吵，面红耳赤。我们用大粗瓷碗蹲着扒饭，高粱秆做筷子，吃得又香又甜。

三十师，我也去了，师长是张华堂。

在这有名的大会战战场——台儿庄，紧张、兴奋而又欢乐地度过了十多天，静了下来，写成了《津浦北线血战记》这样一本报道小册子。为了赶时间，趁热劲，我在4月22日向李宗仁告别，到武汉去出版这本书。

我于次日，搭上了去武汉的火车。途中看到了一列又一列兵车，电掣风驰地向东驶去，车上的战士，放声高唱，战马嘶鸣，鬃影在风中飘动。这是多么动人的一幅雄伟的抗战画图呵，这是多么动人的充满诗意的场景呵，我瞪大眼睛，我热泪双流，即兴而成了《兵车向前方开》这首像绝句又像小词的短诗。诗短，而情长呵。诗的后面写着："1938年4月23日赴汉口车中。"请看《兵车向前方开》：

耕破黑夜，
又驰去白日，

赴敌千里外，
挟一天风沙，
兵车向前方开。

兵丰向前方开。
炮口在笑，
壮士在高歌，
风萧萧，
鬃影在风里飘。

车到武汉，天时已晚。黄包车把我拉到一家豪华的大旅社里，我一夜睡不稳。第二天一大早，搬到武昌一家叫做“可以栖”的小客店里安身，连吃带住，一天大洋七角，我喜欢一看名字叫人感到家常亲切的这家旅舍。不远有一家小酒馆：“不醉无归小酒家”，多么富有诗意的一个名字呵，可惜我不是李白，辜负了它。

住进“可以栖”小旅店之后的第二天，我就拿着《津浦北线血战记》的稿子到汉口生活书店去。张仲实同志接待了我，一会儿邹韬奋同志从小楼上下来，这是我平生与韬奋同志仅仅一次的晤面。台儿庄大战的消息，震动全国，生活书店很高兴地接受了这部书稿，并请人绘制了一幅战争形势图。

抢时间，趁热劲，书店作为最快件付印，叫我等几天。战局已定，胜利消息使得全国人民欢欣鼓舞，只要全国团结一致，军民合作，努力奋斗，任何强大的侵略者一定是以惨败而告终！

战事像一张绷紧了的弓弦，暂时松了一点，而出书尚有待，我的心头有点悠闲的味儿，登上晴川阁，看了历历汉阳树；去了鹦鹉洲，凭吊了祢衡墓。我曾在长诗《自己的写照》里写道：

西望汉阳，那里是
芳草萋萋的鹦鹉洲，
叫人凭着它去想象一个祢正平，
天赐了八斗才；也赐了一身杀生的骨头？

墓地在一个小院子里，是一所小学，许多小学生在这位两千年前的名士身旁朗朗读书，死者有知，不会感到扰乱他长眠的清梦吧？生前他听到出自谄口的哓哓之音实在太多了！

就在这时候，在汉口的一家旅馆里，第一次见到了端木蕻良同志，一见面我就开玩笑地对他说：看到你在《文学》上发表了许多小说，我问王统照先生，作者是真名还是笔名？他笑而不答，又问是男是女？他还是笑而不答，你原来是一个男子汉呵！萧红也在，大家哄堂大笑起来。

离开前线时，我曾向李宗仁建议到武汉组织一个文化团体到五战区来做战地服务工作，他同意了。恰好，老友于黑丁也住在武昌的小旅馆里，我和他聊起这个想法，他热情支持，情态兴奋。这时流亡到武汉的文艺界朋友很多，我们分头联系。大家正在为台儿庄的胜利而心潮澎湃，到五战区，正合心愿，不到一周，已有十几位同志愿意参加，他们是：田涛、邹荻帆、田一文、鲁夫、伍禾、武智仁、李石锋、张克刚（柯岗）、胡小翔、郑桂文、梅丽莎。曾克在郑州她的同学李步陵处，我专程去访了她，受到热情招待，吃到了本地特殊风味的饭菜。

有人告诉我，说金山同志领导的上海救亡演剧队第二队住在汉口，王莹同志也在队里。听到消息后，我去了第二队的住地。时近黄昏，见到了金山和冼星海同志。冼星海同志第一次见面，他说：法国朋友要我选一首自己最喜爱的诗谱一支曲子，我选用了你的《老马》寄去了。月上柳梢头，王莹伴我漫步到江边，坐在江岸上听涛声，话友情。我和她 1933 年开始通信，到这时才第一次见到面。她很温和，也极文雅。在长期通信当中，我了解了她的性格。她四年前给我的一封信中的几句话，使我感激，终生不忘。她在信上写道："克友，发表作品，要慎重，要高质量，一个诗人向上攀登极难，向下跌落却很容易呵！"这肺腑忠言，是向我敲起震耳惊心的警钟。我们并肩坐在江岸边，月光清如水。她用柔和带点恳求的口吻向我提出一个要求："我们队想到五战区去工作，你能向李司令长官代我们提出这个请求吗？"我说："有可能，李宗仁正想延揽文化人到五战区去从事抗战工作，替他宣传，我们也刚刚组成一个文化工作团就要到前方去。"她听了很高兴，含笑地说："臧克家呵，这件事就全托给你了。"

见到王莹的第二天，在街上不期而遇伯箫，他说明天就要动身去延安，我到他住的旅社的斗室中话别一番，他说有的朋友已于最近离武汉到延安去了。这时"抗大"正招生，我曾看到一张招生广告，负责人是罗瑞卿同志。

5 月，我带着印制得颇好的《津浦北线血战记》回到了潢川，李宗仁拿着书，望着他站在台儿庄车站旁的一幅照片，没说什么，他的得意由他的神态做了含蓄的表现。放下书，他问我武汉文化界对台儿庄战役的观感如何？我用"很好"

二字简单地回答了他。他天真地神色飞动，好似一个小孩子做了件好事受到大人们夸奖一样。

台儿庄大捷的消息，振奋人心。冯乃超、胡愈之同志还有许多文化界知名人士都来过。我第一次见到沈兹九同志，她穿一身长条子旗袍。

7 月 1 日，我们的团体在潢川成立了，起名为第五战区战时文化工作团，直属司令长官部，我和黑丁分任正副团长，这就是我曾经在一首诗中歌唱过的“我们十四个”。我们的文化工作团和上海救亡演剧队第二队也在潢川汇合了。金山同志他们的队里，不少著名演员、作曲家、音乐家，而“我们十四个”呢，却只能凑合着演演小戏，像《新小放牛》、《放下你的鞭子》，再多就拿不出来了。如果唱对台戏的话，一定是一边热闹，一边冷落。好在不论能力有大小、技巧有高低，大家心里那股救亡的热情和劲头却毫无二致。每次演出，总是田一文扮老头，克刚、荻帆也勇于出场。曾克、胡小翔、郑桂文她们这三位北仓女中同学，能演也能唱。鲁夫是画家，出墙报少不了他的手笔。我们的工作不外是：出墙报，演小戏，唱救亡歌曲，写文艺作品，有时也朗诵诗。

我们写的标语，为了通俗化，也独出心裁，记得邹荻帆和张克刚同志曾写了斗大字的这样一条标语：

田地不能挑着逃，
何不和鬼子拼一遭！

台儿庄战役之后，作家们纷纷来到第五战区，今天记得的有：孟超、碧野、谢冰莹、刘江陵、梁纯夫……在这时，我认识了程光锐同志，他才十八九岁，是一个抗战工作队的成员，我看过他写的新诗，印象很深，从此结下了深厚的友谊。姚雪垠、陈北鸥同志和孙陵也都挂个司令长官部秘书名义，跑跑战地，从事写作。

李宗仁是指挥枪杆子的，这时也认识到笔杆子的力量，尽量容纳利用文化人为抗日、也为他自己服务。就在文化工作团成立三个月后，10 月，又成立了以钱俊瑞同志为主任委员的第五战区文化工作委员会，委员有：胡绳、夏石农、孟宪章、郑楚云、陈北鸥和我。文委会下，有两个文工团，我们的文化工作团也归文委会领导。当时的《鄂北日报》，后来改为《阵中日报》，在我们掌握之中，另外还办了一个干部训练班，由曹荻秋同志负责。整个第五战区的文化工作，全在共产党和进步分子的领导和影响之下，甚为活跃。

文化工作团名义上虽然属文化工作委员会领导，实际上还是独立行动。

“我们十四个”凭两条腿，到处奔跑，河南、湖北、安徽的不少县份，一个个穷乡僻壤，都留下了我们的足迹，也留下了我们的墙报和救亡歌声。我们的生活比较艰苦，团员每人月薪二十余元。沐雨餐风，冒盛暑、冲严寒，走到哪里，住在哪里。野外的荒村，村头的破庙，都是我们的安身之地。战事紧急时，夜行军，把带的东西丢掉一部分。有一次，急行军，夜已经残了，人困乏得一住脚就要睡去。忽然面前鬼火突起，忽明忽暗，像满地闪耀的灯笼，猛一回头，一个磨盘似的大血球，触目惊心！一种迷离恍惚的恐怖印象，使得人的神经也有点异常了！

有时，我们这十四人小队，走入乡村，用歌唱一般的声调叫卖梨膏糖，孩子大人闻声出来，我们就地宣传了起来。听众们，起初惊疑，临了，都挺高兴，孩子们扯住我们的衣角，天真地问：几时再来卖梨膏糖啊？

有一次，“我们十四个”进入了大别山一个叫做枫香树的地方，四面青峰，流水一条，鸟鸣山幽，真像是世外桃源。入山，找不到村庄，枫树底下，这儿那儿藏着三户两家。我们依山崖搭起台子，敲锣打鼓招呼观众，敲了半天，远远近近，陆陆续续来了几十个人。我们演《放下你的鞭子》，又大唱救亡歌曲，山鸣谷应，人心渐醒，台上台下，人虽陌生，临散场分手，大家默默然交流着爱国救亡的感情。

还有一次，给我留下的印象也很深。战士们就要出发了，我们一道联欢送别，表演了我们那几手小技之后，荻帆站起来高声朗诵诗。今天我的耳中还响着“今夜，我们渡过漳河”那重浊的湖北口音。他那被激情涨红的双颊，还有他那颗看不见的在胸中跳动的心，感动了我，永远，永远不能忘记！

我们的文化工作团随着长官部从潢川、商城、宋埠、歧亭、陈家店、襄樊，直到老河口，战事紧张的时候，曾经退到过均县。均县，我曾为它写了一首诗《均县，你这水光里的山城》。这个鄂西的小城，自然环境很美，但是它破陋不堪，穷困而闭塞，春天经常饿死人，石头不能当饭吃。一座净乐宫占了全城的一半，乾隆曾朝武当山，在这里驻跸，至今还有御碑作证。我们文化工作团退到这儿的时候，我曾与从山东流亡到此的国立六中的同学们见面，用浓重的山东腔调朗诵了为他们写的一首诗《乡音》，贺敬之、侯金镜同志就站在队伍里，当然那时我们对面不相识，他们不过是十三四岁的青年。

1939 年春夏之交，随枣战役开始了。我和姚雪垠同志到了广西部队八十四军。他去了一七四师，我到了一七三师，师长是钟毅，四十岁左右，身体魁伟，风度儒雅，上马杀敌是猛将，下马写诗是诗人。他对人宽厚，温暖，家常，真实。我们在一起，论战局，谈诗文，一杯清茶在手，古诗吟诵在口。他的指挥部的院子里有一株大柳树，白絮正飘，他问我：你感到有香气吗？我吸了一下鼻子，不知道他这突然一问的用意何在。接着他说，李白为什么说“风吹柳花满店香”呢？我闻不到柳花有香味。我默然。钟师长的行书写得潇洒可爱，他的诗尤佳！“思从马上平天下，爱上城头看月明。”他的人格和风格全在其中了。他有一首抒怀七律：

汉家火德未全衰，崛起平林旷代才，
观斗山前将星合，朝王庙上霸图开。
千秋帝业留陈迹，万里风云作壮怀，
放眼乾坤纷扰日，登临我亦戎衣来。

我和钟毅师长，一见如故，结下了友谊，别后曾通信致款款之意。他思想进步，谈及国家大事，慷慨激昂，大有以天下为己任的气概。他的一位潘秘书和他领导的文艺宣传队中的一些人员，有的是共产党员。潘秘书去后，他与中共鄂北特委仍有联系。1939 年，史沫特莱曾到一七三师访问了两次，并在国外宣传，也是党介绍的。钟师长对进步的文艺工作者推心置腹，不隐瞒自己的思想，田涛同志也曾经到过他的部队，张白山同志以《全民抗战》(邹韬奋、柳湜主编)特约记者身份，在一七三师呆了一段时间，写了大洪山一带的抗日战争和国民党走私的报道文章。

随枣战役打响了，钟师长忙于指挥战事，我从师部、团部、营部、连部，一直到了山头的前沿阵地。没有多久敌人攻了过来，半小时前我和他们并肩而立的那些士兵全部牺牲了。第二年五月，钟师长也为国捐躯了！纪录这次的战地访问，我写了一首长诗《走向火线》和散文集《随枣行》，记得其中有一篇《十六岁的游击队员》，当时国语教科书上曾选做教材。

我到五战区初期，写了不少歌颂抗战的诗，集成两本，这就是《从军行》和《泥淖集》。

1939 年盛暑，我和姚雪垠同志结伴，徒步向大别山远征。早行晚休，汗水如雨，野店风光，别有情趣。我提一根手杖，触地铿然有声，兴致来时，拿它在头上画圈，如同龙飞。两个人，有时默默，有时聊天，有时争论，旅途虽然辛苦，可也饱尝乐趣。“六月天不出门，就是活神仙”，这是庸人的想法。足不出户的人，哪知一双倦腿，奔到一棵大树下，买一碗凉茶，坐在石块上，清风做扇，心舒神畅的那种美好的享受？他哪里知道，赶完一天路程，在旅舍住下，一盆温水泡泡双脚那种舒坦？他哪里知道，大沿草帽底下两个影子在大地上一晃一晃的那种诗的情味？经过战争的地方，破瓦颓垣，难民流落街头，触目惊心，恨日本侵略者把我们的大好河山撕裂得粉碎！有时看到一些受伤的士兵，拄一根木棍，衣服破烂，神形憔悴。另一方面，千百年来的名胜古迹，大开我们的眼界，助长了我们的兴致。登上南阳的卧龙岗，想象两千年前的一条“卧龙”，惹得刘备屈躬“三顾茅庐”，“半晌话定住了天下三分”。徘徊在汝坟桥头，咏哦着“汝坟诗”，想象着一个少妇，脚步迟迟，手攀柔条，满怀相思。

乘船过周口，周口，有“天下口”之称。黄河决口说是为了御敌，而蒙受大难的却是老百姓。我们到时，村庄成了小岛，高树露个小梢，几百万灾民，葬身鱼腹，幸存的架木为巢，黄泥不能团成饭，黄水不能剪作衣。我在《淮上吟》中吟道：“坐在城头上探腿洗脚，屋脊像鱼群掠船而过。”这是写实。眼前的景象使人悲伤惊骇，人类文明，一退几千年！

抗战期间，全国人民，出钱出力，抗击敌人，忍饥受苦，度日如年。但当我们到界首这个地方，却使人气愤而觉得心寒！请听听我的心声，读读我的诗句：

界首——
负水的一座土城，
弹丸一点
界开了两省和三县，
它是一个漏卮
直插到敌人那边，
从亳州，从宿县，
仇货涌来排海倒山，
抛开民族，只看重金钱，
路上的谋利人接踵摩肩。
天津货，上海货，
挤在一个货摊，
看到眼里火冒三尺，
公然标着 Made in Japan
……
货登上木船，
把船身压得同水面差一线，

它走上大路，
向洛阳，
向西安，
直下兰州
也不嫌远！
……
只知道打个人的算盘，
国难财把奸商的荷包填满，
他不管一件仇货，
可怕过一颗炸弹。

看了界首的场面，就可以知道国民党所谓抗战的底蕴。奸商大发国难财，国民党四大家族存在美国的那四万万两黄金又是从何处而来?! 奸商发财，大官卖国，事实就是如此！

渡过淝水，北向涡阳，想当年，谢安闲敲着棋子，胜利消息传来，他那么从容！到了蒙城，在庄子祠旁凭吊抗日的军民："四千架骷髅，共黄土一抔"，"千古传佳话，人人说庄周，壮士同哲人，各一个千秋。"

在蒙城，我们去访问了新四军的一个点，任光同志是主任，他不在，我们参观了办公室，见到了其他的同志，看到了陈列的一些宣传品。

我手里的那条手杖，铿然有声地把我们领到大别山。

一脚踏进大别山，
远近岗峦的锯齿，
把一面青天
锯裂得破烂不堪，
眼光投出去，
山头又给碰回来，
使人追念起
一眼横扫千里的平川。

大别山，别有天地。多见石头，少见泥土。山里的人民世世代代过着艰苦的与世隔绝的生活，他们有着石头的性格。

十年前，一道红光
刺开了久闭的双眼，
一个霹雳，
心地豁然裂宽！
大别山
成了革命的圣地，
大别山里的人民
成了勇敢的革命战士。

当我们走在傍着山崖的小径上，忽然从茅草房中走出一位年老衰颓的老太婆，望望我们这两位远道而来的客人，迟疑又迟疑地用悲伤的表情，抖战的声音发问："你们从哪儿来的？我的儿子出门好多年了，你们可知道他的消息？他是跟着……"下面的意思欲吐还吞地没有说出口，但我们已经明白了，安慰她说："现在红军、白军一起打日本鬼子了，你的儿子有一天会回来的。"听了这话，她似懂不懂，仰天叹了一口气，把眼光投向了迷茫的远方……

大别山，原是红军的一个根据地，蒋介石派卫立煌实行血腥的屠杀，把金家寨改成了立煌，成为安徽战时的省府。在悬崖陡壁上还残留着红军的革命标语，我还弄到了苏维埃时代的两枚铜币。风风雨雨多少年，忆往事，看眼前，我们心里真真是感慨万端！

廖磊是省政府主席，他是李宗仁的重要干部，政治态度比较开明。那里革命活动颇为活跃，有党领导的一个安徽文化工作委员会，主任是张勃川同志，狄超白同志副之。下面附属了文化小队，大半是党团员和进步青年。我们到新四军办事处拜访了何伟主任，后面有特务分子追踪。我们赴了廖磊主席的盛宴，同席的有史沫特莱、何伟、张勃川等同志。我们和文委会及其所属的文化队有过接触，他们精神旺盛，工作活跃。在这儿碰到了张景华同志，他仅二十岁左右，是青年军团一个分队的战士，肩上挎一支长枪，他向我谈了大别山的形势，觉得比起抗战初期来，已经逆转了，革命工作受到了阻碍，他不久打算到新四军去。

一双脚穿过三省，徒步往返几千里，"出来的时节，太阳像火，送我归去的，是如剪的秋风。"

这次远征的收获是一首长诗《淮上吟》和通讯报道《淮上三千里》等，它们纪录了我所见、所闻和所感。

形势随着时间变化,抗战初期那股蓬勃朝气消失了。军人原来想利用文人的笔杆子,反共高潮发生了,进步文人成为对他们有损而无益的了。文化工作团、文化工作委员会,1939 年间先后解散了。黑丁、曾克、柯岗、小翔到延安去了。别的同志都去了不同的地方,走上了新的岗位。我心里充满了郁闷,三年后,借古喻今,我写下了《第一朵悲惨的花——吊屈原》这篇诗。

1940 年秋就要离开第五战区了,我怀着抑郁的别绪,想游玩一番以消我忧,由后期文化工作团团员单柳溪同志陪同,去朝武当山。经过草店、石化街这些熟悉的山村小镇,感到无限亲切。均县重到,去看了我们曾经住过的地方。从均县城到武当山,路程两天。一路上悠悠散散,别是一般闲滋味。五里一名胜,十里一庙宇,沿途古迹很多,故事传说,魅力引人。当天走了六七十里,住宿在一座雄伟庄严的紫霄宫里。道士颇多,招待殷勤,付费用,如同住旅馆,出家人,势利眼,他们看客人身份的高低,安排房间的大小。大殿上有一块古木,从这头一叩,那头可以听见声音,取名“响木”。道士告诉我们,在附近山崖上,住着一位不吃烟火的活神仙,说得像真的一般。我们前去拜访,见一个九十来岁的老人,很瘦,住在崖洞里,见了客人,赠以“瓜蒌”,名曰“仙果”,没说几句话,便伸手讨钱。西洋镜自己拆穿,世间哪曾有神仙?

武当山,名气大。我们登上金顶,俯视茫茫。有一殿宇,下临深壑万丈。一条石龙探出一丈身子,龙头顶一香炉,龙身宽不容尺,而且鳞纹凹凸。多少道教信徒,愚诚孝子,来此“烧大香”,十去九不还。有一座“日门”立在那里,阻住了去路,“舍身崖”从此不许舍身了。归途,买了一枝手杖,这是武当山的特产,有歌为证:“七十二峰,峰峰朝武当,一峰不朝,一年拔你千根毛。”1946 年 12 月,我在上海,写了篇记游的散文《朝武当》。

我要到鄢陵亲戚家去暂时安身,然后再作打算。路过南阳,住在旅馆里,虽然不是荒村雨露,但孤身眠也早,忽听有人敲门,把我从梦中惊醒,房门一开,池峰城进来了。我们对着一盏小灯坐着。他说从“水牌”上看到我的名字,真可谓巧遇了。从谈话当中我知道他已升成三十军军长了。他一边抓起桌子上的残点心吃着,一边问我要到哪儿去?我告诉了他。他说:“到我们那里去吧,黄师长他们都很怀念你。‘丁铛铛’(指丁行同志)也在。”

我感慨地回他说:“不想再到战地去了,三年战地生活已经够味了!”

“老朋友了,不要想三想四,明天就跟我走!”

我知道,我在《津浦北线血战记》这本小册子里,报道了他在台儿庄的战绩,并且刊登了他的照片，他心里一定高兴，知道笔杆子的用处。但我那时真不愿意去。他一手摇晃我的膀子，用坚定的口气说："一言为定，明天就走。"

"不行，我得考虑考虑。"

"考虑什么？"

"我有条件。"

他听见我有活口气，就说：

"什么条件，你说。"

我说："第一，我一个人不去，我想约碧野、田涛两位朋友一道。第二，我们手头有一本故事集、一本歌谣集稿子，给我们设法出版。第三，我们跑战地，写文章，将来出一套文艺丛书。"

"好，三条，全答应。"他抹抹嘴上的点心渣子走了。

1941年元旦，我和碧野、田涛同志到了湖北南漳县三十军的驻地，受到热烈的欢迎，很客气的待遇。池和三位师长我在台儿庄就熟了，今天重逢，感到亲切，三支笔杆子来到这里，他们当然是高兴的。他们都要我介绍秘书，我介绍了单柳溪同志到二十七师，周熙同志到三十一师。这时，并没有大的战事，在某些地点和敌人对峙。我们有时到前方跑跑，回来写点东西。

我和池峰城接触的机会比较多，连吃饭都在一桌。丁行同志是军部的秘书处长，他和池关系密切，跟他几十年了，池当营长时，他当他的书记。池经常喊他"丁当当子"。池的爱人——崔月娥，年纪很轻，山西人，池在太原驻防时住在她的家里，那时她是一个高中学生，后来就结婚了。她思想较开明，经常订阅生活书店出版的图书杂志。她不经常到战地，偶尔来住些日子。

丁行同志是地下党员，小小的个子，山西夏县人，为人直爽热情，不隐瞒自己的观点，有时和思想右倾的人争论问题，辞锋锐利，一字不让！我认为三十军里有党的组织。池峰城曾对我说："我的枕头底下，一边是《资本论》，另一边是《圣经》。"这简单两句话，就是他自己的写照，他自以为聪明，一方面唱唱进步的调子，用丁行同志当秘书处长，另一方面，被名缰利网牵着，念念不忘升官发财，享乐纵欲。战地无事，他每天写写大字，向我谈些他多少年来从军的往事，表示向往民主。这话是对我的一种试探还是出自真心，我也摸不透。有一次，他的勤务员来向他报告，说一个新四军的女青年被逮住了，怎么办？我说："放了，都是抗日么！"池把右手轻轻一扬说："放了。"又有一次，池和我在散步闲聊天，他说："中央有指示，要我去攻打××山（忘其名）上共产党的游击队。"我劝他说："这，你不要干啊，团结抗战是国策。拖着，这事决不能做。"他默默无言。

1941 年初在南漳三十军军部所在地，听说孩子剧团经过，我去看了他们，还见到音乐家潘奇同志，她那时很年轻。

我们也常到各师部驻地去走走。我和黄樵松师长关系很好，彼此感情甚深。我每次到他的师部，给他添了无限乐趣，一道打网球，围炉读诗，谈诗。黄师长，河南人，中学时代不满现状，痛恨军阀专横，立志当兵救国。他个子太小，不合要求，量身体时，他偷偷跷起后脚，算通过了这一关。他对自己、对孩子要求极严，自奉俭约，孩子穿自做的鞋子，不准别人称他“少爷”！隔些日子，他便写信给我，抄来他的诗作，字写得很大，信封虽大总是鼓鼓的。他的诗也像他的人，刚直而有力：

陈兵娘子关，壮志薄云天，
笑斩鲤登头，放歌大板山！

1942 年我到了重庆，忽然接到他的一封信，这时，他的部队已经属刘汝明管辖了。信内附一首诗，上书“请诗人圆梦”：

手枪嘭嘭，黄樵松，
打倒军阀，在梦中！

看了信，我同情他，钦佩他，但也为他捏一把汗！1950 年，我在人民出版社工作，有一天在《人民日报》上看到一条消息，大意如下：军长黄樵松要起义，对我方联络参谋说：我不仅带队伍过来，还要带点礼物。他要乘军事会议的机会活捉阎锡山。结果，被他手下的一位师长戴炳南(原二十七师的一个团长)出卖，阎锡山把他逮捕了，押解南京，与我方参谋同志一同壮烈牺牲。黄临死前在审判他的时候，慷慨陈词，大义凛然！去年 11 月，山西统战部为黄樵松开了隆重盛大的追悼会，悼念他为革命牺牲的壮烈精神，我也去了唁电。出卖他的戴炳南，山西解放后，被我们捉到枪毙了，人心大快！

理想和现实总是矛盾的，到了三十军，我们出版文艺作品的计划成为空想，感到生活得无甚意义。四、五月间，池从洛阳开会回来，对我们说：总司令(孙连仲)骂我：“当兵打仗，不要出名，约一些左派文化人来干什么！”一听这逐客令，我们三个人心里很气愤，立即离开了这个部队。池峰城后来官越做越大，解放前，他成了北平警备司令。原在孙连仲部队里从事地下工作的五位党员——参谋处、作战处、军法处正副处长，被孙连仲逮捕送到南京，1948 年初冬，在“国防部小刑场”壮烈牺牲了，其中就有丁行同志！当时我在上海，看到《大公报》上的这条消息，悲愤填膺。消息上说：他们牺牲时高呼革命口号，声达墙外！1948 年年底，我在香港写诗《一个壮烈的死》，悼念丁行。前些年，邱陵同志从南京雨花台丁行同志墓上带回几块晶亮的雨花石，我装在瓶子里，珍藏着，作为永久纪念。1961 年我为悼念丁行同志又写了一首诗，题为《梦》，把最末一段抄在下面：

紫金山下雨花台，
黄土底下你怎么躺得住？
你的精神像江潮澎湃，
会大叫一声破土而出！

池峰城[①]呢，终于没有得到好的下场。“同样一死”，一如泰山之重，一如鸿毛之轻。历史是无情的，但也是公正的。

1941 年初夏，我在鄢陵，心内烦难，何去何从？有一天傍晚，我正在门前闲眺，忽然一匹大马从西向东奔来，马上的人手持一件东西，望见我，大声呼喊：这巷子里有位“克家兄”吗？我回答，我就是。他把那件东西交给了我，原来是一封电报，碧野从漯河打来的，邀我去参加工作。过了两天一封长信到了。信上说，南漳分手以后，他和田涛去了西安，原拟同去延安，在西安遇到徐悲鸿的一位弟子——画家齐人，由他介绍，知道了三十一集团军政训处长胡静如在上海住过，对文化界情况颇熟悉，年轻，想延揽一批作家去从事抗战文化工作。由于胡静如的一再邀请，他们到了漯河。此外，杜宇、李蕤、张兆麟（孟南）、谭原也在，请我一定去！老朋友都在热切地期待着！这时候，形势已不同于抗战初期，何况五战区、三十军的创痛，记忆犹新，我心中犹疑，把个人的这种心情函告了碧野、田涛两位好友。他们回信“促驾”，盛情感人。我转念一想：抗战初期和党内同志一道工作，听到这样一种意见：在环境好的时候，多做一些积极的革命工作；环境差的时候，努力顶掉坏的，换上一些较好的东西。我回了碧野、田涛一封长信，表示：如果胡静如答应我们办个文艺刊物，出套文艺丛书，给以写作的

① 池峰城（1904～1955），河北景县人。著名抗战爱国将领。1949 年 1 月策动军统北平站长徐宗尧起义，率部参加北平和平解放。同年 4 月 1 日因“历史遗留问题”被关押。1955 年 3 月 16 日在北京狱中病逝。1983 年 5 月 12 日北京公安局予以平反。作者 1980 年写此文时，池尚未得到平反。——编者注

机会和时间,我可以前去。回信很快来了:“一切照办。”我到了漯河,老朋友们聚在一起,当然高兴。胡静如外面谦恭下士,待人以礼。呆了不久,李蕤同志因为故乡发生战事,回去照顾家庭去了;其余的几个人转到了临泉,住在一个四合院里,一个人一间写作室。陆万美同志赴延安途中,道出此间,略尽绵薄,送他上路。在临泉住了不久,忽然发生了事情,说意外其实也在意中。有一位管辖文化工作的头头,扬言有人私拆他的密件,怀疑有共产党分子。于是,我们几个人几乎失去了行动的自由,聚在一起,就说在“开会”,风言风语,弄得草木皆兵,连胡静如也不愿意见我们了。就在这时候,汤恩伯从河南叶县来电要我立即前往。我觉得凶多吉少,但也得硬着头皮去!

1941 年 12 月到了叶县,出我意料,他并没提临泉的事,只说想调我与临泉的几个人到叶县来充实一下“三一出版社”。“三一出版社”社长王德昭,北大毕业,年轻有为(现在是香港中文大学中国文化研究所教授,多次应邀到内地参加学术活动),和我一见如故。编辑部一共七八个人,主要编辑有三位,都是武汉大学毕业生。一个搞历史的郑昌淦,现任“人大”教授;一个学法律的潘守谦,写过小说,被诬为胡风分子,现已平反;另一个学经济的孙国华,他父亲做国际贸易,现在国外。出版社有个印刷所,负责人宋海文,现在上海复旦大学任教。就凭这样一个班子,当时汤恩伯还扬言要向商务印书馆的道路上发展。

我在叶县,做了王德昭的副手,潜心创作歌颂抗日民族英雄的五千行长诗《范筑先》(后改名为《古树的花朵》)和《泥土的歌》。碧野、田涛和其他编辑同志,分住在老百姓的家中,也不办公,自由自在,各写各的东西。原计划郑、潘、孙一年内写出历史、经济、哲学三部稿子,进度慢,终未成书。

我们住在叶县寺庄,华中日报社也在该村,杜宇任总编。我们说定按抗日统一战线编报纸,写社论,尽可能挤掉一些坏的东西。这份报纸,有文艺副刊,由谭原同志负责,后来,程光锐同志也到了。有些外地青年,知道我们在这里,想要赶来找我们。5 月 1 日,我和碧野、田涛创办的一个文艺丛刊《大地文丛》出版了第一期,印两千册,寄到重庆五百本,很快就销完了。为这个刊物,闯了大乱子。在《大地文丛》创刊号上有日本森山启作、林焕平译的一篇论文,题目是《创作方法与艺术家的世界观》,宣传马列主义的文艺观。汤恩伯大约得到了报告,从洛阳打来急电,查封刊物,派人搜查了图书室(室内有《资本论》、高尔基等人的小说集)。一时谣言蜂起,岌岌不可终日,参谋长宋香涛把我找去(王德昭已经离开,由我代理社长职务),临起身,我带上一件毛衣,嘱咐朋友们说:我去了,也许回不来了,做好思想准备。

见了宋香涛，这位老人态度出我意料，并不十分严厉，只说："总司令来了电报，这事怎么办？"我说："我们撤退。"没有多久，碧野、田涛等先走了。7月间，我和爱人郑曼，还有孟南等三位青年，一起离开河南，离开了呆了五年的前方生活，怀着悲痛的心情向着战时首都去碰新的命运！传说，汤有意扣留我们，他的年轻干部劝他说：这些作家都是有名的，那么做，对社会不好交代。这才放我们走了。

我那首题名《春鸟》的诗，就是在这种郁愤的心情下，于1942年5月20日晨，万鸟声中，在河南叶县寺庄写的。

我们走了，给留下的同志添了灾难。郑昌淦同志前年来访谈及往事，他说：你们走了，牵连到我，被关了半年多，吃了许多苦头！

要离开叶县，连路费也没有，卖了书，孙国华慷慨地借给我三百元。于是，顶着盛夏的炎光，与几位同伴，凭两条腿，开始了远征，由河南而湖北，由湖北而入了四川境。一天走六七十里，汗水流了何止八斗！夜宿山间鸡毛店，野兽嗥叫之声，声声入耳。大自然是可亲可爱的。她风呵雨呵，还有臭汗和尘土呵，给人以辛苦，可是她给予人的兴趣更多。暂时把都市撇开了，烦恼愤懑的郁郁之情，被山间明月，江上清风吹散了。以悠闲的心情，恣意享受千变万化的景象，野鸟野花的声色，步步引人入胜，使人忘却了疲劳。这时，我深深体味到"浪莽林野趣"这个陶渊明的诗句的真意。有时，夜里宿在山间，好似置身山灵主宰的另外一个世界，心里感觉一派神秘的灵氛。脱光衣服，跳进清清淙淙溪水里，峰岚如屏，绿树撑伞，清风徐来，明月窥人。好似闯入了神仙世界，自己也大有飘飘欲仙之感。

走尽了千里路，进了香溪，舍陆登上了小小木船。香溪，王昭君曾在里边浣纱，使它千古流芳。我口吟"群山万壑赴荆门，生长明妃尚有邨"的杜诗，去寻"王昭君故里"，可是"独留青冢向黄昏"，故乡故里只有一块石碑可寻了。路出秭归，忘不了去探望伟大的诗人，我们的三闾大夫。一个破落乡村的道旁，矗立着一块大的石碑，上书"楚大夫故里"几个大字，立于何代，出自何人手笔，已经茫然无可考。这座纪念碑，寂寞地耸立在那里，像屈原的本人，傲岸地，巍巍地，在巫山之下，在大江之滨，独立千古，时间不能泯。

我们到巴东后，乘轮船溯大江而上。巫山十二峰凌云对峙，把天空挤成一线，江身被束缚，不得自由，它咆哮，挣扎，愤怒，奔腾，船身忽而上山，忽而入谷，真如范长江同志两个诗句所形容的："上山下谷船如醉，东倒西歪人似癫。"为了生存，船与大浪搏斗，人的性命也全托给它了。"两岸猿声啼不住，轻舟已过万重山”,多么惬意,多么轻快,多么富于诗意呵。而我们呢,却托命一轮,浪重如山。

为时一月余,徒步千里,终于1942年8月14日抵达了战时首都——山城雾重庆。在朝天门下了船,身上发烧,囊无分文,一登岸,柏油马路上,流线型汽车掠我而过,纺绸长衫飘飘然在我眼前闪动。我一身汗痕斑斑的破烂戎衣,是绿是灰已经难辨,路上行人,熙熙攘攘,向我投以惊异的鄙视目光!我心中流血,眼中流泪。发着烧,一气走了二十里,随一位同伴,到歇台子她亲戚家借宿一晚。第二天,到张家花园六十五号找到中华全国文艺界抗敌协会,向叶以群同志借到一点钱,这才算安身有床,免去了枵腹之忧。8月下旬,我写了一首诗,发表在9月6日《大公报·战线》上,写出了当时的心情,题为《崎岖的道路》。从此,我开始了在重庆近4年的“少见太阳多见雾”的大后方生活。

1980年7月1日

(选自长篇回忆录《诗与生活》)

新诗

战神已在候着你

敌人的手已扼住了我们的喉，
这可不容把手掩着眼说：
“这不是一个恶梦？”

五千年的光荣，
还有民族的存，亡，
即刻要自己来决定。

扪一下胸，如果还在跳动，
好了，战神已在候着你，
去创造一个更新的生命。

1931 年

忧　患

应当感谢我们的仇敌。
他可怜你的灵魂快锈成了泥，
用炮火叫醒你，
冲锋号鼓舞你，
把刺刀穿进你的胸，
叫你红血绞着心痛，你死了，
心里含着一个清醒。

应当感谢我们的仇敌。
他看见你的生活太不像样子，
一只手用上力，
推你到忧患里，
好让你自己去求生，
你会心和心紧靠拢，组成力，
促生命再度的向荣。

“九·一八”事变第二年3月

中原的胳膀

你可曾看见过
十年的老关东回到家门，
一个神秘的包袱，
打动了无数的人心？

"还乡的关东客下了贼店,"
你也该听过这样的故事,
"他的财贝,
杀了他的身子。"

你也少不了这般的邻人,
乡井对他们失了温馨,
背着债主,躲开人的眼睛,
半夜里"起黑票"全家闯关东。

一辆独轮小车
载着土的人,土的破烂,
袅起来一道尘烟,
吱呦呦旱地里行船。
关东,可不像
什么"西出阳关无故人",
关东是伸出去的一只胳膀,
它和中原关连着痛痒。

一出了"天下第一关",
人,顿然大了胆,
半空里降下了
护生的伞。

关东是上帝给中华民族
预备的宝库,
三分劳力,
给你七分酬劳的东西。

夏天的大野是一片绿海,
管许你一眼望不到边际,
你眼里看着心下会发愁,

得多少人才吃完这一季粮食！

秋郊上，
金风像猛虎到处扑人，
你瞧，天地都吓变了色，
生命也仿佛扎不住根！

路径空虚得像失恋的心，
渴望脚步来踏上串声音，
村庄和村庄是不世的仇敌，
一个一个躲得远远的，
里面的人却恰翻了个“个儿”，
见个生客心直喷热气。

冷冬的景色
也真别致，
无情的“烟炮”①
造成个有情的回忆，
人把身子裹在一张皮里，
留两个小洞关照着脸前的咫尺。

万年的森林
展开了绿的沙漠，
要想用脚印穿透这神秘，
你得看青色的叶子片片黄落。
这儿有绿水，也有青山，
山水却不能只当图画看。
山峦里啸着生风的虎，
多嘴的狓子学着人声，
有猩猩的群，

① 严冬，雪落不能融，随风乱扬，造成烟幕，人当之，如同利刃。

有大队的熊，
也有美翎的鸟儿
等着人起名。
成形的“参孩子”
点化作声，
灵芝和起乱草杂生。
这一些，这一些在等候一个福人，
当他到山里去找命运。
江心的木料
练起了战船，
没腿
却能走到天边，
摩天的高楼给浮云做家，
是它撑起了都市的荣华。

绿水不是只会绕白山，
它叫河里闪着黄金，
引来串人点缀河岸，
它叫白沙去磨细人心。

关东的风情我也摸一点，
大姑娘拖一支长的烟袋，
关外的窗户纸是糊在外，
养个孩子倒吊起来①。

你还有兴听，我却收了口，
你知道我的心正在悲伤，
悲伤中原一身是血，
生生地被割去了这一条胳膀！

1935 年 10 月 6 日于临清

---

① 关东有三怪：窗户纸糊在外；大姑娘拖一支长烟袋；养个孩子吊起来。

依旧是春天

——感时

什么也没有过的一样。
一万条太阳的金辐
撑起了一把天蓝伞，
懒又静地
笼上了人间的春天。

什么也没有过的一样。
看春水那份柔情，
柳条撒开了长鞭，
东风留下了燕子的歌，
碧草依旧直绿到塞边。

1936年4月20日于临清

生命的光圈

山河的图画
映着五千年火焰的光辉，
撑不住暴拳的一击，
做一块玻璃轰然粉碎。

山河破碎了，

人还要残喘，
做一只猪，
四周划起一个牢圈？

准备好吧：一颗金刚的心，
两只铁的手腕，
去把血泊里的民族
搀扶起来！

人家的枪林插住了我们，
自己的枪口还该内向？
是流忏悔眼泪的时候了，
让它一齐迸落像山洪，
洗涤净自利的污点，
填平恩怨的井筒。

刺破你的指头，
刺破我的指头，
叫兄弟们的鲜血
搅在一道流！

食指在我们额上点一个涡，
敌人在咆哮，唾花溅上了我们的眉尖，
要是留一点尊严不死，
就该放大生命的光圈。

1936 年 7 月 10 日

肉的长城

——为绥东抗战将士作

十月天，
脚踏着地
像履冰；
单薄的戎装上
刺烂了冷刀——
塞北十月的风！
抱着枪，
一个挨一个，
好男儿
给祖国打起了肉的长城！
死也不退一步，
——退一步损一寸国土！
猛打，
立住脚；
进一步，
——夺回一寸山河！
不怕死，
只有愤勇，
谁在乎炮火
给打个血胡同！
对头，来吧，
今天没有话说，
有我没有你，
有你没有我！

1936 年 11 月 18 日

我们要抗战

战争是可怕的吗？
否！四万万人都眼巴着它，
一心欢喜，
欢迎着战争——
我们翻身的日子！
在和平女神的笑靥下，
我们脸上涂了一寸厚的耻辱！
为了和平，
我们绷紧的心弦，
几次地松了又松！
让大好的关山，
让肥沃的土地，
逐着后退的脚跟
陷落到敌人的手里。
东北几千万同胞，
从此被祖国推开了怀抱，
都成了可怜的孤子
撇到毒狠的继母的手底！
谁曾听到他们暗夜的哭泣？
谁曾看到他们被残害的血迹？
还有他们的呻吟
怨嗟和痛恨？
他们的心像鲜亮的小旗
向祖国遥摆，
没人应答；中原正躺在血的泊里。
东北、热河，中原御寒的外衣，
被凶恶的刀尖挑去，全不费力；

拔去了长城的篱笆，
敌人向中原撒开了马蹄。
层层剥蕉，
刀尖刺入了中华的心脏，
高抬着头，拿我们当猪宰，
眼中竟无一个中华男儿！
北平，中华文化的结晶体，
五百年坐镇北边，
一线驼铃串起漠北，
水旱大道的脉络向四方密散，
而今，敌机成队
在它的头顶怪叫，
再加上炮火开花，
毒气播送着云烟。
什么都准备个停当：
巨舰的链子锁住海口，
军队的棋子
安放到恰好的地方，
准备好了一切，
势焰吹成了气泡，
然后向我们就天要价，
要我们燕赵之地
和东北结成苦难的兄弟。
迫我们走窄道，
入死窟窿，
他好得意地笑着
又把一块肥肉塞入了口中。
干柴上点火，
（中华的人心是待燃的干柴）
敌人把我们推入了战争。
我们再不空口讲正义，
正义永远握在强者的手里，

我们要用枪炮的毒口去碰毒口，
我们要用鲜血去涂成“真理”的名字！
我们要用八万万只手
去割开敌人的心头的毒疮，
不让它再向外溃化，
我们要用四万万条身子，
筑一道防卫祖国的围墙！
活，要立起身子来带响地活，
死后尸体也要交横在一起！
我们爱和平，
然而今天我们却欢迎战争！
谁不喜欢乡村的静景？
谁不爱自己温暖的家庭？
春天，绿树张伞到处迎人，
绿水绕起青山，
一片平原像贞静的处女，
专等农夫来撒下种子；
长夏，树荫下一晌午觉，
孩子们闲看蚂蚁上树，
一群苍蝇逗着黄牛，
它一劲乱摇尾巴的刷子；
秋日的峰头挂起白云，
冬天炕头上那点温存，
是美，是静，是一潭深水，
我们的家，我们的乡村！
我们的都会何尝是平凡？
谁个不知道，济南潇洒似江南？
武汉三镇在历史的叶子上响，
金陵永远在人心里放着金光，
天府的四川，成都的故事谁不知道？
长沙岳阳叫人起多少神秘的幻想！
沪渎的楼台是一天可以造成？

古长安至今还巍立着
黄帝的坟茔！
我们的乡村呵，美的化身，
决不让她任人奸淫！
古井的辘轳边决不让敌人来饮马！
决不让敌人的脚尖
踏着祖宗的坟头
把我们的河山当画图看！
我们的热炕头
不能让敌人躺在上面打鼾！
不能让妻子的手臂，
套上异种人的手腕！
不能让新的市场，历史上的都会，
打上倭奴耻辱的脚印！
不让，决不让！
除非我们全体都死亡！
我们的日子像一局棋，
敌人一手来把它搅乱，
若不斩断那只毒手，
我们的生命不会安全！
学者们呵！
把身子移开那一堆故纸吧！
而今的真理已不在故纸上！
诗人们呵！
请放开你们的喉咙，
除了高唱战歌，
你们的诗句将哑然无声！
围在“阿堵物”间的人们呵！
请大量地输出你的金元，
祖国如沦亡，
金钱还不像把土一样！
对对的情侣们呵！

请放开你们爱人的胳膀，
战神正唱着恋曲，
去，快去贴紧她的胸膛！
工人、农民呵，
快伸开粗大的手吧，
祖国正用着你们！
中华的好男儿，有口都狂喊
敌人的罪恶吧！
中华的好男儿！
我们要下上所有的生命
和敌人赌这次最后的输赢！

1937年7月29日午

兵　车　行

汽笛呜呜，车声隆隆，
壮士千里去远征；
没有爷娘妻子拦道哭，
到处是同胞的欢呼声。

汽笛呜呜，车声隆隆，
壮士千里去远征；
高歌叫亮了万人的喉咙，
心在胸中作悲壮的跳动！

汽笛呜呜，车声隆隆，
壮士千里去远征；
一片山河在眼底发明，

“失地”投来个破碎的暗影。

汽笛呜呜，车声隆隆，
壮士千里去远征；
欢喜掠过一道道眉峰，
子弹在带子里打挺！

汽笛呜呜，车声隆隆，
壮士千里去远征；
不贪厚禄，不图功名，
全为了祖国的生存！

1937 年 8 月 13 日

从　军　行

——送珙弟入游击队

今夜，灯光格外亲人，
我们对着它说话，
对着它发呆，
它把我们的影子列成了一排。

为什么你低垂了头，
是在抽回忆的丝？
在咀嚼妈妈的话，
当离家的前夕？

忽然你眉头上叠起了皱纹，

一条皱纹划一道长恨！
我知道，你在恨敌人的手
撕碎了故乡田园的图画，
你在恨敌人的手
拆散了我们温暖的家。

大时代的弓弦
正等待年轻的臂力，
今夜，有灯火作证，
为祖国你许下了这条身子。

明天，灰色的戎装，
会装扮得你更英爽，
你的铁肩头
将压上一支钢枪。
今后，
不用愁用武无地，
敌人到处
便是你的战场。

1937 年 12 月 11 日

别长安

长安城，
多少年
你呼唤我，
用一缕缥缈的呼声。

长安城，
你坐镇西北的伟大神灵！
在想象里你古老，
哪知道你和我一样年轻。

天上的黄河
引来右手
做你护身的天堑，
压一座潼关
在风陵渡头，
只须一夫去把守。
陇海路——
你铁的动脉，
从东海注来，
向西北流走。
（像是中原伸出的胳膀，
去和绿西亚亲密地握手。）

挺立在身后
西岳华山，
像一个精灵
听候着你的呼唤。

陕北，
你身旁最神秘的部分，
太阳挂在它的头上，
黑暗在那里扎不住根。

长安城，
相对八天
便向你伸出告别的手，
太匆匆！

没有诗意
去寻太白的醉卧处；
没有幽情
去访贞妇的寒窑
和挂满了别绪的古坝桥。

黄帝的墓陵
该有参天的松柏，
我没有去参拜，
留一个神圣的影子在心中。

长安城，
你问我匆匆何处去？
我要去从军，到铜山，
因为那里最接近敌人。

1938 年 1 月 2 日

换上了戎装

脱掉长衫，
换上了戎装，
我的生命
另变了一个模样。

穿起同样的戎装，
手握一支枪，
在“一九二七”的大潮流中，
做过猛烈的激荡。

从什么时候起，
我被握在平凡的掌心，
生活的钝刀
锯断了我十个年头的青春。

鱼龙困在涸辙中，
你可以想，
它是怎样渴望
壮阔的涛浪
把它带到
浩瀚的大洋！

我不能再不动，
四面一片时代的呼声！
敌人的炮火
粉碎了我们的河山，
也粉碎了我们身上的锈镣，
叫起了我们那四万万五千万。

我没有拜伦的彩笔，
我没有裴多斐的喉咙，
为了民族解放的战争，
我却有着同样的热情。

我甘心掷上这条身子，
掷上一切，
去赢最后胜利的
那一份光荣。

1938 年 1 月 16 日

伟大的交响

我永远不能遗忘，
不能遗忘，
当我们的列车
停留在
郑州站东
不远的一个地方。
黄昏已撒下朦胧的黑网，
大地上一片冷的雪光。
哪儿飞来的歌声
碰得我们的耳鼓微响？
那声音叫玻璃窗缝
挤得低弱而渺茫。
我们的男女歌手
听了歌声喉咙便发痒，
我们飞步出了车厢，
两条腿像一双翅膀。
我们把紧铁栏
身子探出老长，
听出了
那是救亡的歌，
清脆，激昂，
公安局门口
一群孩子在唱。
他们的小嘴
叫开了一个个车窗，
歌声
像火把，

燃烧着
每个听众的胸膛。
一列头颅探出了窗外，
一千张大嘴一闭一张。
救亡的洪流
撼摇得地动，
救亡的洪流
激荡得人心痛，
救亡的洪流，
温暖了三九的严冬。
你一个电筒，
我一个电筒，
给公安局门前的黑影
穿上了无数光明的窟窿。
我们招手，
我们呼喊，
歌声把孩子们
拖到了我们的跟前。
他们不停地唱，
我们不停地唱，
旁观的老幼
不再彷徨，
过路的人们
也停下步子放开了粗腔。
救亡的情感像沸水，
使大家全都变成了疯狂！
这声音比敌人的炸弹更响，
这声音像爆裂的火山一样，
这救亡的歌声将响彻全国，
挂在每个中国人的嘴上。
谁敢说堂堂的中华会灭亡？
盲目才辨不清前面的明光，

倭奴的寿命不会久长，
请看看脸前这伟大的力量！
我们唱《松花江上》，
多少人想起了自己
已经失去了的
美丽的故乡。
我们唱《大刀进行曲》，
“冲呵，冲呵，”连珠几响，
仿佛敌人的头颅
落在我们脸前的地上！
我们唱《义勇军进行曲》，
我们自己也变成了一员战将。
指挥者的手势
像激流中的双桨，
大家口中的音流
是狂风暴雨的合奏。
我们唱，
大家一个口，
一个心，
一个声响。
我们唱，
悲壮的热泪
冲出了眼眶。
我们唱，
电筒像我们的舌头
舐在每个孩子的脸上。
他们的脸
笼着汗雾，
他们的脸
放射出兴奋的红光。
他们的血
为祖国在澎湃，

从他们的脸上
可以去辨认黄帝的模样。
他们更走近了一步，
近到这样，
我们的手
可以抚到他们的头上。
“我们的爸爸是工人，
我们的学校属豫丰纱厂。
先生，请开好你们的住处，
几时来约我们打鬼子去?”
“打倒日本帝国主义!”
一个孩子鼓粗了脖子狂喊，
“打倒日本帝国主义!”
大家的反响霹雳震天!
列车动了，
拖着一厢救亡的热情，
孩子们逐着车赶，
小手举向天空。
列车的快步
丢下了我们的孩子，
只听见他们的歌声，
追着我们的歌声——
一团火的救亡热情，
追一团火的救亡热情。

1938 年 1 月 22 日于信阳军次

保卫大徐州

老黄河用半截手臂
环护着我们这伟大的古城，
津浦、陇海划一个铁十字
在它的心中。
登上高岗
可以对着东海吐气，
鲜的鱼，
白的盐，
往返的火车
载不尽的富源。
前后不断的青山
像数不清的帐幕，
要三十万大军
把守在里边。
子房山头
仿佛箫声还在响，
楚歌四面，
扛鼎的霸王
领起残骑
引退乌江[①]。
徐州城，
是中华的左心室，
它的脉络

---

① 引用子房项羽的故事，意在证明徐州之重要，历来争天下者，失此则大势已去。于今正在百里附近与敌人作殊死战，昨日登上千古战场的“云龙山”，北望烽烟，情感之悲壮，莫可形容！（1938年4月8日志于徐州）

关连着中华整个的生命。
徐州城，
它正受着四面的围攻，
敌人想用炮火穿透这一点，
把我们的南京连结起北京。
保卫它，
用血用肉！
保卫它，
丰沛萧砀从古多英雄。

1938 年 2 月 8 日

血的春天

东风曳我登上城垣，
阳光把棉的戎装孕满，
死水上亮着一万只金眼，
柳条又给牵来了春天。
春光在逗人——
春光里我却感不到温暖，
我向无际的原野骋目，
到处是烽火，到处是狼烟。
谁有心去看纸鸢比高？
谁有心去看野马奔跑？
伤怀的记忆不让它抬头，
我的心在听候着战神的呼唤！
在北国，
在中原，
敌人脚踏的地方

已经没有了春天！
泰岱锁起了眉峰，
大河板起了黄脸，
一把复仇的火苗
追起东风，
燃烧在原野，
燃烧在黄帝子孙的心间。
在我们的故乡，
往年这日子，
绿草正着意
去绣大地，
柳眼替我们
看守着村庄，
庄稼人都牵着老牛
在田野里忙。
滴一滴汗到泥土里，
大地是我们的母亲！
（五千年的历史便是证人。）
饮着她的乳浆，
靠着她的胸膛，
一代一代的子孙，
延续到无疆。
而今，催耕鸟
到处叫喊，
在我们的故乡呵，
已经没有人走向田间。
他们在流亡，
他们在离散，
凌辱与死亡
已和他们结成了侣伴。
铁鸟是春天的燕子，
炮声是二月的雷鸣，

敌人一手
把青春翻做严冬。
我们要用炮火
夺回温暖的春天！
不能叫大地的母体
碎尸万段！
我们的血战
已展开在北国，
在南天，
在长城外，
在长白山前。
一阵阵腥风，
一声声嘶喊，
在战争中
抖颤着一个血的春天！
抗战！抗战！
将敌人的脚跟，
从我们的国土上斩断。
那时候，我们携手踏回故园，
看一看鲜血染红的春花，
看一看门前的青山，
洒一把泪——
是辛酸也是喜欢。
那时候的春风
将多么畅快，
从中原的地面
吹向关东，
吹向塞外，
无半点遮拦。

1938年3月2日

别 潢 川

——赠青年战友们

去了，我驮起
悲壮的感情，
它过重的分量
压得我心痛。
临去我回头望一望“沙河”，
水浪曳动轻舟，
三五匹战马
在饮着清流。
河水它会永远记得，
记得我投给它的眼波，
记得救亡歌声
给它的激动。
白金粒的沙滩，
像一个静的梦境，
上面印着我们的脚迹
和武装的身影。
残破的城垣，
多少次我登在上面，
一片原野引我的心
到战场，
到故乡，
到遥远遥远我所系念的地方。
我的感情染上了鹅黄的柳条，
染上了萌动的小草，
同着春色

染遍了无际的青郊。
五千年轻人
失去了家园，
五千个胸膛里
挂一副铁的肝胆。
为了祖国，
把生活浸在苦辛中，
为了抗战，
甘愿把身子供作牺牲。
女的是姊妹，
男的是弟兄，
立脚在一条战线上，
我们一点也不陌生。
我要去了，
到漠漠的西北去看风沙，
去认识一个新的世界，
使自己的生命重新萌芽。
也许会到战场上去
面对着血肉的现实，
叫自己的心
受炮火的洗礼。
战神一手
把人间的关系搅乱，
待将来，
再给它一个新的安排
赠别不须眼泪，
我们都还年轻，
一齐挺起腰来
去拉大时代的纤绳。
将来再碰到时，
用欢喜的泪
去庆祖国的新生，

无妨用长长的话头
细数个人
那一段苦斗的历程。

1938 年 3 月底于潢川

武汉，我重见到你

十年流光，
我揭过去
一张空白纸，
满地烽烟，
今天，
我重来见你。
不须登上黄鹤楼
去作人事的沧桑感，
不须对着江上的浮云
叹刍狗的变幻。
我重来，
不是为了好风光：
暮春三月的江南天，
“杂花生树，
莺飞草长。”
在故都，
我亲眼看过卢沟桥的烽火，
一千个险关
我亲身渡过，
到铜山，到西安，
流亡中

我看过了多少悲剧的扮演。
终于我穿上了戎装，
参加了抗战，
把微力做一个浪花
去推波助澜。
武汉，
你中华新生的萌芽点，
辛亥革命，
北伐成功，
你的名字
永远是光荣。
这次从前方来，
我怀着一个梦，
你比“一九二七”
一定更健雄，
更伟大，
更兴奋，
更年轻。
然而，再好的梦
也搁不起事实的一击，
我伤心又愤怒，
对着眼前这一堆影子。
密挤的高楼
填满了当年的空地，
柏油漆亮了石子路，
流线型汽车在上面疾驰。
从人们的脸上
我找不出紧张，
熙熙攘攘，
一片太平的景象。
舞场的灯红，
（前线上有战士的血腥！）

夜半的歌声，
（前线上嘶喊着冲锋！）
酒楼茶社里
热烈欢腾，
（多少地方沸腾着救亡的热情！）
逐着声，
逐着色，
逐着享乐的梦，
糜烂在残蚀着有用的生命！
又有多少人
把你的胸膛
暂作了避难的屏障，
烽火闪到跟前，
他们便撇开你
另去寻世外的桃源。
武汉，
抖一抖身子站起来，
抖去一身的腐臭和颓靡，
“一九二七”的壮烈，
你还该清楚地记得。
高举你的大手，
招起广大的人民大众，
放开你的喉咙，
唤起救亡的热情，
大时代的洪流
已荡近了你，
起来，
给祖国再造一个新生！

1938 年 4 月 1 日

兵车向前方开

耕破黑夜，
又驰去白日，
赴敌几千里外，
挟一天风沙，
兵车向前方开。

兵车向前方开。
炮口在笑，
壮士在高歌，
风萧萧，
鬃影在风里飘。

1938 年 4 月 23 日于赴汉口车中

为斗争我们分手

——送匡君入鲁

在斗争中
我们分的手，
你就绕到敌人的背后，
我们有的跑上战地，
关山切断了
生死的消息。

今晚，围起圆桌，
不是做梦，
是在前方意外的重逢。
红的是灯光，
热的是感情，
杯子在半空起落，
酒在胸中灼火。
谁也不许把酒杯停放，
今晚大家要拼醉一场！
圈住桌面的
这一条条身子，
都是从枪子缝里漏下来的，
从炸弹片中漏下来的，
我们把意外捡来的生命，
再投到枪林弹雨中。
痛饮吧，
管它天转地动，
眼里飞金星，
不是伤别离，
（这不是惜别的日子！）
是珍重可贵的今夕。
明朝呵，
有一万里途程
在等候着你。
落日将照你渡黄河，
（大河的水浪在吼叫着吧？）
步步踏上被蹂躏的土地，
（大地上该有殷红的血迹！）
经过古赵燕，
徒步漠漠的原野，
到北运河边上
安放下你的身子。

那里有千百万同胞，
在压榨里求生，
在愤怒里燃烧，
在沉默里斗争。
去吧，
去给他们热，
给他们力，
去和他们结在一起，
用决死的心
把胜利抓到手里！
别后的时光
让烽火来消磨，
战烟的轻纱，
将把咫尺隔作天涯。
那有什么？
年轻人无多遐思，
不同的天涯，
一样是在苦斗里。

1938 年 6 月于潢川

我们这十四个

我们这十四个，
扯起“文化工作团”的旗帜，
在战地上，
呼吸着弹药的气息。
脚踏着火热的大地，
头顶着七月的太阳，

汗水的淫雨，
渍烂了我们的衣裳。
太阳炙黑了
我们的脸，
我们的胳膀；
也炼硬了我们的骨头，
注射一身战斗的力量。
热风
煽烈了心头的火焰，
暴风
使我们记起了仇怨，
甘心忍受一切磨练，
忘不了谁加给我们的苦难。
睡在星光下，
睡在土地上，
我们十四个，
身子同着心
紧紧地靠拢着。
蚊虫吸我们的血，
泥土吸我们的汗，
霉气刺着我们的鼻孔，
白血球同着病菌剧战。
工作连结着我们这一群，
自由正义在耳边呼喊，
敌人的手
刻刻在推动我们向前。
凭一张口，
凭一双手，
手下的铁笔，
是我们的武器。
我们工作着
从白昼到黑天，

把心血，把大汗，
灌注每一刻的时间，
我们在苦斗里
拉紧了生命的弓弦。
灯火熬肿了眼皮，
笔杆在手中打颤，
挥一挥拳头把瞌睡驱走，
“敌人的炮火永不知疲倦！”
我们这十四个，
说着不同的语言，
多样的气质
像气候有寒暖。
有的生长在峨眉山前，
有的来自江河两岸，
有的是中原的儿女，
有的家依傍着东岳泰山。
在太平年代里，
我们也许终生不相识，
像天上的星斗
各人守着自己的圈子。
现在，
救亡的热情，
一色的思想，
炮火把我们唤到了前方。
“生死同心！”
一齐指着青天起誓，
在患难中
磨练我们钢铁的友谊。
我们走过平原，
在上面播下文化的种籽，
我们穿进深山，
挥动起拓荒的手臂。

旗面上点满了日月的辉光，
在艰苦的道上起落着脚步，
我们是一群海燕，
烽烟是时代的风雨。

1938 年 8 月 27 日于商城。时六安战事正急，耳边机枪成串，我军正演习也。

匕首颂

——赠鲁夫

匕首一柄，
三寸长，
铁的鞘子
涵着冷光。

你抚摩着它发笑，
像抚摩着自己的心爱，
它是一个雄心，
在沉默中等待。

你枕着它睡，
枕着它做梦，
梦里的天空，
掣起来一道长虹。

它在饥饿中哭泣，
它需要红的血水，

它要试一下自己的锋锐，
当敌人在五步以内。

1938 年 8 月于商城

除　夕　吟

不惮跋涉的新年，
驭着风，带着雨，
追逐流浪人
到这万里外的茅店。

小油灯
瞪着陌生的白眼，
渐黑的炭火，
不肯放一点温暖。

心窝的思绪
同窗外的雨丝，
在比赛着
头绪的纷繁。

记忆
像新浚的古井，
注来了
四方八面的清泉。

生疏了的声音，
在耳中热切作响，

暗翳了的风貌，
全都亮在眼前。

故乡今夕的颜色，
有揣不透的惨淡，
门前的“马耳”[①]，
怕也会愁白了青颜。

几次吞进贪婪的口，
又几次带血吐了出来，
不必经见也可以知道：
覆巢底下哪里有完卵。

烽火把身家
截成了两段，
谁知道家人
是否也和我一样平安。
也许，母亲跑向菩萨
问儿子的消息，
也许手捧着香
她又许下了新愿。

十七岁的小叔叔[②]，
也许做了大队的尾巴。
趁着这夜雨
去袭击城垣。

今夕思乡
却没有清泪，

---

① 山名。
② 现在游击队中。

有更沉重的影像
压在我的心间。

难童啼饥的号叫，
战壕里士兵的寒战，
还有失去了的领土上，
多少同胞把悲愤化作长叹！

一寸鲜血，
换来一寸时间，
踏着志士的尸骸，
从去年度到今年。

血气不死的男女，
受下新年带到的辛艰，
都把情感凝做行动，
一齐挺向敌人的阵前。

1938年除夕于南阳

大别山

一脚踏进大别山，
远近岗峦的锯齿，
把一面青天
锯裂得破烂不堪，
眼光投出去，
山头又给碰回来，
使人追念起

一眼横扫千里的平川。
日月从石头上出没，
天地把人心挤得放不宽，
青峰随意乱排起阵势，
峭壁要耸耸身子飞上天。
水色不让山光姣好，
把媚眼的瀑布挂在山腰，
流泉到处卖弄清响，
把石子冲洗得光滑剔亮。
豺狼雄踞在当路，
公然怒目向着客子，
它号叫带着骄傲，
人的发尖根根竖起。
千百种颜色的花草，
向你的眼睛争宠，
你却叫不出
它们的名，
翡翠有意
显她的美丽，
天鹅守着清流
在作超逸的幽思。
风前听松涛，
看眉月山间照，
拿破仑的雄心，
这时也会作片刻的动摇。
暗夜星光下，
峰头像鬼怪扑来，
湍流助着它的声势，
使你的灵魂无法不战栗。
山里的人民
像顽石，
顶起生活——

一个坚苦的壳子，
青石的篱笆
高不可拔，
把外面的世界，
远远地推拒开。
山涧的清流
入肠化作铁血，
山岩让出的土条
人们赖着生活，
用斧头，
用钢刀，
结队成群，
到山林里去采樵，
一条扁担压上肩，
真个是“山松野草带花挑”。
肩上揉去了皮，
带油的松枝烧别人的锅底，
一天的劳力，
填不满一天的肚皮。
白云给群山披纱，
树梢上落满了残照，
暴雨在空谷激响，
大雪吞没了山腰。
这景色，
只可以去沉醉诗人，
在他们心间
已唤不起清新。
死守着祖宗的法则，
生活放不出辉光，
时光一年一年流走，
他们一丝也不叫它走样。
然而，时代的洪流

在作无情的冲击，
它不许人间有世外桃源。
十年前，一道红光
刺开了久闭的双眼，
一个霹雳，
心地豁然裂宽！
大别山
成了革命的圣地，
大别山里的人民
成了勇敢的革命战士。
今天，祖国立在生死的边缘，
大敌正当前！
他的血手
到处乱摸，
他的血手
已经插入了大别山。
这静的圣境，
这山的画图，
从此溅上了
血的腥污，
听
清流在呜咽！
林木在哀号！
人民在怒吼！
怒吼着——
拿起土枪，
拿起砍柴的刀，
像把守关口，
他们把守着狭道。
黑夜伴着他们
向敌人进击，
山峦扩大着

枪子的声势，
敌人一步一个陷阱，
这里的一切，人民都熟悉。
神出鬼没，
山头浮云一样的飘忽，
他们是游击的铁兵，
不是“扰人清梦的蝇子”[①]。
看你有多少人来填死缝？
胜利才能把仇恨消净，
大别山的石永不会烂，
看看谁能够熬得时间。

1938 年 8 月于商城写起
1939 年 4 月于樊城完成

一百一十四个

——送军校毕业的山东老同学回乡游击

敌人，
把你们拔出来
像一丛草莽，
从温小的园地上，
投给无边的洪荒。
有光辉，
有热力，
滑下轨道的颗颗星子——

① 敌人诬我游击队语。

从胶东，
从鲁西，
从古赵的土壤上，
你们
开始流亡。
凭一只舢板
伏下黑夜的翅膀；
凭大海上的轮船，
一身不称身的衣裳；
挤上最后的一列火车
开一个碧天的顶棚，
或是一个人逃向荒僻，
用脚步开一条小径。
就这样，
你们告别了黄河，
就这样，
你们告别了泰山，
就这样，
你们告别了那大块黄土，
上面有我们世居的家园。
流着眼泪，
怀着仇恨，
心里站不稳一个希望，
从此把身子交给了动荡。

渤海的涛浪在呼唤你们，
三千八百万同胞在呼唤你们，
齐鲁的大地在呼唤你们，
复仇的心在呼唤你们。
祖国在变，
你们在变，
谁敢不刮目相待，

烽火中
季节已两易寒暖。
你们的声音
像一口洪钟，
你们的脸子，
是时代的象征，
南岳的山石
炼得双腿永不知惫疲，
枪筒在手掌上
磨寸厚的茧皮。
偷着不同的道路
逃出来，
沿着一条道路
打回去，
你们有枪，
有会放枪的手，
强渡黄河，
冲破敌人的封锁，
你们是百炼的钢铁，
你们是一百一十四个。

1939 年 5 月于均州

我们的笔部队

——为欢迎作家访问团诸朋友作

我们不再靠着椅背
像石像一尊，
瞑起眼，

静候“灵感”的贵宾；
我们不再吐着烟丝
去玩弄幻想，
把一间斗室
做成自己的“封疆”；
我们不再
彼此互投轻视的眼光，
粘不到一堆，
沙石一样；
我们不再那么脆弱，
经不起一点风霜，
我们手里的笔，
不再是那么没有分量。
敌人的大炮，
开拓了我们的世界，
敌人的大炮
打宽了
我们的胸膛，
千万个诗句
一齐歌咏着反抗，
(热情似大江的奔放！)
千万个笔管
一齐写着解放。
(红血里插下了新生的秧。)
我们的笔部队，
渡过黄河，
盘过山岗，
在炮火下，
在轰炸中，
从这个战场
到那个战场，
我们有力量，

我们是一个集体，
我们有武器，
笔就是枪。

1939 年 11 月 28 日于河口

桐柏山在迎望着

你们，千万条健儿，
驰骋在南北战场，
把英名，把功业，把血肉，
系在民族的命运上。
你们苦斗在台儿庄，
那个血的影子
还活在我心上。
敌人的炮弹，炸弹，
把这座寨子打成一堆灰，
你们却用生命把它保全，
土墙倒了，
用身子去补好，
铁打的一样——
你们的战壕！
在铁的意志，
铁的信心，
血的澎湃，
血的斗争下，
敌人是惨败下去了：
留下了他的坦克车，
留下了他的大炮，
留下了一地死尸，

他们四散奔逃。
而你们，却把不朽的英名
留在人的心头，
留在台儿庄
光辉万丈的战史上。
当你们把胜利的大旗
掣向信阳的时候，
我也踏进桐柏山里。
我要看，你们把眼前的信阳，
造成第二个台儿庄！
你们“常胜军”的名字，
在敌人心里是一个威力，
在游河，在尖山，
在新集，在骆驼店，
你们的先声
已夺走了敌人的气势。
你们的挺进军
已贴近信阳城，
一个霹雳的呼喊
把它震动。
今晚我们在战地，
在桐柏山头，
满山烽火，
呼啸着，
滚动着，
带着热，
闪着光，
人脸，河流，山林，田庄，
都在烽火里燃烧，
都在烽火里放光。
歌声——
千万战士的怒吼，

撼动了天空的星光，
碰响了四周的峦嶂。
这峦嶂，
使豫南兵团
同随枣的大军结连，
这峦嶂，
向着大洪山伸出青的胳膀。
今晚，是元旦的夜晚呵，
我们在这里腾欢，
我们用欢笑，
用战斗，
去迎接胜利，
去祝贺这新年的第一天。
而敌人脸上却找不到笑的模样，
他们的士兵，
在偷散反战的传单，
在偷拭眼泪思念家乡，
他们在扮演一幕悲剧，
这幕剧，
就要在悲惨的顶点上收场。
今晚，你们有着“铁军”徽号的将军，
已下了一道如山的命令，
就在这时候——
在黄昏刚笼上峰头，
月亮还迟留在山后，
在满天星光的照耀下，
前线上，我们向敌人四路进攻！
你看，四围的桐柏山
都在烽火中抬起了头来，
抬头迎望着
胜利的明天。

1940 年元旦

我们走完了一九三九年

——给孙陵、雪垠

我们飞舞
在战争的风前，
我们拧动时代的轮齿
旋转，
我们用五千里的征程
送走了一九三九年。
身子漏下了密的火网，
一扭头，又跑到敌人的后方，
走过中原的大野，
眼睛把不住边缘，
也曾陷身乱山中，
目光展不到一丈远。
我们的步子
把前后方连成一线，
我们的步子
接起了大洪山和大别山。
春风拚催桃梨开花，
敌军十万
向随枣伸张爪牙，
在森林寺的第一线，
我们
同敌人对立，
一百步远。
（天空的孤月和星群，
是我们好的证人。）

我们的笔杆
碰着枪杆，
我们的左肩
抵着战士的右肩。
大炮
不许时间中断，
打过来，
还回去，
点亮了黑夜，
崩裂了峰峦，
炮弹
打红了大洪山。
生命几次跌倒在死的面前，
又几次爬起来，
赖终天揭不开的那场尘雾，
护送我们走入了安全。
(生命的壳子是这样坚硬，
感谢炮火赐给的洗炼。)
我们的归路
忽然被切断，
周遭的敌人
划成一个死圈，
突破它！
腰间佩上了短枪，
只有战斗
才能打破这险关。
逐着大队兵马
出没在山谷间，
强抵住饥渴，
战斗着，
战斗着，
不分白昼，

不分黑天。
越过荒山，
黄昏正来临，
一个山村死绝了生机，
它满怀空虚候着大胆的旅人。
脚掌上水泡成串
也不管，走，走，
走过山岗，
走过草原，
十天十夜，
敌人都是追在后边。
一个胜利的消息
辟天落下，
欢喜的眼泪
落到了脸前。
不会忘记：
森林寺，
万家店，
塔儿湾，
还有厉山。
不会忘记
战士奋勇的姿态，
不会忘记
这精彩的战史一篇。
六月的太阳
送我们入大别山，
漫漫的征途上
汗水流下了一条长线，
热风煽得心头起火，
一层白皮从脸上剥落。
一场骤雨，
把人留在山村的野店，

身子刚着地，
鼻子就打鼾，
山里的狼嚎
代替了鸡鸣，
一声犬吠，
惊动了千万个山峦。
我们到蒙城，涡阳，
去吊今战场，
又渡过淮河
直插入立煌——
大别山的心脏。
我们是一个新的刺激，
送入他们的眼，
我们也嗅到了新鲜，
前方后方
一样在战斗，
只是遥遥的关山，
把人同消息一齐隔远。
不怪回头路上
觉得衣单，
原来季候已从长夏
走入了秋天。
我们就这样走着，
脚步接着脚步，
我们就这样走着，
肩靠着肩。
不要把这三人的“笔部队”小看，
它在艰苦中
走完了五千里路，
它在战斗中
送走了一九三九年。

1940 年 1 月 11 日

国旗飘在鸦雀尖

二寸照片
留下了一角大别山，
留下了大别山的顶峰——
挺秀的鸦雀尖。
三个人影簇拥在山巅，
一张地图牵着六只眼，
身边的草木在风前低头，
一面国旗飘起了青天。
树影笼着十个士兵，
深草吞没了半截腿胫，
刺刀冷亮，钢盔乌青，
瞪着一双双决死的眼睛。
这一张平凡的照片，
包藏的故事可不平凡，
追溯这个故事的诞生，
要把时光倒流上两年。
那时候，正在保卫大武汉，
那时候，正血战在大别山，
那时候，这一支常胜的铁军
奉令把守这天险——鸦雀尖。
他们战过台儿庄，
他们战过娘子关，
他们战过琉璃河，
于今又来战大别山。
鸦雀尖镇着商麻公路，
鸦雀尖镇着武汉外围的门户，
正可以作个尺子，用它的高，

去量它在军事上的重要。
这一师：两个旅，三个团，
用机枪，用大炮，
用血肉，用勇敢，
作了它铁的防卫线。
在敌人的炮弹下，
斗大的石头飞上天，
在敌人的炮弹下，
人马纷纷滚下了山岩，
多少弟兄昏倒在地下，
毒气在山上散做云烟。
下了叶家集，
下了商城，
荻洲师团，
凭一股锐气要攻下这天险：
一道严峻的命令
下给这一师人，
死，也要守住鸦雀尖！
战况到了紧张的高度，
指挥所从山腰移上了山巅，
这表示了一个决心，
像一张弓把弦拉满。
向着一张地图滴心血，
师长同他的参谋人员，
一会儿他又立起身来，
望远镜中把眼光射远。
电话铃声叫他说话，
一个团长向他求援，
他说阵地已经动摇，
一团弟兄战死了一半。
“士兵死了，排连长上去，
排连长死了，拿营长去填，

看准你的表，两个钟头
我把援兵送到你的跟前。”
没有兵力给他增援，
给他送去的是国旗一面，
另外附了一个命令，
那是悲痛的祭文一篇：
“有阵地，有你，
阵地陷落，你要死！
锦绣的国旗一面，
这是军人最光荣的金棺。”
这时候，炮火密得分不开响声，
炮弹落在他左边右边，
惊飞的石子像雨点，
纷纷打在他的身间。
枪弹穿响了头顶的树叶，
敌兵已经冲到了山前，
特务连里十个决死队，
一个命令跑下了山。
他用完了所有的兵，
而且，把他们放在必死的当中，
头顶上悬起了同样的国旗，
他从容地在听候着电话的铃声。

附记：大别山战役，××师奉令扼守鸦雀尖，师长黄樵松氏，预作国旗七面(二旅长，三团长，另外一面是他自己的)，在战局危急时，即以国旗分赠，示不成功则成仁之决心。鸦雀尖敌将冲上时，师长令敢死队十人冲下山头后，即于树间将国旗悬起，预备作光荣之牺牲，置诸死地而后生，敌人终不得逞。当时在鸦雀尖留有二寸照片，至今犹存，敢死队十名，生还者七人，该师以“鸦雀尖七勇士”呼之。

1940年1月

烈士墓旁

六十一堆黄土，
埋着六十一个灵魂，
竹牌上的字行，
说着他们死难的地点、
籍贯和生辰。
他们为祖国
流尽了最后的一滴血，
青翠的松针
给坟前的大地
刺上了
“民族英雄”四个大字。
一口坟前
挺三尺松柏，
松柏的贞节
标出了他们的美德。
平昌关，在眼前，
一条淮河横流在中间，
扯南到北的“望儿岗”——
我们的阵地，拒敌的天险。
敌机像鸦阵
飞越了老鸦山①，
坦克车像一队乌龟
爬到了平昌关，
敌骑三千想饮马淮河，

① 老鸦山在平昌关南廿里，为敌人重要据点，山头的炮，可以直打平昌关。

大炮打焦了马营和桃湾[1]。
凭着手里的铁，
凭着胸中的血，
战黑夜，战白天，
一角寨墙，一寸土，
冲来杀去几次往返！
猛虎一样敌人扑过来，
癞狗似的败下去，
转回头，
看谁跑得快。
种下了仇恨，
在民众心头，
流下了红血，
在战地的焦土，
“倭子坟”[2]中的冤魂
夜夜啼哭。
（隔一条水，
烈士墓，
倭子坟，
死后也对垒。）
烈士们，
生前誓同阵地共存亡，
阵地保全了，
他们却做了国殇！
死后的骨
葬埋在战场，
听淮河吼叫，
听老鸦山头的炮响，
望着眼前的战友们

① 马营、桃湾在平昌关附近，现已成一片焦土。

② 马营北门外，有七口日本兵的坟，标以竹牌，曰：“倭子之坟”，本地民众呼曰：“鬼子坟”。

在阵地上出入，
地下的灵魂
要冲破坟头的黄土。

1940年3月13日于老河口

韩团长的腿

佩在你胸前的勋章，
像一座星斗光辉万丈，
天蓝底子包一个血红的“心”，
你的血，
一次又一次
流在民族革命的战场上。
你身上的创疤，
就是一篇光荣的战史：
你带着娘子关的伤，
　　　台儿庄的伤，
在大别山中的打船店，
你把右腿上的五十八块肉，
补在创痛的左腿上！
一条骨头，一块肉，一根汗毛，
都是父母的遗体呵！
我们要珍惜它，
时时警惧着损伤；
但是，为了祖国——
四万万人的父母，
你把它抛进枪林炮雨。
生命，

这唯一的至宝，
应该怎样珍爱它呵；
但是，为了民族
四万万人的至宝，
你把它看做一支鸿毛。
在走路的时候，
在阴天的日子，
你周身的创疤
便痛楚地向你开口了。
(像夫差那个守门的人，
向他作出惊心的发问。)

记忆的血泛滥在胸口，
是那样殷红的血呵！
仇恨暴跳在心头，
个人的，民族的！
这记忆，
唯有仇敌的血
才可以洗掉，
这仇恨，
不在凯旋的欢呼中
是没法消除的呵！
在去神阳台前线的那一天，
我们策马在淮河中流，
你用马鞭指着河水，
羞辱、愤恨堆满了脸。
"敌人哪，我个人的生命，
四万万中国人的生命，
不死在你的手里，
那，敌人哪，
你就得死在我们的手中！"

这语音，
我永远不能忘记，
就像永远忘不了
映在淮河里的你那魁梧的影子！

1940 年 3 月前线归来于老河口

柳　萌　下

几株垂柳
铺好了一地荫凉，
八九匹战马
拴在柳腰上。
驰骋过疆场的铁蹄
闲敲着午睡的大地，
阳光点了它一身银花，
尾巴驱打着逗它的蝇子。
木鞍弓着腰
做闲散的梦，
有一种
卸却了责任的轻松。
（弹药卸在前线，
它们又回程。）
枪身
靠在树身上，
仿佛找到了
一个惬意的依傍。
五六个弟兄，
一个人一个式样：

额上生薄汗，
口水像馋涎，
甜睡在光地上，
像傍着母亲的胸膛；
有的解开戎装，
去接受柳扇摇来的清风，
看白云在天边游走，
听悠扬的蝉声；
有两个对坐着聊天，
每人口里衔一支烟，
话，多半天没有一句，
一支烟却吸它个多半天。
“公园里今晚放演《台儿庄》，”
一位老乡做了个义务宣传，
“老王，咱们也去看它一眼，”
说了这句话，脸色却很平淡。
(那个场面在心头一闪)
老王向他的伙伴望一望，
眼光正碰到了那颗勋章[①]。
(光芒四射的大阳)

1940 年 7 月

十二月的风

十二月的风，
像一个冤抑的灵魂，

① 三十军在台儿庄创造了光荣战绩，每人得奖章一颗，形如太阳，边缘作光芒状，中横“台儿庄”三个红字。

到处呼喊出
凄厉的声音，
它用铁的翅子
向中原的黄土扫荡，
沙尘要卷跑
这田野，村庄。
鸦阵，
像张不稳的黑帆，
在风前
啼叫饥寒，
空中的乌云
密打着结子，
天，阴郁地深垂着
解不开的容颜。
裸体的树木
抱起村落冬眠，
（村落，
画一个一个灰圈）
祖坟在村头
替子孙把守田园。
壮丁
挖战壕去了，
（冷风里，
抡起的胳膀赛红铜）
像一个队伍
逐着敌人的战车，
一群小孩子
追起旋舞的风圈。
我以疾速的步子
在风沙扑面的古道上奔驰，
北风的尖嘴
猛啮我的戎衣，

薄汗给身子添一点热，
一住脚，
肌肉上贴一片冷铁。
战友们，各自低着头
一句话也不交，
赶上前线去，
兴奋扯得人心乱跳。

1940 年冬

老媪与士兵

两间痨病屋
和她一样衰老，
风的手爪
抓搔秃了它的头毛，
墙上泥皮
一片一片地往下掉，
给时间的足迹
划着记号。
夜晚不点灯，
星月漏给她一点光；
像泪痕一条又一条，
雨水划在墙上。
一口小锅满身是补钉，
让它常常饿着，她真也无法，
现作现报，一点也不差，
它也不把一个温饱给她。
城里扔炸弹，

她缩在墙角里打战，
墙也同样地害怕，
浑身一劲地痉挛。
大炮响，
隔几十里路远，
屋顶上的土块吓得坠落，
把身子扔个稀烂。
她厌烦打仗，
她害怕打仗，
老伴死在战争里，
儿子——蝈蝈腚上一根毛，
也从她手里给拔掉。
（换来一张军属的白条贴在门旁）
害怕打仗，
她却关心打仗，
队伍从公路上过，
她站在一边巴望，
昏花的老眼
抓不住一张面孔，
可是在每一张面孔上
她都寄出一个希望，
不，不是一个希望，
是一个渺茫的幻想。
旧的伤兵刚走，
新的伤兵来填，
招待所里的铺位，
一天也不让它空闲。
她并没负什么任务，
她每天都到招待所去，
去同受伤的弟兄谈谈话，
这样她心里感觉舒服。
她问他们的家乡

离这儿多远？
她问他们离家
已经几年？
问他们家里有没有老娘？
是不是常有信息往还？
倾尽了慈悲，
她把感伤带回家，
一直带到梦里，
那分量一点也不减差。

二

胡行乱走的云
像挣脱了管束的小儿，
一碰头，停住脚，
把身子挤在一起，
想落雨，又迟疑，
像大家在商量，
意见还不齐一。
麦苗像早熟的孩子，
肌黄筋瘦挑不起腰肢，
这是因为营养不足，
喂它的，不是土壤是砂石。
她立在麦垄间，
勉强投出锄，弯下了腰，
风，掀开了胖单衫，
要将这一把老骨头抓跑。
拉回锄来，
锄杆做了手杖，
它扶持着她，
向老远老远的云天张望。
她投出了目光——

投出了一个孤绝的希望，
探寻了许多时，
最后落到了两个士兵的身上。
他们在给战死的弟兄
铺一张安息的床，
你一锹土，我一锹土，
土上带着青草，
草叶串着水珠，
清新又晶亮。
他们叫手里的锹，
慢慢起，慢慢放，
把一个长的空隙
留给怅惘和悲伤。
“他们可也有家乡？
他们也有妻子爷娘？”
“他们有家在江南，
他们打仗来到北方，
谁不是爷娘生养？
为了国家才上战场。”
她的每根白发
系一个悲伤，
一齐在春风里挣断，
看它们漫天飞扬！
“不打仗不好吗？
为什么要打仗？”
满脸的哀愁，
放出了一个萎弱的希望。
“你去问日本兵，
为什么要打仗！”
她拾起了这话的钥匙，
低下头，去开她思想的铁箱。
“我们就不能打走他？

叫他的飞机不再来轰炸！”
她的头又抬起来了，
凝固了眼光等着回答。
“那不难，打倒他，
只要男儿一齐上前线
不再恋家！”
她放开了额上的皱纹，
放走了兜着的悲伤，
嘴角上开出一朵笑，
拄着锄杆，她又开始向天边遥望。
（真的吗？
她默念着这几句话。）

1941年

收　成

黎明鸟
是一口自由钟
挂在农村，
忽然响起来
半夜三更，
是把十五的月亮
认做太阳？
睡眼朦胧地乱转着时针。
身子
打着床板，
我用了不眠的眼
向着窗上的白光，
辚辚的车声

碾响了古道，
从我耳中，
响入了渺茫。
拍门声——
一家，两家，三家
被惊动，
隔墙遥呼声，
那么亲切，那么生动，
声音像诗又像梦，
从声音里
听得出年龄，
听得出哪个是妇女
　　　哪个是儿童。
“真的天亮了吗？”
我怀疑自己的眼睛，
点亮小灯一看表，
不对吧，才两点钟。
大清早，我沿着沟底的小径，
（两边的岸崖像青的石壁，
它是条小溪贯串在当中，
反剪起手，挺着郁结的胸膛，
每天早晨我给它踏上一串脚步声。）
登上那光绿的石台，
迎接太阳，脸朝着东，
远处的山色来到我的眼底，
郊原是多么坦荡，比我的心胸！
今早，原野上
开始了拂晓的“战争”，
到处是人群，
弓起腰向前移动
像伏兵，
这是农人们

向自然做最后的斗争，
举起他们的武器——镰刀，
向着麦垄，
他们从旱涝里，
　　从虫子和黄丹的侵害里，
　　从血汗和担心里，
跳了出来，
今天，把一刻当一天，
以“速战速决”的精神
争取着收成。
镰刀后面
紧追着褴褛的大队——
他们没有土地，
却有着要饭吃的嘴，
他们从别人的手底下
争捡着遗穗。
伸向乡村的小道上
活动着“坦克”，
不用人牵，
老牛它会把麦堆的山头
移到主人的场院。
场院，
充实了一个希望，
夜里有人把守着它的梦，
白天有人在上面忙。
一粒麦子，
是一颗汗珠
　一颗黄金
从外场流入了内仓。
可是，他们自己舍不得吃它，
一斗一斗地，
一石一石地，

往布袋里装，
他们那么辛劳地
　　吝啬地收进来；
这么舒心地
　　慷慨地
拿去做军粮。
千百万大军在火线上
手握着枪，
有更多的手把着锄头
在后方。

1942年5月20日早于叶县寺庄

送　军　麦

军麦，孩子一样，
一包一包
挤压着身子，
和衣睡在露天的牛车上。
牛，咀嚼着草香，
颈下的铃铛
摇得黄昏响。
燎火一闪一闪，
闪出梦的诗的迷茫，
这是农人们
以青天做帐幕，
在长途的野站里
晚炊的火光。

1942年

小　兵　队

左手，
挎着草提篮，
镰刀当枪，
扛在右肩，
看小兵队
从野外开来了，
口里唱着抗日歌，
步子像张口
一开一合。
“立正！”
突然一个口令，
他们向我这陌生客敬礼，
接着，一阵轰笑
解开了绷着的脸子。
“先生，我跟您去当兵！
(我也去，我也去，
你听那纷纷的吵嚷声！)
不要看我身量小，
明年，我就能扛动枪，
明年，我就长得这么高。”
说着，他把手举到头顶，
划一条最高的标准线，
同时，抬起头来，
投射出希望的眼睛。

1942 年

他回来了

哥哥请假回来看家，
家里的亲人
放下了那条悬挂的心，
自从出了门
没有消息回来，
今天，他的身子
是几年来寄到的
第一封“家信”。
他的口——
一条小河，
淙淙地流，
母亲坐在纺花车旁，
像坐在梦中，
弟弟刚从坡下抽回身，
锄杆躺在怀里，
大家静听着他，
像静听着别人
替自己读一封“家信”。
小孩子
在大人空隙里穿梭，
欢喜而又畏怯地
用一只好奇的小手
向爸爸腰间的短枪偷摸。
他的女人，
脸上烧着火，

在别人不留意的时候，
在他周身溜眼波。

1942 年

崎岖的道路

通过了
八百里起伏的荒山，
通过了
七月的火扇
扇起的火焰，
把破碎的身子
移向战时首都，
我曾经在前线屹立了五年。
当汽车慢慢地
把楼台的影子
送给我，
我已经把不稳
心的舵，
硬把眼皮关紧，
为了不叫泪水冲落。
脚，
踏上岸，
梦同现实
碰面！
流线型的汽车群，
斗着时髦与速度，
载满了波浪头发的女人

掠过我，威风地叫着，
远了，
我以发烧的酸腿，
追在它后边。
（吃它的黑烟）
两个人
捎着一个人
擦过我的肩膀，
抖一下神，
抢上几步，
我骄傲我还有一双腿。
我的草绿色的粗布军装，
污染着长征途上的汗和土，
它的颜色
同这都市的颜色
彼此嘲讽着。
路上的行人们，
你们以你们的衣服骄傲我，
你们以你们的脸色骄傲我，
你们投给我太多的眼光；
但是，你知道，
我是新从前线来的，
敌人的机关枪
也不曾使我战慄！
我，像一个叫花子
误失闯入了天国，
在繁华得叫人昏眩的大街上，
我移动着发烧的身子，
什么对我都是陌生，
这里的道路是这样的崎岖呵！

1942 年 8 月

新诗·长诗

走向火线

一

警报声中
度过了清明，
襄樊的春色
同江水共浓，
炸弹底下
大地在痉痉，
怕吗？
我们用行动给它一个反证。
襄江托起一叶扁舟，
我们戎装立在船头，
远山排就了

伟大的行列，
用庄严与沉默
壮我们的行色。
浪头打碎了
心头的枷锁，
春风的剪刀
响在乱丝的心窝，
活力
撼得身子摆动，
像是杨柳
摇着东风。
小舟虽没白帆的翅，
顺水推船到张家湾，
回首十五里路的途程，
仿佛没有通过时间。
江面的桅杆
是霜秋的林木，
浮桥的刀片
把江水腰斩。
江岸上
搭起个茶棚，
过往的客人
在歇脚聊天，
一杯清茶，
一脸大汗，
衣襟做了
取凉的团扇。
头顶上
飞机嗡嗡，
我们拿它
当耳边的苍蝇，
敌人想用它的翅膀

牵着恐怖游走，
老百姓却比它
做一只无赖的疯狗。

二

二月的麦浪
已掩过乌鸦，
春地里
老牛拖着犁耙，
战烟已两度
熏黑了春天，
民众的生活
却越来越稳安。
公路辟开
青色的郊原，
它引领我们
走向火线，
脚步在急遽地跳梭，
我们在春风里放歌，
像在比赛着勇敢，
谁也不甘心落在后边。
汽车一列向前方奔驰，
像是一条滚动的龙蛇，
军需填饱了它的肚皮，
拖着一条尘土的尾巴。
一眼太阳，
遍地金光，
桃花一行，
菜花一行——
一针红线，
一针黄线，

刺绣出
一幅锦绣的河山。
敌人放飞机
到我们的天空，
战地上的儿童
也放起风筝，
在炮火下诞生，
在炮火下长成，
谁怕订
百年战争的合同？
到处蜿蜒
战沟的龙蛇，
翻起的土花
是片片金甲，
年老年幼
一齐动手，
阳光闪着
锨头镢头。
黑色脊梁上
汗水发明，
起落着胳膀，
起落着歌，
他们不是在挖战壕，
他们替敌人
在掘着墓穴。
两个竹筐，
一条扁担，
生命的全力
纵上右肩，
妇女
也在为祖国流汗，
一筐倒下，

一筐又填满。

三

赶到双沟
带一竿夕阳，
七十里路的劳顿
坠在腿肚上，
生活
纠成一条粗线，
劳动
把人的胃口裂宽。
双沟给公路
打一个结，
又像一座碉楼
东向烽烟，
三十万大军
出击随县，
它日夜睁大着
张望的双眼。
疲劳酿成
一夜酣甜，
春鸟的碎语
叫破了睡眠，
一团浓红，
一轮清淡，
朝阳同晓月
各在一天。
迎面走来了大队人马，
红的“武”字缀在臂上，
他们都是游击队员，
便衣杂在戎装中间。

大马驮着
他们的司令，
十几岁的孩子
执着马鞭。
他们有家乡，
敌人给强占，
他们有妻子，
敌人给强奸，
牛马生活
男儿没脸，
一条身子，
一条钢抢，
亲戚友朋
打伙儿干。
有的髭须
盘结半脸，
有的身子
高不过枪杆，
枪比人多，
枪比人齐，
可以称得起
是父子兵团。
（留在家乡的亲故，
把枪做了赠别的礼物。）
走出息县，
经过潢川，
信阳城下
同敌人会战。
几十辆土车
碾着道路，
车上填塞着
他们的军需，

破烂的衣被
捆在一边，
上面浮起
片片云烟，
一眼看去
就可以知道，
孩子的尿水
曾经泛澜。
潺潺的溪水
是春的琴弦，
梨花掉下了
二月的雪片，
清香借了
东风的媒介，
沾住衣襟
再也不肯散。
路旁的大树
留住一家人，
逃避灾荒
四方流浪，
逢人便问中原的消息，
打走鬼子好回家乡。
几天没得粒米入肠，
气力把话音送不出喉咙，
走遍了天涯
无处不烽火，
凭自己的可怜
换人家的同情。
筐子里躺着三岁的幼儿，
惹人爱的一个天使，
他的妈妈却这样哀求：
“抱走他吧，

这累人的东西!”

四

朝曦
把人送上征途,
夕辉
把我们接到齐集。
半截土围墙
圈住六十个家庭,
六十个家庭里
亮着五十盏烟灯,
两条懒筋
挑一个瘦头,
竹枪吸干了
人的髓精。
光秃的岗岭
没春树发芽,
稀黄的麦苗,
像死人的头发,
(这,你能埋怨
大地生殖的力量?)
宁愿对着纸人[①]
消磨春光,
不肯荷起锄头
田野里多走几趟,
出门就屙,
出门就尿,
一条大街
又臭又臊。

---

① 纸牌。

救亡团体
在后方挤拥，
一张标语
在这里也鲜明，
民众守着
生活的旧圈子，
政治的力量
没有把他们拯起。
出击淅河，
围攻应山，
春风把胜利
吹到天边，
一个消息，
千万颗心跳动，
在这里，
我看到了挂彩的弟兄。
身下的稻草，
温柔放香，
红十字被
把光荣盖在身上，
一宵停留
换药休憩，
齐集做了
栖息的一枝。
他们说着悲壮的故事，
忘了创痛半支着身子，
话头把战场
拉到了眼底，
屋里的空气
顿失了静谧。
我们用暖语
温他们的心，

我们的暖语
引出了壮语：
“希望伤口一天就好，
好再赶到火线上去！”
我们的战士这样勇敢，
把敌人的卑怯比照着看：
人人怀着一寸木棺，
放一条火柴当做尸体，
他们向着鬼神祈祷，
祈祷叫它替自己死。
他们怕中国会要再生，
因为首都迁到重庆；
对自己的命运他们害怕，
“昭”字明明是日在刀口之下。
齐集去枣阳
路程二十，
枣阳，
是我的旧游地，
焦土代替了
当日的荣华，
三天
遭了十五次敌机的轰击！
近郊的乡村
也落了炸弹，
平安的日子
被敌人搅乱，
一堆一簇
在郊外彷徨，
希望从天上摘去太阳。
欲雨不雨的春阴天，
我踏上齐集的郊原，
清风在绿海上拍起涟漪，

几个庄稼人在葬埋战士。
铁锨托起
湿润的土块，
坟头顶上
朵朵黄花。
他住在江南，
你北国有家，
为了一个目的
冲锋厮杀，
肩头卸下了
自己的责任，
没半点遗恨
在这儿一齐躺下。
隆隆的大炮
为你们下葬，
英名同黄花
千古芬芳。

五

离去齐集
在雨中进行，
一层烂泥
平地滑冰，
脚下坠着
沉重的分量，
湿润的春天
驮在背上。
大路上
来了伤兵一行列，
地上有血点
却看不见人面，

身上搭着一条雨布，
有的盖上一床军毯。
将士流血，
百姓流汗，
担架压上
民众的双肩，
拿这事实
做个例证，
军民合作
不是句花言。
四方的小径上
行人蹒跚，
趁着细雨
走向这死的城圈，
背着包袱，
携着孩子，
黄昏归来
像一个偷儿。
雨滴打着
冷落的大街，
半开半闭
家家的门板，
有意给死城留一口残息，
叫贩的呼声一落一起。
河水唱着黄昏的歌，
暝色已把天地结合，
军帽的舌头吐着水珠，
航着夜海，失去了眼光的舵。
远处的电筒
放出警戒的目光，
一阵犬吠，
叫得人心慌，

从煞黑
摸到更深，
把一天夜雨
带到一个农家。
背上的汗水
交流着雨水，
同一位将军
对灯夜话。
三间茅屋供他安息，
他说自己是闷在瓮里，
旧的新闻
翻做新的消息，
战地文化
是一片荒碛。
电话耳机
是他的情人，
无时不对着
地图出神，
像在同敌人赌一局棋，
千滴心血下一个棋子。
南口的山头上，
写着他的英名，
台儿庄的胜利
留给他一份光荣，
几万健儿
南北驰骋，
敌人是枯草，
他们是飙风。
敌机炸碎了他的住室，
再来换一所新的房子，
将士效命，祖国危难，
个人的休戚放在一边。

他把敌人比一只猿猴，
割破颈项红血直流，
我们也同样陪着流血，
看看谁能够支撑更长的时候。
我们赶着训练新兵，
不问天雨还是天晴，
大片原野绿色笼罩，
原野上响着救亡的歌声。
旧的打完，
新的补充，
我们的人力
大到无穷，
他们请求早上前线，
不愿在这里空磨时间。

六

走过枣阳
才走断平原，
迎眼拔起
一列青山，
青山根下
便是战场，
一口石棺
把敌人埋葬。
翻不断的岗峦
像不败的石花，
一朵赭红，
一朵天蓝。
晨风的冷翅下
穿一身棉，
正午的太阳里

换一身单，
一天日子两个节气，
“二八月里乱穿衣”。
一个村落
三五户人家，
门前横一塘春水，
千竿绿竹
抱几树红花。
水堰里
麦苗蓬生，
不见插秧，
先见春耕，
脸前的春光
只是一片，
却一眼北国
一眼江南。
十几尊炮口
向着东方，
炮车的铁轮
在地上雷响，
缀在车后，
作成前哨，
射手的头上
插满了柳条。
敌机连翅
掠过头顶，
手指，喧呼，
脸向天空，
乡村的百姓，
不曾经见：
三尺炸弹，
十丈深坑！

身子走近了唐县镇，
一道清流拦住了行人，
悦耳砧声，
却见不到浣女，
只隔一条
烟柳的帘栊。
净明铺
给我一夜安眠，
污秽零乱
把人眼填满，
伤兵难民，
东倒西躺，
这里已烂熟了
战地风光。
涉过三家河的一流清浅，
厉山的城堞影到眼前，
杨柳撒开了美人的散发，
十里绿荫笼住沙滩。
厉山新近落过炸弹，
弹坑的沿上摆起了货摊，
四乡的庄稼人
忘不了早市，
一担筐子，
趁着朝曦，
卤湿了裤脚，
泥巴了双腿，
带水的菜叶
又嫩又肥，
这里的土地阡陌连云，
连云的土地有它的主人，
它的主人不劳而食，
手里握着一大卷文契。

这里的农人生活赛黄连，
手脚不停劳动终年，
现在已经开始挨饿，
用树叶打发这个春天。
“押柜金”[①]换得田地到手，
高利贷张着血的大口，
看禾时节地主那副脸，
最怕要命的那一张“菜单”[②]。
他们已有了自己的集体[③]，
担架，游击，供出全力，
抗战对他们
有双层意义，
解放了民族，
也解放了自己。
随县的“黄学会”
像一阵风，
卷去了男女
数万群众，
一柄大刀，
一条黄巾，
念咒打拳，
像一群疯人。
他们一致反对“保甲”[④]，
“保甲”是他们的一具枷锁，
清匪，抗日，保卫家乡，
他们要安定，他们要生活。
他们凭着素朴的脑子，

---

① 即揽约钱，每亩田要三十余元。

② 禾熟时，地主下乡看禾的成色以定租粒之多少，同时开一张价值昂贵之菜单令佃农预备。

③ “农民抗日会”，在厉山一带有群众万余。

④ 因反对不良的保甲长，变成反对保甲了。

生编出荒诞可笑的故事，
翻过来把故事当真的看，
把他们的“老师”说成个天仙。
借着教门复兴民族，
揭开史页条条可数，
需要宣传，
需要训练，
粉碎迷信
用理论的铁鞭。
需要组织，
需要领导，
把这个力量
拉上抗战的光明大道。

七

披一身烟雨
离开厉山，
脸前的近山
连起远山。
峰头的青松
像前卫的哨兵，
擎一把绿伞
在守望着江山。
一步高起，
一步低陷，
起落的岗峦，
把山径扯成一条曲线。
飘飞的云片
像古旧的篷帆，
驭着长风万里
驶在茫茫的天海间。

烟雨给山色
添了幽深，
远村的树梢上
挂起白云，
朦胧的美，
朦胧的静，
朦胧中的春色
更多姿容。
雨里的飞机穿着云层，
像是一只迷途的苍鹰，
东边的大炮
地裂山崩，
西边的炸弹
震得耳鸣，
炮弹炸弹
呼应不绝，
紧紧地拉满了
一张心弓。
山头上，工事的网绳
到处乱牵，
织成一幅八阵图，
围护住脚下的塔儿湾。
空心的战壕
给春水暂住，
机枪阵地
顶一个土帽。
四围山光
困住一片平原，
两条川水温柔的手臂，
把塔儿湾抱在中间。
塔儿湾去火线
只十五里路远，

这里的街心，
炸开过炮弹，
马鞍山上的大炮
向这里张着口，
老百姓照常生活
谁也不逃走。
他们也曾逃过难，
逃难能把田地担上肩？
流亡道上艰苦崎岖，
逃难能把肠胃扎住？
他们信赖自己的军队，
他们全把敌人看扁，
家乡虽是枕着战场，
敌人仿佛远在天边。
火线上
有抬不完的伤兵，
他们有
磨不薄的双肩，
乘着夜色，
穿过山径，
我们的弟兄
夜夜摸敌营，
老百姓自愿夹在中间，
三枪两枪打着好玩。
对岸的农人
过河[①]来春耕，
失去了土地，
没失去群众，
请这边的弟兄
“清明”去吃酒，

① 浙河。

明月照着战士回程，
一路歌声
播散着欢快，
敌人的大炮
空响几声。

八

三面青峦
展开一幅扇面，
万家店
就压在青山下边。
这里闪烁着一颗将星，
他曾放夜火烧红过马坪，
一个命令
天地变色，
敌人的命运
握在他的掌中。
遍地野花
一片绀黄，
像天上掉下来
朵朵星光，
晚风吹着鬃毛飘荡，
夕阳里浴着半山牛羊。
山间有绿竹，
山间有青松，
樵夫的脚掌
磨亮了石径。
山上有泉响，
山上有鸟声，
有蝴蝶的飘带
牵一缕东风。

山上有喝操的口令，
山上有救亡的歌咏，
大时代的呼声
叫破了桃源的宁静。
去年此时，
看过台儿庄上的桃花红似血，
今年此日，
看见战地上的牡丹像血红。
这儿的难民多似牛毛，
在饥饿中受着煎熬，
敌人占去了他们的家乡，
不甘心同土地一道沦亡。
他们白口描绘的命运，
使人泪流使人气愤，
暴手把人推入困苦，
暴手不能抓住人心。
这里的军民
结一个同心，
战壕里弟兄
百姓去慰问，
带一只母鸡，
几个鸡蛋，
带一束油条，
鲜嫩的菜苗，
家常礼品，
家常的话，
战士的心间
充满了温馨。
一队青年
在战地上拓荒，
拓荒的工具
是牺牲和吃苦，

一个行动，
跟一句诺言，
竖起信仰
在军民之间。
走进战壕
变一个士兵，
深入农村
变一个百姓，
时代的儿女
站在最前线，
把虚荣和身分
扔在一边。
我们在战地上联欢，
大家的身子打一个圈，
一丛绿树为人张盖，
敌机空在头顶打旋。
各人唱出自己的姓名，
每个名字都是陌生，
抬头望望每一张脸，
脸上浮着亲热的感情。
为了战斗
我们才相识，
为了战斗
我们来这里，
一样年轻，
一样勇敢，
战斗里的友谊
钢铁一般。

九

我跨上一匹大马，

在春风里扬鞭，
马蹄撒在石径，
带起一串清脆的响声。
山后里，
炮声隆隆，
水田里，
撒下稻种，
走向战场
马儿也兴奋，
昂首顿足
一阵啸吟。
马背上
春风吹饱了衣衫，
汗珠像毛虫
爬得人难堪，
飞起马蹄，
伏下身子，
耳边萧萧，
一鞭十里。
“界河”的清流里
儿童在捕鱼，
马蹄
溅了我一身水珠，
立马中流，
转过了脸，
一脚随县，
一脚应山。
界河新店
这一座石寨，
三十天前
敌兵曾占领，
冷落已被敌人卷走，

街心开着一片繁荣。
难民守着乔装的仇货，
蝇头小利，半死的生活。
群山丛中
扎一座营帐，
一树桐花，
半谷幽香，
四十里连山，
大兵在把守，
我们的山头
对峙着敌人的山头。
望远镜移近了王家大铺[①]，
身子借了松枝做掩护，
敌人见不得一个人影，
不值钱的大炮响不绝声。
一条小径
像一条直线，
登上娘娘庙
趁落辉满山，
群峰在我脚下低头，
满脸汗珠清风给扫干。
满地瓦砾
在夕阳里做梦，
满眼焦土
想一场火红，
拍拍胸膛
一声长啸，
满腔的豪情
挂上“大别”“桐柏”的高峰。
我们的战士

① 王家大铺为敌所据。

依着女墙，
枪口
向着敌人的方向，
不放松黑夜，
不放松白昼，
用鲜血夺回，
用生命死守！
月光下我们在用夜饭，
敌人又打照例的晚炮，
夜间的床上
按下倦身，
却放出一个
警戒的心。
满眼清新
一夜醒来，
山头的烟扉
炮火给打开。
早晨的山径
送难民回程，
他们回家
打算春耕，
听到鬼子残酷的行状，
停下步子愁苦又彷徨。
一样的星光，
一样的月明，
走向火线，
两样的心情。
山泉
在荡动，
夜犬
在警戒，
心胸

在激响，
战马
在嘶声，
还有那万壑青松
在月色里
布满了疑兵。
火线下的农家
深闭了柴门，
饭后夜话——
琅琅的声音，
抗战
壮大了他们的胆，
听惯了枪声，
听惯了炮声。
森林寺卧在月光底下，
遍地都是炮弹的创疤，
敌人拿它做了目标，
有事无事日夜发炮。
丁丁伐木，
山谷有声，
趁着夜间
把工事完成，
白天脱不开
监视的敌人，
战地春宵
一刻千金。
火线边沿上
一座瓦房，
枪孔炮孔，
遍体鳞伤，
屋里
充溢着恐怖和阴森，

阴森里
透出来惨痛的呻吟。
借一支火柴
把黑暗照破，
一个创伤的农人
在床上仰卧，
被套掩没了他的伤口，
刺人鼻孔，一股腥臭。
怀着气愤，
带着勇敢，
飞起步子
跑上第一线。
这里距敌人只二百米，
王家大铺送来个影子，
脚下的庄村里
活动着敌人，
鸡犬歌吹
清楚地相闻。
枪子在头顶飕飕连发，
照明弹在半空开一朵昙花。
我们的战士
穿着棉衣，
流汗流血，
在战壕里，
他们日夜
监视敌人，
一日一餐，
铁的精神！
一个目的，
一个方向，
以炮还炮，
以枪还枪！

隔一座山头
成两个天地：
一边是残暴，
一边是正义，
一边是侵略，
一边是真理，
我们要自由，
我们要解放，
甘心把白骨
叫青山埋葬！
祖国要翻身，
民族要再生，
我们用鲜血
把战场染红！
拂晓攻击，
战烟迷蒙，
一轮朝阳
压倒群峰，
中华的大地
万里光明。

1939 年 5 月 29 日默成[①]于均县

① 1939 年春，与姚雪垠同志徒步去大洪山前线，途中写成此诗。随钟毅师长（第二年为抗战牺牲）转战途中，诗稿被毁，这是默写下来的第二次稿子。

淮　上　吟

一

拔腿于生活的淤泥，
在险阻的道上跃足，
为了挑破一个神秘的梦，
不惮长征三千里。
三伏尖上太阳砾金，
影子笼不住一条浓荫，
大地是一个渴死的鬼，
垂涎人脸上的一点汗水。
高粱的金粒
在眼里闪光，
大豆叶子
轻摇着绿掌，
北方的原野是无底的海，
原野上燃起烽烟十丈。
五里一草棚，
十里一茅店，
四方行脚人
共一席清荫，
对面不相识，
彼此却相亲，
一碗茶，几句话，
一转眼，一个人一个天涯。
为抗战奔忙，
为生活流汗，
几个有福人足不出户，

作六月天的活神仙？
登上南阳的“卧龙岗”，
岗上卧一条人龙，
一间茅庐承汉帝三次殷勤，
半晌话定住了天下三分，
为大汉呕心，
尽瘁鞠躬，
腐朽的是血肉，
不朽的是灵魂。
“白妞镇”上
“故事桥”边，
一个美丽的故事藏在中间，
一个丑妞子
一夜成娇花[①]，
家鸡变凤凰，
飞上最高枝；
桥上的凤鸟要拍翅升天，
它曾舞破正德的天颜。
徘徊在“汝坟桥”头[②]，
吟哦着汝坟诗，
从汝水的逝波上
想一个美妇的影子，
柔手攀着柔条，
沿着大堤脚步迟迟，
像饥饿想念茶饭，
她向爱侣抛去相思。
今天，国家烧在烈火里，
壮士齐上疆场杀敌，

① 故事桥，白妞镇，在邓县境，相传正德皇帝差下选采正宫的使者到该镇时，有一丑女一夜变成白妞，中选入宫。正德且曾驾临该镇，至今尚有一桥，雕刻甚精，桥畔有石碑，上书“故事桥”三字。

② 在叶县境内。

妇女留在父母身边，
跑到坡下兼把锄犁。

二

淫雨泄下天上的水，
沙河的黄腰一日涨肥，
风浪像千万条纤绳，
拉着木船在水面上飞。
盛夏的景色
任岸崖推移，
满腹清爽
一口呼吸，
双脚踏上
漯河的大地，
落辉里的长帆
掣一面旌旗。
“郾城”是织女，
“漯河”是牵牛，
一条水
把他们拆散在两头，
织女守着清冷，
牵牛抱起繁荣，
战争不到的地方，
空气洋溢着升平。
站台上，
车轮子不再碾得大地暴跳，
听不到
汽笛的尖音压倒叫器，
一条条铁轨，
像一条条长腿，
走向西北，

走向西南，
卧在冰天火天上
接起我们的国际路线，
这里只剩条剔骨的土龙，
田禾野草在背上丛生。
我们有力量
叫沧桑化身，
先人的巨手
曾建起长城抵挡胡人，
敌人两年的苦心
同炮弹一同空费，
今天，到淮河边去，
还让我跨过这条线，
脚步奋飞。

三

像孩子的眼泪——
这六月天的雨，
席大的一片云，
也会抛下一串水珠，
多嘴的波涛
给人解寂寞。
双桨在水面上
点起朵朵笑涡，
过“逍遥镇”，
身子在船上逍遥。
忽然漫天黑，
白点子雨打得席棚乱叫，
席棚就是我们的天空，
它把雨水直泄到舱中，
船在抖颤

风在猛撼，
陡起又跌落，
浪头像山，
恐怖拉来个荒郊的夜，
紧紧抱住了这条木船。
周口，天下口[①]，
看眼前的形势，立在桥头，
两条水分开三个镇市，
心上迸出个武汉的影子，
人流穿着荣华的街市，
仇货高标着贱价出卖自己。
船过“周口”，
黄涛一眼望不尽，
汹汹的气势
要把半壁山河鲸吞，
村庄变成小岛，
高树挑三尺绿梢。
黄河百害，
几百万人民半生死，
但赖它拒开敌人，
捩转过抗战的情势。

四

“界首”——
负水的一座土城，
弹丸一点
界开了两省和三县，
它是一个漏卮
直插到敌人那边。

---

① 周口商业繁盛，有“周口，天下口”之谚。

从亳州，从宿县，
仇货涌来排海倒山，
抛开民族只看重金钱，
路上的谋利人接踵摩肩。
天津货，上海货，
挤在一个货摊，
看到眼里火冒三尺，
公然标着 Made in Japan。
城里归安徽，
西关属河南，
仇货长着脚，
法律却给检查员划一条界线。
西关尽向荒郊伸脚，
一天一个新的繁荣，
平地添了棚房千万间，
还累得货物躺在露天中。
晚上，船上的灯火
同岸上的灯火互映，
人声歌声呼应着水声，
货交出去，
钱接过来，
一天六十万元
川流在人的手中。
货登上木船，
把船身压得同水面差一线，
它走上大路，
向洛阳，
向西安，
直下兰州
也不嫌远；
走到河口，
走到汉中，

只知道打个人的算盘，
国难财把奸商的荷包填满，
他不管一件仇货，
可怕过一颗炸弹。
（炸弹把红血炸个满眼，
仇货却装一副媚人的笑脸。）

五

一双橹
像时间的长足，
摇走了黑夜，
摇来了太阳，
转眼又摇出一天星光。
船尾挣断了河南的界线，
船头冲入了安徽的胸膛，
颍州郊外稳住船身，
四面水把城垣困在核心，
坐在城墙上探腿洗脚，
屋脊像鱼群掠船而过。
（一篙深，
一篙浅，
二十里水路，
一日的时间。）
树上架屋，
家浮在水皮①，
饥寒迫人，
秋风已起，
紫泥不能团做口粮，
黄水不能剪做寒衣。

① 灾民寄身瓮中浮水上，或以木为家。

颍州，炸弹毁了它的颜形，
旧的死去新的诞生，
林立的学校招来万千青年，
文化同繁星一样的灿烂。
战斗的枪杆，
战斗的笔杆，
战斗的心
是铁的一团。
皖北十县拱卫着它，
怕什么敌人陈兵三面。
（神秘的梦现实给打破，
我这后方的来客觉得红脸。）
城根下拜过刘锜的庙，
他曾在城下大败金兵，
欧、苏在这里留下了遗爱①，
一座茅亭浸入水中。

六

渡过淝水
北向涡阳城，
想当年，
谢安闲敲着棋子，
胜利传来像一阵风，
直到今天东去的涛浪，
犹作人头落水的响声。
沿途的农人割着秋禾，
蝈蝈叫出四野宁静，
人脸上看不出战争的惊扰，
农村在做着秋天的梦。

① 欧阳修、苏轼曾官颍州。

一带地形，一片风景，
把我引到了自己的乡井，
故乡几千里呵，
故乡在战斗中。
涡阳城，
去年被过敌兵，
十间房子十间没有顶，
至今还是半边衰落半边空。
（焦黑的断墙上
血红的标语，
强有力地质问：
“是谁炸毁了我们的房屋？”）
老百姓挤在库房的窗子外
争着完粮，
三项运动[①]
广播着力量。
一面小白旗插在路旁，
一个壮丁持一支红的缨枪，
他盘查货物，盘查行人，
不叫汉奸同仇货漏网。
行新政，用新人，
把腐臭的空气化成清新，
十几岁的女镇长把着政柄，
见人腮上涨一星红润。

七

沿着涡河
东去蒙城九十里，
九道公路，

① 完粮、维持法币、肃清汉奸，谓之三项运动。

一带水裙，
围起城垣
拥它做轴心。
十七个月前
就在这地方，
五百条长矛，
三千支钢枪，
军民一齐下手
抵过十万敌军。
野战、巷战，多少个昼夜，
肉搏、冲锋，嘶哑了声音！
用肝胆涂成精忠二字，
生命与城池同归于尽！
敌骑直下丰、沛、萧、砀，
徐州突围十万大军。
“庄子祠”旁吊烈士的坟冢，
满眼蓬蒿招摇西风，
抹杀兵将，
不分军民，
四千架骷髅
共黄土一抔，
(像生前共一个同心)
火口把肉体嚼成灰泥，
几十根手骨上穿一条铁丝①。
夜夜闻阴兵，
义气不泯②，
我为烈士赋诗招魂。
千古传佳话

---

① 敌人俘我军民以铁丝穿手腕，环成一圈，中焚烈火，血肉成灰，而铁丝依然贯穿骨间。

② 人们传说：至今城内夜间时闻冲锋厮杀之声。

人人说庄、周[1]，
壮士同哲人
各一个千秋。
漆园的故里，
无根的神话蓬生，
“刘仙[2]庙”负一面八角古井，
水味清苦忽然又甘甜，
一绳清水他戏过金蟾。
（这井水，
能叫一个黑心变成良善。）
十三级宝塔
已寿延千年，
一根绳索
“张拉塔”[3]从郊外把它拉进城圈，
炸弹曾在周遭落雨，
它却安然挺身向着青天。
边境的狼山上
突起狼烟，
蒙城的荣华
被炮声震残，
武装的军民都跑上战场，
徒手的老百姓慌作一团。
昨夜月下激昂的歌声，
换上母子互唤的悲鸣，
车马往返扬一天黄尘，
一刻的时间盗空了城心，
中伤的鸟儿
听不得拉弓，

① 庄子与殉国之周副师长元也。

② 俗传戏金蟾之刘海也。

③ 张拉塔即张三峰，为下八仙之一，曾学道于武当山。

十里村庄去年那把火，
还在他们的眼里发红。
立在城垣上南望正阳关，
七十二条水贯穿在它身边，
敌人像潮水
涌来又逝去，
青天白日的大旗
该飘在百尺高竿。
淮河岸上，去年的战场，
寇兵的血，河水流红，
淝水淮河遥遥辉映，
谢安的子弟，抗日的英雄。

八

大别山，似听从了一个命令，
群峰一齐渡过淮河，
任意纵横东西千里，
像千百万无敌的雄兵。
桐柏山，
大洪山，
是它的左右手，
身子追着大江东去，
听不绝的江潮日夜奔流。
去年秋天，
敌人闯进这山窝，
在人民心头留下了创痛，
青石上也沾染了寇兵的血红。
（千年的古树一火成灰烬，
今日的焦土，昔日的山村！）
眼前严霜又把山树染红，
山谷隐藏着我们的精兵，

敌人吞蚀的地方
不给它时间消化，
我们的游击队，
不分昼夜从西到东。
大别山，
它曾捍卫过武汉，
(这石头的屏风)
而今，战争把它撇在后边，
但它并不惧恐，
同太行山，
同吕梁山，
同冀、察，
同苏、鲁，
远近呼应。
它巍峨的体躯，
就是坚强的抗战堡垒，
反扫荡，
进攻，
要敌人的尸体填满谷坑。
你看，电线的动脉
在风前抖动，
山头上的炮垒，
头对头默不作声。
商旅带着不同的货物，
青年穿着不同的戎装，
爬着同样的山径，
随着无数的峰峦去朝立煌。

九

立煌，
置身万山丛中，

鸡鸣犬吠听三省，
它是一个巨人，
压在豫鄂皖的边境。
“金家寨”是它的前身，
千百万条生命
改变了它的名称，
现在，新四军把守着江岸，
在一个命令之下行动，
只有残破的标语
还写着过去尖锐的斗争。
立煌，
为了躲开飞机的眼睛，
在半山腰，
在小径旁，
它化身千万间草棚。
草棚里，
话剧刺激着观众，
草棚里，
歌声烧灼了热情，
草棚里，
训练着成千成万的干部，
个个像石头一样的坚硬。
山头上，
机器日夜转动，
山顶上，
排字工人熬红了眼睛，
把空白的纸头
填上正义的内容，
散到乡村，
散进战壕，
枪杆笔杆排成一行列，
击破敌人文化的进攻。

清早的云雾把山谷抹平，
一声军号群峰惊醒，
朝阳的红脚踏上山顶，
立煌，投进了战斗的胸中。

十

告别了立煌，
青山殷勤送行，
整整两三个昼夜，
没有看见一面完整的天空。
山村的夜里
一天星花，
四周的山峦
像万千精灵，
犬吠一声，像托身荒古，
给人多少诗的豪情。
到了商城
我不认识商城，
商城，
哪里是这副面容？
空街上堆着瓦砾，
断墙上夕阳发红，
合起眼想一团热烈，
睁开眼看一片凄冷。
我们的工作室，
（同志们的心血流在这里）
敌人的马粪遗臭，
清幽的小院落，
（它该有一个鲜亮的记忆）
墙壁给炸弹打裂了口。
二三旧相识，

辨清了我的风尘脸，
叹口气，摇摇头，
相对多时张不开口。
门前的石狮子，
倒在黄昏中，
一肚子气愤，
眼睛赛过两个铜铃。
人民生活在山间，
说他单纯他却强悍，
欺侮一日临头，
宁愿死也要回手。
寇兵过境的时候，
他们把守在山口，
留下敌人的枪，
留下敌人的马，
留下敌人的死尸
满地如麻。

十一

走在去潢川的途中，
在替潢川绘一个影：
那座大木桥
连起南北城，
（像一只友爱的手
牵着两个弟兄）
现在，也许断栏杆
像残废的胳膀插入沙河中；
沙河，在落霞如火的时候，
送来过大的帆影。
把一个慰安，一点闲情，
送给傍岸茶棚里的武装弟兄。

而今，它怎样了？
它在呜咽吧？
它在怒吼吧？
敌人的马嘴
给它的沾污永洗不清。
“新民会场”，
“青年军团”五千男女
朝会的那地方，
每天，天不破晓，
人脚踏碎了黑影，
歌声叫破了肃静，
一双双发光的眼睛
仰望着飘飘的国旗逐红日高升。
而今，他们都分散了，
负着时代赋给的使命，
分散到游击队里去
做一个先锋；
分散到乡村里去
组织民众。
艰苦，
（几乎超出了人情）
奋斗，
（为了祖国的新生）
个人打算
不放在心中。
而今，他们有的已经牺牲，
牺牲在徐州突围，
牺牲在敌人的枪口下，
牺牲在病魔的折磨中。
我提着心走进潢川，
潢川却向我道一声平安，
只有满城的标语

被敌人刷洗个干净，
你说这够多么愚蠢，
他不知道，最有力的标语
就是每一颗中国的人心。
走上归途
步出潢川城，
走尽了炎东
三千里途程，
出来的时节，
太阳像火，
送我归去的
是如剪的秋风。

1939年10月6日完成

古树的花朵

小　引

生命是脆弱的，
死，并不是难事；
但，谁能死得像他这样，
有声，有响，
有彩光？
谁有他这样
一副肝胆，义气，
更叫人激动？
一家的红血，
化一道长虹，
耀眼放亮地
挂在历史的天空。

一　水刷洗着大地

水龙头开着嘴，
雨神偷懒地在打盹，
天上时间的秒针
也许刚转了一个圈，
而人间，
唏溜哗啦直灌了一个六月天。
“太阳还在头顶上？”
恨它又盼它的心

这么想。
而它，却是在
重围中战斗，
挥起金戈千万条，
无奈云幕的盾牌太坚厚。
“老天积压的闷气，
可出了个够!”
土地软瘫地
鼓胀着大肚皮，
像一只淹死的狗。
水，
摆出征服者的姿势
到处喧闹横行，
禾稼给它淹没，
干净土给它没收，
“三山六水一分田”，
它要把整个宇宙占领。
它对大地说：
“我给你这肮脏的身子
洗一个澡，
五脏六腑，
连着魂灵，
索性刷洗一遍，
把几千年来的
积垢
污秽
腐臭
和耻辱
一齐刷掉!”
漳河，
一掉头，
撞入

运河的槽，
然后，
动起惊涛，
领起船只，
挟着小清河，
一齐到东海去会师。

二　聊城——这光荣的名字！

打开地图
看：
津浦路
和运河的平行线，
从河北
向山东蜿蜒，
叫德州一冲，
运河锯齿的身子
斜往东南。
生长张自忠的
临清，
生长范筑先的
馆陶，
生长武训的
堂邑，
像天上的杓子星，
聊城，
做一个柄。
七十岁的曾祖母，
曾用说故事的嘴
给我讲聊城，
用话头的颜色
描绘一座古楼，

它闪耀在
神秘的灯光下；
更奇巍，
更瑰丽，
当它显现在我的梦中。
聊城，
听起来有点陌生，
提一声“东昌府”，
也许能从你心里
叫出一缕亲切的感情，
推上两千年，
它不是燕地
就是赵土，
谁管得这么多，
我们并不是在弄考证，
这两个名字
本来就分不开，
燕赵
从古就是连宗。
这是一个金盆底，
一片大平原，
运河穿过它，
有水却没有山。
“山是个什么样子？”
“山像云头。”
把这句话
涂在想象的白布上，
这一带的人民
拿云头当山看。
鲁北棉业区，
就是指这个地带，
秋天的拾花女

衣襟飘一坡云彩。
棉花的色泽
赛银元，
惹得敌人
眼馋，心馋，
垂三尺口涎！
他一口吞下内蒙，
又伸手向华北五省，
造出个“冀察政委会”，
欲壑还填不平，
也不怕中消化不良症，
他的胃口里
还缺少个山东。
他情愿
凭一张契约，
投送过来
一大批金钱，
用它去筑济聊路，
说是替我们发展交通。
聊城，
它沐着塞外的风，
人民的性子
比北风更硬！
他们豪爽，
他们朴实，
“冻死迎风站，
饿死不弯腰！”
看他们的骨气，
听这两句民谣。
可以在“软和”的面前
低头；
欺侮，

决不能下咽——
他们没长着
那样的咽喉。
（对着敌人，
他们从不吝啬自己的生命。）

三　冲破了过去的梦

聊城，
在水镜里
赏玩自己的影；
大堤
加给它一条腰带，
紧密地防卫着
水的无情。
古楼
把身子探到半空，
苍凉的记忆，
苍凉的颜形，
听风铃在风前叮咚，
一声声
替它敲着迟暮的丧钟。
东关和大街
紧拉着手，
东城的铁门，
在烂泥中腐蚀它的生命。
西方，北方，南方，
三面的城门口
吐一条舌头——
桥下的人影
随着桥上的行人移动。
“七七”，

在中国古井的水上
投一块石头，
波纹的圈子
向外展开，
开到每一个角落，
开到每一个胸怀，
每一颗心，
随着这波动
波动起来。
范筑先，
六十岁的一条老汉，
四十年的内战
给他留下了
一条血的记忆
和一个“专员”的官衔。
近来，他忽然
见了公文就心烦，
胡乱画着“行”字，
心，
却不在“等因奉此”之间。
他的心
本来是和善，
近些天，迎接人的时候，
再也找不到
那副笑脸，
他吃饭，
饭也不甜，
他睡觉，
床铺像针毡，
他掂着笔杆
长叹，
他觉得，他的天地

太不够宽，
觉得有一只手
日夜摇撼着他，
觉得谁把他的心
偷换过的一般。
他什么都无心，
什么都厌烦，
他只喜欢：
夜晚八至九
这一段时间。
他以等待爱人的急切心
等待它，
他以等待命令的严肃心
等待它，
等待
收音机里
那个男子的亢音，
一个字一个字地
把战报
打进他的耳朵里去。
那清楚，
那洪亮，
像一个悭吝人
一个一个
认真地敲点他的金元。
收音机的灯
亮了，
他的心
也亮了，
他用手扭动它的小圆轮，
扭得它
吱吱乱叫，

像扭着了它的心！
声音响了，
响出了
一个女人的柔嫩，
锣鼓一阵，
掌声一阵，
“拉拉扯扯到公堂……”
哪个都市的剧场上
有人在欣赏《玉堂春》，
他烦恶地
再一转，
转出来的
是醉人的爵士乐，
虽然看不见
那霓虹灯，
那人影衣影，
那温暖的香风。
像在钟面上
拨转着时针，
在参差的线条里
找到了
他所要的那声音，
成功的得意，
把他安放在一张藤椅上出神，
对着收音机
像对着一位知心的友人，
把思想
从心上拔去，
把声音
从耳朵里赶跑，
叱住了时间，
锁住了呼吸，

他用焦灼的圣心，
严肃的脸子，
向他的朋友
迫追好消息。
（S. G. O. A. ——
你听
他开口了，
时间
一点也不迟。）
“赵登禹
战死！
佟麟阁
殉职！”
他耳朵里
响了两个霹雳！
接二连三，
有人用斧头
往他脑子里
乱打钉子！
“大水阻住了
敌人的坦克车，
战壕里的弟兄们
叫水没了半截，
然而，一股神劲
鼓起了他们的勇敢，
远了用枪，
近了
叫敌人吃大刀片；
从战壕里出来，
经过几夜几天
裹腿勒到烂肉里去，
用刀子把它斩断！……”

他坐在椅圈里，
像神座上的神像，
记忆领着他
到了另一些地方，
到南口，
到南苑，
到宛平，
到丰台……
这些地方，
二十年来
内战的血
把草都染红了；
这些地方，
今天，却变成了
民族的战场。
这些自残的悲剧上，
哪一场没有他，
摇着不同颜色的旗子
扮兵又扮将？
今天，
你打倒我；
明天
我打倒你，
为了
什么目的！？
听了
谁的指使！？
（说出来要羞死！）
遭殃的是小兵——
用自己的血，
给别人写战功；
遭殃的是百姓——

换一次主子，
剥一层皮，
换一次主子，
戕一次生！
一本糊涂账
写着恩恩怨怨，
尼米西思[①]
握着复仇的圆圈，
今天，
套上了李四，
明天是张三。
这些战场
那些连结着战争的地方，
范筑先，
他不但能背出它们的名字，
他还可以对你讲：
哪个山头低，
哪个山头高，
哪里的人情厚，
风俗好，
哪里的白骨最多，
哪里最险要……
他看见
赵登禹，佟麟阁，
对着他笑；
他听见
他同伍的，
　同排的，
　同连的弟兄
对着他叫，

① 复仇之神。

死了的，
骨灰已经化销，
活到现在的
又有多少！？
而他，范筑先，
在命运的扶持下，
爬着白骨的阶梯，
班长，排长，连长……旅长，
一直爬得很高很高。
“我范筑先老了？”
“不老！”谁在回答他。
他捋了一下胡须，
用力把肩头耸了两耸，
猛一下
立起了身子，
冲出了这个椅圈——
冲破了过去的梦。

四　大地的震撼

天快亮了，
可是还不亮，
人在大梦里，
远处有啼鸡。
突然间，
一切东西着了魔：
桌子的腿
在打战，
桌面上的东西
惊吓得叫喊，
墙在痉挛，
地在痉挛，

一切
都在动摇不安！
床，
有只手在摇撼，
（像母亲的手
摇着摇篮。）
起先是轻轻地摇，
越来越起劲，
（好似怕人们的沉睡太重！）
最后发急地猛力一撼，
床，
像翻了的船，
把人
倾倒在它的身前。
范筑先
从地上爬起来，
头像一口斗，
眼前画黑圈，
双腿
在黑海里荡桨，
不知怎样
他冲到了庭院。
他的神经
镇定下来的时候，
大地的神经
早已镇定。
他在迎候黎明的院子里
往返地散着步子，
步子，
在帮助他思想。
他想：
六月里的大水，

眼前这地震，
两个奇景携手同来，
它们来得不是没原因。
是呵，
大地要翻身！
为了刷洗腐臭和耻辱，
天叫大雨倾盆！
大地，
她怀抱着五岳，
携引着长江大河，
她的一条心
穿起五千年历史的家珍。
她看见
秦始皇的万里长城，
叫胡儿望着气短；
她看见
蒙恬一气驱走匈奴
七百里路远；
她看见
霍去病的大旗
插上阴山；
(从此北风不再酷寒)
她看见
降服西域五十个国家
只凭一个班定远；
她看见
马伏波立一条铜柱在交趾
把光荣带给大汉；
她看见
朱仙镇上
岳家军的威严——
撼动它，

比撼动泰山还难！
她也看见
不肖的子孙
荡她心血累积的财产，
拱手送给人；
她也看见
八国的联军
杀进北京城，
一把火
焚了圆明园；
她也看见
条约的链子
在颈上挂一大串；
她也看见
大军几十万
开进天下第一关，
不吝惜黑水白山，
却吝惜一粒子弹！
她也看见
岛国的强盗
闯进了大门，
又移到了庭院，
入了内室，
直迫到你的床前！
她看见她的子孙们
还在贪睡，
刀光直闪到
他们的胸前，
她心痛，
她不能再不管，
她用一只手
急剧地摇撼：

“醒来吧，
生死就在眼前！”
范筑先，
他想着走着，
走着想着，
一抬头，
太阳的红光
溅了他一脸。

五　你们想走吗？我死也不走！

不管这个老头子
关心战争
比关心吃饭还要紧，
不管他
用焦灼的
　祈求的
　可怜的心，
向他“朋友”的口里
去掏胜利；
可是，他的“朋友”
只对事实忠实，
也忠实地对他，
因为他不能编造好消息
讨他的欢喜。
他的口，
对无数的心和耳朵
敷衍，
敷衍着
拖过了夏季——
长长的一段血的日子。
他报告着：

烽火从故都
延烧到天津，
秋风把火头
吹到了沧州；
他报告着：
我们忍痛地
在每一寸土上
洒了最神圣的血，
敌人拿走它，
出了比它十倍的高价。
他报告着，
他的声音变了，
他不能再从容，
他不能再和平，
他的声音
是惊浪，
是狂风，
是火，
是一只号筒。
他的这声音，
向中华古老的灵魂
号召，
他的这声音，
敲着闭塞的
耳神经，
他的这声音，
向人心深处猛冲，
他的这声音，
向大众的感情
燃烧。
一些惊心的消息，
范筑先，

他不全知道，
但也不是全不知道，
一堆事实
用象征的口
乱嚷嚷地向他报告。
兵马转回头，
压在冀鲁的边缘，
机枪大炮，
武装了
县城的教堂和寺院，
贴着红膏药的飞机
出现在天空，
它在刺探着，
　　　嗅着，
它的马达
到处散布谣言。
谣言的蝇子
东飞西散，
从这县
飞到那县，
从这村
飞到那村，
从这个耳边
飞到那个耳边。
富贵人家
把大门一关，
留一个老家人
守着一洞海样的庭院，
他们包好文契，
包好“烟土”，
包好存款折子
还有女人的首饰，

他们逃不及似的
逃跑了，
带着爱妾娇妻，
带着大女小儿，
逃向上海，
逃向香港，
越快越好，
越远越好，
不叫战神赶上，
也不叫它找到。
学生刚入学，
接着放了“国难假”，
女生限十分钟
搬出大门，
男生，
一个人一支小旗，
上面写着三个大字：
“募捐队”。
当局的命令，
是叫他们回到自己的家里，
“募捐”，
多好听的一个代名词！
学生——
一窝蜂
乱飞乱叫，
哭的也不少！
回家？
有的家在河北；
回家？
哪里来路费！
（钱，
被校长一手垄断！）

嚷着，
哭着，
骂着，
点点头
大家分了手。
（泪丝永远连结着心）
他们被推出了
一个乐园梦，
（这个梦破了
再也做不成！）
他们，
从情感的熔炉里
拔出身子，
南北西东
去受现实的锤炼——
锤炼出一个新的生命。
老百姓比较镇定，
因为他们不得不镇定，
你逃？
土地却没有腿；
你动？
破烂家底一动就零碎！
他们留下来，
在谣言的波浪上浮沉，
他们留下来，
等待个未来的命运，
他们留下来，
有个伟大的意义扎根在中间，
虽然他们自己
没法认识这意义的真面。
（再亮的眼
也不能先见。）

第四区，临清的专员，
搬走了，
抓来民间的车，
　　民间的船，
公物装土车，
私产上大船，
沙发，马桶，戏匣子……
一件一件堆成山。
搬走了，
带着他的属员，
（这也是他的私产！）
搬到安全的地方去
做他的“清”官。
范筑先，
用感伤的老眼
向这些事实看；
用冒火的心
向这些事实看；
可是，使他更伤感
　　　　更冒火的，
是他自己的属员。
今天，
你打来个请假的报告，
不是报告，
是一篇伪造的“陈情表”；
明天，
他又来了，
为着同样的事情，
说一套动人的理由，
甚至叫眼泪作证，
证明，真是老娘没人照看，
不是大难没到

他先要飞远。
第二天，
他向他的部下训话
借了纪念周时间的一段，
训词，
是写在人心上的
一篇激昂的宣言！
五尺土台子
托一条挺拔的身段，
神经
像钢条，
眼光
像双剑，
长须像瀑布
垂挂在胸前。
眉头上的正气
迫得人呼吸都窒息，
大家立正对着他，
像对着一尊神，
又像对着自己的父亲。
“看，
他也请假，
你也请假，
这是什么时候？
把民族丢在脑后，
心上只挂着个家！”
（有些人的眼，
不敢再去碰他的眼！）
“公务员，
是注定了的
喝闲茶，
吃闷烟，

背公文程式，
死捧住个铁饭碗？
公务员，
就只配
明地里奉迎，
背地里议论，
四圈‘卫生麻将’，
抽空去和‘姑娘’们厮缠？
公务员，
就只能
嫉恨别人，
为了自己不得升官，
拿笔杆当锄杆
为耕事业的田园？
公务员，
就只好
在太平年代里
埋在公事桌上
恨钟表的针跑得太慢？
公务员，
公务员，
在民族的战线上
就不能做奋勇的一员？
（多少头颅
叫羞愧按倒。）
家，
我也有一个，
但是，我要把它拆散，
我要叫他们
走到更远的地方去，
走到更危险的地方去，
家，

不是养老院，
是一块绊脚石。
你们看，
看一看我的头，
你们看，
看一看我的胡须，
你们要走吗？
我死也不走！
我替自己庆幸，
打了四十年的糊涂仗，
还留个机会
给这条老身子，
来参加民族战争——
把良心上的黑点子
洗个干净！”
他的拳头
像铁锤，
他的话头
像铁锤，
锤着每一颗良心，
每一条神经。
他口里
喷着唾沫星，
在听众的眼里，
火花一样明。
话完了，
他才喊一声：“稍息，”
人的腿和心
一齐解放了，
一个人
吐一口长气。

六 “走吧，忘下我，记住敌人！”

初秋的夜
深了，
天上
亮着一个大月亮，
虫声
像一条悲切的丝弦，
给秋风抖颤的手指
在弹弄。
高树上的叶
零零落落地往下掉，
翻转在月光底下
像半空里掉下来的星星。
一间屋子，
桌子上
坐一盏煤油灯，
白墙上
排列着八个人影，
草虫把秋夜
叫得这么凄凉，
这么静，
谁也不开口，
一家人
默默地对着灯。
老头子的头发
仿佛更白了，
皱纹
在老太太的胖脸上
爬动，
一个灯花

爆炸出一点小响声，
（炸开了
一朵预感的花）
人的脸，
更加严肃，
夜，
更加冷静。
“战事，
一时一个消息，
他要送我们走的吧？
走，真也是时候了，
走，我们已经走在别人的后头。”
老太太
自己在心里说话。
树忠，他推想，
这回事实逼着父亲
也许放他回上海——
放一条鱼回到大洋。
“父亲的时间，
还有他的心，
很少从公家的事情上
分给我们，
今夜晚，这个团聚
太不平常，
仿佛觉得不会再有第二次，
深深的留恋里夹着一点怕，
纵然沉默也是可爱的……”
四颗儿女心
约好了的一样，
都这么感觉着，
这么想。
最小的一个女孩子

她还不会想，
用卑怯怯的眼光
扫一下父亲的脸，
扫一下母亲的脸，
最后，又转到了
姐姐哥哥的脸上。
今晚上，
没有一个表情是慈祥，
今晚上，
没有一个脸颊上
没有霜，
她的眼波像春风，
春风
却是吹到了冰上。
“今夜，
算是最后的团圆，
明天我要送你们走，
树忠，树莹，树琨，树婉……”
一员老将在点子弟兵，
一个头
向他抬起来了，
又一个头
向他抬起来了，
他们，是在用心
给他打立正。
“我要把你们送走，
不是去上海，
也不是香港，
是另外一个遥远的地方，
这回，可不是去逃难，
是送你们去学习，
那里有许多人：

从海外来的侨胞，
从各处流过去的学生，
那个地方，
一定很新鲜，
很不平凡。
那一团空气
才能剥去你们少爷的心，
　　　　　　姑娘的皮，
那里可以
教给你们怎样战斗，
把你们心里
填上些新的东西。
去吧，
忘下我，
记住敌人！
去吧，
丢开家，
记住民族！
今夜晚
你们还是我的孩子，
明天，
你们去做国家的儿女……”
老太太眼里的泪
一滴紧追着一滴，
没有一个人
敢把脸仰起来，
无声的泪
滴在无底的秋夜的海里……

七　矛盾的箭头在他心上乱穿

战争
一步步往山东偎，
空气
紧张得要浮起来飞，
恐怖
是最容易滋生的种籽，
在人心上
以惊人的速度繁殖。
无数的人
患着沉重的“恐日病”，
仿佛日本兵
随时可以从地里冒生！
人人苦心地
盘算着怎样逃难，
想念着
哪个偏僻的地方
有自己的亲朋；
范筑先，
他也在盘算：
盘算着
怎样把他的保安队
改编成抗日的游击队，
怎样招来流亡的知识青年
叫他们做民众的
　　　　　　启发人，
　　　　　　领导人，
做军队的灵魂；
他不愁没有兵，
遍地全是可用的老百姓，

他也不觉得自己是孤军，
他知道，
和他同样想法的人
一定有千千万万！
他决定用这条老命，
来支持鲁西北的半个天，
他坐在他的椅子上，
右手，
按着半秃的头，
眼，
呆了一样地朝前望，
（像遥望他的未来）
千端万绪的思想
默默地
在苦结一个计划的网。
电话铃
紧急地叫人，
声音告诉他
谁在对他讲话，
习惯发下命令，
他的脚“立正”在地下。
话很简单：
“撤过黄河来，
带领各县县长，
至晚不得过五天！”
放下了耳机，
他的腿打软，
心也打软，
他方寸的心上
矛盾的箭头往来地乱穿！
他把右拳捏起来
抡了几抡，

有个人给他打一顿
才称心！
怒火
烧他的瘦脸，
疯狂
在他眼光里转，
在地上打了几个闷圈子，
他又拾起了电话的耳机，
要了几个县长
和四区的专员，
说完了话，
叫身子落进椅圈，
这时抓紧他的
换了一种要哭的情感。
第二天下午
约摸三点钟的时辰，
一部照出人影的汽车
点缀着专署的大门，
几匹马
用前蹄敲着大地，
示威地吼叫着
想挣断颈上的绳子。
会议厅里
忙开会议，
几个人
割据着一条长的桌子，
深蓝的桌布
同人脸一样的严肃，
每个胸窝里的心
比墙上的大挂钟摆得还急促。
范筑先
站在主席的地位，

脸向东边，
眼睛正对着一幅横联——
岳飞的“还我河山！”
赵专员，
民众的血
润红了他的脸，
他最先起来发言——
平地里
耸立起半座肉山。
“几十万大军
阻不住敌人，
我们凭什么
去阻挡他们？
试问我们能够
去捏敌人的飞机
像捏蜻蜓的翅子？
捉敌人的坦克
像用钢叉去叉乌龟？
主席的命令
一定要遵从，
命令
就是军人的魂灵！”
点了两下脑瓜
坐下了，
他用眼睛
向大家脸上去找同情。
“我拥护赵专员的意见！”
汪县长
眼睛里流出媚谄，
话浪冲出口来
把他的老鼠胡子一掀。
“这可不是闹儿戏，

这是关系生死的国家大事！
主席叫我们退，
一定有个退的道理，
也许是一个战略，
谁敢说？
我们的行动，
　　　生命，
全个包罗在
战略的网中，
说不定
这是‘以退为进’，
　　‘诱敌深入’，
然后来一个大反攻，
　　　　　大歼灭，
叫东洋鬼子的肉
来喂中国黄河的鱼。
我这并不是说笑话，
历史上写着先例：
淝水之战所以致胜，
还不是全在‘半渡而击之’？……”
“你说，
军人的天职
是服从，
我也可以说
‘将在外，
君命有所不受！’
谁知我们的‘青天’主席，
到底打了个什么主意？
日本飞机到济南
不丢炸弹，
却丢下
什么文件一大批，

（范筑先用冷眼瞪他，
苏营长却故意避开。）
敌人到了山东境，
大贴标语拥护韩主席，
试问问，
这到底是玩的什么鬼把戏？
我誓死拥护范专员，
拥护他留在这里打游击……”
范筑先用手势
打断了他的话，
因为张县长
抢着立起了身子。
“我也反对退！
退到济南就保险？
用退却去找安全，
安全就变做危险；
用生命去撞危险，
危险也就化成安全。
到了这步田地
谁主张退却，
谁就是汉奸！”
张县长坐下了，
粗气还在吁吁地喘，
他话头的针尖
刺疼了几颗人心，
刺破了几张人脸。
范筑先，
脸上的表情很苦涩，
心里的情绪很纷乱，
有些话他不愿意听，
有些话分量又太重。
“这是在开会，

不是在骂阵！
意气和真理从来不两立，
冷嘲或热骂
决不能折服人！
‘两国交兵，
黄河为界，’
主席叫我们退，
是一番好意，
　一片苦心，
到了想退不得退的时间，
那真叫是‘悔之已晚’！”
赵专员二次起来
接着汪县长发言：
“韩主席是我们的恩人，
　　　　我们的天！
没有他，
没有我赵仁泉，
也没有你范筑先，
谁的良心不是肉长，
谁会反叛
二十年来的老长官？”
范筑先的脸色
一刻一刻在变，
从黄变红，
从红又变白。
辩论无法
归结个下场，
这边是针尖，
那边是麦芒。
正在这时间，
送到一封十万火急的电，
主席的严命：

“即刻撤过黄河，
限五天到达济南!”
范筑先
把电文宣读了一遍，
彼此默默地
交换着眼光
变换着脸。
“好，走就走吧，
到黄河边上再看……”
主席作了折中的结论，
这场会议才不欢而散。

八　身子向东北，心留在西南

专署门前的旷场上，
大土车，小土车，
用不同的姿势
奋臂地互相排挤着，
骡子，马子，老黄牛
和小毛驴子，
嚷着，叫着，踢着，
合奏着交响乐，
以惊奇的眼光
彼此交换着欢喜。
赶车的人，
推车的人，
赶在季候的前头
穿上了冬天的短袄，
在秋阳的红光里，
在西风的劲翅下，
奔忙着——
自己空着肚子

去伺候他的牲口
吃喝，
有的蹲在地上
看自己的老牛吐沫……
这些车马，
这些驾驶车马的人，
是从城郊征发了来的，
是从几十里以外征发了来的，
是从各县征发了来的。
他们被征发了来，
不是为输送弹药
到前方去的；
他们被征发了来，
不是为输送辎重
到火线上去的；
他们被征发了来
是为了把官员
送到安全地方去的，
是为了把公物私物
送到安全地方去的，
是为了把整个第六区专员公署
送到黄河岸上去的。
出发了——
车子几百辆，
铁轮子
响动了大地，
铁轮子
响动了人心，
桌子，
椅子……
把车子装成
一座活动的山。

它们
在绳索里挣扎着，
有的四只脚朝天，
高兴地舞动着，
好像对被撇下的人民
骄傲地说：
“我们走了，
我们走了。”
老婆，孩子……
裹在被子里，
挤成一个肉蛋，
要把油都挤出来，
但风尘
也拂不掉脸上的光彩：
“我们可走了！
我们可走了！”
他们
得意地望着
街筒子两边
那人的墙壁。
大队出了南门，
向东南一扯七八里，
一营兵
镶在前边后边，
一身武装——
什么都齐全。
公务员，
有的说笑着
脚步那么轻快，
有的低着头，
步子和思想
有同样的分量。

范专员，
让大家走在先，
他推着一辆自行车，
五个卫兵
缀在后边。
他的白发上
吹满了秋风，
他的灰布军服上
吹满了秋风，
他的脸上
吹满了秋风，
他的心上
吹满了秋风。
升旗的高杆子
立在半空里，
在用空虚的眼
望他；
专员公署的瓦房
在用留恋的眼
望他；
男男女女的老百姓
手指划着，
在用惊奇的眼
望他。
像散布
谣言的扩音机，
这大队
在“前进”着。
像散布
令人绝望的悲哀一样，
这大队
在“前进”着。

它招来了
沿途老百姓们的
注意，
它招来了
恐怖和叹息……
范专员，
良心的鞭子
在抽打他，
悔恨的烈火
在焚烧他，
他把头
深深地垂下，
他不敢正眼
对着他的子民！
他们为他
榨尽了自己的心血
　　　　　和汗滴，
没一句怨言，
他们那样可爱，
　　那样良善！
他曾经。
以父母的心
抚爱过他们，
他曾立誓，
以任何牺牲做代价
去替他们换一份幸福，
今天，
大难临头了，
自己先走开，
带起他的官员，
　　他的兵，
　　他的眷属。

他叫自己的行动
打碎了
用至诚在民心上
建立起来的信仰，
推翻了
昨天的誓言，
拆断了
不容易结造的
心同心间的桥梁。
他觉得，
他的脸子
在民众的眼里
变了样，
他觉得，
百姓投给他
质问的眼光：
“谁的脂膏
养肥了你？
走就走好了，
昨天的大气
何必吹得那么响？”
他觉得，
他部下的眼里
有嘲讽：
“哼，当日骂我们请假，
看你今天又是怎样？”
他觉得，
卫队的眼里
有愤怒：
“我们是国家的队伍，
紧急的关头
不去迎敌，

却走上
相反的路！”
他觉得，
敌人在向他辱骂：
“听见了枪声
再跑也不晚，
你这没有骨头的家伙！”
他觉得，
自己的心
也在向他抗议：
“笑别人逃难，
骂人家送家眷，
你不过
比别人晚逃几天！”
心里，
抽不断头的乱丝
随着车轮子转，
薄薄的一片烟尘
像轻纱，
把他和他的百姓
隔断。
雨水
让出来的田地，
像弃妇的心，
纵横地裂开
绝望的愁纹，
高粱秆
摇着孤苦的身子
向西风
诉说自己的命运。
大队到了运河边，
排列在沿岸，

仿佛这支兵马
决心同敌人背水一战！
一部分船只
枪弹把它叫过来，
有不少
树叶似的飘远，
船上的太公们
也许在发一个誓愿：
“我们的船
不渡逃亡的官员！”
开始渡河了，
木桨
把夕阳碎在河面，
喧嚷
逐起水浪翻转，
范筑先
立在船头上，
望着自己
动摇的身影，
河里的波涛
起伏在他的心间。
记忆，
河水一样长，
情感，
河水一样汹涌，
双脚踏上了对岸，
范筑先，
他用两滴老泪
赠别聊城。

九　他聆悟了黄河说给他的一句话

范筑先，他独个
立在齐河的城头上
望黄河，
望落辉里
那撼人心魂的苍茫。
像一个
伟大的精灵
直奔东海，
勇敢，
啸傲，
倔强！
它流走了
千万年的时光，
而它的生命力
却比千万年前
更活跃，
更雄壮！
山岩，沙漠……
挡不住它的去路，
它用无敌的威力
向一切阻碍扫荡。
范筑先——
这大河的惊浪
在鼓动他的胸膛；
范筑先——
这伟大的巨灵
投到了他的身上，
他聆悟了
一句话，

他，仿佛化成了
黄河的一个波浪。
晚上，
他睡了县长的房，
韩主席的训词
倨傲地
霸占了半个墙壁。
睡不着，
他也不让灯休息，
衣扣也不解，
挺在床上，
勉强叫眼皮
包住眼光。
一个痛苦的感觉
爬到了他心上：
他觉得自己生命的树
连根被拔出来，
移植在
这样一块僵冷的土壤……
韩主席的巨影
孤高地站立在
他的心头，
千百万老百姓
向他伸出铁拳，
他的胸怀
作了战场，
为了争夺他
双方进行着猛烈的争夺战。
最后，
他咬紧了牙龈——
咬住了一个决心！
急忙地去抓电话机子，

一阵暴风——
他翻起了身。
“主席，
我决心留在黄河北岸！”
“什么！?
几十万大军
纷纷南渡，
你一手
能擎起鲁西北的天！?”
“我决定回聊城，
那里有我的老百姓，
我要守住我的防地，
不然，我就为它死！”
斩钉截铁的话
完了，
猛一下
把耳机扔给了桌子。
第二天一大早，
他给他的部下训话，
劈头，他就用话头的刀尖
批刺了自家；
每一句话
喷出真情的热流，
全身的血
倒灌在他的双颊。
“不到黄河心不死；
到了黄河我却心痛！
今天我要转回聊城，
我舍不开我的民众！
我把今天的话做命令
强迫你们服从，
因为，我已经拒绝了

我的上峰！
愿意投安全的，
河边的船只
在等候你们；
愿意跟我干的，
我们要结成生死的弟兄……”
他的话一落脚，
一片嘈杂
泛起人海中，
纷纷商量着去留，
各人忙乱着
寻找自己的亲朋。
最后，南渡的
上了船，
回头的上了车，
两个心，
两个阵容，
背向着背，
各奔向自己的前程。

十　他回到民众这边来了

他回来了——
　带一颗忏悔的心，
　　　　雄壮的心，
回来了。
他回来了——
带着忠实于他
　　忠实于国家的队伍
回来了。
渡河的，
让他们早点滚开吧，

一些不为了个人的安全
而为了民族安全的他的同志们，
带着战斗的精神
回来了。
牛，
以健壮的步子
拖着车子跑，
马蹄子
也放开了
快活的浪头。
大地，
咧开笑口
欢迎范专员：
“你回来了，
你回来了。”
秋树，
用枯手
向他亲热地招呼：
“你回来了，
你回来了。”
一切都在兴高采烈地
喊呼着：
“你回来了，
你回来了。”

范专员，
这回他走在
大队的前边，
他的自行车
轻快地转着，
（和他的心一样的轻快）
他抢着

用他的面孔，他的心，
向老百姓报告：
“你们看，
范筑先回来了，
范筑先回来了，
回到了你们这一边。”

老百姓，
用笑着的眼睛
欢迎他，
用笑着的脸子
欢迎他，
用笑着的心
欢迎他，
用燃烧着感情的
　　响不断头的
　　　　火鞭
欢迎他。
老百姓的心里说着：
“他说过，
他是不会撇掉我们的，
你看他到底回来了，
回来了，回到
我们身边来了。”
聊城的民众，
以比他的大队
更长的队伍，
列在东关外
欢迎他；
用掌声，
用鞭炮，
用欢呼，

欢迎他。
男人们
望着他；
老太婆们
说着他；
小孩子们
指着他。
他们真想
把他拥抱起来
掷到天上去，
再叫他
落到用数不过来的手臂
编成的网里：
“范筑先是我们的！
范筑先是我们的！
范筑先是我们的！”
然后把他紧紧抱住，
心靠心，
身子靠身子。
标语，
以各种的姿态，
各种的颜色，
各种的语调，
站在墙上欢迎他，
欢迎：
“领导民众抗日的范专员！”
欢迎：
“民众的救星——范专员！”
欢迎：
“建立鲁西北游击根据地的范专员。”

范筑先，

望着他的专署
笑了，
望着升旗的高杆
笑了，
望着他的民众
笑了。
他回来了，
他一条身子
充实了
聊城，
充实了
整个鲁西北，
充实了
千千万万的人心。

十一　他是人民的太阳

敌人突入了
山东的边境，
冲破了
高耸着兵工厂烟筒的
鲁西北门户——
德州城。
这门户
一拍就开了，
韩主席的大兵
不是在打仗，
是在敷衍抗战，
应付敌人。
敌机
到济南，
不是去投弹，

是去投信包，
投宣言，
是从半空里
向韩主席去投媚眼。
高射炮
为了蒙骗人眼
发出的子弹，
老远老远地
用一团白烟
逗着飞机好玩。
德州的大街上，
拥护韩主席的标语
到处碰眼，
用政治
攻他的心；
用炮弹
攻他的胆。
“韩青天”潮退的大军，
把敌人
引到了黄河北岸，
十二月二十五日正午十二点，
一声震裂人心的巨响，
五千万身价的黄河铁桥
尸身碎成千段万段。
（他幻想，
日本兵不会抓破情面，
双方彼此相安，
　　“互不侵犯”，
叫黄河
做一条天然的界线。）
整个的鲁西北
被遗弃了，

几十个县
被撇在黄河那边。
几百万人民头上
荫覆着的：
政治的，
武力的，
法律的凉荫，
揭去了；
几百万颗心
在烈日的威严下
烤炙着，
焦燥着，
像一群孩子
失去了母亲。
范筑先，
在聊城城头上
插一支抗日大旗：
“良心抗战”，
“守土抗战”，
“责任抗战”①。
它，
号召着
人民；
它，
刺挫着
暴日锋锐的心。
他是人民的
太阳，
他是人民的
月亮，

① 此三句为范筑先抗战口号。

他是人民的
灯塔，
他是人民的
火把。
他以他的心
照耀，
他以他的口
喊叫，
他以他的血诚
激动，
他以他的感情
燃烧。
流亡的学生
向他走来了，
勇敢的青年人
向他走来了，
和他同样年龄的老头子
向他走来了，
妇女儿童们
向他走来了，
一切有血性，
　　有良心的人们，
全都向他走来了。
他用父亲的心
去迎接他们，
他用母亲的心
去迎接他们，
他用战斗的心
去迎接他们。
他在笑着，
他在忙着，
工作纠缠着他，

从白到黑，
从黑到白。

十二　每个人心里烧着一堆火

大礼堂的门
把十二月阴冷的夜
关在外边了。
屋子里是温暖的。
一大堆燃烧着的木柴
发着热，
发着光，
也发散着原始味的烟子。
人，一个圆圈
套一个圆圈地
围着火。
把长凳子
按倒在地下，
叫它四只腿朝天，
坐在它的胸口上。
这二三百青年人，
　　　　壮年人，
　　　　老年人，
分不清谁是主人，
　　　谁是客，
他们，
彼此交流着眼光，
心和心间的那一道间隔，
已经叫火焚化。
大家的眼向着一个目标，
看，火的舌头
舐红了他们的脸，

舐红了他们的心，
大家的情感
像水银团，
在一个更大的胸心里
溶溶地洋溢。
有的从北平流亡出来的——
踏着辛苦的道路，
　　艰险的道路，
　　　死的道路。
路，磨碎了多少双鞋底，
路，把人磨得更硬了。
陌生的长途，
海上的惊浪，
人们可怕的白眼……
终于把他们送到这边来了。
敌人再狡猾些，
终于把他们的“敌人”
放走了，
放到对他们作战的岗位上来了，
放到他们精神的老家——
鲁西北抗日的“母亲地”来了，
他们和冬天
一同从北方起身，
可是身上
还没有穿上冬天的衣裳！
冰冷的人心，
冰冷的人眼，
冰冷的天气，
使得他们感觉眼前的这堆火
更加可爱，
更加温暖。
有的从济南投奔过来的，

他们把平安的路子
让给需要平安的人走上去了，
他们却背向着济南，
偷渡过黄河，
一步一步向着战斗的
　　　　　　危险的路子
踏过来了。
有的是以黯然的、
　　　　懊恨的心情，
勉强随着范专员到黄河岸上去，
而以轻快的
　　兴奋的心情
随着他转回来的。
这个人群，
各人有一个谜的境遇，
各人有一个不平凡的故事，
(留在几十年后，
在和平自由的空气里，
在同样的火光下，
捋着长须，
作为一个历史上的血的故事，
说给他们的儿孙吧！)
然而大家的心
却在向着一个东西，
好似眼睛一齐向着火。
添柴呀，
让火烧得再红些，
　　　　再烈些，
　　　　再响些吧！
范筑先
一个白发的青年，
同树民，他的儿子一样的

活跃着，欢笑着，
大家是一团和气的家人，
但不是父子，却是亲爱的兄弟。
“不管你昨天是干什么的，
不管你昨天的心是怎样想，
今天来到这边，
我们就是好朋友，好同志，
韩主席走了，
可是，我们的政府是抗战的，
　　我们的队伍是抗战的，
　　我们的民众是抗战的，
　　我们是抗战的！
我没有用墨水
写在红绿的纸上
来欢迎你们，
因为我找不到
更恰切的字句，
让我们彼此用一颗血的心
　　　　　　　　铁的心
来互相亲热地碰一下，
让它碰出火花来——
欢笑的花，
战斗的花，
和眼前红火一样的花。
今夜晚我们围聚在这里，
但是，我们却不是
只配在温暖空气里蜷伏的灵魂，
不是的，为了要分散开去，
才觉得这围聚有更深的意味。
明天，我的同志，
　　我的孩子，
分散到城市里去，

　　　乡村里去，
灵魂一样，
打进农民们
　　妇女们
　　工人们的团体里去。
同今晚一样，
围着火
用你们的热情
把他们燃烧起来，
用你们的呼声
把他们叫醒过来，
用你们的手和意志
把他们组织起来！”
范筑先的胡子
被火染红了，
他的话也像
从火里才抓出来！
火，
更旺了，
更红了，
更响了。
张郁光
站起来了，
巨人一样在火光里
站起来了。
如果说，这一群青年
是民众的灵魂，
如果说，范筑先
是这一群青年的灵魂，
那么，这样说也不算过分，
张郁光，
他便是这灵魂的灵魂。

他不是以吃过洋面包的
留学生的姿态站立起来的，
他不是以高价出卖讲义篇子的
大学教授的身份站立起来的，
不是的，
他是以一个久经战斗的战斗员的姿态
站立起来的！
他是一颗"启蒙"的明星，
他是一个为大多数人呼号着
争斗着的战士！
日本人
记念着他，
冬烘的头脑
记念着他，
一切敌人
都不会把他忘下！
他，
并没有说更多的话：
"叫行动替我们
说出真理的名字吧！"
一位年轻的同志
站起来了，
他说："我们唱个歌子笑笑吧，
　　　这是我们歌唱的时代，
　　　　　　　　　　笑的时代！"
"抱着敌人的老婆
　　　　　　前进，
　　　　　　前进，
　　　　　　前进……"
真的，大家都笑了，
笑他的可笑的样子，
看他的手在舞着，笑着，

他的脸在笑着，
火也在笑着。
“立起！
大家来一个大合唱！”
人，全站立起来了，
板凳
在地上舒一口大气。
“起来，不愿做奴隶的人们！
…………”
声音把墙壁
都碰响了，
声音把火头
都碰响了，
声音把冬夜
都碰响了。
“看，他在流眼泪，
他也是，你也是。”
是的，眼泪；
眼泪，
不是为悲伤流下来的，
眼泪，
是叫兴奋
　　欢喜，
诱引出来的。
夜深了，
人散去了，
每个心窝里
烧着一堆火。

十三　开场仗，他占了上风

敌人的耳朵

真长，
抗日根据地
刚在心上画个图样，
他的骑兵，步兵，
从堂邑，
从临清，
从高唐，
向聊城包围过来，
撒了一张三面的网。
参谋长王金祥，
做了空城里的诸葛亮，
把整个的兵力——一排人，
分布到城墙上。
范司令，
带着多半营兵
迎头先下手，
急行军
赶去堂邑，
去赶
一个上风。
马队
接近了西大堤，
给城墙上的战士
一个射击的标的。
水，
是伏在城下的伏兵，
它迫使敌人
不得不把马头拨回。
他放下了我们，
我们却不放他，
他轻易地来，
却不让他轻易地退！

范司令
从堂邑转回头，
叫十九个兵做主体，
其余的做两翼，
他把他的兵
布成一个陷阱。
敌人轻慢地到了跟前，
兵从地里涌出，
当头就是狠狠的一棒，
这还有什么客气可讲。
马子，
在皮鞭的抽打下，
在枪弹的啸叫下，
撒开了蹄子；
俯下头做了俘虏，
那没有跑脱的十八匹。
范司令
骑上了大洋马，
官长们
骑上大洋马，
载着胜利，
载着欢欣，
炫耀在乡村，
炫耀在全城，
叫每一双眼睛看一下：
“这就是‘皇军’的威风。”
开场仗
挫了敌人的锋芒，
治好了
人心的“恐日病”，
自信力
旺盛地生长。

他打走了日本兵，
另外一支队伍
又追近了聊城，
他们是中国人，
穿着一个颜色的军服，
手里有更好的枪筒，
他们是来不及渡河的大队，
截留在这边
成了无王的蜂。
走到哪里，
吃到哪里，
像一群
游牧的流民，
没有目的，
没有联系，
像黑夜里走路，
失掉了南针。
（找不到去路——
他们的精神！）
他们
想把聊城占据，
但，马上发现了
聊城
有比他们更多的队伍，
一个恐怖
爬上每一颗心：
“人家是大鱼，
自家是小鱼。”
他们开始朝东撤退，
这边的兵在后边追，
先后到了运河岸上，
彼此一枪也没有放。

（枪口，
不准它再对着自家的胸膛!）
一条小舢板
把范司令摇到了对岸，
对岸驻扎着他们的上峰——
营长刘耀庭。
不过半晌的时间，
范司令回来了，
回来的不只他一个，
还有刘营长
和几百个弟兄。
他两个谈笑着，
老朋友一样的热气，
真诚
是攻心的最好利器。
大渡船往返地
把他们划到了这一边，
两条心
绞成了一股，
两股人
团结成一个，
在抗日的大旗底下，
范司令，
他有了两营兵。

十四　他的快马终天在转动

范司令，
自行车就是他的快马，
好像一停下来
怕它要生病，
他没有一天不叫它苦叫，

他的心
也没有一天不在紧张里跳动！
哪里危险
他往哪里钻，
哪里需要他
他走向哪边，
他是一颗将星，
　　一颗福星，
光辉照耀的地方
凶险常常化成平安。
南镇，
做了
高唐、茌平、博平的中枢，
敌人来拿它，
觉得像躬腰抓一把土！
自大磨出他的锐气：
“不论什么地方，
只要我要，
你就得给！”
情报是一张挑战的口，
骂得范司令
火冒心头！
指定了地点，
发出了队伍，
他紧追着他们，
小队自行车，
又紧追在他的后边。
灰布大衣
已经到了暮年，
尘垢油腻
掩埋了它青春的脸，
夜晚当被子

　　做枕头，
也当雨衣
在风雪天。
看它像自行车的单翅
在冷风里飞飘，
它的主人，
口里吁出的热气
结成冰珠，
挂在他的须梢。
可是，他皮上有汗，
　　　帽下有汗，
他身子里是炎夏，
身子外是冬天。
他赶到了他要赶到的地点，
在平民军
同敌人已经打了一夜两天，
一夜两天，
仅仅给了他一点小便宜，
让出了七里地两个村子。
范司令
在徐家河口扎营，
这个土寨子
保护着四十户人家，
东西两面开两个大门，
像一个人长着前后眼睛。
民军的司令——
肖寄红，
来向他报告，
自行车驮着他
一身的累倦，
脸上强瞪着
几夜没合的红眼。

范司令请他
吃慰劳的饭，
老咸菜，
粗面馍，
白开水，
官长士兵
一个人有一份。
“敌人离十几里了，”
他镇定地坐在床上，
“离五六里了，”
他点了点头表示“知道”，
第三次的报告
声音还在耳，
敌兵
已经包围了寨子。
肖司令
冲出了西门，
子弹
穿破了他的车带，
范司令
爬上东寨墙
指挥着弟兄，
他自己
做了机关枪手。
子弹的暴雨
从半天浇下去，
敌人一个一个地
栽倒了，
血在地上
下了一场红雨。
冲出东门，
冲过了大堤，

敌人退了，
一百二十具尸体
做了死神的俘虏。
第二天，
他到四个殉难民军的家庭里
去慰问，
他用恤金，
用一颗血心，
他的悲伤
没镀半点假，
感动得当事人
转过来安慰他。
他又跑到死者的墓地
去痛洒老泪，
死者不像是别家的孩子，
像是他的亲人。
第三天晚上
他回到自己的房里
听收音机，
敌人在这么广播：
“皇军占领平津以后，
南镇一役，
是中国老百姓
参加作战的第一次！”

十五 他征服了一颗黑心

栾省三——
他的凶恶
播大着他的声名，
堂邑，加上更远的地方，
老百姓一提到他，

就像黑夜里
对小孩子讲吃人的妖精。
命运拿着他的手
作了海深的罪孽，
他把别人的财物
登上了自己的账，
别人，
却用从他手下流出的鲜血
把仇恨写在心上。
栾省三，
很少的人这么喊他，
架机子——
这诨名又大又响亮。
他有三千支枪筒，
他有同样数目的一队弟兄，
上帝加给他们的罪孽，
比他们亲手制造的更多。
架机子，
才活了三十几岁，
在“黑道”上
就走了二十几年，
黑夜是他们的白天，
大地是他们的床板，
树林子是他们的帐幕，
枪同生命
是他们支持生活的工具。
说了二十年的黑话，
放了二十年的火，
杀，被杀，
变成了全无意义，
像看过了无数遍的
一出老戏。

抗战了，
他们也喊着打日本，
做一面旗，写上几个字：
“华北抗日自卫军”。
不让一口刀
闷睡，
不叫一支枪
沉默，
不叫一个意志
找不到归宿，
在民族战争脸前，
让每颗良心
有个忏悔的机会。
范筑先，
他送信给栾省三，
请在约定的时间候他，
他有话要当面来谈。
他骑上他的“快马”，
他一个人
去会这位活阎王，
坦然得像回家一样。
自行车在他的扶持下
爬一个慢坡，
口里喘粗气，
额下冒热气，
脚步稍一停，
冷风给皮肉贴一层冰。
他望见，
眼前的土堤上
长着一列头，
长着一列枪，
头上的眼，

枪上的眼，
紧紧对住了他的身上，
他的脸。
“我是范筑先！
你们是干什么的?”
把明白翻成了糊涂的问，
他对大家介绍了自己。
他气壮的喊声
像一道集合的命令，
大家急忙爬起来，
列成队形向他“立正”!
“我们是栾司令派来的队伍，
在这里欢迎范司令!”
用假话去隐埋真情，
因为范司令
他没有带一个兵。
(他只带了一张嘴
一颗心来)
栾省三
接出大门来，
脸上带着测不透的笑，
范筑先，
他也陪着笑，
他笑得那么亲切，
那么自然。
永远走着两条“路线”，
他两个
应该是越走越远，
他两个
怎么能够碰面?
一个是白昼，
一个是黑天。

时代的呼声
把他们叫到了一起，
彼此可以
碰一下心，
照一下肝胆。
栾司令的营门，
像一座鬼门关，
门口那么多的岗兵，
眼睛瞪得多么大，
枪翅子那么叫人心战！
卫兵像秋天的树
长满了庭院，
短枪在手，
手指扣在机头，
这像是在迎接一位嘉宾？
这是在试验一颗良心！
什么都没有看见的一样，
范司令大步踏进了厅房，
一脸凶气的兵，
一脸凶气的枪，
进来又出去，
出去又进来，
在焦灼中等候：
一个眼色，
一个手势，
一个音响。
一盏鸦片烟灯，
照着两个脸：
一个油滋滋地放红光，
一个胡须在上边蔓延。
讲义气，
套交情，

谈买卖，
决死生，
哪一次
缺少了这神秘的小灯？
主人把“烟枪”强塞给客人，
然后自己再接过来，
他们交换着“枪”口，
像交换着心。
喷一口云雾——
　一阵烟，
栾省三的脸色
在云雾里变幻，
他半生的日子
飘忽得
像眼前的云烟。
“你要走一生的‘黑道’呢，
还是想做一条顶天立地的好汉？
这是最后也是最好的时机，
叫你剥去旧皮，改头换面！”
范筑先立起来，
用火样的话头
去敲主人；
栾省三，
他也立起了身子——
立起了一个决心，
几句话，
折服了他，
脸子，
另换了一副，
他的手
摸着胸口，
像要对着客人

掏出他的良心。
范筑先的话，
还有他的白发，
像正午的阳光，
把一个污黑的灵魂照亮。
栾省三，
斥退了他的卫兵，
摆上了盛宴一桌，
三杯酒，
露出了
他天性的芒角，
三杯酒，
把他的脸子
烧得更红。
“老头子，
范司令，
你是我的父亲，
你是我的北斗星，
从今天起：
你叫我死，
我不敢活，
你叫我向西，
我不敢向东！”
挺直了身子
把一杯酒泼在地下，
他说：“吃罢了饭，
我请你点兵。”

十六　胜利在堂邑开了第一朵花

像刮去一块烂肉，
把那个圣丐的故乡——

堂邑的敌人刮掉了。
像从虎口里
掏出肉来一样，
范司令的手，
把这一片连着聊城的大平原
从日本兵口里
掏了出来。
他，
收复的不仅是一个据点，
他，
灿烂地开放了
胜利的花，
他收复了
那么多的人心，
这收获，
简直无法用数字来估价。
老百姓，
用自己的心
发动了一个欢迎会
来欢迎他，
没有谁
敲起破锣，
鼓起破嗓子，
挨门去叫喊：
什么时间，
什么地点，
一定要一保出几个人
义务地去站场壮观。
胜利的号筒
吹动了每一颗心，
快乐
推动了每一个身子，

看，
像正午朝王的蜂子，
成千上万的人
嗡嗡地从城门洞里
飞了出来。
每一个家
都是空了的，
（留一把铁锁守门）
每一条巷子
都是空了的，
整个的城心
都是空了的。
“欢迎范司令！”
“欢迎范司令！”
年老的
扶着拐杖，
年轻的
跑在头前，
母亲抱着孩子，
老太婆们可怜的小脚
挪动着身子
像挪动着泰山。
有的用污黑的布块
包几个鸡蛋，
（她想范司令
他许打仗打得饿了，
他需要
吃几个鸡蛋。）
鸡蛋
被人挤碎了，
黄的白的，
从手巾里往下滴。

“你们发疯了吗？
你们瞎了眼睛？
你们挤碎了我的鸡蛋。
你们这坏种，
我要把它
去送给范司令！”
谁也不听她，
嚷着，
笑着，
跑着，
风是冷的，
衣裳是单薄的，
大家身子挤拢着，
心，很温暖。
范司令
来了，
范司令踏着胜利的路子
来了，
范司令
带着他的队伍
来了。
人，像水一样
向两边分开，
懂事的人们
偷偷地用手指着他：
“呵，这个老头子
就是范司令。”
老太婆们
失望地发急地嚷着问：
“哪个是范司令？
哪个是范司令？”
没有人回答她，

大家的眼，
大家的心，
注射着队伍，
不放松每一张脸。
范司令
走进了“凯旋门”，
同着他的弟兄，
人，转过身子
倒流，
拥着他，
追着他，
把一个广大的场子
注成一个海。
这些老百姓，
他们认识这些队伍，
他们，
有的曾经在他们的房子上放过火，
有的抢过他们的财物，
有的把他们的人绑了去，
要很高的身价去赎……
他们是老百姓的仇人，
　　是这一带的祸根；
可是，在今天，
大家的心
却靠得这么近！
他们的手，
把他们全个财产
从更大的敌人手里
夺回来了；
他们，
把他们的生命
从日本兵手里

夺回来了；
他们，
把他们祖宗的坟，
把他们的脸，
从日本人的侮辱里
夺回来了。
他们，
变成了好兄弟，
爱的苗子
生在彼此的心地。
范司令
立在台子上，
没有一双巴掌做向导，
但，欢跃的心
激动了无数的手掌，
鼓出了雷样的响声。
这响声
仿佛在高呼：
“欢迎范司令！
欢迎范司令！”
“这样的年纪，
看那一把胡须！”
现在，
人人认清了他，
人人这么感叹，
　　这么想。
他的苍白的长须
在北风里飞，
他的火灼的脸色
在北风里飞，
他的话被紧张的心弦
一弹出口，

像疾飞的鸟
栖到了
人心的窝巢。
“日本兵
有什么可怕?
他也是一个人,
你们看见过的,
一枪放倒,
流一摊血,化一堆泥,
他们没有长着
三个头六只眼,
他们比中国人更矮,更小,
一点也没有胆……”
(人人的心在抬头)
“可怕的不是日本人,
可怕的是自己不认识自己,
胜利,今天在你们眼前,
胜利,不是我范筑先的功绩,
是大家齐手齐心造成的,
是大家爱国爱家
仇恨敌人的心造成的,
胜利的不是我一个人,
是千千万万姊妹兄弟……”
你望着我,
我望着他,
用眼光
送给别人,
胜利的光荣
谁也不敢把它受下。
“这是鲜血开出来的
第一朵胜利的花,
我们要它

开到运河两岸，
开过黄河北岸，
把整个鲁西北开遍。”
群众的眼
自信的，
光彩的，
一齐顺着范司令的手势
向远处看。
“我们唱一个歌，
唱一个《军民合作》。”
范司令孩子一样，
舞手踊脚地开了腔，
老百姓不会唱，
但都随着他唱，
字句咬不清，
然而，
从心底发出的生命的声音
却是那么激动！
　　那么热烈！
　　那么响亮！
一个声音
响出一个心，
北风把它
广播到无边无垠……

十七　春光把一个希望照得更远

在枯树条上
作虎啸的朔风
死了。
尘沙的面纱
从人的脸上

揭去了，
冬——
挥起冷酷的鞭子，
驱着霜雪的车
把艰辛，
　战栗，
　死灭，
一齐载走了，
把时间的岗位
让给了
司春的女神。
范司令——
他从血里，
从险恶的手里，
从身心不停的奔忙里，
从虱子的围阵里，
从没有止息的战斗里，
他
一步一步地接近了春天。
春天，
把生机注进了他的血管，
他的心脏
跳动得更活泼了。
春天，
把希望
放在他眼前，
他脸上的笑
更多了。
春风
鼓荡他，
春鸟
给他唱生力的歌，

春天
把胜利送给了他——
三万支钢枪，
三万条红缨枪，
只要他的一个命令，
可以一个响地
射出去
向着一个方向，
可以一齐刺出去，
像火的舌头一样。
六个支队
是他难产的儿子，
他养育他们
用父亲的严肃，
母亲的慈爱，
把心血，赤诚，
当做乳浆。
他有了
“妇女会”——
把妇女
从厨房里，
从闺房里，
从学校里，
从丈夫和父母的怀里
调集了来，
像冬眠过去的蛰虫，
她们揭去了
思想的厚被，
掀倒了
封建的床，
她们推开了
黑暗的窗子，

腐蚀的心，
第一次晒上春天的阳光。
他有了
“农民互助会”——
每一个人
想到自己的过去
像想到一只弃掉了的臭鞋子，
昨天的愚陋，
　　　自私，
　　　固卑，
做成了
今天追忆的笑料，
他们是一盘散沙
被一手团起，
他们从自己身上
剥掉了旧皮，
他们的心
被点亮了，
像星星
点亮了黑夜，
现实的镜面
给他们一个新的影子。
他有了
“政治部”——
改造人心的兵工厂，
他有了
《抗战日报》——
吹向人心的号，
他有了
大型的被服厂，
小型的兵工厂，
他有了

抗战堡垒
应该有的一切力量。
范司令——
他像古代乱世
打天下的英雄，
（他为了国家打天下）
用了超出人情的
伟力和勇敢，
一颗心
全为了抗战动转。
他看事业
比生命更重，
他铲除敌人
像农夫
铲除恶草。
他肃清了
第六区十九县的
大平原，
他进兵临清，
进兵濮县，
从别人手里
丢失的地方，
他要把它夺回来，
他要一手
去整好一片破碎的河山。
他看见
春草
釉绿了大块平原，
他看见
运河的水
镀上了阳光的金线，
他看见

燕子呢喃地
回到了它的旧巢，
他看见
老牛拖着犁耙
在大地的酥胸上翻，
他看见
春光
把一个希望
照得更远，
他听见
有一个声音
在他的心头上呼喊……

十八　敌人从濮县退走了——像一群突围的兔子

四月天，
战斗也逐着
温度表涨高了，
土肥原的兵马
开进了濮县，
他要渡过黄河这天险，
去攻打铜山。
汽车
压得公路
粗喘，
日夜吐长气——
不断的尘烟。
范司令，
只要有机会，
他从不放松机会，
他打敌人，

　困敌人，
　扰敌人，
在他的圈子以里，
决不让敌人的脚步站稳！
他的耳朵最灵，
（他的耳朵
就是民众）
敌人的脚步一动，
他就听见风声，
他到处张着情报网，
等敌人的消息
扑落到网上，
他围攻濮县的命令
和土肥原到濮县的时间
差不多远。
他发动了
他的兵，
他发动了
他的民众，
人，从四面八方
合拢了来，
带子一样
把个濮县城
裹得一层又一层。
“架机子”，
还有越过几次监狱的
“东北风”，
他们从来打仗
像刮风，
只知道向前扫，
冲，就是生！
“老日，你们这些杂种，

睁开眼望望你们的祖宗!”
一排子弹
连飞过去,
辱骂
追着它铮铮的声。
范司令,
弯着腰走过来,
把手搭在一个肩上:
“骂,白费唾沫,
子弹比它不更有力!”
拉开大栓,
喂子弹,
他用一个傻笑
报答“老头子”的劝告。
土肥原
从火网里
挣跑了,
他的汽车
可跑不了,
第一辆
叫地雷撞破了肚皮,
军需、食品,
像溅出来的肝肠。
埋伏好的人
很满意于
亲手制造的这出戏,
笑着,跑着,
争着去拣不花钱的东西。
有人拾起一筒罐头
往腰里放,
“这是毒气筒子!”
随着别人的话

他把它扔到地上。
“送你一条火腿”，
一个人
把一条大腿
扔给另一个人。
他们正在
嬉谑着
打趣着
赏玩这胜利，
六七十辆汽车
近了，
停了，
机关枪乱叫，
人，一齐卧倒。
范司令，
脸上沾着泥，
胡子上沾着泥，
他像一个
泥塑的身子。
枪声
叫车声压倒，
汽车
逃跑了，
像一群突围的兔子。

十九　他在默默地想些什么

范司令，
一脚门里，
一脚门外，
用滚热的情感，
　眉开眼笑的脸，

那么有力，
那么长久，
手，紧紧地
握着一位客人的手！
这位客人——韩多峰，
是他的朋友，
是他的战友，
他们有：
同样的心胸，
同样的义气，
同样的肝胆，
同样的信念
和一副铁肩。
韩多峰，
他带了二十年的民团，
用自己的牺牲，
换大众的福利，
老百姓在心的碑石上
深刻着他光辉的名字。
在“韩青天”手下，
资历
没有保他做更大的事，
他，
一肚皮不满，
一眼睛不惯，
他要为大众，
别人却只为自己打算，
他要做人，做事，
别人却标卖品格
去换个“官”。
他的这只手
曾发动过

蚁群一样的群众，
他的这只手
曾经指挥着军民
白天破坏公路，
黑夜破坏铁道，
使敌人的军用汽车栽跟头，
给敌人一个暴死——
来不及喊叫。
他是第四区的专员，
前任把什么都带跑了，
给他留下的是：
残破的局面，
一大堆困难！
他以前，
都是在工作上
同范司令携手，
他们今天，
却用手去握着手。
新近，韩多峰
又从职位上被拿掉，
他，能干，肯干，苦干，
病根
就扎在这“干”字上边。
他清闲了，
来找朋友谈谈，
在这样一个年代里，
想找到个
真能揭开胸膛
掏出真话来的朋友，
比打着灯笼
找一颗良心还难！
坐在屋子里，

面对着面，
话，
还没有引出更多的话，
茶，
还没有把情趣
温暖，
一个情报
来得突然：
“刀子会，
几千人，
在拨弄枪刀
　播散谣言……”
“把车子打饱气，
一会儿，我亲自去看看，
我怀疑这刀子会；
但我相信：
真诚可以叫
一个坏透了的良心流泪。”
“不，我替你去跑一趟，
他们许多人认识我，
我也认识他们是些什么人；
好，就让我替你去跑一趟，
以我的清闲
分你的忙。”
他立刻起了身，
跨上他朋友的“快马”，
逐着车轮子跑的
有几个卫兵
和范司令的眼光。
第二天，
聊城医院里的灯
照着他两个见面，

范筑先。
只看见他朋友
肩头上的白绑布，
那洪流一样的红血，
他没赶得上看见。
一粒打范筑先的子弹
打在了韩多峰的右肩，
没有命中生命，
位置高了一点点。
范筑先，
没有用多话来做个慰安，
他的神色
就已经够味！
韩多峰，
灵魂的舒贴
支持着皮肉的痛，
他替他的朋友，
　替民族流了鲜血，
这鲜血
像油滴，
可以使抗战的明灯
更亮，
更明。
韩多峰，
他疼痛的难忍
还比不上
他要报告任务的急切
更难忍，
他挣扎着身子，
　挣扎着声音，
范筑先，
把耳朵

贴紧他的嘴唇。
听他开始报告了，
小灯把火头也放亮了几分：
“我的车子一停，”
话打战，
心打战，
灯也打战。
“他们早已摆好了：
这边是红缨枪，
那边是铁筒枪，
当中留一条夹缝，
人，扯得老长。
他们早已摆好了：
凶恶的脸孔，
凶恶的眼睛，
凶恶的感情。
我向他们的巢穴直奔，
浪潮一样，
叫嚷着，
奔流着，
浪潮，
浸湿到我的脚跟。
我进了他们的办公处，
他们重重地围了办公处，
等不及我开腔，
他们拿我的窗子做目标
乱开了枪。
我叫喊：
‘我是韩多峰！’
‘你范筑先，
为什么要打日本？
为什么

每亩地要一毛钱?’
他们的叫喊
压倒了我的呼声!
我冲出屋来,
想用生命
镇定人心,
一粒子弹打中了我,
当我刚刚跨出房门。
血,
把几千人吓倒,
狂暴挟着的情感
一齐落了潮。
我从血里爬起来,
(神力扶持着我!)
那么蛮劲地说了二十分钟。
我说:我是韩多峰,
(这叫他们大吃一惊!)
我说:范司令是抗战先锋,
　　　　　　民族英雄;
我说:出钱保卫家乡,
　　一亩地一毛实在太少;
我说:你们听了哪些汉奸的挑拨,
　　做出了这样犯罪的事情?
我说,我流着血说,
　　我喷着火说,
我看见
他们的头一个个低垂下去,
像在品评我的话味,
像把手下做出的罪孽
用良心去忏悔。”
韩多峰的话结束了,
拖一条呻吟的尾巴。

灯光闪不动
范筑先的眼，
他在默默地，
默默地想些什么……

二十 他送给民众一面镜子

范司令——
矛盾
攻破了他的单纯，
现实
扭曲了他理想的路径，
斗争
教他怎么去斗争。
他越来越明白：
我们的敌人
不只是日本兵，
我们的敌人
也埋伏在自己的群众当中；
他越来越明白：
攻克的利器
是热情，
是良心，
是义气，
是坚忍，
是理性，
是无情……
他也知道
枪炮可以攻破敌人，
他也知道了
用观念去攻观念
更是要紧！

他决心要有一个新军：
把最严格的训练给它，
把最新式的武器给它，
把最重要的任务给它；
他决心整顿旧军：
把张郁光、齐自修的训练大纲给它，
把政治工作员给它，
把一些新的东西给它。
他决心
更大规模地发动知识青年，
到乡村去，
到家庭去，
到沦陷区去，
去发动妇女，
　发动工人，
　发动农民。
他自己清楚：
胜利的抵押
不仅是手下的几万大兵，
不仅是它，
是比几万更多数，
　　　　更有力，
心的向背可决定胜负的民众。
农人手下的锄头
给他送来军粮，
他们把捏得出汗的钱，
送给他做政费军饷；
工人的手
像梭一样，
在小型兵工厂里忙，
在修械所里忙，
在被服厂里忙，

他们的手
给他送来
手榴弹，
治疗好了残废的枪。
什么都给他，
给他的部队，
叫他们吃得饱，
　　　穿得暖，
一心打敌人，
不必向后看。
在他们手下
满地的战壕
像雨后的蚯蚓，
在他们的手下
深沟填成平地，
平地翻成深沟，
把地形另变一个样，
给敌人摆下迷魂阵！
他们的肩头
给他抬伤兵，
他们的眼睛
给他放哨，
他们做他的耳朵，
消息比他的电话更快。
秋风起了，
她们的手引着针线，
棉背心，
布鞋子，
她们的手
为抗战生产。
范司令——
用一只新的手

去刷白政治的污墙，
不，他要把政治
另造一个崭新的型样。
他用斗争
去团结，
　利用，
一切可以团结
　　　利用的力量。
从民众那边
拿来了财力，
他把另一些东西，
送到他们的手里：
给他们自由，
给他们解放，
给他们活力，
给他们胜利——
给他们一面镜子，
叫他们从上面
去认识自己。

二十一　他一手解开了东阿的围

谣言像水
有孔就钻，
它用千变
在人的耳朵里
孵化繁衍，
用了同敌人搏斗的力量，
范筑先，
咀嚼着苦痛
咬紧牙关！
机会来了，

来叫他用自己
或敌人的血
洗白心地；
机会来了，
叫事实
去解说
一些用口解说不清的东西。
七月天，
高粱秆
像一身刺刀的长枪
漫坡里竖遍，
省政府战斗到东阿，
敌人包围了它，
先后
仅仅差半天的时间。
范筑先，
职责，
叫他去救
一个主官，
义务，
叫他去救
抗战的友伴，
机会，
叫他用子弹
去击碎谣言。
他调动了
他全力的大半，
几万人马
借高粱做掩蔽伞，
从四方八面，
拿东阿做中心，
织成一个包围圈。

出发之前，
范司令的誓师词很简单：
“把东阿拿下来，
不然，我们便死在那边！”
带着范司令
感人的义气，
感人的脸，
弟兄们出发了，
个个勇气
打得很饱满。
范司令，
被阳光漂白了的灰军装，
汗和着灰尘
在上面画圈，
汗，也从额上往下滴，
他的头像一个泉眼。
他把兵力的一半
套在敌人的圈外，
另一半，向着黄河套
展一幅扇面，
他用枪声
引敌人向南，
然后，扇面一合，
七百条敌尸
陈列在沙滩。
“韩主席”站在聊城的大场子里
对几万军民训话，
那一团空气
感动了他，
胜过十万句热情的话。
他知道了
范筑先的心

在为着什么瘁碎，
他知道了
范筑先在怎样的情况下
完整起这二十几个县份。
他看到了
这些军队，
这些民众，
在打谁，为谁打，
他看到了
吃小米，
喝白水，
精神的强力
使他们对窘困紧咬住牙！
什么都清楚地
在他眼前，
什么都明朗地
在他心间；
然而，
他并没有诉说一句话——
范筑先。

二十二　斩断了矛盾的结子

把一个重担子
负在身上的人，
他要有：
铁的肩膀，
海的胸襟，
和记住群众
忘却自己的
那副精神，
他更需要

硬的耳根
和耐得住折磨的灵魂。
范筑先——
这些天，谣言
要吹破他的耳鼓，
矛盾的报告
碰得他眼里冒火星子！
这些问题
你不能不理，
这些矛盾
种在人心地，
随着时间
抽芽，开花，
当人眼能够看到它时，
已经是它结成的果子！
磨擦，
比敌人更可怕！
磨擦，
就是自杀！
磨擦，
磨碎了多少人心！
磨擦，
把战友变成仇家！
磨擦，
推倒了垂成的大业，
磨擦，
碾碎了多少个国家！
范筑先，
他结着眉头苦恼，
他走来走去地苦恼，
他找到了矛盾的结子，
他要斩断它，用快刀！

他知道，
沙石的头脑
不是生长政治工作的好土壤；
他知道
惯于夜间唱歌的鸟儿
怕见太阳；
他知道，
把个人的兵权
摘下来交给国家，
自私的念头
会怂恿他怎样去想；
然而他更知道，
怎样去辟宽
近视的眼孔，
怎么去开拓
自利的心胸，
怎样去给
顽石的头脑凿洞，
用怎样的一剂药
去攻自己部下的心病。
他召集了
架机子——栾省三，
他召集了
顶水子——于耀川，
他召集了
东北风——韩春和，
他召集了
张维翰，石洪典，布永言……
两排长凳
坐下了二十几位英雄，
范司令立在前面
像群山的主峰。

他们，起先嬉笑着脸子
听“老头子”要讲些什么话，
他们真心爱戴他，
替他卖过力气，卖过命！
当他们发现
他的脸色不对劲，
每颗心上
都有一个怕！
（他们曾怕过什么！）
乌云
阴了每一张脸，
呼吸
组成了一条丝线。
“纪律不好，
怎能够和民众打成一片？”
人们耳中连响了两个霹雷，
范司令的话像崩裂的山！
“你们想：
从哪里
来的军粮？
你们想：
哪里来的
身上的军装？
你们不要民众，
我要民众！
没有民众，
有万马千兵
不还是独夫一名？
你们想想孙传芳，
你们想想张宗昌，
离开民众的军阀，
得到的是个什么下场？

要干，
就得干得有声有色，
不干，那干脆，
把‘关防’交还我，
何必委曲着当这‘官匪’……”
话刺着人脸，
脸全红了，
话刺着人心，
心，缩成了一团。
范司令的话
是不容情的刀子，
范司令的话
是一鼓作气的挺进军；
它，赶尽杀绝地
去扫荡残破的敌人：
“你们看政工人员
是眼中钉，
你们怕手下的弟兄
变成聪明！
你们把他们
看做私产；
你们只认识枪杆，
　　只会玩枪杆，
怎么不早生他二十年！
那时候，
枪杆在手，
可以生杀，
可以镇压；
可是目下：
一切力量都属于
抗战，
一切力量都属于

民众，
一切力量都属于
国家。
我有一点自私，
你们不要再呼我‘老头子’，
我有一点自私，
你们拿我的话当
放屁，
请你们擦亮眼睛，
随时随地来监视。
我要派
更多的女同志
去教弟兄们歌子，
我要派
更多的男同志
去给弟兄们
输送知识，
你们患了
太重的病，
我在给你们
良药一剂……”
范司令
放下了话，
可没有放下脸，
听的人
浑身不好过，
像刚抽过了
一顿皮鞭。

二十三　镜头留下了一个永久的友谊

电话报告过了，

卡尔逊先生的车子
驶向这边来了，
聊城，
水一样的波动起来了，
消息，
风一样的
鼓荡起来了，
人心，
要冲破胸膛那样地
欢腾起来了。
用中国字写着的标语，
站在墙上，
高呼：
“欢迎国际友人！”
用英文写着的标语，
兄弟似的
站在中文标语的身边
高呼：
“欢迎国际友人！”
青天白日满地红的国旗，
蓝天的红云彩一样的
快活地打着招呼一样的
鼓荡着，
威耀着，
欢迎国际友人。
把欢迎的队伍
开出去，
把抗战的队伍
开出去，
把民众和一切力量
全都开出去。
持着钢枪的大军

开出去了；
打着小旗子，
小旗子上写着“欢迎”的
妇女队，
政工队，
学生队，
开出去了；
老百姓，
上千上万的，
男的，女的，
老的，少的，
从城市里，
从乡村里，
一齐开出去了。
歌声，
沸水一样地
把人群送远了；
旗影，
树叶一样地
把人群送远了；
五六万人
一扯十几里路，
镶在高粱地头上，
镶在公路的两边。
太阳
炙得高粱出油，
太阳
炙得人身上出油，
太阳
要在红缨枪的红缨上
灼火，
可是，

太阳还没有人的情感
那么的炽烈!
范司令
驶着他的“快马”
从人的胡同里穿过去了,
范司令带着他的
军事干部,
政治干部,
从人的胡同里穿过去了,
他的车轮子
闪着笑的亮光
从人的胡同里穿过去了——
带着群众的眼光,
带着千万人的崇敬,
带着无敌的力量。
汽车的喇叭响了,
军乐的喇叭响了,
乒乓的鞭炮响了,
欢呼的声音响了,
火样的歌声响了,
摆动的旗子响了。
响声
从这一边
响到那一边,
又从那一边
响到这一边,
分不清
哪里是起头,
哪里是接应,
哪里是发动,
哪里是回声。
人,

仿佛没有了，
人，化成了
一片有力的响声，
大野，
仿佛没有了，
大野也化成了
一片无边无际的响声。
卡尔逊先生来了，
带着他的随员来了，
范司令来了，
带着他的干部
陪着他来了。
卡尔逊先生，
右手举着他的草帽，
用惊奇的眼
向着大众，
用敬爱的脸色
向着大众，
用快乐的点头
向着大众，
用同样的兴奋
向着大众。
群众
高举起旗子
回答他，
用钢枪，
用红缨枪，
用立正的脚步
和立正的心
回答他。
卡尔逊先生
和范司令，并肩立在

台子上，
可以容纳五万人的大操场，
它尽量地
把人容纳下来了。
人，
向台子上瞪着大眼睛，
静，
严肃的静，
百尺杆头上的国旗，
在天空悠然地飘动。
范司令开口了，
几万人
仰望着他，
仰望他的姿态，
　　他的白发，
一个个
把耳朵侧楞起来，
舒贴地预备着
“收”他那亲切的声音。
“我们不是孤立的，
不是的，中央关心着我们，
　　　　　　接济着我们；
我们不是孤立的，
不是的，外国的朋友们关心着我们，
　　　　　　　　　　接济着我们。
黄河，
限不住我们，
大洋，
限不住我们，
世界上主张公道的人，
是弟兄，
是一条心；

世界上的强盗们，
另外是一伙，
他们，
是我们共同的敌人，
他们，
是人类共同的敌人……”
掌声
涨起又落下了，
人的心
更大了，
人的气也更壮！
“我们不是孤立的，
我们不是孤立的，
在黄河那边，
在大海那边，
我们有
万万千千的友人。”
卡尔逊先生
和群众面对面地
站立着，
（心也对着）
站了几分钟，
不给他开口的机会
留一条缝，
掌声
鼓破手地响着；
卡尔逊先生的话
借了欧阳山尊先生的嘴
清楚地送到
几万人耳朵里来了：
“我看到了，
我什么都看到了，

我看到的
比我想到的更多！
我看过了
许许多多的地方，
我看过了
许许多多的情形，
这样，
我才更爱聊城！
日本人说
他们战胜了中国，
我在这里——
在鲁西北，
在沦陷区里，
却看到了
完整的二十几个县，
我看到了
新的生机，
新的英雄，
新的民众。
画着黑线的地区里，
我却亲眼
看到了
耀眼的光明！
让我们把手拉紧些，
中国的群众，
美国的群众，
英国的群众，
苏联的群众。”
空气，
在欢呼鼓掌声里
荡动，
人心，

在欢呼鼓掌声里
荡动，
旗子，
在欢呼鼓掌声里
荡动。
民众的代表登上台子去了，
他代表六区的几十万民众。
他希望，
美国的朋友
再多些
供给我们大炮和飞机，
他希望，
卡尔逊先生
向全世界
广播聊城这血的战绩。
他说：“如果说是胜利的话，
这才不过是胜利的开始，
我们要用更大的代价，
去争取更多的东西……”
照相机
摆起架子来了，
群众，
举起了旗子，
举起了
红的缨枪，
黑的钢枪——
举起了胜利，
中国人，
美国人，
一齐向着光明的镜头，
留下了一个永久的友谊。

二十四　挺进大队

“山东省第六区游击司令部
抗日挺进大队”，
一块长长的木牌子上，
写着这长长的一串名字。
二月的东风
吹生了这一个团体，
在春天里它扎下了命根，
它的生命
也就有了
春天一样的活力。
他们营盘的前身
是“聊师附小”的旧校址，
他们，小学生一样
学习抗日的一切知识。
最先，只有几十个人
在时间的命令下出入，
人数
随着时季增长，
从春到夏，
从三十
增长到一百几十。
牌子上的大字
引惹着人眼，
号召着人心，
它伸长了脖颈喊：
“走进来，
有志的青年！”
范树民，群众把他
拥上队长的职位，

他二十四岁，
有着他父亲的和蔼，
有着他的骨气和意志，
我们不妨这么来介绍：
他就是范司令的
一个年轻的影子。
何芳—
扬州是他的故乡，
“南开大学”是他的母校，
现在，他是大队的参谋长。
高高的个子
像他的人格一样高，
他嫩白的脸皮
和他的钢铁的意志，
有意来个
极端的对照。
他用细密的丝
结计划的网，
执行它，
却用斗胆
和铁的手腕。
他用刀子嘴
去解剖国际现势，
声音，
有泉水的韵响，
姿势，
给他的话
绘添了色调和力量，
字句吐出口
像晴空吐出日月，
听众的心上
照满了

明朗的辉光。
谈话，
演讲，
歌唱，
他的舌头
是一条金的弹簧。
（他们爱戴他，
像爱戴队长一样。）
队副高春云，
指导员阎戎，
大家生活的融洽，
就同义气的融洽，
因为，大家的生命史上
写着同样惨痛的字句，
因为，大家的年龄
差不多大，
大家走着一条道路，
向一个伟大的目标，
把生命结成一个，
用全副力量
去接近它。
隔墙，
你可以听到讲书的声音，
隔墙，
你可以听到唱歌的声音，
不是大门口站着两支枪，
你准把这里认做了学堂。
是的，这是一所
抗日的学堂，
他们刻苦地
在教室里
向书本子学习，

他们，风雨不避地
到野外去
向枪杆子学习，
他们的心头上
竖立着一个“鹄的”。
一位女同志的身影，
从这个大门里闪进闪出，
不分时间，
也数不清次数。
她是范司令的女儿，
她是范队长的二姐，
她是何参谋长的朋友，
她是大家的好同志。
她从远方
带回来一副新的眼光，
一副新的观念的尺度，
一个更结实的身子，
一个崭新的宇宙，
崭新的自己。
她真个
把长衫脱掉，
她的灵魂
也脱去旧皮，
灰布军装
从她不太好看的脸上
衬托出自然；
红脂白粉，
色情的长衫，
不能把丑变美，
正相反，
它使丑的更丑，
丑得刺眼！

范树琨，她是“妇女会”的会员，
她们就住在隔壁，
一条线上的战友
永远是近邻。
人家出操，
她立在一边
像个见习官，
人家上讲堂，
她坐下来听，
像一个队员。
闲谈，
辩论，
歌咏，
你总可以听到一个
女子高音，
这高音
笑出
说出
唱出
一个健强
　　高爽
　　亮响的心。
这高音，
却不是独特，
它同别个心键的音响
高低协合，
合奏出
一个战斗的
　　光亮的
生命之歌。
在灯光底下，
她弟弟，她爱人，

帮助她思想，
她也帮忙他们，
在能帮得上忙的地方。
在夜晚，
她也把一段时间
单独地送给何芳，
月光，
把爱情的颜色
照到两个人的眼里，
　　　　　　腮边
　　　　　　和心上。
他的美
撼动了她的心，
然而，美不就是爱，
美，不是一切，
吸紧她的
另外还有块有力的磁铁。
她从他身上
吸取了力，
反转过来，
她倾给他爱情，
把新的活力
注射到他青春的血液里。

二十五　生命的突击

离开这狭小的教室，
让我们到民间去学习，
离开这狭小的操场，
让我们到战场上去射击，
几次把热情和希望
写成一篇激昂的报告，

几次批驳下来：
“再学习，时机还不到。”
范司令，
像有意磨他们的心，
　　　逗他们的劲，
一旦放出去，
给他个痛快的发挥！
七月梢头的一天，
东征的命令
下到了
挺进队员的眼前，
叫他们配合着大队
去包围济南。
他们
迎接它：
用狂呼，
用跳跃，
用野马脱缰的欢腾，
用敲桌子拍掌的
一阵疯狂的混乱。
下午，
天气晴朗得
像心境，
气候热得
像热情，
他们——
第六区游击司令部抗日挺进大队，
向着敌人
挺进了。
队长在头前，
排在第二的
是何参谋长，

他，穿着短裤，
佩着短枪。
教室，
睁着空虚的眼睛
送他们；
操场，
睁着留恋的眼睛
送他们；
民众
睁着兴奋的眼睛
送他们；
范司令，
睁着希望的眼睛
送他们。
范树琨，
一个人
送他们，送得
老远老远，
“勇敢些，
好，再见！”
她把从何芳手中
拉回来的手，
向他，向大家
一挥：
“把胜利带回来，
我还跑到这儿来迎接！”
头也不回，
各人
走向自己的路，
充盈在她英雄的眼里
有儿女的泪珠。
一百多支枪，

挂在一百多个年轻的肩膀上，
太阳
把黑的铁筒，
镀上了
金色的光。
农夫手下的镰刀
把高粱斩净，
一眼千里的旷野
像一个宽廓的心胸。
一百多只影
在地上移动，
地，
叫出了声；
一百多张口
在歌唱，
歌，
给了大野一个生命。
这队人：
一个步子，
一个心胸，
一个音响，
一个巨影。
他们动着——
永远不停地动着，
像一个不死的精灵。
两天，
撇过去二百多里路，
一个人，
一天要一斗水，
一斗水，
化千万颗汗珠。
踏入齐河境，

踏近齐河城，
它悬身在一条横线的尖端，
八十里外的大明湖上，
该有个千佛山的侧影。
（黄河的身子
横在它俩的当中）
他们把大队
拆散成小组，
老百姓的胸怀
就是活动的区域。
有的用歌子
去打动人群，
有的用口才
去说服人心，
街头剧
场院就是舞台，
白天，月夜，
几时出场，
看的人总是拥挤不开。
演《活捉鬼子》，
鬼子
就在几十里以外，
唱《打杀汉奸》，
汉奸
就杂在听众中间，
他们口里的话，
正刺中
民众的创疤，
叫每个人
从舞台上
去认识自家。
老百姓，

他们的爱，
他们的憎，
他们的欢欣
　　和悲痛，
变幻着他们的脸子
　　　　和心情。
部队里，
晃不断的人影，
响不绝的语声，
老百姓
来给他们送饭，
老百姓
来给他们送友情。
同一命运的人，
三句话
情感就可以交流，
善良纯朴的心，
一只手
就可以抓紧。
八月二十八号的夜
正走向黎明，
鸡子还没开口，
人，还在梦中。
步哨
跑过来报警，
百多条身子
急忙翻起来，
集合又分开，
分成四队
向四面冲。
大炮，
向这寨子投霹雳，

火光，
像落地的天灯。
机枪，
像毒火里的炸豆，
借它的威力，
敌人一步步围拢。
五点钟，
黑夜兑换成光明，
前后左右，
全是敌人，
枪声炮声
无法分清。
一百多人
又结在一起，
硬着头皮
向西南猛冲！
一百公尺内：
枪口对枪口尖叫，
正义同残暴对面，
毒烈的对骂，
汉奸的鬼脸，
什么都清楚，
什么都明显。
手榴弹扔过去，
眼看敌人
肢体挣开躯干，
飞上了半天。
队长范树民
在前边
破命呐喊，
参谋长何芳，
口是冲锋号

吹着“向前”！
一百多个人
没有一个不是好汉，
那精神，
那气势，
那悲壮，
那勇敢！
骑兵包过来，
马子把队伍冲散，
枪弹
它认识人：
放倒了范树民，
放倒了何芳，
放倒了高春云，
放倒了
二十几个中国的青年。
（这怎么好
不睁眼的老天！）
转战到焦庙，
二十四个烈士，
二十四口白棺。
灵车，
排成白色的一列，
载着为求生得死的
民族巨人，
载着中华的国魂。
它们，
牵着民众的泪眼，
它们，
载着民众的悲叹，
他们，
用死证实了

自己的志愿，
他们，
做个样子给千万人看。
那九十多个
死者的战友，
民众的伙伴，
分排在
灵车的前边后边，
他们有白泪，
　也有红血，
步子一点也不乱，
今日过去了，
还有个明天！
“范队长阵亡！”
有人向二小姐报告，
“何芳为何不死！？”
她一声叫，
“何参谋长也战死了！”
她一头抢到地上，
半天才听见号啕。
范司令的房子里
人挤得转不动身，
劝慰的话
触痛了范太太的心，
范司令他眼里没有泪，
手捻着胡须，
眼向着屋顶出神，
口里念念着一句话：
“牺牲，不要紧；
只是这一次太不够本！”
范树琨，
到送别的地方

去迎接他们，
迎接她的弟弟，
她的爱人，
迎接那九十几位
泅过死海的同志们。
她哭了，
因为她是个人！
他们都哭了，
因为他们都有颗
肉长的心。
九月的黄土，
埋葬了
二十四个灵魂，
一座石碑
刻上一个名字，
刻上家乡和年岁，
刻上
他们死的地点和原因。
凭吊的几千人，
用眼泪
舒松了胸中的悲痛，
死者的精神
向他们心里化生，
国仇，家仇，
结成一条绳。
范树琨，
她领起了这一队人，
攻齐河，
攻济南，
她记住敌人
就像记住仇恨。

二十六　九一八，生的开始

九一八，
这死的一日，
生的开始，
九一八，
这比挖去心头肉
更痛的日子！
揩干眼泪，
不要叫眼泪
淹没了志气，
把悲伤放在一边，
这是用胜负
来结账的一天。
范筑先，
一个意志
贯串二十几个县，
几万兵马
向济南
火急地动员。
他要
血祭九一八，
他要叫
枪炮的口
替他讲纪念的话，
他要在敌人眼里
显示威力，
他要叫这惨白的日子
开出一朵
胜利的红花。
敌人的耳朵

比狗子还机灵，
风信刚起脚
树叶便有声，
东阿，平阴，长清，
他把紧了据点，
我们的大兵
楔进了他们的缝。
兵，
像战着顽敌，
单军装
战着秋风！
范司令，
也是一样，
不一样的
是他更高的年龄。
“我们什么也不愁，
只愁拿不下济南；
下不了济南城，
我们还有什么脸！”
暗夜
掩藏了黄河，
黄河上，
兵船往返地织梭，
巨浪，
壮大了人心，
它像中华的国魂，
吼叫着
在运力翻身。
宇宙是黑暗，
心却放亮，
道路看不清，
眼睛是电筒，

距离一步一步地近，
心，一弦一弦地紧！
一点，两点，三点，
越看越多的光明，
这不是天上的电灯，
这是人间的星星，
在这光明的帷帐里
睡着一个济南城。
望不见
“华不注”的山峰，
千佛山的顶；
哪里是
大明湖上的秋色，
趵突泉的喷涌？
在哪里？
黄河的脊骨——
洛口铁桥的遗尸。
枪——
响了，
把梦里的人民
叫醒；
炮——
响了，
炮声
把这古城震动，
打进了
魏家庄的兵营，
打进了
纬十一路，
从黑夜里
打出个天明。
九一八，

烈士的血
染红了济南城。

二十七　战斗整整的一个年头了

日子，
一刻一刻地
一时一时地
一天一天地
从艰辛里
从死迫里难产下来，
又叫
血的流，
一条线的战斗
慢慢地引走。
一年了——
去年今天，
几句话推开了
韩主席十几年的关系，
去年今天，
在黄河北岸
发出了
“誓死不渡黄河!”的通电——
向天下的耳目，
投出了一道决死书，
一篇六字的宣言!
一年了——
秋风吹白了棉花，
范司令，
成功的欢喜，
乌黑了
他精神的白发。

一年了——
凭一张口，
建立了十万大军；
一年了——
凭一颗心，
唤起了比队伍更多的人民；
一年了——
凭一只手，
打回来二十多个县，
聊城的名字，
在敌人耳朵里轰传。
流了敌人的血，
破了敌人的胆，
把一年的胜负
加起来再减，
结数挂在算盘珠上，
像白日悬在中天。
不多想
过去的艰难，
只为了未来的艰难
打算，
不多想
过去的牺牲，
这神圣的牺牲
并不是白白给死神上供。
一周年，
开个大会来纪念，
不是对着胜利的花朵，
微笑地自满；
是力量的检点，
是自信的增添，
是精神的激励，

是为了明天更大的发展。
专署的大门前
五十几匹大马在游散，
抹一下会灼火——
毛像绸缎，
头朝着天
打起响鼻，
是把眼前的场子
认做了战地？
蹄子上
带着风云，
双腿上
力在跳跃，
秋风不停地吹，
它们不停地啸。
大餐厅里
坐下了范司令；
坐下了
男男女女的代表——
代表几十县的几十万民众；
坐下了王金祥、
苗振武、齐子修，
坐下了于耀川、刘耀庭，
坐下了张郁光、任夷、何可、徐法，
坐下了韩春和、栾省三，
坐下了
三十二个支队司令，
三十二个金星的将官；
坐下了
二十四个独立团，
军事救导团，
政治干部学校；

坐下了
军事、政治、文化、教育的
一百多个主官。
这些人，
有着不同的姓名，
有着不同的年龄，
有着不同的性别，
这些人
一个人一个过去，
事业的不像
就如同脸子的不像一样。
是的，不一样。
不一样；
但有一个目的，
大家向着它，
把千万条眼光
注成一条眼光。
不一样；
但有一个力量
把大家捏成一个，
为它生，
为它死，
陌生冤家
变成生死兄弟。
用枪，
用笔，
用血，
用肉，
大家从过去
齐步走到目前，
从目前
走向遥远。

今天，他们身子挨着身子，
心碰心，
眼碰眼，
一股温暖义气的流
在彼此的胸膛里贯穿。
一个人，
馍几个，
菜一碗，
患难的弟兄
同桌吃胜利的一餐。
“对不起，我的牙嚼不烂，
今天，我要独享
太太给我蒸的这碗大米饭。”
范司令
向大家抱歉，
大家回答他，
用儿子回答慈母的笑脸。
“大会开始！”
洋铁桶的大口
吞没了嘈杂的响声，
像麻雀群里
掠过来一只鸷鹰，
突然而来的
那阵肃静。
向上看，
国旗试探着
去拂青天；
向下看，
人头像六月的雨水
把池塘灌满，
风一吹动，
旗子的浪头乱翻。

旗子上
写着学校的名字，
旗子上
写着团体的名字，
旗子上
写着胜利的名字。
松柏的台柱，
把个讲演台
捧得那么崇高，
那么尊严，
红血一样的花朵，
开在青翠的中间。
台子正中
矗立着范司令，
身后围绕着
他的干部，
脸前拥集着
他的群众。
他，立在台子上，
立在人的胸中，
他的群众
用眼仰望着他，
用心仰望着他，
像白天仰望着
太阳，
夜里仰望着
北斗七星。
他的话
碰得他的长须乱动，
他的话
碰得人心响动，
他的话

把铁石打进空虚，
他的话
把胜利交给群众，
他的话
给苍白染上艳色，
他的话
给死寂点出响声，
他的话
把战斗的精神
波动到无穷。
他是在检讨，
他是在阅兵，
他清楚自己的力量，
他更清楚
敌人的分量有多重。
黄昏
还在迟疑留恋，
灯火
到处给黑夜催生，
大街小巷，
扯不断的人影，
扯不断的歌声，
扯不断的红灯，
整个的聊城
是一片光明。
飞机
带着火亮的翅膀，
要飞上天去
保卫领空，
汪精卫的汉奸脸子
刺人的眼睛，
蒋委员长的像

又高又大——
顶天立地的一个巨灵。
人群
像一条龙，
腰身塞满了
每一条胡同，
尾巴还没有开始摆动，
头，已经探到了万寿宫。
万寿观前，
人头
像山头乱攒动，
万寿观前，
无数笑着的眼睛，
送云灯飞上天空，
星星失了光辉，
月亮没了颜色，
云灯的光明
霸去了夜空。

二十八　他和聊城一齐倒下去了！

范司令，
是敌人眼里的
一个硬钉子，
聊城，
是他咽喉里的
一根毒刺。
他，
给敌人苦痛，
他，
叫敌人好肉上化脓，
他，

给敌人一个不放松，
他，
从敌人心上抓走了平静。
敌人，
要拔去这个眼中钉，
敌人，
要除去这块心病，
他把分散的力量
集中起来，
八面攻击的箭头
向着聊城。
消息长着腿，——
它跑来报告范司令，
比敌人先走一着，
他把十万兵
分布到各县去，
作这抗日堡垒铁的屏风。
留在身边的
只有一营人，
范司令，他有铁的自信，
他相信，
敌人决不能踏近聊城！
自己的“兵”“马”
正在渡河，
敌人不从天上降落，
他没法来个突然的“将军”[①]。
可是，这回敌人果真来了，
从范司令意想以外来了，
从一年来的例子以外来了，
大个队伍

① 借用象棋术语。

带着飞机来了，
带着大炮来了，
带着怒潮和决心来了。
情报
催促他赶快出城，
他的干部
催促他赶快出城——
用爱护的话
感他，
用责任的担子
压他，
用一个领袖
关系全局的话
点他，
用不到万不得已
不能轻易冒险的话
动他。
可是，
他不动！
他的意志
铁一样硬，
他的脸色
铁一样青，
他说，
今天死也不走，
死，
也要死在聊城！
范太太
用一双四十年夫妻的恩情手
拉他走，
用眼泪
牵他走，

小姑娘，
跪着，哭着，
爸爸一声，
呜咽一声，
用可怜的小手，
　抖战的小手，
扯着他的衣襟，
哀求他走。
“不是劝我走，
你们是想找一个走的借口！”
一屋子人
绝了声息，
空气，
凝成了固体。
他的身子
不动，
大家的身子
没有一个敢动，
他脸上的表情，
就是大家脸上的表情。
“走？我不是你的丈夫；
　　我不是你的父亲！”
范司令
挣开了孩子的手，
反过来，
用自己的手
抓住了她们：
“不准你们走，
和我，
和士兵，
和老百姓，
一道守住这座城！”

他的手，
抓得像死人手
那么紧，
他的脸上
哪里借来的黑风！
（他的话头，
和他的心一样的沉重！）
孩子
哭得更凶，
母亲用哀怜的调子
给她讲情。
“好，让你们走！”
他的手
放她们走了，
走出西门；
他也立起身来走了，
走向东门
去指挥队伍，
打击敌人。
这时候，
炮弹向城圈
落雨点，
落在房子上，
房子一片红，
落在平地上，
平地上有山崩。
沙土，
尘雾，
硝烟，
闷人的鼻子
迷人的眼。
飞机，

一队刚去，
一队又来填，
抬头只见飞机，
不见了青天，
它低飞扫射，
俯冲投弹，
它骄傲，
它大胆，
它要把一个意志粉碎，
它要把这座古城炸完！
生命，
在枪炮声中
摇动，
鼓楼，
在枪炮声中摇动，
整个的城，
成了一团火，
　　一团烟，
　　一片红。
城墙，
叫炮弹打平，
范司令，
他屹立在那里——
屹立在火网里，
屹立在弟兄们当中，
不吃饭，
不疲倦，
像一尊天神，
子弹也不敢向他侵犯。
太阳，
烟雾迷了它的眼，
不知道

什么时候从东方
走到中天；
也不知道，
什么时候
吓得发着抖
躲开了人间。
范司令——
卫兵请他下来，
他瞪眼，
用手拉他，
他怒骂，
啐他的脸！
他在支持着
用他折不断的意志，
用他神赋的力，
用他死一个少一个的队伍，
去抵挡飞机大炮
和潮涌的强敌。
一个永不会失败的信念
（是的，正义永远不会失败的！）
支持着他，
他用牺牲
支持时间，
（看谁能支持得长远！）
他苦斗着，
　苦斗着，
等待后援。
（四方的援军
全给敌人截拦。）
白天过去了，
不见兵来，
夜又消失了，

还不见兵来；
敌人的兵力
　　　火力，
却越来越厉害！
十一月十四号的拂晓，
烟幕弹
掩护着敌人爬进城来，
平射炮
把东门打开了口，
敌兵
像水灌了进来。
穿过火，
穿过烟，
穿过死线，
范司令
跑到了北门，
北门楼上
敌兵已经站满！
头上
是嗡嗡的飞机，
耳边
是嗖嗖的子弹，
身前身后，
身左身右，
敌人
已经包到了眼前！
他从卫兵手里
夺过来一支手枪，
反过身
又转回去，
他向敌人
射出了子弹，

射出了仇恨，
射出了生命，
射出了不屈的心！
最后他仰天大叫了一声，
用仅有的一粒子弹
把自己放倒在地下，
用死，
结束了他的大业，
用血，
证实了他的“诺言”。
他的干部们——
军事的，
政治的，
文化的，
一齐挤在鼓楼，
又跑到西瓮城，
最后冲到了
连结西城和吕祖庙的
一条小桥，
敌人埋伏好的机枪
突然把口一张，
倒下去了，
张郁光；
倒下去了
姚第鸿；
倒下去了……
一百多条身子
一齐倒在聊城的焦土上。

1942 年春

和驮马一起上前线

一

陈海清，他有九口家：
老娘，妻，子，一个雇工
加四匹驮马。
天生一副好脾气，
他亲近别人，别人也喜欢他。
耿直得像一棵树，
朴素得像一块白粗布，
上帝当年创造他，
一定是锤打了又锤打。
他没有一石田，
他只有四匹驮马，
他爱他的老母，
他爱他的妻子，
他也同样爱他的驮马。
最老的一匹比他的芳福还大，
它有一身紫红毛，
取个名字："老来娇"，
第二匹："一锭墨"，
第三匹："飞毛腿"，
腋肘上生了一只夜眼
管第四匹叫："照夜白"。
陈海清的太阳
出得特别早，
每天，他和长工

把驮马赶出门，
东天角，血红的日头，
西天边，清淡的月轮，
说不清谁准备去沉睡，
谁刚刚才起身。
傍晚上，残霞收敛起
它的五彩光，星星一个两个的
出现在天空，陈海清也回到了自己的村庄，
铃声召唤着芳福，
他跑到门外去，带着一颗亲切的心，
听铃铛哈隆哈隆一步一步地近，
黄昏也一步步苍茫，
驮马也哙哙乱叫，叫声里
响着疲劳也响着欢畅。
孩子迎接着爹爹，
黄昏里，眼光碰一下眼光，
一阵响蹄子
把人马一起带进了庭院，
大门一关，人进了房，
马靠了槽，黑暗泛滥了，
一盏小灯，
照着人间的温情和安详。
每天从远方回来，芳福
照例从爸爸手里接受了一份小小的礼物，
小灯底下，听爸爸讲他的行程，
讲他见过的花花世界，
他的小心展开翅膀，
逐着话头飞，飞得很远，
对于这个孩子，耳朵里听来的
比口里嚼着的更甜。
小灯在爸爸脸上生了光彩，
又仿佛带三分骄傲：

"芳福,你的天地小得像一块火镰!"

一年四季,马不停蹄,
石板路磨破了一双双铁蹄子,
走过的路线可以织一个
蜘蛛网,陈海清的脚掌上
坐了几寸厚的茧皮。
驮马是他的患难朋友,
他同它们说话,关心它们的
寒暖和饭食,半夜三更服侍它们,
这份劳苦他一点也不推辞。
它们也爱他,替他尽忠心,
懂得他的为人,他的勤苦,
也懂得他的欢喜和愤怒;
它们也向主人表示自己的感情:
用尾巴,用蹄子,用耳朵,用眼睛。
他和他的驮马有一些共同的记忆:
六月天,哪儿的大柳树
给过他们风凉,在哪地方的小茶棚里
喝一个痛快,一桶冰凉水
把流了的汗珠
补上;
三九里,哪个野店的小茅屋
最温暖,哪座破庙
可以让人避一避风寒。
也忘不了,春秋的好日子
那点生活的野趣,
他骑着马,歌唱着,
把一个大月亮驮回家。
他虽然过得不太舒服,
可是,他从来没有诉过苦。
比对另一些人,命运对他

并没有过分的刻薄，
他紧把住生活的小圈子，
他也从没忘记过那份感激。

二

一个月夜，场子上
耸动着许多人影，
有的大声叫，有的小声嚷，
有的眼睛瞪得像钢铃，
一场子人乱哄哄，像被搅动了的
一窝蜂。
陈海清插上只耳朵：
“唔，原来是蒋委员长
下了命令，征调驮马上前线
去打日本兵。”

这个命令真是灵：
有的把驮马拉到山里去，
严密地藏好它，
像把“自私”深深地藏在心胸，
等到别人的驮马出了川，
他们再露面，做他们的好买卖，
发他们的国难财；
有的人，激昂慷慨地发一套大议论，
有三匹驮马拿一匹去应征，
这样的人真聪明，
用小小的牺牲去换一个爱国的大名。
陈海清，心下很不平，
像一块火石，火镰敲着了它的锋棱，
他一句话也不说，
第二天一大早

进了乡公所，
在一个本子上
写上了“照夜白”，
写上了“飞毛腿”，
写上了他所有的驮马，
写上了他的长工，写上了
他自己——陈海清。
回头来，把孩子送出去
当学徒，
把他当做一根小柱子
支持着这个家庭，
留下了一点小积蓄养家，
他，和他的长工，他的驮马，
一起投奔了兵营。
人，
编入了大队，
马，
编入了大群，
从此，它们不再是他的私产，
从此，陈海清把自己
打进了一个大命运。

三

大洋船
载着人马出川，
长江像男儿的志气
滚滚地朝东奔窜，
滔天的白浪
欢送他们
去赴一个共同的国难！
马蹄子蹬得船板叫苦，

它们一声声吟啸，像要把
全身的精力化一道道涛浪
向敌人冲去！
三峡的石门
一开，
天地扩大了
陈海清的胸怀，
他深深地吐了一口气，
像从长年的禁闭里
解放了出来。
千山万水把他送到
长沙，
时光把流年
也翻新了一下，
离家的时节
桂花正飘香，
于今，到处山上开满了红花。
他的输送队在一个小村庄上驻扎，
马号里，一条一条横梁
紧挨紧地拴着一大群马，
起先，互相仇视，瞪着眼，
乱叫，乱咬，乱踢打，
日子久了，
大家熟悉了，交头接耳，
彼此说着亲热的话。
陈海清，常常半夜里醒来，
侧起耳朵，听听他的驮马
是不是在叫他？披上衣服
走出来，星星给他点亮，
他走到马号里看一眼，
把他的驮马挨个摸一把。
闲空里，树底下和长工摆一摆“龙门阵”，

把几个铜铃铛
拿出来摇一摇，
（怕泄露了实情才把它摘下）
他又听到了家乡的声音，
他盘算着，打走了鬼子，回老家，
把铃铛朝马脖上一挂，
哈隆哈隆赶起老买卖。
那时候，他有更好的故事，
把芳福那小鬼拴在灯底下……

四

师长大检阅——
战争有了消息。
步兵
站在步兵的岗位上，
炮兵
站在炮兵的岗位上，
运输连，
也有他们的一块地方。
人，
树一样地挺立着，
炮，
火山口一样沉默着，
马子，
精神抖擞着。
一声军号
像秋天树林子
打上霜，死绝了声息，
只看见强烈的眼光
注射在一个人的脸上。
橐橐的皮靴声，他觉得师长

走近了他，在马群上溜眼睛，
这眼睛碰到了“一锭墨”，
陈海清，他的心里乱扑通！
战争起来了，
一起头就很紧。
人马不分昼夜地调动，
枪炮不分个地响，
敌人的飞机
穿梭在天空。
以前过多的空闲日子，
今天忙迫来“找上”，
陈海清的驮马
装满大炮弹，
随着大队，来来往往
奔走在前线。
白天，人头上，马身上，
伪装着柳条，
人身上，马背上，
大汗像瓢浇。
黑夜里，天地像上过多少遍漆，
百多匹马
走在一条小径上，
左手，千尺急崖，
右手，万仞无底，
前边，扑通一声，马失了蹄，
好久好久，一个沉重的响声
才从深沟底下浮起！
陈海清，不出声音，也不敢想，
他以他整个的心叮嘱他的驮马：
“畜生，千万要小心！”
空起垛子走着回头路，
炮弹通地一声出了膛，

划一道光，轰隆一下子
爆炸在敌人的阵地上，
眼里看着他心下很得意：
“这颗炮弹
也许就是我刚才卸下来的。”
有一天，驮马队卸下炮弹
走在光堂堂的旷野里，
三架飞机在头顶上打旋，
它们站住，
长成一行树。
飞机像生了眼
身子栖下来
向上一翻，通通通，
看不见了驮马，
只看见尘烟。
飞机从天空飞走，
陈海清从地下爬起来
拍掉一身土，想去追他的驮马，
不用追，有两匹，
身子压着身子，就离他不远，
红肉绽开，鲜血流了一大摊。
他埋了他的驮马，
连同他的眼泪
一起埋在土底下，
上面插两条木牌，
木牌上写两行字：
“四川陈海清的驮马，
飞毛腿，照夜白。”

回头来，他“犯了性”，
不说话，赶着“一锭墨”，“老来娇”，
赶得更起劲，

要叫活着的双份努力
去驮起死了的责任。
这天夜里，他忽然想起了家，
第二天请人写了个家信，
信上寥寥几个字：
“我很好，
驮马也结实。”

五

敌人被打退了，
把胜利剩给这一师人，
师长忙着拆电报：
这是高头打来的，为了这个大胜仗
传下了“嘉奖”令，
那是什么团体打来的，
表示慰劳和尊敬，
电报，一封一封落雪片，
慰劳团也一个又一个
赶到了前线。
在慰劳大会上，
站下了检阅时候的阵容，
陈海清站在他驮马的一旁，
听着客人夸师长，夸这一师人，
慰劳品也送到了他手里一份，
不知为什么，他滴下了两颗大眼泪。

六

他牵着他的“老来娇”，“一锭墨”，
随着大军，三个年头，
走了三个省份。

他参加过保卫大长沙，
也曾经在汉江里饮过他的驮马，
他无法计算清，从他的马背上
卸下来的大炮弹，打死多少日本兵，
他眼看他的“老来娇”
又在敌人的迫击炮底下
丢了性命。
他很少接到家信，信越少，
也就越珍重。
有一封是芳福写的，他写着：
“家里一切都很安好，
爸爸在前线放宽心。”
有两件事他没写在纸上：
老祖母死了，家里很穷困。
陈海清只剩一匹驮马，
他把四匹马的爱
一起交给它，
他常常摸着它的黑缎毛
用眼睛和它说话，
它也向主人瞪一瞪眼睛。
他越爱它，越关切它，
越关切它，越害怕，
越害怕，病魔
越看中了它，
起三更，醒半夜，
喂它草料，给它灌药，
一条心吊了起来，
他像爱独子一样地爱它。
最后，他害怕的
活现了，
他心爱的
死去了，

陈海清，他的四匹驮马
全献给了国家，
剩了一条穷身子，
他的胆子变得更大！
他和他的长工
告别了驮马队，当了战斗兵。
现在，他没有了家，
也没有了驮马，
只有一条枪，
他日夜抱着它，摩擦它。
一天夜里，他做了一个梦：
在战场上，他打死了四个敌人，
最后敌人也打死了他，
忽然芳福来到他身边，
眼泪洒罢，从他手里拿起枪来
接着他的脚步，嘶喊着，
向敌人冲杀……
醒过来，天刚刚放亮，
眼前的影子还完整，早号吹得那么响！

1944年5月21日下午完成于
渝歌乐山中

诗颂张自忠

一　他回到他的队伍里来了

——《张自忠》[①]第一幕幕前诗

这是一个山岳一般的队伍，
每个分子，就是一块岩石，
北方的健儿，不是从今天开始，
勇猛，坚强，豪侠，义气，
他们的光芒，照亮了战史的页子。
这一军人，每一个都记得，长年的战役
留在身上的创疤，都记得，用自己的力量和牺牲
争得的光荣；每一个都有个铁的自信：
“来，碰一下看，不管多么强硬的敌人！”
这一军人，个个都是兄弟一般的相亲，
张自忠，是他们的军长，是他们的家长，
他威严，他更慈祥；他爱士兵，他更爱百姓；
有苦大家吃，有福大家享，
部下怕他又爱他，只要他的名字一出场，
从来不知道什么叫败仗。
可是今天，这一军人失掉了他们的军长，
像猛虎摘去了炯炯的眼睛，
像鸷鹰折断了搏击的翅膀，
像船只失去了舵手，
搁浅在波浪滔滔的黄河岸上。

---

① 《张自忠》，四幕话剧，老舍作。

让苦闷紧紧地包围着，
让谣言天天地摇撼着，
让耻辱狠狠地咬啮着，
让借着“朋友”的口放出的妖言搅扰着，
让一万条身子
软瘫下去，
让一万颗铁的意志
生锈，消磨！
这一军人，他们，
不知道饥饿，迫切的思念
把整个心胸填满；
这一军人，困了，
枕头不给他们睡眠，
苦痛撑着每一双眼；
这一军人，活着却不像是活人，
是谁从胸口里盗去了
他们那一颗颗活跃的心？
这，这全是因为，因为他们同张自忠，
他们的军长，他们的家长，
远远地被分离在天的一方。
他们中间，隔着山水，
隔着死生，
隔着一个不知道的运命。
可是，什么都阻隔不开他们的心，
心和心相向地开着，
是永远不可分的一个。
呵，是人力？是天意？
是心和心感召的磁石？
张自忠，突然地回来了，
连整队欢迎的时间也不给，
他以他威严而又慈祥的本人，
送给他的官兵，他的弟兄，

一个致命的欢喜！
尤师长、参谋长在等他，
他给了他们一个镇定力；
洪团长，那个老干部在等他，
他给了他一份孩子的单纯的快意；
投军的青年男女在等他，
他带着天真的玩笑
给了他们所要的东西；
老百姓在等他，
他给了他们甜的话，暖的心，笑的脸子；
每个兄弟在等他，
他给了他们冲天的欢呼和冲天的勇气；
奸细“墨子庄”以朋友的身份在等他，
他给了他一间禁闭室；
新闻记者在等他，他给了两句话：
“我带着我的干部去和敌人拼，
战争一开始，怀疑就是懦弱，无耻！”

二　他在临沂揭开了胜利的序幕

——《张自忠》第二幕幕前诗

谁不闻名兰陵美酒？
谁不知道太白的名句？
像是有意叫英雄去配诗人，
千百年后，张自忠，他在临沂
揭开了胜利的序幕。
四月天，桃花开红了茶山，
四月天，绿柳排在沂水两岸，
四月天，敌人的大军
想穿过这铁的篱笆

向台儿庄去增援。
敌人,有猛虎一般的坦克开路,
有吼叫的大炮洒下弹雨,
战车在地上冲撞,
飞机在天空下蛋,
他们的人数是压倒的形势,
他们的将军名字叫坂垣!
这一军,奉命抵在这右翼,
要做成一道阻止洪流的大堤,
可是要问:敌人面对着的
有多大实力?
一军,不过是一个夸大的名义。
他们从南宿州打到淝水,
从淝水打到临沂,
困顿,劳疲,身子变成了人的重负,
四月天的破棉袄上爬动着虱子。
再也不能打了,
人人要求着休息;
再也不能打了,
枪械也要求补充、疗治;
再也不能打了,
已经整个儿累倒——
连人带马,连心带身子。
外面有强硬的大敌,
加上内奸,蒙一张"朋友"的皮,
一个在战场上
用枪炮攻打他的阵地;
一个在身边,用"必败论"攻打他的意志。
张自忠,他心上划定一条界线:
抗战的,仇人也是朋友;
破坏抗战的,朋友也是仇敌!
张自忠,他立下了一个决心:

后退就是死，只有前进！
论人数，论枪械，
他们都落在敌人后面，
可是，七天七夜，我们把胜利的大旗
插在敌人的死尸中间，
七天七夜，我们把胜利的大旗
插上了茶山。
哪里吃紧，张自忠，他赶到哪里，
他赶到哪里，哪里便一阵疯狂；
他是一颗明亮的将星，
到处放射出灿烂的光芒。
坂垣，张自忠；张自忠，坂垣，
这两个名字碰到一起，便不能双全！
张自忠，他给自己打了个比喻，
他说："我是一只野牛，
听见枪声我就拼命地向前！"
他的勇敢传染了每一个官兵，
他的牺牲精神，使他许许多多的干部做了牺牲，
这些干部，
像树木，经过他多年苦心的培植，
在必要的时候死了，为了他，为了国家，为了胜利。
胜利的消息给他阴暗了许久的脸上
开出一朵笑，
这笑里，含着甜，含着苦，含着多么复杂的味道。

三　他用自己的牺牲掩护大军的安全

——《张自忠》第三幕幕前诗

敌人按着一个计划，
用大军布好了一面死网，

他拿徐州作个目的物，
想把我们的野战军一网打光。
我们的几十万大军，
在台儿庄轰轰烈烈地表演过英雄；
于今，哑默着，借着黑夜的掩护
穿过敌人的封锁，
每个人口里，衔着同样的一个命令。
几乎是奇迹一样，从敌人的网孔里，
从敌人的想象以外，整个儿漏走了，
留给他的，是一个讽刺，一个失望。
用自己的危险
去保障别人的安全；
用自己的生命
去替友军的生命保险，
张自忠，肩着掩护“突围”的命令，
感到沉重，也感到光荣。
当浩浩荡荡的大军，一路一路的，
用急遽的步子向着一个方向进行，
人，多么严肃，夜，多么寂静；
张自忠，他的队伍，正在呐喊，厮杀，冲锋，
敌人的探照灯到处乱闪贼亮的眼睛，
隆隆的大炮要把人的耳朵震聋！
当浩浩荡荡的大军，
从四面八方向着一个方向进行，
把黑夜当白天；白天，休息，睡觉，
守着一个安静。
张自忠，他的队伍，在火里，在血里，在战壕里，
没有白昼，没有黑夜，流血，死亡，呻吟，
疯狂的战斗，已经失掉了时间的观念！
当浩浩荡荡的大军
一天一天地，一步一步地
走向安全，同着自己的弟兄

前后伴随着，或是肩并着肩；
张自忠，他只有一架电话机，
它一响，他的心一战！
他脸前，只有一个张高参，两个副官，
一个个红肿着眼皮拼命地吸纸烟，
副官们，依着墙壁站立着睡眠；
把一条板凳当床铺，张自忠，
他嘶哑了喉咙，责任压在双肩，
兴奋转动着一双眼，他整个身上
安不下睡眠。
他的官兵，在前线，用决心，用死，
抵挡敌人；
他，张自忠，在他的官兵身后，
用铁的意志抵挡他们；
他们用电话告急，他的回答只有一句：
“支持！支持！你要下来，我上去！”
二十多年战争给了他一个血的经历：
他知道，只要有支持的决心，没有支持不了
　的战事！
他的意志终于战胜了——
战胜了敌人的大炮，
战胜了任务的艰难，
许多士兵死在阵地上，
阵地成了一条血的安全线。
他摔下肩上的责任
撤退在最后，
他把自己的车子让给伤兵，
他照顾退下来的百姓，他照顾他们，
那体贴，那慈祥，就像他们是他的邻人。
他带着他的队伍，他带着他的人民，
他带着一颗亲切和不怕烦乱的心，
在黑夜里走着，走在一条道上，

像一家人，在战时，他是一个威严的将军，
在平时，他又是一个最慈爱的母亲。

四　他完成了自己

——《张自忠》第四幕幕前诗

他渡过了襄河——
把安全，把个人的利害，
一齐撇在河的那岸。
他渡过了襄河——
不顾一切地向敌人追赶！
他渡过了襄河——
把决心，把鼓励，把责任，
封在信筒里，发给他每一个重要官员。
一步一个战斗，地上留一条血线，
时间被不断的枪炮声刻划着，
时间不能用天数来计算！
张自忠，他是总司令，
当他掌握着一个集团军；
他是军长，他是师长，他是团长……
顺着情势变换自己的地位，运用他所能运用的力量。
他的人数一个一个减少，
像黎明天空的星光；
他的战场一寸一寸地缩小，
最后，他困守在杏儿山上。
外面没有援兵，
他，他的干部，生死弟兄，
吃着豆子，喝着白水
苦撑！

敌人四面包围上来，
炮弹打光了他的房子，
拒绝了别人的劝告，
他一动不动地
苦撑！
他永远站立在这里，
只要听见这里的炮声还响，
一个战斗的意志
比死更顽强！
东边报告吃紧，西边南边
也冲来了敌人；他一连一连地往上增援，
他说大刀也可以杀敌，当我们的子弹已经
　　打完。
他用完了所有的兵，
“前进！”他只有这一个命令，
他身边的将官，做了排长
冲下山，
他身边的副官，拔出手枪
做了战斗员。
敌人从正面来了，他命令：冲！
敌人从东南方上来了，
他命令：冲！
敌人从望远镜头上
近了，更近了，
他命令：冲！ 冲！！ 冲！！！
枪弹打在他的手臂上，
流着血，他喊，
不是喊痛，是喊冲锋！
枪弹打在他的腰间，
他喊：“扶起我来，你们上前！”
每一颗子弹
打出一颗心——

一颗
勇敢的心，
不屈的心，
男儿的心，
中国人的心！
当第三颗子弹
把他打倒在地上，
冲锋号就是他的口，
悲壮地嘶喊着，冲，冲，冲！
他用死完成了自己，
死里有新生。

1944 年秋

通讯·特写

一个从滨江来的人

为了一点意外的机缘，得和一位关东客同席吃饭。设若我以前不知他是一个商人，单从肥腻的脸上也不兴错认了他的行业。他双手递给我一张名片，上面写着“滨江关西县”什么杂货庄经理。关西县对我虽有些陌生，然而滨江（即哈尔滨）我是走过几次的，不知为什么，这个地名一触着双眼，心下怪不是味的。为了想从他口中得一点愿意知道的消息，我便直爽地装出对关外地道的神情，说了一句“滨江我也到过几次”。这一句果真奏效，他带点惊奇立刻反问一句：“先生几时到过那里?”这反问并不是对我的话有所怀疑，我便乘机一口把话全吐出来了。我说我到过奉天、长春、滨江，一直冲到悬在吉林北边线上的依兰，过江便是江省了（关外人呼黑龙江曰江省）。

“依兰?”他似乎惊怪着有这个地方。

“依兰就是三姓，从滨江坐江船可以直达。”

“呵，呵，三姓，三姓，那知道，那知道。前几年奉军和老毛子（即俄人）开战，这个地方遭殃不小，是，三姓。”

用学名提起一个地方，会叫身处其地的人也莫知所以，如果改个土名，那真是尽人皆知。我就这样提到玻璃拐子（即海参崴）……他都知道，而且用口全把路线画出来。

“呵，关外真旷阔，明山秀水，沃野千里，我去的时节正在秋天，一眼望不到个庄村，那寥阔，那广大，简直没法对一个没见过的人形容，只可惜……”

“唉，这才几年……”他也不胜其感慨地长吁一口气。

“我到关外已经十年了，这算是经过了两个朝代。‘九一八事变’我也是吃惊的一个人。”

从他说话上可以知道这人并不是没有常识，把心里预备好了的问题也就搬上口来。

“关外换了皇帝以后比先前怎样？”

“什么怎样？”似乎是觉得这样的问法很难以回答。

“我说社会上的秩序比以前怎样？”

“你说社会上的秩序吗？”略一沉默，我知道他在用心思索。

“乍换天下时乱了一期，现在渐渐安定了。”我听了这话，未免疑心这是被麻醉好了的一个人。

“日本对待高丽，第一步不也是这样吗？”这一句话我没想到会从这位商人口中吐出来。

“皇帝很威风吧？”

“威风什么？日本是太上皇，拨弄着他像拨弄一个猴子，什么都是人家先议论好了，他照办就是了。说威风，最近听说还要到滨江出巡呢。”

“先生在那里生意可发财？”

“罢罢罢，别提了。全是贩卖日货，简直成了日本奴。但这是逼的，我开的商店最初全是从北平运货去，可是于今行吗？一百块的货，运到地头得出六十元以上的税。滨江本来俄国货不少，可是现在全被日本打倒了。”

“卖日货利钱大吗？”

“不管大小也得卖呀，商店报歇业是不准，死活得开门，日本××真是法子想得周到：账本全得从官家买，进货出货的数目以及每年的余利全得照实报告，譬如赚一百块钱，他得抽去三十块，你想这不是劳心费力地给他混吗？而且你有钱也不能往关里带，身上有十元现洋，你会进不来山海关。在那里一律行使满洲纸票和日本金票，轻易见不到一块现洋。他们对于中国报纸和一切货品，几乎全要禁绝，然而却是欢迎中国的现洋——大头也好，小头也好，见一个吸收一个。中国有些贪小利的人专做这行买卖，一元钱可以赚五六毛，现在关外有花旗银行可以兑款，也有中国银行，听说下令叫他五年以内收回所有的钞票。如果你愿意兑钱到关里，目下是可以了，但一百元钱兑到天津，你只实见六十元，这时汇水低了，顶高的时候到过六十元！”

“听到说义勇军的消息吗?”我像是一个新闻记者,从经济、社会问到了军事。

“义勇军,青纱帐季多,现在听不大见,大约有几千人全在山里,这样日本的飞机也没办法,有个机会他们便出来干他一下,消灭是没那回事。现在关东分为十省了,每省的要道都有了速度极大的汽车,就按县来说吧,每县一定要有两辆,一旦有义勇军活动的消息,县长一辆,日本监督一辆,便带着警察去打。乡下现在还没有驻上日本兵,可是每县都有日本人做上司。”

“你来回走,路上不打麻烦吗?”

“商人庄稼人都还差些,照若你们学生一流人物,那可真难过去山海关。日本人做事可严密:譬如想坐车走,先得花一元钱买张入国证。航行更麻烦!要是想从龙口上船,一定得到大东公司买票,你去,他先打量你一下,然后用笔记好你要去的地方,街市门牌号数以及找何人,并和他有什么关系,这是初步手续。第二次取票时,再照样问一套,如果一个字音说得不对,或是一个字形写错了点,他会给你一个惩罚:三天以内不准走,这算是一个考查期。如果有多人保证,或者可以有希望,但若是三次犯规,便永远不许你买票了,唉。”叹了口气说下去:“关东是咱的地方,连去的资格都没有了!关东全是北几省人,偏偏叫日本××当家?唉!这是什么道理!”

“先生,你倒很关心,到过关外好得多,我看关里人大都把这块好地方忘掉了!先生真是,你是见过的那样一大片……先生,你们念书的人眼光大,你看将来还有希望收回来吗?”

我没有回答出来。心下默念着两句话:“这样一块好地方,我看关里的人大都把它忘了!”

1935 年

一个难民的自述

脚踏上了故乡的土地,这才敢说生命是属于自己的了。眼前的这一切景色人物,都向我表示出特别可爱和亲切的样子,而且,又是这么静穆与安闲,有意叫我这个虎口余生拿前几日的环境做个极端的对比似的。

我简直是一个难民了。不信你看看我的样子:一身老粗布白裤褂,已叫汗泥染成了灰色,五步以内会使你掩鼻,恶心,外面套一件深蓝布长衫,足有一钱厚,鞋袜已经没法从泥巴中去认辨它的颜色了。除了破草帽覆盖下的这一头长发算个破绽外,我不知道你会把我猜做个干什么的;然而我确有把握,你决认不清我的本来面目——一个革履洋服的堂堂大学生。不要说你,连我自己也觉得凭这条身子满有资格进难民收容所。看见自己的怪样子我忍不住地笑了,然而这笑里是藏着眼泪,是含着刺心的苦痛的。在无可奈何的环境中乘了最后的一次"北宁"车我逃来了天津,像大难中撇掉一个故人那么痛心的,我把北平丢给了一个可怕的命运。当火车的尾巴拖出了"广安门"时,我曾从窗口探出头来向北平做最后的一瞥,用虔敬的心向它暗暗"祝福"过。

我住在汇文中学里听候着消息。

消息刻刻传来,都是些刺心的消息。日军到处挑衅,杀人的利器源源地叫火车从关外载来。这时老站、总站,都握在敌人的手里,他们夺取了中国的铁路、车站,运输凶恶的利器来杀戮中国人,他们还口口声声骂中国是"侮日"、"抗日",好似"真理"、"正义"永远属于他们!一想到下车时站上日军蛮横的凶相,刺心的皮鞋声,我的心便冒火了。

好消息毕竟被我候到了。

丰台、廊坊在28号的上午接连着收复了。成串的好消息突然传来,心叫欢喜鼓动得要爆炸,不禁地手舞足蹈,狂喊高呼起来。立刻对敌人起了一种轻蔑的心理,以为太不堪一击了。我立起身子来挺一挺腰板,一个紧硬的拳头"咚"的一声触到了墙上。

下午1时到6时,在这个短短的时间内,不轻易发消息的《大公报》一连出了两个号外,用简单的句子,老大的字,把欢喜,把正义向每个中国人,向世界传播。这真是一个黄金的下午啊!法租界、俄租界、意租界……各个租界的领使馆都叫所有的中国住户悬起了祖国的旗帜，一千面“青天白日”旗，一万面“青天白日”旗在风前威武地飘扬，飘扬着中国的胜利。眼看着自己的国家牵着各国人的视线从平地升到天空，我欢喜地落泪了。

当天晚上友人用电话告诉我，要我不要睡觉，等候着，今夜一定有好消息给我。我听了，也不便详细追问，回头来瞪着眼送时间的脚步慢移。候着，电灯闭上了眼睛，知道已是12点了，仍然没有动静，疲倦给我合上了双睛，朦胧中被枪炮声叫醒了，我精神一抖，仿佛打过了兴奋针，跃起身来燃亮了一支洋烛，看表，整两点(29号上午两点)。这时整个的天津像在暴风雨中。炮声是霹雷，枪声是雨点，如果到外边去登高遥望，一定可以看到火光的闪电，战烟的浓云。

好消息随着旭日到了。

我三十八师在副师长李文田的领导下，经过了壮烈的牺牲，终于把总站和老站夺回了。海光寺的日本兵营也唾手可得，东局子的飞机场也在我保安队的包围中，让它们有翅也难腾空了。

冀东保安队反正的消息也到了，而且还活捉了殷逆汝耕。一个接一个的喜讯使我简直要发狂了，同时，东三省的义旗在我眼前闪动，我仿佛听到了开出山海关去的我们骑兵的铁蹄声。

29日，这一天的日子完全被裹在枪炮声响的密网里。我明白这是我们的士兵用肉体，用鲜血，在争“正义”，在死守天津——我们的土地。

下午约近4时，轰炸的声响大作。我登在楼上凭窗远望，看敌机数架在空中颉颃，推测地点，是在河北大街，这是可能的，因为那是市政府和造币厂的所在地。眼看一架飞机尽在围着一个地方绕圈，忽地跌落下来：很低很低，像蜻蜓点水，然后猛然向上一纵，机身像钻云的燕子，从腹中遗下一个个“蛋”来，哗啦啦一阵爆炸声，浓烟腾起了，像海上的雾，迷失了一切。对着脸前这惨状我心痛地想，不知费多少金钱，若干岁月缔造成的伟大建筑都痛喊一声，碎了，碎在披着文明外衣要以炮火向我们做文化宣传的残暴的“硫磺弹”下，碎在每个中国人的眼底，心上。我想在一声爆炸下，一阵毒烟里，不知有多少同胞被粉身碎骨，血肉横飞！可恨的禽兽不如的强暴者啊！

回头望一望校门口高扬着的美国国旗(因为这是个教会学校)，好似在有意地向受难的中国人表示骄傲。我顿然感到了一种莫大的耻辱，我想向外跑，我愿跑开这杆“保险旗”把身子投到同胞的队伍里去，我是一个中国的青年，黄帝的子孙啊！

30日的晚上父亲找我来了。父亲是一个商人，在这里有点生意。他一见了我便乱摇头，脸上的神色很难看。

“我们的军队全退却了！”

父亲惨然地说完了这一句，样子像要哭。

一条时间短线的两端，系着相反的两个事实，它的矛盾与疾转，到了难以叫人相信的程度！我们的军队为什么全体撤退了？在一场大牺牲之后，为什么突然把无数性命换取的胜利与光荣撒手弃去？为什么听凭敌人的兵马四方八点地汇来而不闻我们的援军开到？为什么不见我们飞机飞在天空？我真纳闷！到底听了谁的命令才负着胜利的光荣做溃败的退却，我更是莫解。心里打满了疑问的结子，胸中布满了愤慨、恐怖、忧郁交织的暗云。

父亲又告诉我他怎样过了一道道鬼门关才奔到了这里；他告诉我街上躺着多少被日军屠杀的同胞，没人掩埋；他告诉我难民狼狈的情形，最后他告诉我日本的国旗已飘满了天津的天空。他告诉着，脸上贴一层霜，严肃中夹着惨淡，最后他落泪了，他又重复一遍：“我们的天津已挂满日本旗了！”声调悲伤，酸楚，冤抑，我也落泪了。

父亲又告诉了我一些惊心的消息：八里台的南开大学一堆灰烬了！市政府，造币厂，再也没法见到它们巍峨的壮影了！父亲用了很细的声，有点秘密似的，告诉我日本兵怎样得的天津：

“在 28 号丰台廊坊收复的消息传到这里以后，地方军事当局——保安队刘司令家鸾，公安局李局长文田，就会商了一下要解决在津的日本军。他们商定将八千人分为四队，两队分取老站、总站，一队包围海光寺，另一队袭击在局子日本的飞机场。决定在 28 号的晚上发动。袭机场的兵，每人发给一小瓶汽油，一把橡皮把的剪子，一盒洋火。在夜间 10 时他们都已伏在周遭的高粱地内了。先割了电网，再泼好了汽油，一切都照预定的计划顺利地进行着，只要两千支火柴一亮，一场的飞机便成一堆灰了。”唉！可惜，说不定是天意，父亲不胜叹息地说：“火柴全擦不灼了！红头经过了四个钟头潮湿（这时刚下过了雨），一擦便成粉了。后来，被飞机场上的日本岗兵发觉了（他们起先太小视中国了，他们不信中国人有那样的胆量），我们的保安队便抡起大刀来，日本兵最怕中国的大刀，颈上都套着铁圈，他们望见大刀一闪，头皮便麻了。天亮了，日机全个儿起飞了，他们看到中国兵士的手中只有大刀和短枪，便低飞着，机身几乎可以磨着高粱，用机关枪扫射。我们的兵士只好躺下身子在地上且滚且打，听说牺牲得大极了。”父亲最后又叹了几口气说：“那是保险火柴就好了！”

第二天清早，我把自己打扮成了另样的一个人，便同父亲离开了汇文。街上满是人，匆匆地，南北乱窜，像热锅上的蚂蚁，这不算叫我惊心，当我看到墙壁上黏贴着的安民布告末尾“香月司令”四个字时，我的心立刻要爆炸，眼里又滴下了酸楚的泪。

道上遇上了好些同乡人，他们都在乱跑。跑，跑，跑，东西南北乱跑，谁也不知要跑到哪里去。凶恶残暴的日军到处杀人，我们失掉了土地，生命在敌人眼中还不比一只蚂蚁，他们可以任意杀戮着开心。最后，我们终于逃到了运河边来。河岸上人站满了，像一丛丛的草木。小舢板成了救生船，一船船地把人载走了。

和我们同船的有四个保安队，带着枪，可是头上的铁盔已经不见了。他们都异常激昂地对我们讲袭击日本机场的故事，他们也恨那红头的火柴。同时他们又非常愤慨地说：“如不是援兵赶不到，日本鬼会叫他死个完全！可恨×××，我们的司令打电话请命，他只说，‘你看着好了！’他妈的，这是什么话。没法，我们只好暂时退到马厂去集合！”看他们的神情都十分惋惜这次的“功败垂成”！

在雨打日晒中，四天的工夫，小船才把我们拖到了沧州。车站两边全是人，除了兵士净难民。他们没有饭吃，他们没有钱上车，他们没有房屋避风雨。老老小小在土地上坐着，卧着，偎依住着，凭风吹雨打。兵士们宁愿缺着肚子把自己的一份食粮分给他们一半苟延着生命，我们同是黄帝的子孙啊。每个兵士们脸上都呈露着沉毅和勇敢，我想眼前这一幅悲惨的画图，在他们和日本接火的时候，一定会发生很大的力量吧。

当我们的车蠕蠕开动时，我探头窗外望一望这一群失了土地、失了家庭的同胞，心里说不清是个什么味。

1937年8月11日

济南三日记

接到朋友的来信，说济南已是车水马龙的太平景象了。为了个人的一点私事，由潍县搭车赶往前去。下车时已近午夜了，知道一般友人早已迁徙，便驱车直驶到一家往返住惯了的旅馆里去。一进门，伙计们很亲切地向我打招呼，但眉宇间却叫人寻得出一二分惊异来。门前车马冷落，西墙上黑色的"水牌"上写着寥落的几个白粉名字，这又增加了我的惊异，因为这家旅馆在我脑海中是一株四季繁茂的长绿树，没曾见到它这般的凋零过。

茶房把东西给安放到楼上的一个房间里，西窗枕着一条南北小巷。他一面给我整理东西，一面抬头问我："×先生为什么找这个时候来?"这话里显然有味可寻，我便问他有什么消息。他摇了摇头说："不好！打前天又紧急了，每天来飞机。"

"上次从临清逃亡到此，正遇上紧急，这次刚到，紧急又跟着来了。"心下暗暗地这么想。

夜，静静的。喊茶房要白开水，旅馆中深夜里应有的那份热闹完全消歇了。

一夜乱梦。绝早醒来，头昏沉沉的。西窗外卖报童子尖锐地喊叫着报纸的名字，也没有把好消息夸大地挂在嘴角上。隔窗喊过他来要了份《华北新闻》，难为煞报纸也找不到一条惬意的新闻来宽一宽心；字里行间透漏着的全是些令人窒塞的消息。

8点钟到教育厅去访问一位朋友的家，因为他办公的时间是在晚上。很巧，在厅里碰到了他。我告诉他"临中"回不去，"一中"、"莱师"都约我去，到底到哪里去好？从他的话里，得知"一中"校长正在这里，"临中"校长也在这里，省立各校于二十天内一律迁×县集中训练。他还问我愿不愿干政训的事情，山东正要招考二百名大学毕业生，受训三月，然后分派工作，如果愿意干，经教育厅介绍，可以不须考试。我答应考虑一下。谈着话顺手从办公桌上捡起一张铅印的主席上谕来，意思是叫人莫乱谈国事，如所言中实，便是泄露机密，如言属子虚，便是造谣惑众，都要受最严厉的处分。

从厅里出来，雇车到了"一中"。铁栅门上搭着锁，旁边贴着红条，叫人从西邻的"高中"穿入，前几天时势紧迫时，"一中"早已南移泰安了。脚刚踏上了"高中”的门台,警报响了。三两步抢到了门房一问,知道“一中”校长已先一日走了。找一位“临中”的老学生,也不在,找当教务主任的一位朋友也外出了。回头,不能走;进去,没有熟人。正在大门底下徘徊,飞机随着紧急警报轰轰地来到顶空了。随着门房的工友进了学校,院子里站满了人,都是各校的先生,有一半是朋友。一连握手寒暄,才知道,“一师”“一中”“高中”全集中在这儿上课了。飞机两架,前后追逐着在天空画圈,各人躲在一棵树下把视线向天空瞥去,头里的一架大的,全身现银灰色,突然丢下了它的伴侣独个儿向西南飞来,那架小点的向东北渐飞渐远,融化在白气中了。我们的脚步一齐移近了防空窖,眼睛牵着当头偏西的那架飞机的影子,有的人这时已躲入了窖中。它把我们的头向西南扯了个半圈,然后又轰轰地消失在北房的身后了。刚合上乱飞金星的双眼,轰轰的声音越响越大,抬头向西北遥望时,两架又连飞起来,依然是大的在前,小的在后。一霎,大的又第二次弃了小的,绕着一块天空打转,转来转去,忽地掉头向下直“栖”,即刻又翻身纵起,接着“隆!隆!”的两声,不知多少同胞的财产生命变成灰烬了。这样接连地响了几次,我们的高射炮开动了。“啪啪”的一连两个响,一阵白烟消散在机身的四周。大家都说炸的一定是洛口和附近的渡口,因为日寇怕我们的援军开往前方。

回头到了一位友人的屋里。警报还没有解除,已经快到正午了。屋里很凌乱,他才从“一师”移过来。窗台上散乱着一堆石印的国语讲义,是巴金先生的一篇近作,当然是关于抗战的。这位朋友告诉我说,山东文化界应该表现一点力量,同时,在这个时期,人人精神感到极度的饥饿,应该随时随地多创办刊物,这是很重要的。他说老舍在齐大住着,顶好由我们负责办一种“文摘”式的刊物,作大众精神的粮食。是的,我个人也有这样的感觉,在长期抗战中,人们的精神不能叫它受着饥饿的呀!他说,明天这些高年级学生,将分队到附近各县去宣传,先生们也一同去,他把宣传大纲递给我看,有新剧,有歌咏,有演讲……日期是十天。我们正谈得很亲切,解除警报的汽笛响了,解脱了似的立起身来,便蹦跳着出了“高中”的大门。时间已是正午了。

在去齐大访老舍的途中,碰上了一位久别的故人,握着手老不愿意放下,在离乱中更觉到友谊的可贵。约着他一同到了齐大。一进大门,树木把一片秋色送到了眼里。一座一座的高楼隔得远远的,把一片片空地留给了花草。我们向着门房工友指给的一座洋楼走去,老远看见一位绛衣人立在草地上,身后一位太太带着两个小孩子在树下闲玩,正欲向前问询,抢过几步之后,才发现了,这就是我们要访问的友人的全家。打过招呼之后,便随着到了他们新居。自家住着一方楼，很空阔，安闲，客堂里点缀着几盆黄菊。谈一回战局，谈一回文艺，最后谈到今后个人的去路。这时期卖文章已成死路，所以他来齐大教书，上课不久，济南的空气又把学校紧张散了，校长是外国人，早走了，学生也走了。他叹息着自己走不动，留在这里看飞机，守着这个“世外桃源”（这号称华北第一的大学校舍，那旷阔，那景色，真称得起是“世外桃源”）。他的话里有无限的酸辛。他说有个长篇材料，却无心下笔，脑子老发胀。只给些小报写点短文。书桌上有一二份小杂志，另外有本《宇宙风》。谈得正酣，警报来了，两遍紧接着。我们同着小济、小乙和他们的母亲，结队到了外边的树下。小孩子已经早有好几个在那里了。他们指手画掌地指点飞机叫大人看，有时还开玩笑说“来了来了！”顺着他的指头看去，原来是一只老鹰。看着它们在中国的上空翱翔，看着它们向中国的土地上投弹，眼里冒火，心里也冒火，恨我们的高射炮技巧太不娴熟，纳闷我们的飞机为什么不出动。大家都说，如果我们有十架飞机在空中包围它们，那该是多么叫人兴奋呵！远了，近了，又合了，两架飞机老是盘旋不去，好似向中国人施展威风。我们怀着愤懑回到前院里去，大家坐在枯草上，圈成一个半圈。草软得像绒垫子，眼前的秋色到处撩人，而轰轰的飞机却把一切的平安、寂静，给打个粉碎，给我们一个血淋淋的事实。

我们被留在这儿吃午饭。正要动筷，一只小老虎似的大猫撞门而入，主人给它米饭，它嗅嗅拒绝了。猫，一身黑花，斑斓可爱，颇有点英雄气。主人对我们说，它的主人走了，国难影响到了这小动物。素日它主人很珍爱它，都是给牛乳、牛肉吃，难怪它咽不下这白饭去。

吃罢饭，话没得谈了，闷闷地对着吸烟，吃茶。等到大赦似的解除警报的汽笛一响，我们即刻起身告别，这时已是午后 4 时多了。

“住到哪儿给来个消息呵。”主人送走了我们转身时这么嘱咐。

“一定，一定！”我们老远回头答应着。

晚饭后，第二次到高中找我的学生。在门房里碰上了一位一脸斯文气的武装中年，他也是来找人的，我一眼便猜定了他是干政训工作的，一交谈，果然没有料错。交换了名片，他脱下军帽再三地说“久仰，久仰”。他自道是“燕大”的流亡学生，是为了护送被飞机炸伤的老百姓由前方回济南来的。问他打仗的情况，一阵摇头叹气之后，他对我小声报告了一大堆消息。这时工友叫我们到里边去，我和他并肩走着，他又说了一大套。那些话听了真刺心，我不忍把它写在纸上！临分手时他低声亲热地道：“我们精神上已经很熟悉了，所以才随便说说。”

一盏灯照着我和六个"临中"的老同学分坐的一张桌子的两旁，又是茶，又是瓜子，糖，简直像开茶话会。他们都武装着，符号上写着"战地服务团预备队"。他们的家全是鲁北，正在火线上，然而他们并不因此悲伤，他们都很活泼硬朗地谈着明天下乡宣传的事。很畅快地纵谈了两个钟头，我告辞了。他们出来送我，看见大礼堂中明晃晃的，有许多人在工作，他们告诉我这是忙着预备明早出发的事情的学生们。

9点回旅馆来，很困倦，便早睡了。正在朦朦胧胧的时候，猛地被一只手推醒了。睁开眼，一姓邱的老友立在床前，他在别处住，但不时也来这旅馆中"打游击"，因为和旅馆的主人太熟了。我半合着眼也没起身，和他应付了几句，便用了"我们睡吧"一句当作了逐客令。他走了，我又入了似睡非睡的状态。门一劲地乱响，又被惊醒了，这回来的是一位当师范校长的熟人，我坐起来拥着被，强打精神和他交谈，他依床而立，朗声道："××！怎么办，厅里叫我们即刻南迁！"

"迁吧！"

"一定迁！时势是否让我们迁得及，已经没把握了！我决计少带学生，带了去怎么办？怎么办？"

我沉默着。待了一刻，他便走了，说是明早便起身返校。

第二次倒下，不久又朦胧起来了。一直朦胧了一夜。

次日早起，先叫茶房买了份报来，知道昨日被炸的地方很多，很惨，大半是黄河的一些渡口，尤以洛口为最厉害。有三辆由聊城开济南的汽车，在渡河的船上被炸沉了。我本打算乘汽车由济南过聊城转临清看我的一部分可爱的学生，看这情形是去不成了，心下很郁郁。

8点钟到铭新池洗澡，9点钟匆匆地出来，走了不到一箭地，警报来了。在墙根下直挺挺地站了两个钟头。飞机一天光顾好几次，上午都是在9点左右，听说平原有飞机场，一翅子便飞到济南，所以这几日来，整个的时间全在警报中过去了。

两条腿轮流着支持着身子，手倒空得有点发胀。眼看着路两旁站着一些和我同命运的老幼男女，都把眼向着天空，脸上带几分惊恐。有些小孩子用手向飞机做射击的姿势，口里唧咕地乱骂。偶然有一辆洋车穿过大街，上面的坐客是一身戎装，有时也断续地从身旁驰过几部汽车去。

警报解除时已11点了。

急急地坐上洋车去赴昨晚在"高中"会过的一位张姓学生的约，他在"医专"

读书。他正在候着我，而且还有他的几位同学也在他室中候着我。见面说了还没有十分钟的话，又警报了。喝茶，抽烟，吃瓜子，吃糖，闲谈，打网球，任干什么引不起一分兴致，精神上好似打上了一把锁！最后他引我去参观“金线泉”，其实几年前我已经和一位爱好文艺的朋友来凭吊过我们的女词人——李清照的故居，“印月空余丁字水，斜阳何处旧妆楼”，那位友人的词句我也还能背出来，可是这回，头顶上飞机乱叫，有什么心发思古之幽情呢？

嗯隆，嗯隆，一阵又一阵。大家全都不往地窖里去，好似飞机决不会在济南市投弹似的。

一点钟以后，听说被炸伤的人都送到省立医院里来了，我愿意看看这些不幸的同胞。这位学生便做了向导，到处探询他们的踪迹，从楼上到楼下，从内科到外科，没见踪影，最后有人告诉说是在第×号病房，我们便一直进去了。进了东门，一条木壁把一间宽房截成两个病室。我们先到了南边的那间，南北两列床铺，上面躺满了可怜的人们。有男的，有女的，有炸破头的，捆着白布仅露着两只无神的眼；有的炸伤了脚，血痕还没有干。身上盖着土花老布棉被，看样子全是穷人。有的一张床上挤着两个人，一看便知有一个是跟来看护的亲人。这病房里一共有十几位，有的是前天昨天入院的，也有今日新炸伤的。他们皱着眉头，脸蜡黄，不时地发出呻吟之声，这个住了，接上那个，像一条鞭子抽得人心痛！

“你们的家是哪里？”几句安慰的话完了之后，我这样地问他们。

一提到“家”，一片悲凄立刻染上了每个人的脸。他们带着要哭的样子向我们诉说自己的遭遇。

“唉！先生们哪里知道，我们的家完了！我们住在洛口，每天一早做点饭吃了，忙着跑到南边大堤的洞里去躲飞机。谁想一时没躲及，炸弹落在屋上，屋完了，人伤了，哪里还有个家呢！”

泪随着颤动的语声流下腮边了。

我们带着悲伤走到北边的另一间病房去。里边一位农妇躺在床上，旁边守着一个男子，一定是她的丈夫。我问她伤了什么地方，那位男的替她回答，说是扫射的，子弹还在肚子里，被蒙着半个脸，用眉宇把凄惨显示给我们。她不作一声。据她伴侣告诉，医生不久就要来开刀。

“是死的，是活的，还说不准呀。”

“不要紧，一定可以有希望，这儿的医生手术好。”我们用话稳他的心。

“唉，院里收下，这算有点指望，同我们一车送来的一位邻居被炸出肠子来，院里说不能治,又抬回去了。”

含着眼泪离开了这群无辜的同胞们,一到院子里眼里又飞来了飞机的影子!心里的伤悲立刻变成了愤怒,恨不得一手撕下他们狰狞的面孔来,用钉子钉在墙上,喊天下人来普遍地看一遭。

我随着学生登上了四级门楼,缘着梯子爬上了一座平台。学生告诉我说,半月前这里安放着两架高射炮,这梯子便是守兵用的,平台下面的空室便是他们的安身地。但而今高射炮不知移向何处去了,终日让飞机疯狂地乱飞乱炸。

这平台称得起是全城最高的地方,立在上面,全城的景物一样也不能从眼中漏过。南望千佛山,如一列碧绿的屏风,北边的黄河,像一条银龙。一条条的街市,密似蛛网,上面不见一个人影,济南简直成了一座死城。

忽然汽笛一声吼叫,人像决了口子的水浪,立刻流遍了每一条大街小巷。我的肉体和灵魂,好似脱去了铐镣。急急下来和学生到饭馆里去抢了个座位,打发饱了从早晨一直空到太阳西斜的肚子。晚上友人们送消息来,劝我没有要事早走开些好,邱也这么说。他约我明天晚车走。

第二天从 8 点警报起,直到 11 点才解除了。匆匆地坐上车去找“临中”校长追 9 月份的薪金。恰巧,半道里遇上了,他说正要往银行里提款去,约我晚上见面。我愿随着他一同到银行去,他答应了。银行里挤了个水泄不通,走一个来一群,抢命似的争着提款。×××的会计一下子把十万抱上了汽车,看情形消息一定是不妙。我立在院子里正徘徊,“医专”的那位学生突然立在我的面前了。他说:本来校里今天上课(前曾移曲阜,刚迁回来),校长今早忽然说晚上又要南迁,而且迁得成迁不成还说不定。校长还说学生能自想办法顶好,学校对学生的善后也怕没有把握。他出口要几块钱,我答应领到薪金一定可以分给他十元。12 点时,警报又到了,外面的人不能再来,里边的人也渐渐地松了,大家要求行里把办公时间延到了下午两点。好歹一百块钱到了手,走出门来,那位学生看不见了。因为银行距所寓的旅馆很近,便顺着墙根走回来了。刚到旅馆门口,警报解除,一问东去的车,说两点半开,匆匆地收拾行李,便忙着给那位学生和邱留字,正在写着,学生来了,说他刚才在行里听到警报后下了窖子。我把预备好了的一张钞票交给了他,便上了车站,学生和茶房一同去送行。车正要开时,空中响了两声高射炮,客人们纷纷地跳下车来东西乱窜,一架飞机在北面的上空。一位灰布的军人气愤愤地把长枪举向天空就要扳机子,另外几个伙伴强按住他的手,用话劝阻他,看样子他还有些不服气似的。这位兵士的气概,给了我一个喜悦和兴奋。

路警匆遽地指挥着客人们一齐上了车，一声汽笛，火车逃遁似的向东开驶了。

路上碰上了一列西去的兵车，我明白这一定是调来增援的，我愿意向他们行一个敬礼。车到潍县不过才9点。满街上都是兵，走着的，乘车的，神态十分匆忙。

第二天早晨，在汽车站上遇见昨天4点半从济南起身的一位朋友，才知道黄河铁桥已由我方自动地炸坏了。轰的一声，震动了济南的房屋，震乱了济南的人心。火车没法卖票，只好任着人挤满后便开行了。他亲眼看见邱肩着一件行李被人挤退了。

今天汽车只剩两辆，而且是只卖远票。幸亏熟人的帮助，才得上了一辆露天的货车。

车开了，冷风如帚。在车上，我怀念起黄河以北的同胞们和我手足般的学生，我想到了"高中"下乡宣传的我的老学生，我惦记着邱姓的那位朋友，我担心着恐怕今夜果真迁不成的那位"医专"的学生，我更关注着孤悬在黄河南岸，日夜在敌人窥伺中的济南城。

1937年11月17日

孩子们举起了火炬

潢川，这小小的地方，也在反侵略的呼声中荡动起来。

孩子们，我们宣传队的同志们用短短的工夫训练成功的少年队伍，他们年龄都很小，五六岁的，七八岁的，十五六岁的就得算是顶大的哥哥和姐姐了。我们教会了他们救亡的歌曲，教他们一些别的事情，他们应该知道的。他们日夜缠绕着我们宣传队的男女同志们，亲亲热热的就像自己的哥哥姐姐。

元宵节到了，我们不能放走这一个日子，决定来一个“潢川儿童反侵略大会”。这样讲，孩子们不容易立刻明白，对他们讲“反侵略”就是“打倒日本鬼子”，他们都高兴地笑了。有的已经自备了各种的灯，我们宣传队的同志们也破了两天的工夫自制了许多。

黄昏时候，人脸上贴着朦胧的黑纱，在这个十日九阴沉的潢川，难得今夜的这一轮明月，逗人似的涌上梢头，给人们一个惨痛的回忆。“新民”大会场上渐渐地人影憧憧了。孩子们高挑着不同式样的彩纸灯，从南城，从北城，带着欢欣和兴奋，在姐姐的提携下，在妈妈的领导下汇聚到这里来。一座空洞死寂的场子顿然涂上了明朗的色调。

为了珍惜短瘦的蜡柱，叫它在游行的时候多亮一会儿，带着深色的黄昏，我们宣布开会了。小小的主席立在台上，很有神气地向大众致开会词。他一点也不觉得渺小，他不为台下的多数听众——军团的学生、警察、形形色色的堂堂男子和成年妇女的注视而显得局促。他很勇敢地把日本兵的残暴当众高声历数，他高举着拳头叫大家一齐起来！接着，有好几位小朋友在大人的扶持中登台演讲，大家都报以热烈的掌声。

“潢川的小孩子们团结起来!”

“拥护蒋委员长抗战到底!”

“拥护李司令长官保卫第×战区!”

“打倒日本帝国主义!”

由孩子来领导着高呼口号，声音很响亮，把旁边老树上睡了的乌鸦都惊醒了。

“我们点蜡吧。”

宣传队的一位同志在台下对孩子们说。“好啊……”嘻嚷着仰起脸，跷起脚，争着把自己的彩灯挑到台子上去。

灯全亮了。飞机在半空展翅，上面题着“航空救国”；地球团团地转，上面的字写得明白，叫全世界上被压迫的民族联合起来；有一个长条的大灯是我们开会的标帜，“潢川儿童反侵略大会”的九个大字鲜亮地横列在上边。蝴蝶灯，狮子灯……每个灯上亮着我们的标语和口号。最使人感兴趣的要算那个和真人一样高大的汉奸了。他有一个可憎的脸子，背上插一支亡命旗，光亮的肚皮上大书着“枪杀汉奸”四字。人人注视他，憎恨他，他是大众的眼中钉！

我们开始歌唱了。唱义勇军进行曲，唱杀汉奸，唱救亡的小调。台子上的锣鼓给配衬着。我们大家一齐唱，一遍又一遍，孩子的心，大人的心，随着他们口中吐出的声音结在一起了。

月亮升高了，灯，夺去了她的光艳。

我们的队伍开始移动起来，场子里流动着灯火，流动着细碎的语声和笑声。“南城的孩子们向南，北城的孩子们向北”，两句话像一道分水岭把这个大海——光的海，力的海，岔做两注洪流。

我加入了到南城去的队伍。锣鼓响在前头，一百多注灯光把队伍变成一条火龙。

宣传队的男女同志们在领导着、护持着这一群可爱的孩子——反侵略运动大会的主人。彩灯举在头上，持在手里，把一条条穿过的街巷都照亮了。有一些孩子，左手握在妈妈的手里，右手提着小灯，健步地向前走，走在崎岖的道上，走在泥泞的小巷里。前面的歌声还没停下来，后面便紧接上了。

在每一条街巷里，歌声都是叫出许多人来，大人和孩子。他们立在门口注视着，倾听着，直送队伍离开他们。有些孩子手里提着灯直想参加到队伍里来。

穿遍了所有的大街和小巷，粘结来了无数的新的力量。最后，在一个大空场子里停留下来，商量着怎么处置那个汉奸。

“汉奸可恨不?”一个人问。

“可恨!”一千个人的回答。

“那么怎样办他?”

“枪毙!”无数的口里喊出了同样的声音，忿怒的。汉奸立在半空，亮着肚子在战栗。

“好，焚掉他，洋火就是我们的枪。”

“好啊，好啊……”

火柴擦的一声,汉奸破了肚子,暴出了骨骼,一阵红光像大家心头的怒火,在愤恨中,在欢腾中把他焚化成一堆灰。

明月在中天,好似一个公平的证人。

1938年1月16日于潢川青年军团

铁的一团

——介绍第五战区抗敌青年军团

一　军团的诞生

自从神圣的抗战全面展开后，每个角落，每个黄帝子孙的心窝里烧燃起反抗的烈火。在猛烈的炮火下，在飞机的轰炸中，几个月来，多少城池和土地沾染着我们战士的红血作为一片焦土给敌人拿去了。

在沦陷的区域，在受着战争威胁的地带，无数的知识青年男女，不能也不肯在那里受凌辱，受肉体和精神的惨酷的虐杀。他们，这一群有着铁的膂力，有着澎湃的热情，有着挚爱祖国的一颗血心的青年们，失去了家乡，失去了情感的慰藉，失去了书本和一切。他们满怀着一腔悲愤、反抗和爱国的情感，开始流浪，在流浪中寻求一条新的生路。

从平津、山东、安徽、河南、江苏……一大批寻求着生路的勇敢青年，经过了千番的磨炼，沿着不同的道路汇聚到徐州来。这时候，敌人正企图四面围攻这个军事上的重镇，用猛烈的炮火打通津浦线。×司令长官坐镇在那里，除了运筹指挥队伍给敌人一个强硬的打击外，他关注到发动民众运动、组织游击队、军队中的政治工作是取得最后胜利的基本条件。为了造就以上几种迫切需要的人材，"抗敌青年军团"便应运诞生了。

在徐州的时候，男生只有四大队，女生两中队，统计起来共两千余人。这一群中华民族的好儿女们，为了祖国把长衫脱掉，个人主义，浪漫旧习，颓废的姿态，脆弱的心怀，统统死灭了。一身浅绿的戎装包着一条条英武的体躯，他们另换了一个新的生命。

二　从徐州到×城

津浦南北两路的烽烟，渐渐地迫近了徐州。敌机不住地光临，一天的时光几乎全在警报中磨去。为了使学生得到安心学习抗敌的一切知识，决定把军团开到×城来。一三大队最先开走，二四大队、教官和政训处的人员是第二批，女生和副团长走在最后。男生从信阳下车后，在雪地上，四天的工夫做了二百四十里路的行军。在火车上，在征途中，讨论会、同乐会、歌咏会，使一颗颗心变得紧张，热烈，亲切地靠拢。同甘苦，共患难，像一个家庭里的姊妹弟兄。

到这里不久，我们就来了个家庭访问和农村调查。女同学们担任了第一项工作。老太婆们都争着要她们做干女儿，拿年糕给她们吃。深闺里的小姐们也要求把自己编入她们的一伙。深入农村的男同学，用漫画，用歌咏，用和蔼的态度，温和的言语，去消除他们的恐惧，温暖他们的心，从心窝里勾引出他们的隐衷。

属于这里的两个宣传队——上海队，淮阴队，在这里也做了许多发掘的工作。他们组织了包括几百人的孩子队，教会了他们各种救亡的歌曲，在元宵节的晚上，领导了一个"×城儿童反侵略运动大会"。自军团开来后，这座死城顿然活跃起来了。

三　组织和生活

我们的军团是一块救亡的磁石，随处吸引来新的力量，来到×城仅只半个月，组织顿然庞大了许多，女生成立了第三中队，男生新添了一大队，人数已经快涨到四千，而各处请求前来的还继续不断，山东战地服务团，十一集团军，曾成批地送来，这一期，最大的容量听说是五千。

学生组织最高的单位是大队，每个大队包括四个中队，一中队分成九班。队长负责管理，训练，每中队另外有政治指导员指导学生开各种讨论会，研究理论，纠正错误，领导思想，给他们一种精神上的熏陶。

队，不是随便分成的，是经过一番审慎甄别。用各种笔记和口试做一条水准分做了甲乙丙丁四组。虽然这样分法，不见得完全公允，没一点间隙，但就大体上讲，甲乙组的学生各方面总是比较健全些。

因为房屋的限制，各大队不得不分开来住而且距离得很有一段路程。政训处独居一城，团本部又另在一个地方。在这样不得已的情况之下，有许多事做起来觉得别扭。好在每天在升旗的时候，全体同学们聚在一个公共大会场上来一阵救亡歌曲的合唱，听一回精神训话，给大家的心一个愉快的联系。

夜里，百多口人睡在一间大屋的土地上，江南的，海北的，叫挨挤的铺位结连成一片了。他们思想的颜色尽管不调和，他们的语言、习惯、性情，尽管有着很大的差异，然而来到这军团的目的却只有一个。

早晨5点多钟，军号叫他们起床，披一身黑影跑步去升旗。回来，就接连着上课，军事的，政治的。一天的忙碌，辛苦，把太阳送落。晚上，对着灯光各种小组会开始了——关于政治的、经济的、国际的、文学的、艺术的，他们在行动中学习，在学习中行动。9点钟催眠的号声把他们送到自己的铺位上去。“你们觉得生活很苦吗?”如果你这样问每个同学，他们一定会笑着回答你：“前线上的战士才苦呢!”他们不是念不起家乡，然而更关怀祖国，他们甘愿忍受种种的锻炼，但要求一个精神上的痛快。他们都肯为祖国去死，如果在教导上、在训练上、在设施上、在各种负责人以及教官的人选上能够引导他们，能够满足他们。

没有能容下一大队人的屋子，只好以露天做教室，教官们口讲，他们来笔记。把抗战中应该具有的一切知识在短短的日子里灌注到每个学生的脑海里去。在军事上也决不放松，每天有军事训练，每周有一次野外练习，不久的将来可以有一千八百支枪分发给这年轻的一群。政治的知识配合上铁枪，每个分子经过这一番锻炼将成为抗战队伍中的一个健者。

四　将来工作的分配

最近的将来，将按照个人的志趣，把所有的学生包括到政治、军事、工作技术的三个组别里去。女生队可以给她们政治训练的机会，但主要的是想叫她们学习救护和教育，成绩表现得特别好而且富有工作经验的学生，一两星期内就分派出去。训练期间定的是三个月，但这不是死板的，如果他自己感觉工作能力不够，或者各方面还需要更多的学习时，那可以把他留下来。不但这样，就是已经分派出去的学生，设若感到自身有什么不足的地方，也可以让他再回来取补。这个集团就是四千青年的大家庭，它关心着它每个子女，不是推出大门后就把他看做路人。

这一个伟大的集团里包罗着各种人材。有游击队长，有政治指导员，有下级军官，有地方行政官吏，有救护、慰劳队员，有难民，伤兵，儿童，救导者。三个月以后，这四千人将深入农村，将插进军队里去，将潜伏到敌人的后方，将要打回老家去。在三个月后，这四千人将在抗战的前后方发挥他们伟大的力量。

1938年

我所见的李宗仁将军

不久的过去，由于一个意外的机缘，得在××与李宗仁先生做两次长谈，私心不胜快慰。这点快慰，不是一个手握虎符的将军矫饰和假谦恭所结的果，而是毫不遮被地使我认识了这位抗敌领袖的真面目而后发生的。

李先生是第×战区的司令长官，他所负责的区域都是战事上的冲要点。当时(现在更厉害)敌人正集中炮火想一鼓而打通津浦线，同时对××取四面包围的形势。那时桂军全在津浦南线抗拒，××仅有不到两师正待补充的别的军队，而北线上的韩复榘引兵连日“奔退”，大有一步跨过陇海路的情势。四面楚歌中的××，几乎成了一座死城，商店空了肚皮，板起铁脸，人民大半逃到了乡下去。李先生却坐在司令部的办公桌前屹然不动。不，他在计划，他在下命令，他在接见客人。敌机成队地在司令部上空盘旋时，他便跑到院子里向它们投鄙夷的眼光，也不下地窖。他有过人的勇气和胆量。最近淮水之战，河水为赤，使敌人打通津浦的计划终成幻梦，就赖李先生这一点沉着与勇敢。

一个命令可以调动几十万大兵的将军，你要去会见他时，不由得先有点矜持，而小心自己的一句话，一个动作。然而，事实证明了个人的可笑与多心。三句话他便把你引入了一团非常平和的气氛里去。使你不愿隐藏每一句话，你所愿意一吐的。他对着你揭开胸怀倾倒出内中的一切。一缕热情，一种坦白的情态，使你对着他好似对着一位老朋友。他脸上笼一片慈祥的云，挂满了笑——自然的笑。你不向他伸出告别的手，他永远不会用话头，用脸色辞退你。他有一个海样的容量，吸引着无数的河流向着他灌注。广西的两位领袖，一个是宽宏大量，一个是果敢勇为，这两个风格的合奏，才产生了广西省斐然的成绩，这事实，是一般明眼人所共认的。

他很质朴，很廉洁。他置身在“门对千竿竹，胸罗百万兵”的一个小院落中的三间屋子里。门口里只有一个卫兵，他有时一个人跑到外面去，他坦白到信任每一个人都是好的。在广西的时候，他常跑到河里去同民众“共乐”，他不大意识到自己是大官，所以也就记不起“心机”。他的住室很简单，普通用具之外，四壁上的军用地图，案头的一架电话机做成了一种装饰。一身黄呢戎装他还觉得有点太讲究，他常对他的秘书们带点喟叹地说：“我们出来全都腐化了。”在广西的时候一律是布的衣服。

广西的将领们都没有私囊。他们把钱用到事业上去。一位朋友告诉我(他曾到李先生的老家去拜望过),李先生的家一点也不阔绰,哥哥靠锄把吃饭,老母自己操持着家事,和一位农家的老太太没半点不同。每年有一次,李先生会偷偷地跑回家去,第二天转回来,都说这便是老太太的生辰。像李先生这样的人,“衣锦还乡”的滋味一生也不会尝到的。

最重要的还是谈谈李先生的政治思想与主张。“焦土抗战”的口号他第一声喊出来的。他对于抗战前途抱着极度的乐观。他的信念像一块顽铁,在任何情态下他不会屈折。他抨击一般悲观论者,他嘲笑一般“软化”的文化人。造成他乐观态度的,不是空想与观念,而是一堆事实条件的基础。看他最近的“约法七章”,看他发动第×战区民众运动,看他在窘困中每月拿出五六千块钱创办“抗敌青年军团”,收容了五千以上的知识青年加以各种训练,就可以对他的所以乐观得到一个解答。他向大众再三大声疾呼:不论谁只要抗日我们都是朋友。事实很明显,他要唤起民众,他要集中一切抗战的力量去和敌人拼,去抓最后的胜利。

他对于党派上的磨擦认为不应当。他对于国际上的援助看得不太重,因为救中国的只有中国人。他认为政府的政治机构有臃肿不灵的地方必须加以改善,使它安在大时代的轮子上灵活自如。在人事方面绝对应该“因才利用”,不该牵连私人的关系。对于教育他认为不能再和平时一样死抱着书本,应该叫教育配合战事,发挥一点力量。

“这次抗战是有着净化作用的,陈腐的,污臭的,不合人民要求的一切军队与设施,将给炮火毁化了。在凯旋歌声里,我们将看见一个新鲜自由的国家的影子。”他的政治思想这几句话已经表白得清清楚楚了。

虚心接受一切,他时时在进取中,无论多忙,每晚睡前是要读一个时间的书的——国际的,政治的,他很愿把自己的视线放远,所以每有闲暇便招来留过学的秘书们,讲述一些外国的风俗,习惯,山川,人物,这样,他可以以耳代目。

不要看他对人接物这么谦和,论到练兵他却另变成一个人,他严厉,一点也不放松。每个广西的兵士都爱戴他,然而都怕他。有时简直还受人欺的,桂军所到的地方,物价往往随着升涨,兵士吃点气也得忍受,因为“军队应该是老百姓的”这一句话是在他们的耳朵里扎了根的。

李先生是广西的领袖,人人这么说,这是不错的。他在广西埋头苦干,训练的几十万精兵,训练了几百万民团,现在拿出来为祖国杀敌。在抗战中他已创立不可磨灭的功勋，连敌人都用另样的眼看他的部队。无疑的在抗战胜利的时候，他将分得一份大的光荣。他已是全中国人所爱戴景仰的一位将军，我们为他伟大的前途庆祝。

1938 年 3 月

津浦北线血战记

一　津浦北线会战的意义

这次津浦北线的大会战，对于全盘战局，有着重大的决定性。胜利与败挫，关系着中华民族的死灭和新生。去岁年尾敌攻下南京后，他第二步的棋眼就是徐州。这意义很鲜明，攫得徐州，打通津浦路，使华北华中连成一线，这样，不但在军事的运输上可以畅行无阻，在国际上可以博得高价的声誉，同时制造出来的傀儡政府，也可以免去后顾之忧，进一步会战中原，攻取武汉，予中国以致命的打击。

南京沦陷不久，敌即凭其新胜余威，大举北犯。同时海军在海州方面，企图登陆西迫；津浦北段也策应南进，再以大兵出右翼，希图由济宁、菏泽直扑商丘，以截断陇海路。敌人的计划，是在把徐州陷于四面楚歌中，做成囊中物。

然而，这不过是一个幻梦。敌人对我各方面估价太低，结果是错认了“定盘星”。津浦北段，当时虽因韩复榘的不战远引造成了很险恶的局面，然而韩正典刑后，三路军心大振，阵容为之一新，这是敌人初料所不及的。津浦南段淮河血战，五路军做了伟大的牺牲，河水为赤，歼敌数千，予以重创，使其终不得越雷池一步。

敌虽屡遭打击，而野心不戢，乃以“声西击东”的诡计，调兵遣将于西战场。一时，平汉线、山西方面顿然陷入紧张。敌欲将我主力西诱，乘虚一鼓而下徐州。这一点早被看穿，我乃集重兵于津浦北线做严密的防卫。

最近敌以两师团主力，由北线向南急进，并明令限期攻下徐州。赖我将士伟大牺牲之精神，终于用鲜血染成了台儿庄光荣的一页。

这一次的大会战，完全是时势造成的必然的结果。由于第一期抗战血的教训，第二期抗战开始后，在战略上改变了主力战、阵地战，而易以运动战、游击战。这一次在津浦北线我们对于这新的战略很灵活地去运用，以必胜的决心歼灭敌人，保卫徐州。这战略已结了胜利的果。自抗战以来，我节节败退，大好河山，日蹙百里，名城重镇，多陷敌手，不但士气沉消，即一般国人口里虽喊着“最后的胜利属于我们”,而心中对于这“最后”却感到渺茫,由渺茫而失望,心头渐渐地笼上了一层灰幕。而一班“失败主义者”,随着军事上的失利而气壮起来,乘机到处散布空气,制作流言,蛊惑人心,以此次抗战为“不自量力”,必然会得到最悲惨的结果。

事实胜于雄辩,台儿庄的空前胜利,就是给“唯武器论者”、“民族失败主义者”的一个有力的答复。一般国人由于这次的胜利,在鼓舞狂欢之余,自信心立即坚定起来。知道敌人并不可怕,可怕的反倒是自己摇动的心理。一般士兵们也都振奋欢腾,知道只要我们肯抛头颅,洒热血,飞机大炮算得什么?知道我们不是只能死守还可以向敌人大举进攻。同时,国际上的人士,也另换一副眼睛看我们。

所以,这一次津浦北线的胜利是一副兴奋剂,一注定心力,一个转捩点,是中华民族新生的萌芽。

二　徐州现况

我们要记述津浦北段的战争,不能不先给徐州一个近况的素描,这是缺不得的一笔。从全面战局上着眼,它算得是前方,单以津浦一线来讲,它便成了重要的后方了。本战区的李司令长官坐镇在这里,各军的留守处也在这里,同时,粮秣的运输,军火的接济,都要经过这里,或直接仰给这里。徐州是一个主脑,一个命令可以立刻达到前方,使战况变一个新样,对于前方的指挥官和火线上的战士,是有着体之使臂、臂之使指的作用的。

在1月的末梢,我曾在徐州勾留过一些时日,那时候,社会的情况,人民的心理,都陷在凌乱与恐慌之中。虽然当时的前线比现在离开得还更远些,因为韩复榘不战而奔退,那神速,使敌人的马队也望尘莫及。在这样情况之下,谁也不敢保他不会一步跨过陇海路,而陷徐州于不堪想象的地步,所以,人们的心理便动摇起来。有钱的、有力量的都离去了,商店多半上了门,在门板上贴一个红条,上面写一行挡人眼目的好看的字眼。有的,门半掩着,在打货底,应付着客人。别的不必提了,袜子、牙膏……一类的日用品也都成了缺货。旅社里挤满了人,都是从四方八面流亡过来的,都带一副悲伤的面孔,在谈论着,计划着逃难的路线和个人安全的问题。一提到抗战的前途,大家摇摇头,叹口气,最后来一个会心的苦笑。一句话:两个月以前的徐州,是笼在一团不安的气氛里。

这次，为了要对津浦北线的血战做一个亲切的观察，4号[①]的早晨我离去武汉赶赴徐州。以前的教训，使我把一些零用的日常必需品，填满了一小皮匣。由郑州东去的车上客人很拥挤，一直到达目的地，车厢中始终没有空隙，对于这现象，私心里说不出的慰安与欣喜。去年12月底由西安来徐州时，车一过郑州，人，秋叶似的渐渐地凋零了。他们是一群候鸟，都不肯到这危险的地带来栖息。车快到达时，除了有任务的一些军人外，便衣乘客简直不容易找到几个，使人禁不住发生一种零落与孤危的感觉。

这次重来，徐州给了我一个新的姿态，出乎意外的。市面很繁荣，商店都大开着门，门口不断地吞吐着人群。新的货物在木架上、在玻璃窗中向着人投媚眼，而价目比武汉来得更便宜。旅舍里人照样是挤，大都是有任务的，各军留守办事处的人员，或者是各省的游击队负责人来领饷械，好转回去打击敌人。此外，中外名记者来“徐州观战”的，也都在旅馆中开一个房间，接见关系方面的人，采访新闻。当他们去前方时，这个房间，还是“虚床以待”，水牌上仍然留着一个白字的名字。

“第五战区民众动员委员会”在积极地做各种活动。伤兵的慰劳，血衣的涤洗，这些当急之务，他们都已做过。同时还在“运河站”成立了临时伤兵医院，从那儿把一批一批为国受创的战士运转到后方来。之外，平津同学会，青年服务团，也都深入民间，埋头做下层工作。这苦干的精神，已收到了不错的效果。丰、沛、萧、砀的人民，以强悍名于今古，在此民族生死存亡之秋，烽火照眼之际，我们拭目以观他们伟大力量的发扬。

台儿庄胜利的光辉，燃起了全国人心的欢快，徐州，它的兴奋更异乎寻常。前夜“祝捷大会”的提灯游行，几万人的行列在热烈、狂欢、灯红、歌响中，象征了抗战与民族前途的光明和伟大。

后方巩固，前方自然会稳定。将士在火线上杀敌，后方的人员在发动民众做他们的后盾。军民合力，前后方呼应灵活，才可以发挥最大的伟力去歼灭敌人。

敌机虽然常光临，但司空见惯的铁鸟，已不足以予人以过分的慌乱与不安了。

十天以前徐州给我的印象是平静而严肃，而今随着前线的胜利它又转入了紧张，兴奋。

---

① 指1938年4月4日。——编者注

三　李、白两将军亲赴前方

到了徐州的第二天，恰恰是前方胜利消息一日数传的时节，我怀着一腔狂热去拜会李司令长官。

“敌人很顽强，我们很抱愧地还没把它完全歼灭呢！”当我对他致罢敬意后，他微笑着这么谦和地说。

“火线离这里好远？”“大约有百多里地吧？”他不及回答，我又加了一句。

“没有，没有。”他摇了摇头。“在清早人静时可以隐约地听到炮声哩。”

我的心往下一沉。

“我们到前线看看去好吗？”

“好的，好的。”我欣喜有这样一个机会。他到前方去已不止一次了。回到这两间办公室来，他便“运筹帷幄之中”。跑到前线去，便更直接地指挥着几十万大军“决胜百里之外”。

电话的铃声在叫他，我便告辞了。

第二天晚上 8 点钟，司令长官部有电话来。十分钟的工夫匆匆摒挡了一切，只挟了一床毛毯，一个小皮匣，便赶去了。

大门里列好了三部车子，六只眼睛，在黑暗中辟开了一条条光明的路。

十几分钟后，三部车子载着李、白两将军还有重要的高级参谋、副官们向前方驶去。

车，停在离×站不远的一座很阔气的别墅的大门前。在客厅里会到了程司令长官，五十多岁，胖胖的一位忠厚长者。他们在谈论怎样赶快把敌人歼灭，语调很温和，好像在谈闲话。

“我们应当快一点扫荡峄县四面的敌人呵，等他增援又麻烦了。”白将军这么说。

“请委员长再派点兵来，一下子把他歼灭个干净！”李司令长官说。

“是的，是的。我今晚回××，就近跟委员长讲。”

“还要派一二十架飞机来啦，在战场的上空天天看到的尽是敌机，多讨厌的呵。”

“要飞机，要飞机。士兵们见到自己的飞机一定更要兴奋，他们天天在盼望我们的飞机……”李司令长官接过白将军的话来又加引了几句。

“是要，是要……”程司令长官不住地点头。

丢下了汽车，火车的卧铺成了我们临时的家。我和一位高级参谋睡在一个房间里。雄健直爽的一个青年军人。他昨天才从前线回到后方，今天又随着转到前方来。夜里，他在下面反转地睡不稳，我们便交谈起来。

“生活真苦啊，生命是从枪弹缝里漏下来的。抗战胜利后，我要解甲归田啦。”

“为了国家，我辗转反侧睡不着呵。”一会儿他又这样说。置身上铺的我，虽然看不到他脸上的表情，但他的语调，却很使我感动。

夜半时，车停在××山站上了。

这天是8号。

次日清早，汽车把我们送到了离××山车站二十里路的一个小村落中。人家很少，我们住的是一所好几进瓦房的大院落，东南、西南两角有石头炮楼。这房子的主人拥有两万亩土地，现在，却不知何处去了。前天，这里还是孙总司令的行辕，司令长官到的先一日，他已移到不远的另一个村庄里去了。门岗还是他们的，背上横一柄大刀。

屋子里的电话不断地报告着各方面的战况。关军已于昨晚收复了“九山”，敌人的步兵线在“双山”，“潭山”是他的炮兵阵地。接电话的多半是高级将官，发命令时，大都是李、白将军亲自出马。

“唔，唔，赶快把双山拿下来呵。”声音很高，很干脆，斩钉截铁的一个命令下给××了。

“唔，唔，速派兵连同老百姓将临峄公路破坏，截敌运输！听清了吗？……”又一个命令下给了另一个将官了。

接着，大家围起桌子来，把眼睛放在五万分之一的军事地图上，对着上面的一点、一线运用心机。哪个山头势在必争，限期攻克，下棋似的把兵马当做了棋子，计划着安放在一个最合适的地方。

孙总司令的报告到了：“我军已克泥沟，正向××前进中。”

一个可喜的消息来了：我飞机十九架到峄、枣轰炸。

电话不响的时候，大家都坐在当院的石条上浴着温柔的阳光说话。

“这大刀真好玩，日本鬼最怕这玩艺。来，过来。”白将军向一位岗兵招手。

“你会玩吗？”

“会。”

“那就请你玩一套看看。”

年轻的士兵，卸下了身上的武器，从皮鞘中拉出了那么长长的一柄，在太阳底下，刀光随着他的身影闪来闪去，大家都痴立着叫大刀片眩迷了自己的眼睛。

当他一个立正把大刀挎在右臂上时，脸上的汗水已经成了河流了。

接着，白将军又拿游击做成题目，谈了多回；他又手拿照相机在镜头上歪斜着眼睛做了半个钟头的练习生。

“就是这样的房子，设若敌人被困在里边，窗户里架上机关枪，作困兽之斗，是不容易解决的呵。”他又把注意点移到房子上去。随后又引申到不同的地形在军事上的运用。

下午，我们散步到了郊外，一座石头贞孝坊，雕刻得很精致，巍立在麦垄中供人观赏。

“刻得多精工呵，现在的人怕来不及。”

白将军眼睛在上面打量着，赏鉴着，不住地赞叹。

“中国不愧是一个有五千年历史的古国，有这样的艺术品……”李司令长官也在赞赏。

在发命令、指挥大军时，他们是威严无比的将军，在平时，在闲散中，他们又都变成了和蔼可亲的书生了。

孙军突然攻入济南的消息传来！把得意藏在心里，在李、白将军的脸上，并寻不出特殊的惊喜，只是微笑着。“敌人今下午向我曹军猛攻，我们还得了他一门炮呢。”白将军带点高兴地报告着。

“敌攻曹军我看他是要准备退却。”还是白将军的话。

黄昏迎我们回到××山的车上。

晚间，向窗外探望，旷野中夜色朦胧，可惜隔一层玻璃，嗅不到那沁人心脾的清爽的气味。一辆一辆的重炮车，在月光下向前方运行，明天会听到我们的大炮弹打在敌人的阵地上发出震天的声响了。

10 日，火车耕开了黑暗，在晨曦中，我们立脚在台儿庄南站上了。

车站的房顶被炮弹挫去了一半，南边的半拉孤单地屹立着，似在向我们诉说敌人的残暴。

我们向前移步。一步一步踏进了战地，心的跳动也随着加快起来。穿过了凌乱的战沟上遮掩的板木，李、白将军在这背景下留了个有着伟大意义的影。

运河铁桥，带着一身的炮眼，四周染着红黄的颜色，像一圈眉毛。敌人嫉恨着这架铁桥的存在，炸弹、炮弹一齐集中在它身上。它善于躲闪似的，炸弹多半落到了河水里去。河水沸腾了，被殃及的银鱼浮满了河面。桥上的枕木毁完了，薄薄的木片、断截的门板代替了它。人走在上面，板片吱咯地乱叫，心下有临渊履冰之感。河南岸的两道土堤像一双胳膀向左右伸开，一个挨一个的隐蔽洞，现在是空空的了。十日前，多少卫国的健儿，连起昼夜，把身子蜷伏在里边，手托一支枪，向北岸的敌人射击。又有多少人死在敌人的炮火下，把一摊鲜血流在祖国的土地上。

这一条大河做了我们的天堑，限住了敌人的马蹄，然而为了它的安全，我们却牺牲了投尸足以断流的人数。

北站，同样被打得破破烂烂。麻袋填塞着窗户，站长在地下室里办公，光天化日和他绝了缘。车站四周的房屋，都满被创伤，敌人残暴的痕迹，留在每个人的心上，留在每个建筑物上，每一块中华的土地上。

站台上堆着上千上万的黄色炮弹壳，细桶样的，笔筒样的，还有一些钢盔静静地扣在地上。这都是用鲜血换来的胜利品。

一列车停留在站上。里面装的是炮弹。

"要赶快运去呵，飞来了敌机怎样办呢？"白将军向车旁的士兵们讲。

"你可以在前方多看几天。"司令长官把我交代给林处长，他们便回去了。

胶济路二等卧车的一个房间，成了我的第二个家。

同一位英国记者共进午饭，我们都不满意他。日本人在他眼中是一个样子，中国人又另是一个样子。当我们把打退敌人的情况老实地告诉了他时，虽然他没有摇头，但脸色却在说"你们在欺骗我"。他还不时地反问，语气充分表示了把我们的报告当做了说谎。

"中国的军队包围了日军吗？"

"是的！"

"临沂是中国军队驻扎着吗？"

"是的。"

"顶好你自己到那些地方去看看！"我愤慨地给了他这么一句。

四　吊台儿庄

傍午的太阳下，在去台儿庄的大道上有一双影子在闪动。东风顽皮孩子似的玩弄着我们的衣角，这时候的心境是一个不平静的海面，复杂的感情波动得厉害。脚步是健强的。

大路两旁的小房屋，有的只剩一堆焦土，有的缩着身子怯怯地要客人对它的幸存表示欣喜。不大见几个居民，除了三五成群的武装健儿们在吃茶交谈。

几个小孩子探险队似的提着小破竹篮，里面放几包低等的香烟，东走西跑地找他们的顾主。

一股岔道，引我们走上“台潍公路”。路侧的散兵坑像一个个圆形的土窗户。这些土坑，敌人在里边躺过，我们的士兵也在里边躺过。一寸土地的收复，我们付了多少生命作为代价呵！里边杂乱着子弹壳，满是小洞的破军帽，成块成片的碎布，上面染着红血。我们的工兵，一队一队地往返在道上捡拾战利品（也有少数是我们自己的），一抬一抬钢盔、刺刀、弹壳……络绎地向后搬运。

路旁的几株桃花，红得像血，东风挟着地上的残瓣乱飞乱舞，北边展开一片菜园，绿海里点上花黄，多美丽的景色呵。古井上的辘轳，已经没有人在朝暾里，夕阳下，做出那一片诗意的声音了。人，死在敌人的枪炮下，刀刺上。不死的，也被迫走开了他们的田园。

我们立脚在麦田中三辆坦克车的一边了。一共是四辆，那一辆远远地躺在北面。

坦克车样子扁圆的像一个乌龟。它的“循环足”在电力下是神速的。我们的士兵不怕飞机，不怕大炮，最怕最恨是这“铁乌龟”。它可以向你横冲直撞，它可以用炮用机关枪打你扫射你，然而它的铁壳却使我们的步枪机关枪无可如何。

这四辆，是中了我们的平射炮而创死在这里的。我们神勇的兵士在杀红了眼睛的时候，争着攀上敌人的坦克车，揭开顶盖，把手榴弹扔到它的肚子里去。

这几个铁乌龟的心脏，已销毁在我们炮火中了。空着肚子，披一身创伤，空叫人想象它当时的凶残！

有一辆的脚下，堆起一抔土，底下埋着一个大尉驾驶员，怀着一个被愚弄造成的幻梦，把尸骸留在这里，可恨而又可怜的愚蠢者！

林处长递给我一个口罩和两粒卫生球。东风播送着腥臭的气味，在一潭污水的斜崖上，一个个没有顶盖的小木匣中，白米饭在蒸发腐烂着。这是敌人的军粮——甜的大米稠粥。战饭还没来得及吃光，凶顽的残敌被我们打击得像风卷残云，向几十里以外溃退了。

转上了台儿庄的道路。小北门残破的身体立在了我们的面前。护城河上的石桥，有树木的障碍物阻拦着，绕到左边才跨了过来。左右几丈长的城墙全是用麻袋补缀着（当时是用血肉补缀着的呵！）。一群士兵忙着用锹锹平荡瓦石开一条路。城头上插一支我们的国旗！和西北角上的一支遥遥地对立着，在风前猎猎飘扬。在这两个地方，几次的肉搏，几昼夜的厮杀，成万壮士的血肉，才拔去了“太阳幡”，在上面插上了“青天白日满地红”的大旗！

进了城，像入了地狱，入了迷魂阵。看不见一间完整房子，看不见一个人影。一片土木的焦骸，一地零乱的兵器，一股令人作呕的气息，一缕缕未熄的青烟，水沟里飘着肿胀的死尸，飘着死猪、死鹅。

路，不大容易辨识。战沟、土垒、麻袋，到处拒绝行人，一座巍峨的神庙，正堂的残破后壁也堆一列麻袋，一位金身的佛跌在平地上，犹向西天拱手。

敌机来到了上空，炮声隆隆地响着，我们用半截焦壁作了掩身。用眼送远了飞机的影子，我们踏着灰烬找寻着去路。口罩紧紧地贴在鼻子上。

“这座城是我们用鲜血洗过的。死的灰烬里在一度春风之后，会发出新生的嫩芽。”

摸出西门，走在归途上，我自己心下这么想。

五　徒步韩佛寺访池师长

10日午后，同车“二十六路”的张参议派了一个护兵做向导，去访此次血战台儿庄的名将——三十一师池峰城师长。他住在西南十几里地的一个小村子里。在隆隆的炮声中，一段火车，一段步行，一个钟头的工夫，便赶到了他师部的大门前。有几个士兵在遛马，石墩上坐着的一个正在吹箫，阳光像海，有点使他陶醉。百战余身，暂得空散，吹箫自乐，神情上有点安闲与自得。

池师长到总部去了，我直候他到黄昏时候。

晚上，一个小院落的三间北房里，正面放一张方桌，桌上亮着一支蜡烛，烛光照着我和池师长对坐畅谈。

他穿一件深黄鹿皮运动上衣，下面衬一条马裤，浓眉大脸，英爽洒脱的风态，叫人不感一丝拘束。他把右肘靠在椅子上，身子稍微偏斜一点，我们毫无遮拦地放谈起来。他说起话来，声有点嘶哑，大约见人太多的缘故，我想。

一个先致了敬意，一个说不敢当，虽是出于诚心，也算作了开始的应酬。

“这一次的胜利，我们虽然牺牲很重，但意义却更大。民气士气大振大作了。由被动而转成主动，这关系可大得很啦，士兵们一听到总攻的命令，都疯狂了。”他不紧不忙地说着，神色很自然。

“近来武汉各地都开祝捷大会，一到就是几十万，爆竹连天，热烈极了。同时，各报纸杂志上，有许多文字纪念并庆祝这次台儿庄空前的大捷。”

“呵，全赖文化界上的先生们给我们打气。”

一抹得意的神色透露在他的脸上。

“这次矶谷、板垣两个师团限期攻下台儿庄向徐州挺进。他打探好了城内只有一师人，还是不够现代化的一个师。但这点他也清楚，所谓‘不可太轻敌’。因为在房山，在旧关，在娘子关，我们曾给他过硬的钉子碰。在台儿庄杀了个几进几出，哪一天不得填上几百几千的生命。本来，委员长有命令，守一个地方只要支撑两个礼拜，就可算是完成了自己的责任。但是，台儿庄，我们血战了十五天。结果，下级干部通通完了，一师人，在房山死伤就是三千，几次的补充，拿训练不到三个月的新兵上火线。然而现在，一师人只剩一团了！”

说这些话的时候，他的神情有点严肃，但不是感伤。

“孙总司令问我还剩多少人，我说‘一团’。他答应最近挑过三营新兵来补充。其实有什么呢，有多少打多少的！我相信，在这种情况之下，这一团就可以当三团用，以此次作战的经验讲，新兵倒是更大胆，更泼辣，因为我们给他了政治训练，虽然练的日子浅，也可以发挥大的力量。‘军民合作，官兵合作，军政合作’才可以得到胜利。”

我很高兴听到他这一段不平凡的话。

“三十一师战地服务团的同志们，差不多我都谈过，精神太好了。”

“是的，他们的精神很好。对他们我有十条约法：不尚空谈；与士兵同甘苦；有牺牲精神……他们都很做得到。有时，我不愿把他们和一个士兵作同样的牺牲，叫他们到稍后一点的地方去，他们都不肯。我说我不忍看着你们死在我的眼前里，那样还不如绕到敌人的后方去牺牲好了。士兵对他们也很好。他们认真干，不是所谓‘卖狗皮膏药的’。”

说着，他笑了。

“最初是怎样组织成功的?”

“说起来，长啦。当我们从房山退下来时，上千上万的老百姓追在我们后边，使我很感动。尤其是一班从平津流亡出来的大中学生，更叫人怜惜。于是，把一批大学生收揽过来，加以短期的训练，叫他们粗知一点军事常识和军中生活，便分派到队伍里工作了。关于流亡的青年知识分子，当委员长在洛阳召集开会时，我就建议把他们收容起来加以训练，作为救亡的干部。我自己先开始这样试验。在郑州、洛阳，招收了一千人，现在安六，已受了四个月的训练了，中央发给优良的武器，将来一部分拿到军中去做下级干部，一部分做‘打回老家去’后的干部。因为大时代中造出的青年，才可以负起责任来，无论到民间去，或是插入政治机关里去。

“我们不久就会打回老家去了。我们的武器虽然比不上敌人，然而我们的血肉可行！我们拿血肉拼敌人的武器。我看敌人已经技穷了，竟预备用毒气对付我们了。这次我们在战车上得到了一筒毒瓦斯，看见过吗？”

再也没法保持他那平静的状态了。虽然还是笑着，在烛光闪动中，我看到了他脸上的怒火在燃烧。

“青纱帐起来，敌人更没办法了。到处是我们游击队的世界。”

话头紧接着一转：“我看，用不到青纱帐起来，敌人早已崩溃完了。”

“很快地我们便可以打进老家去了。”我用了这一句做了个结尾，接过他赠给的照片便起身告辞了。

兴致未尽似的，他随着欠起身来，直送我出了院落的东门。

这时候，地上铺一片月光，远处炮声还在隆隆作响。

六　屈处长谈台儿庄血战经过

当初到韩佛寺访池师长不遇时，他的一位参谋处长接待我，对我大谈台儿庄血战的经过，谈得非常清楚详尽，对一切情况了如指掌。他是有资格做这段长谈的，这并非因为关乎他的职务，而是他曾经亲身参加过这次的血战。

三十左右的年龄，瘦削的脸，细细的身条，凌乱的头发，表示了他军中生活的匆忙和“无心及此”。他谈起话来，很活泼，像流水。

“我师上月十五六号由鸡公山奉命开来，任务是诱敌。十八九号我代表师长到徐州去见司令长官。他说：‘要下决心去把敌人歼灭，才对得起国家民族。’我说：‘我这时不愿多说什么，将以事实来回答司令长官的训勉。’

“21号，部队集中在台儿庄、峄县以南，迫敌至微山湖，诱之南下好来一个包围大歼灭。

“像但能堡，像北伐军在河南对直鲁军的大歼灭。”稍一停，引出了中西的两个例证。

“包围歼灭的战略，在军队的配置上应该是这样：大的部队放在两翼，弱军安在当中作宝塔式的摆列，长长地展开，这样支撑着，或渐渐引退，使迂回军得到成功。”他口讲指画地大谈其战略，怕把我陷入迷惑阵中，截铁斩钉地他说：“总括地讲，我们是要以所有的兵力，必要的牺牲，诱敌深入。”

“台儿庄，这个旋回轴，无论以多大的牺牲做代价我们必须确保它。这个旋回轴如果崩溃，则敌东南可顺运河直下，南可前进切断陇海路，东北可与日照敌军联合取我海州，北面可与津浦北段会师直取徐州。

“敌人志在必得，我们誓死确保，一幕空前的大血战于焉展开了。

“23日我向泥沟、峄县活动的步兵马队首先和敌人接火了，伤亡的数目是很微小的。后来出城敌兵五六百名，坦克车数辆，炮四门，北洛一线激战展开。我做强硬的支撑，敌兵激增到一千的数目，诱敌的目的已达，黄昏时候，我军便引回到南洛，让两翼的友军做侧背的袭击。

“24日的拂晓，敌以千余众对我做首次的总攻。因兵力悬殊，咫尺的刘家湖、三里庄、鱼鳞一带，在一番激战后已落到敌人的手里。可惜是这时节我们和关、汤各友军还没有取得联络。

“正午，在敌人的炮火下，飞机轰炸中，红的火苗，黑的烟云，台儿庄成了一座火城。守城的王团长一面英勇地抵抗，同时抽一部兵力由右翼出击。敌人有点不支，开始摇动起来。我刁旅高营长赤膊率领全体兵士击敌侧背，呼声震天，杀气冲霄，敌人败退。——第一次总攻，敌人得到的是一个硬的钉子。

“25日我以两团兵力出击刘家湖、孙庄之敌。下午，敌步骑增至千余，在连珠炮火的掩护下迫近了寨墙，从西北角被炮打破的缺口中冲进了百余敌人。但在很短的时间内，都做了我们勇敢战士的枪下鬼。

“26日晨敌兵又增，以坦克车多辆向我猛冲。下午敌以骑兵四五百名，炮三十余门猛攻我北站，终被我守军韩团打退，然而我们的牺牲也说得上是壮烈了。薄暮，北面的寨墙已被炮轰得坍塌不堪，以血和金石的忠心补上了这一个个的缺口。

“27日临枣一带我军屡捷。敌后路已断，陷于重围，作困兽之斗，破命地向台儿庄猛攻。刘家湖、三里庄的敌军也在飞机大炮的协助下一齐出动。在一日七八次的总攻下，我们的战士成百地倒在了地上。敌人的气焰渐渐高涨，我乃在寨内赶构工事，希望在右翼的友军能得到成功。要知道，这时守寨的兵力只一个王团，几次死拼伤亡已半数，王团长也挂了光荣的彩。王旅长(兼副师长)代替了他的职务，他的镇静和勇敢，使得士气更旺盛起来。就在这天上午，成队的敌机投下如雨的炸弹，几百敌兵，从北面冲进了寨来。白的大刀片，铁的手榴弹，和着厮杀的声向敌人砍过去，投过去。半沟尸身，一地红血。结果，百余残敌躲入了碉楼和民房，闭门塞户，只以机关枪向着我们。”

一个肥大的军人穿一身黄呢戎衣，闯了进来，打断了屈处长的话。

“这就是守台儿庄的王将军。”他立起身来替我亦庄亦谐地介绍。

“劳苦功高!”我握着他的手说。

“没有什么。”笑一笑，非常温和的。他没有坐，一转身又走出去了。

“寨内的敌人必须消灭！”屈处长的话又开始了。“池师长又派一营，一连到寨子里来，另以两连绕寨外敌兵的后背……乜旅由三里庄夹击。傍午时分，敌人坦克车成队地(大约有七八辆)向寨内死冲，他哪晓得我们昨晚刚运到的平射炮正好发扬它的威力，结果有四辆被创死在了寨北的麦田里。

“敌人很顽强，虽作困兽而不肯投过来。我们为了消除这心腹之患，又把×师的两连人增了进来。”

“敌人是很顽强的。”他又第二遍重谈这一句话。“然而这顽强也是很可怜的。藏在地穴里，躲在树枝上，不敢朝我们的面！他们也清楚了自己的命运。多少人都把生命交给了一条绳子！

“28日！……28日！”一种不得了的神色使他的脸变了一个样子。“这一天，敌以五千以上的兵力向我猛攻，战况较以前更为剧烈。前方的情况不大好，交通也几乎断绝了。对于寨内外的敌人，我们得双管齐下地以枪炮血肉应付。下午，斋滕队的二百八九十人由西北角夺口而入，并附炮二门。他们东西得以遥应(东北城楼及东城一部已入敌手)，我们便两面受敌，西门成了我们唯一的生命线。师长及高级官佐们都被一种悲壮惨凄的感想笼罩着，心有点放不大了。好在王师长已下决心与台儿庄共存亡，士气始终是壮旺的。从白杀到夜，在寨内开始了巷战。敌人纵起火来，一时红的火光，红的鲜血，把黑夜染成了鲜亮惨目的颜色。

“几千颗手榴弹成了空壳子，几百个壮士倒在了地上:台儿庄的土地是我们的！

“29日，战争依然在剧烈地进行。一日之内，敌向我猛攻了七八次。这次的攻法却不同乎以前了。以小部兵力轮流专向残破缺口的我扼守军猛冲，不用提，又是用大炮做着掩护。这新战术有点毒。我们把身子填补在缺口上，用手榴弹去炸敌人。他们虽然前仆后继，我们更是再接再厉！终以肉的长城确保了这座围寨。

“这天，我们已经和关军取得联络，不能光吃他的，我们计划着对敌人做联合的总攻，实行包围歼灭战！

“敌人冲入寨内的计划失败后，便疯狂地向寨内发炮，射击，战烟团团，尘土弥漫。三尺之内人影不辨，杂着硫磺的空气使人感到窒塞。

“寨内的敌人必须肃清，寨外的敌人必须扫荡，为了这双关的任务，我们重整了队伍。重大的伤亡并不足以使我们寒心，怎样去打击敌人是上下一致的心上的事。

“把防卫与进击分开，在康副师长指挥下进行，我们的阵容为之一新。

“30 日，如果说战争是一种艺术的话，那么这天的剧战就够得上是一件结晶的艺术品。战况的恶烈是空前的。炮火的密集，双方死亡的惨重，士兵的可歌可泣的牺牲精神，当年的欧战也比不了！”

眉头纵了一下，当时悲壮的那个场面仿佛就在他的眼前。说着，声音变得很沉重，脸色也变了。

“寨内，西关、北站，在狂轰滥炸中成了一片焦土，一堆瓦砾。多少人民的家园，被火口吞去，多少黄帝儿女的生命叫火花弹药化做灰烬。康师长腿上流出了鲜血，弟兄们的牺牲更不必提了。

“这天还没到正午，敌人的坦克车、大炮，一齐向我独立四十四旅破死地攻打，情势很险恶，孙总司令一道‘渡河者死’的命令，使战况变了个新的样子。”

“有一故事我必须告诉你，”话头一放下，马上又拾了起来。“白天是大炮、飞机；入夜再加上烛天的火焰(敌人纵火焚烧)，这个寨子无一时不在火光里、炮声里颤动。这真把我气坏了。我们征了二十名敢死队，加上请愿杀敌的三十七人，凑成了五十七个壮士。他们要用自己的生命，去把西北角从敌人的手里夺过来！当他们向王团长作死别的时候，很慷慨地这么说：‘反正我们不活着回来！我们的生命换得成功那顶好；不成功我们便自杀！’丢下了这话，‘把他消灭！把他消灭！’一阵悲壮的歌声把他们带走了。”

“以后他们怎样了？”我缄默的口中，叫热情激动得冲出了这一问。

“以后吗，回来的只有十几位，而且有的还带着伤，我们把他们全监视起来，怕他们自杀！”

不知为什么，我眼里直想往外淌泪。

"31 日，这一天，我们右翼的关军已由甘露寺向南推动，把马店、兰城店一带的敌人陷入了进退维谷的地位。池师长把这消息用电话传达给王旅长时，寨里的我军都兴不可遏地跳跃起来。敌人的炮火从三里庄虽仍然不停地射过来，但不见大队的步兵蜂拥前来了。我们的大炮发挥最大的火力，压倒了敌人的气焰，王旅长指挥的勇士在寨内做肃清的工作，把一颗一颗不值钱的脑袋砍落在地上。残剩的一二百敌人都钻穴入洞地不敢再出来。

“下午，敌又用密集的炮火向台儿庄猛击，寨内大火又起。敌众数百在大炮战车掩护下向我冲来，我官兵争先杀敌，生死俱忘。激战十小时，大小北门我守军全部为国捐躯。敌死伤更重，尸体乱横，只有一小部侵入寨中。

“4 月 1 日，我于寨内实行歼灭战。挑敢死队冲入碉楼，与敌在室内肉搏。我方炮火也向敌阵地猛轰。下午得命令，夜袭刘家湖、三里庄之敌。中夜，我壮士腰插手榴弹，手提大刀，记清暗号，开始动作了。

“结果，我二十七师一营攻克了台儿庄的北门，另一部收复园上。三十师的主力攻入三里庄与敌巷战不久即夺回了大半。小金村的敌人也被我池师的一部击溃。

“局势就这样稳定下来，而好转过来。”他舒一口气，语调也放得轻松多了。

“1 号以后变成疟战，一阵紧一阵松的。在松点的时间，听鸟在叫，风在吹，人在笑，四周一团平和的空气，人也很雍容的；战事一紧，人脸又变成铁的了。我们是以生命来换取时间，我们咬牙切齿地死干死撑，以期联合友军把顽敌解决。池师长常有电话到寨里，都是这么说：‘以牺牲待时间，乘机要出击敌人，不能放松他！’到了 5、6 号，我们的精神大大振作(4 号曾大型反攻，未得成功)。6 号，我们又开始猛烈地总攻。晚 8 时，敌开始溃退，夜 1 时的工夫，敌人全个被击溃，得到了伟大的成功。7 号早晨扫荡干净了寨内的敌人，北向穷追，三里庄、刘家湖，虽遭了劫洗，然而这一片土地到底被我们抓回来了。”

七　民族解放的先锋队

——三十一师战地服务团

在韩佛寺听罢了屈处长声色俱到的长篇报告后，顺便访问了三十一师的战地服务团。留在这里的只有六七位，都是在徐州早已经认识了的。他们睡在两间堂屋里，门却是北向的。说是两间，其实是一口空洞屋当中插一道高粱秸的屏幛。半寸厚的一点点软草，上面覆一床军用毡，几件灰布棉大衣，这就是他们的安身处。没有桌子，也没有几个小凳子供人安坐。睡在地铺上，坐在地铺上。我们躺着，坐着，随便地亲切地说着话。他们争着对我讲述一些台儿庄血战的小故事，这些故事都是用生命换来的，所以他们追述起来津津有味，使我这个听故事的人也如身历其境。

他们一共有四十多位同志，男的女的，操着不同的言语，有着不同的环境与学历，为了一个目的，大家亲亲热热的像一个家庭里的姊妹弟兄。

四十多个人在工作上分配到三个组别里去：总务、宣传、服务。宣传组又分为六个股：教育、民宣、研究、话剧、艺术、歌咏。

他们对士兵做精神讲话，教他们认字、救亡歌曲，还读报给他们听。他们出版了《战地半月》和《卅一日报》，里面的文字都很通俗现实。他们艺术股附设的俱乐部里，有抗战画刊、救亡小册子供士兵浏览。箫笛鼓锣也有，拿一点高尚的娱乐给干枯的行伍生活一点调剂。

他们不是在这里廉价卖嘴，他们真干。有时和士兵一道上火线，卧战沟，抬伤兵。

“人家这些有身份的公子小姐们都来卖命，我们这些穷小子怕什么呢！”士兵们都很感动地相向这么说。

师长也很爱护他们。在车辐山时因为前线不需要这么多的人，想调一部分到后方去，可是叫谁回去谁也不肯。结果是经过了许久争吵才用推选的办法把几个人硬派到了后方去。

他们的后方在许昌。一部分人在那里做组织训练民众和看护伤兵的工作。还出了一份《老百姓》报，每清早把收音机得到的消息翻成白话，订价很低，有着很大的销路。此外，徐州也留一部分人工作，作为前后方的沟通。

团员里有几位是在日本大学里住过的，知道日军的顽强，宁死不投降，是受了他们长官的反宣传。为了克服这一点，他们教给自己的兵士一个“我们是优待俘虏”的日语口号，好讲给敌人要他投降。有一次我们困住了一个敌人，一个士兵急忙地跳过去用日语喊：“优待！”遗掉了头还不说，声调又不对，那个日本兵向他举起了枪来。这位士兵过去就是一刀：“你这个不知好歹的狗东西！”

带着很高的太阳，我随着他们到一个农家的小破院子里去用晚餐。粗黑的大碗，磨台做了饭桌，高粱秸当了象牙筷。立着的，坐在石头上的，脚踏着磨台的，大口扒饭。这野旷自然的风味，使我的灵魂展开了翅膀，饭，蜜样的甜。

战地的生活把一个弱者可以锻炼成钢铁。饭罢回来的时候，我心下作如是想。

八　小灯照人作夜谈

水瓮缘上坐一支蜡烛，微小的光笼罩不过偌大的两间房。风从里屋赤裸的窗棂中扫过来，烛光摇动着墙上的人影。六七个健强的年轻人躺着，坐着，欹着，姿态不一。默默中一股温流穿过了每一个心窝。

我们开始说话了。

“我们师长的风度如何，你看?”

“英爽，洒脱。”把蓄在心里的四字短评很快地搬上口来。“可是，也许会客太多……嗓子有点嘶嗄了。”

他们都笑了。我被笑得直发愣。

“不是的，他以前打仗脖颈子受了伤，断去了一块。”

“唔!”我也笑了。

“你们的师长对政治的认识很不错。‘军队中的战地服务团，现在是很普遍的了，可是，老乡，你不是外人，不敢说最先，当我们成立服务团的时间，别的军队里还很少听到呢。’他曾对我这样说，非常谦和的。”

“我们的师长虽然出身行伍，然而脑子非常灵活，他的眼光也很远，成立服务团也许是受了八路军的一点影响。在娘子关时，我们的师长和彭德怀住在一个地方。别的队伍从前线上下来，大半是歪戴着帽子，没有精神；三十一师下来的士兵帽子正正的，样子好多了；可是八路军下来的却谈笑风生，歌声不绝于口。他很英明，人家的军队所以能够这样的那一点，被他找到了。”

“我们的师长常对我们讲战地生活的秘诀。”一位同志笑着说。

“什么秘诀?”

“这秘诀只有十个字：‘抓住饭就吃，抓住觉就睡。’”

“哈，这秘诀真不错。”大家乱笑一阵。

门一闪缝，黑影拥过一个人来，三步闯到地铺边，一下子把身子便倒在上面了。这就是屈处长。他非常活泼有趣，口里的话毫无遮拦地往外倾泻。

“他妈的，这次打日本鬼子，我们这一师牺牲得可老了！康副师长受伤，王团长挂彩，十二个营长七伤三亡，骑兵连还剩十三还是十八人，池师长一手练就的特务连——我们的模范队，房山、娘子关之战都没拿出来用，这次也有很大的伤亡，呵，可老了。”

“台儿庄光荣的一页，就是他们的红血染成的。”我说。

“是的，这牺牲是有伟大的代价的。”

“敌我在城内春色平分时，双方相距只几十步，墙孔的枪眼彼此紧瞪着。我用枪朝敌人打得正酣时，后面有人捏我的屁股。我回过头去，一个兵向我说：‘给你子弹呵。’枪炮响得正热闹时，我卧在战沟里不时地掉头向四外探望，我也没受过伤，我也没阵亡过。”他一只手把住膝盖把身子坐起来。

“王旅长没向我要兵，我忽然觉得有必要，立派一部分工兵进了城。一会儿，王旅长的电话到了：‘你真是神机妙算的好手。工兵来得刚刚凑巧，敌兵从

北门侵入，工兵从西门开进来。'

“干军队的不能怕危险。有一天，日子记不清了，我冒着弹雨去照坦克车的相片，子弹穿得身旁的土地上尘雾飞扬。忽然觉得屁股擦过了一道，急用手一摸，没有血，回过头来又开始向着坦克车对光了。”

“处长乃是一位英雄好汉。”一位同志高声喊，别的人附和着。

“×先生，我的话你可不要给我记下来。”

他看我拿着水笔在“军人日记”上写着什么，笑着这样向我说了。

“你们说是英雄好汉，我不够。士兵才真是英雄好汉呢。仗一打就是几天几夜，在战沟里一躺便着[①]。一个炮弹落在身旁，炸翻的土压了他一身，迷迷瞪瞪地把身上的土一打，一转身又睡过去了。

“在火线上，我们终天盼自己的飞机——盼得眼里出血！有一次一架飞机在高空回翔，说是中国的，大家都拍掌，一会儿，轰，轰，轰，炸弹投下来了。有一次可真来了，卧到战壕里可以清楚地看到青天白日徽，士兵拍掌欢呼，齐唱《青年航空员》。飞机这玩艺对于前线上的士气是有很大的关系的。”

他口里讲着，手不住地抓这个一把，撩那个一下，有时摸一下嘴巴上的短髭。

“胡子可以清剿一下子了。”

“不打退日本鬼子是不剃胡子的，他妈的！”

蜡烛渐渐地短了，屈处长跳了起来说：“明天再见。”我们送他到门外。这时候，月光把株盛开的桃花映在地面上。远处的炮声、机关枪声，清晰地送到耳中。回到屋子里，和衣睡在里屋的小床上，窗外的凉风直往我头上扑。

九　再吊台儿庄

11 号的早晨，一串马蹄把我带到台儿庄南站。我寄身的那个卧车载着我的行囊开回了徐州。马上的豪兴未消，向着上升的旭日独个儿再吊台儿庄去。

运河铁桥已换上了新的枕木，四个兵士把守在它的两端。在三里庄被打落的那架敌机，已首尾异处地运置在北站上了，双翼已经被焚毁了，只剩了脊椎骨样的两段残骸。

“这是日本的飞机吗？”过往的人彼此问讯着。

① 睡过去之意。

“是的，被我们打落的日本飞机。”

带一脸高兴，问的人走开了。

在去台儿庄西门大道的左边，有一位老年人，一个老太婆和几个小孩子，在守着房屋的灰烬出神。

“这是你们的家吗？”我走近了他们问。

“唉，先生，这是我们的家呵，你看看！这都是日本鬼子造的罪孽呵！”

“是的，日本鬼子多可恨！好在现在已经把他们打跑了，个人的房子再慢慢想法。”我用这样的话暖他们的心。

“有国才有家，有家没有国那可不行啦。只要我们打胜仗，房子烧了，算不了什么，不过以后个人多吃点苦头罢了。”

老头子这一套颇晓大义的话使我大吃一惊。

“先生，日本鬼子还没到，我们便逃到乡下去了。前天听说我们把鬼子打退了，偷偷地回来看看，不知道房子成了一摊灰了。”

“当汉奸的，真对不起祖宗，拿着就不能让他活！”

老头忽然又转了题目。

几个小孩子东张西望，一点活泼的神情也没有，脸前的这景象压倒了他们的小心。

大路的左边，连穿着一个个掩护洞，距北面台滩公路的敌方不过百步。这样近的距离，当日，我们勇敢的战士一定是日夜不敢放松一点地把枪口向着北面的敌人。

北边麦田中，黑压压的一群在呼喊着拖那个空腔的“铁乌龟”。为兴致所鼓动，往阡越陌地我跑了过去。靠近寨墙的麦田中满印着“龟迹”，当日它那冲撞的劲儿只在人的想象里存在着了。听说在战争紧张时，每个夜晚它便爬到这附近的地方来寻捡敌兵的尸首，好拿去火化，掩埋。

攀越过一道老高的工事，再走一段才到西门。须绕个小圈从南边转过，因为门的正面有一座麻袋、木箱半环的壁垒。守城的兵是孙军的独立四十四旅，他的臂章告诉我的。

入城后，东行而南折，想沿所谓“大街”到东城去看看。“宿鸟恋本枝”，这天已经有零落落的人影点缀这火烧场了。道北一间破房里，守着两个半老的女人。见了我怪亲热的样子，拉着我说话：

“先生，我们的房子全完啦，老婆婆被日本的炸弹炸死了，抬了口木头装殓上，也不能埋。”眼泪随着抖颤的语声就要往下滚，用手指给我看对面半残破的一间屋子里的一口新棺木，棺口上叮着几个蝇子在吮着什么。

再向前行进。北面一个旅店门里坐着三个人在喝水，不用提，屋子是带着斑斑枪炮的创痕。见了我，他们都一齐立起来欢迎，我走进去和他们挨坐在一起。

“房子毁了，逃又没处逃，日本鬼子迫着老百姓非干上不行了。”他们的表情十分惨伤，不住地欷歔。

这时正 12 点。飞机轰轰地作沉重的声响，我们跑出屋子，四架连翅并排着南飞，眼看几颗炸弹，向我们的头上打来。

“隆，隆，隆，隆，隆”，一连五响，地在动，土在飞扬，迷惑中不知自己是不是还活着。

“我们还是赶回乡下去吧。”他们一齐出了大门急步飞跑。

向东走不几步，一个士兵和几个老百姓带一身一头血，逢人便问“哪里有医院”。

“救命啊，救命啊！”一点微茫怆痛的喊声仿佛从北边一家商店里传来。一座二层楼，刚才被炸塌了。走进去，叫一声：“你在哪里啊？”

“我在瓦块底下，赶快救命啊。”声音带点哭腔了。

横在我眼前的是一堆瓦砾，斜倒的梁柱，凌乱的箱笼杂物，我却没法知道这个声音到底发自什么地方。

“你到底在哪里？”我又大声地喊。

“我在西墙根一块大石板底下，快救命啊！”他力竭声嘶地回答。

回头出来，好不容易用话，用制服上佩戴着的官府徽章，请到了两个人。

“啊唷，啊唷，快救命啊……”可怜的声音像一匹老绵羊。

一只蝙蝠在头顶仓皇地飞。

“不要紧吧？”那个青年小伙子闻声不见人地问。

“不要紧，我跪在石板下，石头压着我的腿呀。”

“这老家伙命真大，好好的。不是这块石板的话，哼，早用不到喊救命了！”另一个抓开了西南角上的砖块探身从石板缝里望了望这受难者，直起身子来这么说。

“赶快点呀，石头压着我的腿啊。”他不住地作声，仿佛这样可以减轻他的重负似的。

我双手支撑着半倒的梁柱，他们伏身抓着砖瓦石块。灰尘窒塞着呼吸，人的脸同着衣服全是一片黑色的了。

“不行了，副官。”他竟这样称道起我来了。“再另找几个人吧。”拍拍手，用衣袖抹一下脸上的汗水，他们要走了。

“可不能这样子，救人要救到底呵。”

“赶快救命呵……”他又在石板底下哀鸣了。

结果是走了一个，另换上了三个。

有一个是这个受难者的邻居，他告诉我说：“这老头真可怜，他掌柜的逃了，叫他在这里看门，连饭都不管，还得自己跑到亲戚家去找口饭吃。”

“这时候还看什么门？”我有点惊奇了。

“有点好吃好用的东西，你不留一个人，×察老爷们便给拿走了。”

“老头，你的烟卷还没有炸毁吧？”他又向他开起玩笑来了。

“我不知道呀！”他的回答却是很正经的。

换了四次人，整整两个钟头的时间，这个命大的老头土鬼似的又见到人间的太阳了。

“我给老爷磕头。”他把身子往下伏，我一手搀起了他，拉过他的老粗的手来紧紧地握了一下，放下了一个重大心事似的我走出了店门。

这时炮声响得很密。

“先生，喝点茶再走吧。”基督教医院门口的舍茶处，有两位电影师在列着架势，用小铁缸向水盆里满茶，脸上惊惶的颜色尚未退尽。

“耶稣保佑，可恨的日本鬼子，炸弹就落在我的身旁呵。”

耳朵里牵着这位教徒的语音，我向前移去了。

石头，木块，满孕着泥土的麻袋，把一条平坦的大道斩成若干段，上踏土龙，下穿洞穴，叫人怎样不叹“行路难”呢。两边房屋的焦土上，有炸了的石磨，残破或完整的铁锅、泥缸、瓦罐……时有一二破烂老妪在上面翻扬着寻出什么。

“久行见空巷，……但对狼与狸。”但在这里我却连只狗的影子也见不到。

“生者无消息，死者为尘泥。”这两个句子倒有点意思。临时请一位小朋友做了向导，我们向东城前进。他虽然是在城内住了几年，但现在他也无法不乱闯。

一踏入东城，景象更凄惨了。敌人怕我们袭击，把大街小巷用破箱麻袋塞填阻拦，上面架上机关枪，挖一道道的地下沟，穿连起所有的破房屋来，织成了地下的蛛网，使人走进去不辨南北东西。

一堵瓦墙的大缺口的麻袋堆上立着几个电影师，手持镜头在向东对光，旁边立一个呢衣军人在指挥着摆阵势。我们爬上去一看，前面的道上砖石凌乱，两边是破瓦颓垣，焦梁枯木，烽火下卧着百余健儿，刺刀在阳光下闪亮。对面墙的缺口处插一枝太阳旗。一声命令，厮杀之声震天，争先恐后地向前冲去！太阳旗拔去了，镜头上留下了这雄壮的一幕。这一幕将映到每个中华儿女的眼中，使他们看一看怀着侵略迷梦的日军，把我们荣华的台儿庄弄成了怎样的一个惨况。看一看我们英勇的战士怎样浴着弹雨去为国杀敌。

但，可惜这情状太不够悲壮惨烈，比十日前在这地方实际扮演的那巷战的一幕幕。

树皮上开满了枪弹的花。石碑上穿一个个小洞。偶有一二猪仔用嘴到处乱掘。有几个小孩，见了人有点畏缩的样子。

这里一缕烟，那里一堆火。未化尽的残灰在做最后的燃烧，高粱，豆子，在火中哭泣。一股杂臭直往我口罩里钻。

如果是在黄昏，如果是在无月的黑夜，一个人走在这样一个圈子里，看微火闪出的这一片景象，将如何感觉，如何想象呢？

好不容易到达了东城门。我们的壮士持枪立在城头上唱悲壮的歌子。顺着城墙向北去，我们止步在一片菜园中日军的小土坟前了。东西两处。隔几十步远，一共有三十六座，火化的不在内。坟，小得像一个土馒头，前面插几枝绿柳白花，有的还供一个大的白圆瓶子；一支木牌写着他们的阶级和姓名，以及战死的年月和地点(有一个中佐，几个少佐；其余的多是上等兵、军曹一类的)。这些愚蠢者，把自己不值钱的性命，供做了军阀的牺牲，结果是死在异域，得到的只是木牌上“英灵”一个虚伪的名词。

东北角上的碉楼，已残陷了西北角，日军曾躲在里面怯懦地不敢出来。

太阳放射着热力，在蒸发战后的余臭。当我带一脸汗，一腔悲愤出了西门走在运河堤上时，看见“嚎唉嚎唉”的一大队兵已经把那个“铁乌龟”死推活拉地弄上道路了。

正在寻归宿的时候，在北站上碰上了张参议。我们一道走进了“中兴煤矿公司”——二十七师的兵站。沙发上一坐，一盆脸水，一杯茶，一支纸烟，半日的疲劳全消散了。他替我介绍了阎站长，一位爱好文艺的热情的年轻人，一点钟投机的谈话很快地使我们做成了好朋友。他告诉我二十七师黄樵松师长的风度与为人，使我要见他的心有点抑止不住。

“一见面一定立刻会成为朋友的，他是精明、活泼、爱好文艺的一个人。”

黄昏时候阎站长移到了西边的小村子里去，剩了我和张参议守着这三间大屋子。

晚上，我们把一床凉席盖上了前面被炸弹震碎了的玻璃窗子。勤务兵给生一小炉火。一个光腚小竹床算是我的铺位，他睡在另一张床上，只一条被子，他把一件大衣让给了我。

对着炉火对着烛光，我们闲谈。他告诉了我许多关于日军的故事。

“日本鬼子真残忍呵，当他退却时，把村子放一把火，见人就杀，对于女人尤其是惨，五六十的老太婆都是把刺刀穿进阴户或是片片地割下来。”

说这话的时候，他皱着眉头。

“对于他们自己重伤的兵，也都是狠狠地把睾丸一捏，叫他死去。马匹，都关在一间屋子里，临走放上一把火，在邵庄就是这样，残及牲畜，人类里哪有这样的东西呵！天理昭彰，他哪能不溃败！”

“他们这样干法，我们的老百姓都可以觉悟了。这比我们一千张传单标语，十万句宣传都有力量。”我说。

“他们也真可怜。中国的食物他们不敢吃，把牛马鸡犬杀死放在大路上作障碍物，或是抛到水里去。连水，都得滤过才敢入口。现在后路已经被我们截断，看，饿死这些狗东西！”

蜷缩着身子过了一夜。第二天早晨还没起床，勤务兵跑进来喊：“飞机来了，四架，赶快出去！”

我们还没有跑进地洞，炸弹从头顶抛下来了。身子在地上东倒西斜。飞机去远了，走向前面去看看。紧挨的瓦房当头穿一个洞，炸弹插入地下七八尺，深黑的望不到它的影子。大门前的影壁炸倒了，一地砖瓦，电线杆躺在地上。出了铁栅门向南走不几步，两领破席盖着两个牺牲者。一个士兵，头前的土地上一摊浓血，另外是一个四五十岁的老百姓，脸蜡黄，光裸的胸膛像一张白纸。

十　隆隆炮声中走马访孙总司令及黄张两师长

带着个饿肚皮跑到距北站里许的陈庄去找阎站长。他亲热地招待着我，说着亲热的话，像兄弟一样，碰巧黄樵松师长的老太爷也到了。一个朴实的瘦老头，一身古旧的长袍马褂，头上戴一顶礼帽。他从开封赶来，带几筒烟，几束香椿芽，想到前线去看一看他的儿子们——另一个在三十师充营副。

“老太爷真是个福人呀，两位少君年轻轻的就有了这么大的前程。他们在为国家打仗，立功，前途是不可限量的。”阎站长以及刚进来的王营长都这么向他致意。

“没有什么，为国家打日本鬼子是应当的。樵松倒没有什么，我很惦念着老三。”老先生回答着，带着朴实的样子。

“老太爷骑马怕不惯吧，请把这块古玉佩在身上，它是可以压惊的——这是块三代的古玉呢。”王营长笑容可掬地从衣袋里取出来一块暗黄的玉，上面刻一点古朴的花纹。接着，大家谈了一些关于怀玉堕马安然无恙的故事，使得老先生不得不在一番谦让的话后把它收下。

卫兵进来报告人马已齐备，我们遂即出了大门，跨上大马，在七八个士兵护卫之下向炮声隆隆的西北驰去。

经过了许多小村落都是破瓦颓垣，人烟稀少，这些地方敌兵的马蹄曾经踏践过的，战沟给村子做一道腰带。麦田里一个个盆口大的土花，这是敌人炮弹给击开的。古道上一列马队驰向前方，映着远处的河山林木，好一幅雄壮的画图。一抬一抬为国流了鲜血的健儿，在老百姓的肩上往后方运送。溪水边上的一株桃树中了弹伤，粉红的花瓣浮在水皮上。

我在马上把腰挺直，一颗雄壮的心随着马蹄作急剧的跳动。“隆，隆”，一连两个炮弹落到我们左手不远的一块地里，一阵烟尘被风卷送到我们的面前。

“日本鬼子打倒了，同志们前进把。”石碑上满是这样的粉笔标语。错字，天真味儿的句子，一看便可以明白是什么人的手笔。

两个钟头，大马把我们送到了“×口”。好一个幽致的小村落。左手一条小河，岸上绿柳垂条，柳荫下几个士兵在洗衣服。水清得一眼到底，水面上漂着几只白鹅。在一片菜园的对过有几座低微的茅草小房，门口把守着卫兵，这就是孙总司令的行辕。

到了这里，才知道黄师长已由古邵向更远的前方赶去包剿敌人去了，在什么地方，无法知道，真有点扫兴！黄老先生没有停留地拨马回去，我同一匹马一个护兵留在×口。

孙总司令睡了，三十师张师长也睡了。他们夜晚守着电话、地图，发命令，听取报告，寝食俱废地把整个灵魂交给了国家。

我被引到另一个小草房里去，一位副官陪我说话。地上铺一把草，这就是他们的安身处。破箱上放一部杜诗(好久我心下就在强忆一些记不大清楚的老杜的诗句)，顺手取过来乱翻了一气，他看我很亲近这部诗，便慷慨地送给了我。

“我也看不大懂，战地生活太匆忙也无时间读它。”他怕我不肯收受，又多破费了这一番唇舌。

他走出去，一刻又快步转了回来。“总司令醒了。”还没走进屋子他便这样遥呼。

孙总司令独居在一所农家的小北房里。同我一道去见他的还有刚从火线上回来的三位青年华侨记者。我们刚踏进院子,他便迎出屋门来和我们握手了。高个,脸大大的,很魁梧,牙齿露着很宽的缝。或者因为刚睡起来的缘故,身上还披一件灰布棉大衣,军服的风纪扣也开裂着,脸上的倦意还没有完全退净。

我们分坐在一张方桌的两旁,开始了谈话。

"这一次台儿庄的空前大胜,二十六路军立下不可磨灭的功勋。"

"这胜利是我们拿血肉换来的。三十一师,一师人只剩了一团,三十师一万一千人,剩下了几千人,二十七师,四十四旅也都有相当的牺牲。"

"峄县快拿下来了吧?"

"峄县四面全是山,易守难攻,八十八旅已克复北山,最近就想把四面的山头夺过来给它个大包围。"

他说起话来老保持着个平衡的调子,不紧也不松。听说当台儿庄在紧急的时候,他用电话给他城内的部下下命令:"守住它!不就死在里边。"那时候的话音一定是激越的。

"峄县附近昨前两夜都有激战。今晚我们还要再向它做总攻。"停一霎,他又把自己的话接续起来。

"趁敌人新败之余,我们该一鼓把它消灭!"

"是这样。敌到不了援兵,都伏不敢动,我不打他,他不敢打我们,他希望拖延时间,我志在速战速决。我们最近就想法把他们全部歼灭。我们的正面到泥沟,汤军在东,曹军在北,我们的一部分在左翼,一部分在正面,包围之势已成,这个'困兽'的死期已近。

"我们打敌人好似开锁,只要钥匙对了,一下子就可以打开。"

他的话说到这里,电话的铃声在响。不愿多耗费他过多的时间,我们便向他告辞了。

走出了孙总司令的院子,我又到挨门的另一个独院里去访张师长。他中等身材,脸圆圆的,举止谈吐间给人一个忠厚的印象。

"这次为国争光,劳苦功高啦。"

"哪里说得上呢。抗战是军人的本分,上头有命令叫打,就打,叫死就死去,服从是军人的天职。"

谦恭,和平,好似是一个书生。

“师长看最近的战事将有如何地开展呢?”

“我看日本鬼子已经没劲了。援军被我截着过不来,我看只有等着我们去消灭他们了。”

“可以把这次三十师作战的经过情形告诉一下吗?”

“我拙口笨腮地说不好,还是请何参谋长说一下吧,他比我知道得更清楚详细。”他笑着把我介绍给了一个三十多岁、瘦脸短须、样子很精明的人。

十一　何参谋长按地图纵谈全盘战局

“来,我对你讲,这次战争的情况全在我的肚子里。”(他配这样说,他是二十六路军的参谋长。)何参谋长样子很诙谐、自然,话说出来一点也不动声色,好似熟套文章一样,花了不下半个钟头的工夫,用快板的话先作了一个“虚帽”——敌情。

“……敌得峄县后即故作镇静。——这才入了正题,你好好地听。”说完这句话,他转身跑到了里屋里去,取来了一张老大的军用地图折叠着铺在方桌子上,两个人并肩坐着,真个“纸上谈兵”了。

“继而敌又下了韩庄、利国驿,眼看不得了啦,二十六路一百一十师,同着关军便开到这方面来,大家议定先取峄县,好收复国防工事。于是,汤军迂回大冈(峄县),绕敌后方,将三十一师的一旅也拨归汤军长指挥(约三千人),令三十一师之另一旅空城(台儿庄)向峄县前进,诱敌出城,以利汤军攻其背。敌见我军武器不够现代化,乃以一部守韩庄,以濑谷支队的两个联队配以重炮营、野炮团、工兵团、飞行队、战车队(敌一营即抵我一旅),起而应战。我以诱敌深入之目的已达,乃退回台儿庄,敌已一部冲进城内。李司令长官见情势甚急,乃派孙总司令率二十七师亲身赴台儿庄指挥作战。此外,三十师、一百一十师、独立四十四旅均固守原阵地。孙总司令到达时,台儿庄附近村庄如:三里庄、鱼鳞、刘家湖(敌司令部所在地)均已入敌手。”他一面说着一面把地图上的一些小黑点指给我看。因为坐北面南和地图的方向恰相背,而且他的熟文章背得像流水一样,使得我的眼睛、耳朵、手,一时紧张万分。这情形他大约有点察觉,道:“我们换一张五万分之一的地图吧,这张太不仔细,话,我可以稍放慢一点。”

“这时,三十一师守南北站、运河,往南顶到黄林庄,二十七师沿彭村、沧浪庙前进,敌小部退却,我以不少的牺牲,一度攻克刘家湖,敌增援后,旋又失去,后敌向我反攻,四十四旅乃增援至此。要知道,欲保卫台儿庄,三里庄势在必取，四十四旅乃以全力渡河夜袭三里庄，死五六百人，敌不支退刘家湖，同时我二十七师已攻克孟庄、园上村、裴庄、邵庄。城内我军声势也为之大振。敌又增援，四十四旅放弃三里庄，牺牲很大。乃以一部守彭家湖、插花庙，防敌渡河，余者退后方补充。我增援未至，敌又乘机猛攻，二十七师受压迫守原阵线。李司令长官令三十师开来增援，台儿庄城内我声势又大振，然而伤亡却很惨重。三十师一团入城，共商夜袭计：二十七师攻刘家湖等地，三十师师长带一旅，以四十四旅附之分袭南洛、三里庄，虽损失甚大，然均马到功成。敌变战略，增援后改由铁道右方猛攻，刘家湖、邵庄又失。在敌人剧烈炮火下，四十四旅又退出三里庄。因下级干部几乎死亡无存，乃开车辐山整理，同时作我炮兵的掩护部队，三十师伤亡甚重，犹时出夜袭敌人（正面战已感力量不足）。李司令长官又增调一三九黄师一部到右翼，一部调运河筑工事。此时台儿庄城内陷于极度紧张中，孙总司令令城内官兵与城共存亡，将生命依次填补以待时间。三十师又夜袭顿压闸，以此地易于渡河，故给敌人以打击。这时，我们的总队部在东佛房头，各部队伍多由此经过，敌侦察结果认为我左翼空虚，乃以骑兵、飞机……来犯。我三十九师于夜间开往岔河镇，李司令长官又增调吴师（十三师）前来，与二十七师取得联络。这时，从得到的敌军官日记本看出来，敌认为攻克台儿庄是不易的了。敌人固然已遭重大打击，然而我们也够疲劳的了。我乃悬赏，于二十七师中得敢死队数百，由敌后方摸入城内，给他以不小的打击。同时三十一师与敌作恶战，前后毙敌近万。此时，敌以矶谷全师、坂垣一旅企图渡运河，下沛县，取徐州。不期遇我两师（二十一师——李仙洲，归汤司令指挥——新开到），受到了意外的打击。

“这时得到上峰的命令是这样：令汤带八个师与二十六路取得联络，压敌于台儿庄附近一鼓而歼灭之。敌此时一部北面与关汤对峙，一部仍猛攻台儿庄。三十师吴团跑步增援，台儿庄又转危为安，然而城内敌我已春色平分了。我又悬赏杀敌，由外圈解台儿庄的围，原阵线又得恢复。

“汤部有电云 6 日 12 时队伍准到，结果未能如期赶来，因与敌作激烈之遭遇战（汤军勇敢善战，南口之役早著功勋，此次血战胜利之光荣，彼应分得很大的一份）。

“我们又举行总攻，三十一师池师长抱奋勇取三里庄，二十七师也出击他处，三十师在河北岸作游击战，城内亦展开决死的巷战，敌多伏庙内不敢出。一时园上、三里庄，均经克复，同时，二十七师之一部助一三九师、二十一师友军攻下多村，会师刘家湖，敌主力溃退火石埠，与第六师作剧战，二十七师又夜袭火石埠，留一部分兵力于底阁、杨楼，作为掩护，孙总司令……”

下文还没有出口，池师长一步闯了进来，“……大将军驾到。”何参谋长把头一抬，池将军的笑口开了。他走近了桌子大声嘶嗄对我说：“这一点你要记下来呀，老百姓告诉我说：‘日本鬼捉住中国人，在胸口刺两刀，看见你倒在地上，他们便拍手仰天大笑起来！’”

“巧极了，正讲你的神勇……大将军便驾临了。”

屋里的电话响起来，他进去发了老长的一套命令，回头来啜一口冷茶润了一下嗓子。

“话拉得太长了，匆匆地来一个短简的尾巴。”

“说到什么地方了？”他摸一下脑袋。

“说到日本鬼……掩护退却呢。”

“唔，……孙总司令命三十师开高皇庙、金陵寺一带，四十四旅接防台儿庄，三十一师因损失惨重调后方补充整理。”

“过去的战局大概的情况是这样，再简单地说一下目下的情状：第六师（归孙指挥）取郭庄、李庄，张师（张真）拿濠沟，三十师担任正面，一部已占乱沟、丁坝。黄旅（八十九旅）已攻克天柱山、獐山之半，左翼的一百一十师，误以为敌退临沂，即向之进击，使敌得以主力单攻三十师，致天柱山等地得而又失。昨晚（11号）又下令，命一部取乱沟，向王庄前进，一部力取獐山，在一次夜袭的剧战后，又将前所失者夺回。”

“完结。”把地图一拍他立起身来，我也感到一种被解放了的轻松。

太阳离地平线只一竿高了，我们上了马，缓缰任马，优游闲话。古道夕阳，晚风送到炮声隆隆。阳光渐淡，黄昏已近，策马疾驰，回到陈庄时，太阳刚刚站地。

十二　夕阳马上听士兵抗战闲话

两匹马出了黄口村缓缓地走在古道上，马蹄带起来缕缕尘烟。左边的大路上“车辚辚，马萧萧”，向前方运送的辎重车和马队拉成老长的一行列。右边，由西北插向东南的大道上有几十抬伤兵运下来。

“先生你看，抬伤兵的全是老百姓，不是抓来的，全是他们甘心干的。现在的老百姓也变了，全是帮着军队干。日本鬼子的杀人，奸淫，放火，把他们逼得无有办法。”我身后马上的卫兵向我开了口。

“是的，前天在南站上我亲眼看到抬着两个伤兵从前线上下来的老百姓，一个已是五六十岁的老年人了，累得一头汗。他比划着形容日本兵怎样杀中国老百姓，屋子放上火。他对于躺在帆布兜里的伤兵非常关心，问他渴不渴，痛得忍住忍不住，他自己的饥渴却不放在心上。”我用这样一个真实的故事回答了他。

马，赶上了走在我们前面的一个士兵，他身上斜背着一床军用毯，快步地走着。

“哪里去，老乡？”卫兵问他。

“到××去有任务。”

在战地上只要是一条战线上的人，很快地就可以做成朋友。我们开始说起来了，他紧步地傍着我们的马。

“鬼子的飞机这几天来得稀了，也少了，不是以前，一来就是几十架。听说他和意大利订了六个月的合同，日期满了，人家把飞机收回去了。”那位朋友很清楚底细似地说着。

“不但飞机少了，炸弹也少了。有时不下蛋，他妈的下起石头、洋油筒来了。‘日本鬼子真没种，没有炸弹下洋筒。’怪不得编成了歌子。”卫兵很神气地说。

“我们打了胜仗，不论士兵同志们还是老百姓，气都打起来了，指挥官也格外有精神了，听说李司令长官又到前方来了。大座们都敢这样拼，我们当弟兄的谁个不卖命呢，我看日本鬼子死的一天到了。”

“对！就受伤的弟兄们说，他们都恨不得立刻好了好再上前方去！”

“拿现在这样子和我们退出南京时一比，那差老了。那时多丧气！唉！……”

这个士兵因为参加过淞沪南京之战，所以说到那时的情况，有深深感触的表情浮在脸上。

“中国这一次作战准备得还太不够呵！中国太不文明，机器人才太少了。”卫兵在马上言论大发。

“可不是，听说有一位耿什么人发明了一种三面带轮的战车，李司令长官把他请了去，送到兵工厂里去了。”“这事才不多几个月。”话一停，用手巾揩了一下头上的汗，又加上了下边的一句。

“这倒没听见说，武器当然要得发明好的，可是能把兵练好，武器差点也一样可以打胜仗。”

“这是真的，孙总司令练兵就很认真，有些军官学校的学生说他练兵太‘死’了，兵太‘活动’还能打仗吗？”

“听说八路军开来了一师，是从甘宁、潼关开来的。八路军听说有六十万人，工人学生都有，他们很能干，你看他驻扎的地方很零散，可是，一个命令下去，立刻就可以集合好。”

“听说广西军也开到了一部分呢，他们一共不下二十四万人，还有女兵呢！”

十字路横在我们的面前，那位朋友和我们分道了。我们看他叫一条长长的影子引着向东走去，提一下缰绳，我们带起夕阳放开了马蹄。

十三　三吊台儿庄

13日，夜宿陈庄，与阎站长对灯谈诗，不觉夜已深，读《无家别》与前、后《出塞》，我们当前的战争和劫后的战场恰可以给他的诗做例证，然而意义却正相反。

夜里，身子在当门的一张小床上缩做一团，月光和着炮声送到耳边来。风冷得有点难耐。

次日10时，敌机四架轰炸我某村（在陈庄西北，只隔数里）炮兵阵地，高射炮连响均不中。与阎君缓步运河堤上，徘徊多时，时见抱子携女之妇人仓惶向西走去。春地上一片片小草，野菜，像一块块绿色的补钉。

“田园寥落干戈后，骨肉流离道路中。”这两个诗句猛地涌上了我的心头。

我们从运河堤上走回来时，二十七师的于秘书已经坐在屋子里了。老朋友似地说笑，不到一点钟的工夫，我们已经变得“烂熟”了。他把一张地图、黄师长的一张照片和亲手的题句交给了我。他说：“七十里路，马子跑得我一身大汗，为了送给你这份礼物。我们的师长以得不到与你一见为憾。他很爱好文艺，这篇字是自作自写的，小凳子做了书桌。”说着他用手拍着我的肩膀。

“我带着照相机，台儿庄一走好吗？——可是我照相的本领却很蹩脚。”

“好，三吊台儿庄去！”

“起来，不愿做奴隶的人们……”跑着，唱着，三个人的影子在正午的太阳下闪动。

我和阎依着北站的飞机残骸留了一个影。

在台儿庄西门外大街南边的一家饭铺里会到了杜团长、孙营长。杜于台儿庄之役，在彭村、邵庄，打毁敌坦克车一辆，炮车四辆，装甲车八辆。他戴一副黑色眼镜，很英武。刘家桥、孟庄之战，孙营长曾立过功勋。

“千万人的声音，高呼着反抗……”于永远是在头里，口里高亢的歌声把我们很兴奋地引到了“西北角”。

从“西北角”往东约十余丈，一列麻袋填补了残破的城垣。垣墙树木，千疮百孔，我们立在城头的一支国旗旁边，于又放声高歌。城脚下，掣西到东洞穴有如蜂房，这是敌人做的掩护洞。有一个老妇人同着一个小孩子在地上捡拾子弹壳、皮背包、刺刀、破烂军帽……没有放过的炮弹，黄木把的手榴弹，睡在土里，躺在地上，眼睛得时时往下瞅着走。

“这好得多了，敌人退出的第二天，一地死尸，沟里的水全是红的。”于说。

有十五抔黄土，在“西北角”下面的三角地上，一条水环绕着它们，土堆前插一道道木牌，上面标着黑字。健儿的英灵，在守护着这用血肉夺回的“西北角”！在这里我们拍了一张照片。

一只小小的羔羊偎依在一堵焦墙根下，默默的，用手去抚弄它也一声不响。旁边的水沟里浮着一只大死猪。一个大炮弹插入泥中，只露一个后腚根。

我们立在日军的坟前替它照相了。火化未销的骨肉，一块一块地露在地面上，白绸药包像银元在阳光下发亮。我们从地下捡起了扑克和一本半焦的日记本。打开第一页，便是“天皇”的题字，第二页是一幅地图，我们的东北四省也在上面。这个寇兵在河北、山西，曾打过多次仗，现在把小命丧在这儿了。

拿东北角的碉楼做背景，又摄了一张。

老百姓的耳朵是灵通的，知道我们打胜了仗，回来的人渐渐地多了。他们守着自己家室的焦土落泪，叹气，有的在灰烬中寻找他的旧物。

“官长，官长，怎么办呢，我们的房子全完了，院子里躺着两个死尸，还有好几个大炸弹钻进地里去还没响……”一位穿长衫的老先生立在一个破大门前向我们这么问，要哭的样子。

“死尸拖走好了，炸弹小心点，不要动它。”我们边说边走着。

“先生，歇歇再走。”当我们跨过了一道拦住去路的麻袋堆，一位六十多岁的老先生立在北边一爿商店的门前，怪热气地向着我们打招呼。

“好，停一停脚，吸上支烟。”

他忙着替我们擦洋火。

“先生，我告诉你们，这座麻袋就是个分界，以东日本兵占着，以西是我们的军队。26号那天，敌人从大北门进来，占了清真寺。”说着他用手向东边的一片破碎的房子指点，可是一片焦土里，谁能辨别出哪是他所说的清真寺呢？

“我当日被困在这地方，两面全是机关枪，走又走不了，子弹在头顶上嗖嗖地乱响。后来我便躲到老郝家去，三十一师的一位弟兄很好，叫我入了地洞。

唉！这条老命差一点没送上。

“听说李司令长官派公安局调查户口，说是要赈济老百姓，可有这回事吗？”

“一定要赈济的，你等候着吧。”我们给他心上安一个希望。在这大战新过之后，有两桩应当立刻做到的事，第一是赈济灾民，第二是防止瘟疫。

十四　告别司令长官

从台儿庄回到陈庄，一身大汗，洗净了心身的抑郁和疲惫。我决定徒步到××埠去告别李司令长官，于、阎要到×楼总司令部去，4 点钟我们一道出发。当一条岔道把他俩引向西南去时，大家心里都有点沉重，彼此一步一招手，回头目送着，直到望不见了影子。

南站的东门口，做了临时的伤兵停留处。一张小桌子上摆着一些药瓶子、棉花、药布，几个护士在为伤兵们敷药，捆纱布，有的腿上受伤，有的头部流血，有的躺在帆布床上，一条军用毡盖住了全身。

在这里很巧地碰上了林处长，他在为职务奔忙，军帽的舌头几乎直向着天，额上有豆大的汗珠。我在麦阡上等他，晚风又吹来了炮声，这一定是我们在向峄县的顽敌进攻。

当我们上了汽车，黄昏的颜色已经是很浓的了。林处长亲手驾驶着汽车上了崎岖的古道。路难走，不熟，又是在晚上，它如炬的双眼也不“识途”，多少次被歧路诱惑，走了老长一段又掉回头来。有时，大家下车来凭手电的小亮看一看道上有没有汽车的足迹。

到达目的地时已经 9 点了，对着灯光和司令长官夜谈。

“战地的生活有意思吧？”他笑着向我问。

“有意思极了，一切都是新鲜的，紧张的，健康的。”

“是的，我也是这样感觉到，住在这一口小房里，我吃得好，睡得稳，生活简单而纯朴……”

一位副官进来了，报告这村子里的保甲长为了对司令长官致敬意，送了几百个鸡蛋，还有几只鸭几只鸡子。

“住在这里已经给人家麻烦不少了，哪好再这样。”他很感不安地这么说。

“村子里的大人孩子都说司令长官指挥着队伍把日本兵打退了，他们才得到安居在家里。他们终天在我们的大门前徘徊，想看一看司令长官的样子。这些东西不是保甲长个人送的，是全村的老百姓自动地凑起来的，不收下不大好，怕辜负了他们的一片好心。”

“收下吧，有什么关系呢，收下礼品便是收下他们的心。”我看他难为得了不得，便加了这几句话。

“好，就收下吧，给他们回四十块钱，就说给小孩子们买点糖果吃。”

副官退下去，我们的话又重新开始。

“看过台儿庄有什么感想呢？”

“战后的惨况是不须说了，我看赈济灾民、防止瘟疫在目下是最需要即刻实行的两件事情。”

“是呵，我已经叫动员委员会来人想办法了。我想顶好发给他们粮食，因为发钱太不直接了。防止瘟疫我也想过，一座大城寨成了一片火烧场，臭气熏天，在这节令里真不得了！”

“可是台儿庄大约有多少住户，多少人口？”

“总不下三千户吧，人口怕至少在两万以上。”

“哦唷，这全是日本军阀一个念头所造成的罪恶呀，这么多的人无处安身，没有饭吃——我已经令后方组织宣慰队到这里来做宣传工作，给这些灾民还有伤兵一点精神上的安慰，这也是很重要的。

“在台儿庄没捡点战利品回来做个纪念物吗？”

“从死尸身上捡了一张女人的相片。”说着我从口袋里取出了背面题着“昭和十三年二月二六日写，当年十九岁春”的一张相片递给了他。他把头靠近了灯光在端详她。

“多可怜的一个女子，变成了小寡妇，日本军阀为了做侵略的迷梦，寡人之妻孤人之子！其实日本的老百姓和中国的老百姓有什么仇呢？我们从死尸的衣袋里得了不少的情书，写得温柔缠绵，希望不再打仗，好让自己的丈夫回到家里去团聚。已经说是不多写了，然而下面又一气接连上好几页。这封信你可以拿去找个名家翻译出来，放在你的书里，叫世人看看日本的民众是怎样地痛恨着这次的战争呵。”

“这相片和那封情书，情况是一样的。‘可怜无定河边骨，犹是深闺梦里人’呵。”

他笑了——笑里夹着伟大的同情与怜悯。

我交给他随便的一张信笺，请他替我的小书写几句话，便告退了。

夜里一个人顶着三间瓦房，“顶子床”虽然是赤裸的，然而它做了我一夜的温柔伴侣。

第二天一早司令长官叫了我去，把很长的一篇亲笔题句交给了我。字句、口气都很合他的身份。

午饭后我向他辞别，他正和白将军在一张方桌上批阅军书。白将军题了几个字后我便走了出来。

还是林处长亲自开着汽车。这天狂风大作，尘土如注，当我们回到别来八日的徐州城时，已经变成一个泥土的人了。

十五　诗之尾声

红血洗过的战场

台儿庄，
红血洗过的战场，
一万条健儿
在这里作了国殇。

他们的尸身
是金石的标符：
台儿庄
是中华民族的领土！

在这里，
我们发挥了震天的威力，
在这里，
用血写就了伟大的史诗，
在这里，
事实泄尽了敌人的底，
在这里，
我们杀退寇兵
在残破的北城头插上了国旗！

祝捷的欢呼
使全国疯狂，
胜利的荣光
一万丈长！
运河载起国魂远走，
直到它驻足以北的地方。

台儿庄一片灰烬，
台儿庄的名字和时间争长，
东风吹罢，
死灰里萌出了新生的嫩芽。

1938 年 4 月 15 日于徐州

附录:临沂歼敌

一　五十九军官长谈临沂歼敌

这次从汉口到徐州的当日下午，在澡堂子里碰上了五位军官，一个个都是满面尘垢，髭须丛生。已经是仲春时节了，身上都还是冬天的那身老灰布棉军装，上面漆一层油垢，棉裤给膝盖冲出了白絮。有四位呼呼地在铺位上横着打鼾，有一个合着双眼，在享受锋锐的刀片给他面部清扫的爽快。

"老乡，你们是哪一军的?"我很唐突的一声问话，把他的眼睛叫开了。

"我们是五十九军的，才从火线上下来。"相同的"乡音"使我们都感觉有点亲切。

"那几位也是吗?"我的眼光横扫了一下在梦中的人们。

"是的，那个是于副旅长，那个是王副官，那个是王军械处长。"他的头挣开了理发师的手，回转过来在为我一一指点。

"你们太辛苦了，看衣服这样子!"

“说得上什么辛苦呢，为国家打仗是军人的天职。”样子像个书生，语声低微而和平，柔丝一样的。

“这次临沂的血战，你们的功劳是比不上的！”

“功劳说不上，可是叫日本鬼子碰了个硬钉子！第一次血战打了他个落花流水，后来他乘我们调往费县时，想趁机取临沂，哪有那样容易的事呢，我们中途折回来又杀了他几千，我们也死伤的不在少数。我们已经是转战八九个月，光路跑了也有几千里了，可是弟兄们始终不懈怠，我们和日本兵打，气上来了。在前线上他们就这样喊：‘杀尽三十八师的兵！活捉一个两千元！’”

“呼喊就能听到吗？他们也能说中国话吗？”

“你以为离多远？就只一箭之地，有时就面对面呢！他们中间也杂着伪满军，日本的中国通也不少呢。

“他们这次本是在汤头镇、意堂集、爱山掩护增援台儿庄的。有坂垣师团、二十（?）师团的一三联队，此外还一个作板（少将）支队。这些队伍有的我们早已会过，硬是硬的，然而拿血肉去拼，他们却有点拼不过呢。”话音始终保持着平衡，细水长流的。

“对这次血战有什么感想吗？”

“没有什么特别的感想，不过有几点小事我可以说说。我们的士兵越杀越勇，他们却越打越愁，有的换上便衣就跑。有一个大尉，他是第三次被征来中国的，正在一株大树上预备上吊，被我们活捉了。要知道，现在想俘虏几个人是不容易的，宁愿战死，自戕，都不肯投降或做俘虏，我们是这样，他们也是这样。想起以前内战时，一下子就几千几百的俘虏好似成了笑话。

“这次的胜利，老百姓的助力很大。他们帮着做了许多的事情。这是对的，军民合作才能打胜仗呢。同时也还有几点值得注意的事情：第一是士兵的教育问题，没有好的精神训练是不能成为铁的队伍的。再者，我们觉得伤兵太可怜，药很少，看他们那样子，真叫人心痛！”

“旅长也得上火线吗？”

“不比内战的时候了；不用说旅长就是师长军长也得上前线，有时还得跑到士兵的前头！”

“最近还要回前方去吗？”

“我们到后方来有点任务，不久就要回前方去。”

“我等待着听你们大捷的消息，再会！”我告别了这五位战士。

二　追述临沂大血战

临沂两次血战，开了津浦北线胜利的先声。当时在潢川听白崇禧将军讲话，其中有这样几句："张自忠军长打了两个大胜仗，杀敌不下六七千，我们知道他一定会打胜仗的！"这话当时听起来就觉得有无限的意味，所以格外觉得高兴。

这次临沂大胜利，是张、庞合力的杰作，而张军奋勇歼敌的精神更叫人崇敬。现在，敌人已在津浦北线大增重兵，第二次的恶战已经开始了。在这样情况下来追述第一次血战的经过，更有着深长的意味。

首先，我们应当先把当时敌我双方的阵势和兵力作个说明。敌方的是坂垣师团还杂着几个别的联队、支队，主力部队所在地是相公庄一带。我们庞军团的阵地在沂河东岸的桃园一带。五十九军的阵地在河西岸诸葛古城、茶叶山、河湾等处。当时我们计划14号向敌总攻，三十八师渡沂河迂回相公庄，助庞军做有力的攻击，同时一百八十师渡河迂回后方，断敌后路，以期将五千顽敌一鼓而歼灭。

出人意外，13日的下午，敌突从距临沂不远的余村开始向我庞军进攻。猛烈的炮火，把我们的庞军压迫到城垣的近郊来。次日拂晓我军即联合做猛烈的反攻，庞军首先接触，三十八师的正规军和便衣队也在敌人严密的戒备下偷渡或强渡过沂河，占领了徐家太平等处，即向停子头的敌人猛攻。在一度激战后虽将该村占领，但敌人仍据碉堡顽抗。张家屯、鲜家解诸村，亦由一百八十师由船流等处渡河后先后收复。石家屯高地也被我一个小部队占领了。这时候，敌我在各阵地中形成了混战的状态。

敌人见情势不佳，即将南下部队调回增援，坦克车、大炮、飞机、装甲车，配合起来向我们轰炸，冲击。我们的血肉，我们抗战高涨的情绪，终于在火光中，在枪林炮雨里支撑了一个整整的夜晚，而把敌兵杀死在阵地上，精良的武器作了我们的战利品。

15日，敌以新由莒县增调来的部队向我茶叶山进攻。茶叶山高出地面二百八十公尺，为沂水西岸军事上必争的地方，我早已有重兵配置在那里。飞机成队地向我阵地轰炸，坦克车向我猛冲，步兵在炮火掩护下冲杀前来，一时阵地全毁，尸体遍地，血战整日，我不得不忍痛放弃了茶叶山！我又增调生力军于敌喘息未定之时，以红血白肉夺回了这个高地。敌人败绩之后，开始向附近村落进攻,以期将茶叶山困在核心,使我不得突围。在这种情况之下,刘家湖、崖头被敌攻陷,我增援反攻,刘家湖失而复得者四次,崖头失而复得者三次。肉搏冲锋,浴血苦战,尸如山积,血流成渠,胜利终于归了我们。计前后得了敌人的大炮三门,装甲车一辆,坦克车两辆,机关枪数十挺,自动步枪几十支,五千敌兵死在了我们的枪下。

张军目下又在临沂和寇军开始第三次的血战了。这次的决战关系更重大,希望张军以第一二次作战的精神,争取第三次更大的胜利!

1938年4月15日写起,21日完成,
时津浦北段第二次大战伊始,徐州可闻炮声。

郑州在轰炸中

“早些回来，我们再到津浦南线看一看去。”

前方的消息一天比一天紧，留在武汉的身子和热锅上的蚂蚁一样的不安了。忆起了李司令长官临别的话，恨不能一翅飞到战地上去。

10 号早晨，附着“行政院战时服务团”的车子离开了武汉。一片青青的原野，洗涤干净了都市给沾染在胸中的尘垢，心，平和地跳动着。

车停在郑州站上。人正蜂拥地争着下车，作为见面礼似的，警报来了。东西南北，大家毫无目的乱跑一阵子，理性这时在人心中已不复存在，求生的本能支配着这一群。行李，没娘孩子似的被丢在站台，样子十分狼狈。

看一看眼前这一片被炸的旅社楼房，瓦砖下面埋葬着几百无辜客人的白骨，再看一看车站附近穿了洞的、被震碎了瓦片的房子，对于这“闻警乱窜”的人们除了同情再没有什么了。

财物，随着解除警报的钟声突然填满了人心，纷纷地忙手乱脚地寻找自己的东西。我们把行囊拉到了第×战区的政训处，服务团因为人数多，据有了大厅堂，我在一位朋友的室中暂作了客人。这是“扶轮中学”的校舍，房子很讲究，有绿树掩映的庭院，东南角上立一座小亭，上面的栏杆会给人以幽闲与舒适。学校迁走了，政训处填补了进来。

午夜时分，从睡梦中强拉起困顿的身子，三辆洋车拖着服务团的一位先生还有那位友人，我们一同到了车站。停在站上的全是兵车，借着夜色的掩护向前方开。候车棚中的地上，长凳上，坐着的，躺着的，有形形色色的旅客，疲倦在脸上，在身上。你看他们都依着行囊做起梦来了。我们坐着小箱子说着话。闭一会儿眼，打一会儿呵欠，再立起身来沿着站台漫步。时间已过两点，开车的消息还是个谜。请那位朋友回去，我们到了“问事处”。

“没准儿，绿钢皮、普通快都停在这里，可是今夜至少得开走十列兵车再说……”

我们绝望地把行李拉到站旁的一家旅馆中。嘱咐好了茶房随时看车，便把身子倒在床上。这是在夜里，旅馆里还有不少的客人。鬼影似的，太阳一亮，便都不见了，只剩一个个空房间，守候着自己的命运。

天还朦胧着，我们重回到政训处。东去的客车从 11 号就没有开出过一次，我们的痴心不过使我们在去车站的土道上多往返了几次。

“阻车滞郑”，一个电报拍到了徐州去。

12 号的傍晚，太阳的余辉在西天上散一片云霞，我们的飞机，十几架，牵着无数的眼睛低飞着，在散布和悦的声响。

这是一个什么征候，大家都知道。彼此唧喳着敌机明天一定要来肆虐。因为汉奸的耳朵比我们的更长。晚上，和同室的赵科长兄弟讲，明天拉警报时，不能再在屋子里沉着了。

第二天绝早，玻璃窗上还贴着黑影，勤务兵推门进来报告飞机来了。衣服没有穿好，便跑出门来，十几架敌机，像一群蜻蜓连着翅膀在顶空乱飞。高射炮响得像连珠。身子刚刚跑到后院西墙的一行树下，前面炸弹声便震到了耳边。捉迷藏似的，眼死盯着飞机的影子在树叶中穿来穿去。扎扎的声响，是死神的吼叫，一个个黑东西从一架架机尾上往下落，身子刚移到地洞口时，左右前后隆隆的声音响成一个了。碎铁片雨点般地飞溅，树皮被剥成一片白色。一股尘土把我挤倒了，呼吸得费老大的力气。生死的间隔缩短成一线，心是一张洁白的纸。

“快下来!”

谁的一双手抱住了我的身子。脸向着脸，我们不认识，然而我们亲热地偎依拥抱着像兄弟。机声远了，像一群土鬼，我们爬出了坟墓似的土洞(它几乎就成了我们的坟墓)，脸前的尘土像漫天的云雾。头，昏胀胀的，心停止了跳动似的。

离地洞六尺的土地上，五十磅的炸弹给留下了一个盆口大的窝子。走在前边，看各室的玻璃窗，大部都震碎了，有一间房子，当头穿上了一个大洞。到了前院，见不到了我的卧室，一堆瓦砾，上面交横着断栋残柱。小亭子也受了创伤，在勉强地支撑着自己。

赵科长见了面，紧紧地握着我的手，一时也找不出什么话来说。他的哥哥同勤务兵带着几处伤痕坐在凳子上喘息。尘雾落在葡萄叶上，落在人身上。人，彼此用惶恐的神色和话头探询熟人生死的消息。

一个女同志左手被炸，骨头断了，被送到“华美医院”里去。

我们开始雇人扒葬埋在瓦砾中的东西。发掘古墓似的，把成堆的砖块用手荡平，挖，挖，挖成深深的洞穴，箱子露出了一点头来。向上一提，它的身子碎成一片片。衣物，床铺，破破碎碎，真有点不堪入目了。

一群朋友聚在一间大屋子里，我把从土底下扒出来的一筒压扁了的纸烟，分派给每一个人。不会吸的也要勉强来一支，我们叫它“患难烟”。烟丝袅袅地向上升，大家默默相对着，好似在梦中。

下午，我们到医院里去探望那位受伤的女同志。在它前面的一所庭院里落了两颗炸弹。墙垣倾倒了，电线零乱在地面上，绊脚丝似的。

“谁说地洞不中用呢，炸弹正落在上面，里边的人安然无恙。”一位朋友对着地洞上面的一个大口这么说。

“还是炸弹太小的缘故。”

“是呀，如果是一百磅的，那我这条身子便早成了肉酱了。”我从旁插进了嘴去。

华美医院门口人乱哄哄的像市集，包围着六七个死尸。有的脑浆涂在地上，有的肠子从破裂的肚皮里流了出来，还有一个人，身子不知去向了，只剩一双血淋淋的大腿。

医院南墙裂破一丈多长的口，天空飘着美国国旗，地上涂着美国国旗，鲜明的颜色不会映不到低空驾驶员的眼中的，然而这里落下的炸弹却最多。

走到了楼上的病室，那位女同志躺在床上呻吟，难忍的痛楚，使她的脸色变成灰白，而且，语不成声了。

“快……快给我打止痛针吧！……”

声音颤动而可怜。

“静静的，止痛针不能一连尽打呵。”看护妇这样告诉着。

“没有关系，过几天就会好的，你没见小孩子跌断了腿还可以接起来，何况是只手呢。”

安慰的话触落了她挂在眼角的泪珠。其实我们很明白，这只手不会再是她的了（几天以后，便被割去了）。

钢刀下的老牛哀鸣般的、惊心刺耳的警笛又响了。人群像决了堤的水浪，无定向地乱淌。汽车不知载着什么人，一辆一辆地向野外疾驶。一座大城，几分钟以内，变成了空心的了。满坡里是人，麦田、树下，寄托着无数的生命，大堤两边的地洞里，填塞着男男女女，像神龛中罗列的佛像。有的人，躬着腰从这里跑到那里，没有一个地方使他心安地把身子寄下。

这样，一直到黄昏，城市才复活起来。

明月一轮，清光如水，多么幽静的夜色呵。然而，人们却都望着月亮发愁，困得要死，也不敢叫身子去沾一下床铺。

“乌云把夜来漆黑吧。”人人这么期望着。

天还黑通通的，成群结队的人便开始向城外移动。带着食物，挟着毯子，预备在乡下打发这白昼。

卖各样食品的小贩供给着不同的胃口，城市的繁荣移到了原野来。附近的村落每个住家的庭院里，都是拥挤着一群不速之客。主人之于他们，他们彼此之间，不是因为这种机缘，一世也许不会碰在一道的。

我们寄身在一个农家。庭中的古槐，像一柄绿伞。几只白鸽从这屋顶飞到那屋顶，一霎又落在我们身旁，扇扇翅膀，咕咕的在替客人唱歌。我们，有的睡在地上，有的躺在机房里（机上有未成的布匹），我躺在牛棚里，听老牛嚼草的声音。女主人替我们做小米粥，替我们烧茶。乡村是美的，是静的，为了保守这静美的田园，我们所以要抗战呵！

“你知道我们现在和什么人打仗？”我们问年老的男主人。

“日本鬼子。”

“为什么要打日本鬼子？”

他再也回答不出什么来了。

“扶轮中学”成了轰炸的目标（敌人也许因为多心把目标认错了），政训处易地办公。我同服务团的一群朋友搬到了东门外一家土店里去，他们都拥挤地睡在地上，把一口土炕让给了我。

此后，早晨的太阳送我们下乡，黄昏迎我们回到野店来。“昼伏夜出”，敌人一手把人们的生活秩序搅了个相反个。

五月的乡村是美的。场园上堆满了麦子，香气使人陶醉。树荫在光亮的地面上，织成碎锦。而躺在上面的人们，心上却带着恐惧，燃烧着火。

19号下午5点钟。像下山的羊群，人们做过了白天的课业（躲飞机成例课）正回走的时候，警笛、警钟一齐乱响起来，紧急得要把人的灵魂震碎。我们几个躲到近郊的一个防空沟里。

一阵沉重的声响把成队的机影牵到了我们头顶。

“几架？”一个人粗喘着问。

“一二三四……呵，十几架！”

“向哪飞？”迫切地追问。

“就在我们头上打旋呵！”

机头一掉，冲入了城市的天空，我们从死的阴影中解放出来。听一声声炸弹的巨响，恨高射炮的火球差一点中不到飞机身上，看一股浓烟向天空飞腾，想象着又得多少间房屋多少条生命填在轰炸和烈火中！

大街上，照例把繁荣表现在晚间的灯光中，然而今夜却不同了。大街小巷漆过了似的不见一点灯光。店铺的门紧闭着像一口口古墓。被炸的房屋，魔鬼似的向人投射出可怕的影子。

第二天，从我们的店里，被警兵带走了一个客人。这个人我们留心过他，样子像个学生，他曾向我们攀谈，并且询问过我们的来历。听说从他身上搜出了"太阳旗"和密电码。后来，有一男一女来会他，也通通被送到公安局去了。

郑州有三多：汉奸多，乞丐多，妓女多。这全由于穷困一个原因造成的。敌人在此处曾成立过特务机关，汉奸的大本营就在这里，听说开封还设有支部。前几天，在这里捉到了一个十一岁的孩子，他正在向水里撒放药粉。汉奸组织是那么严密，我们防范得这样粗疏，郑州已经成为军事中心了，而旅社里却不大见到警察的影子。

去徐州已经是不可能的了。连无线电也阻隔不通。

徐州在危险中，郑州在轰炸中，我的心在焦灼中。

1938年5月24日灯下于武昌

从敌人的后方来

“唔,你简直成了十足的一个商人!”

一位在中学里干训育的朋友,新从敌人的后方——潍县,逃来武汉,我去看他,眼一触到白竹布便衣几乎装不下的身子和肥白的一张大脸,我惊喜地握紧了他有肉的手,从口中冲出了这样的一句。

“对,我就是一个商人。”笑,咧开了他的嘴唇。

“不信,你可以到青岛××旅社的簿子上去查看,在职业项下,明明写着一个‘商’字。”

“写学界不行吗?”

“任写什么都随便你,然而那麻烦可就多了。他这样审,那样问,几乎连几辈祖宗的生死年月都要你背出来。有一点使他认为可疑的地方,管许你买不上船票,甚至被传了去。装做商人就方便多了,我的样子就是个好的证据。”说着,他用右手拍一拍他的便便大腹。

“盘查的都是些日本兵吗?”

他把嘴一撇,摇了两下头:“全是中国警察。”

“他妈的!”我狠狠地骂了一句。

“盘查客人的是中国警察,监视中国警察的却是瞪着大眼睛、持着刀光冷亮的长枪立在一旁的日本兽兵。你不要骂中国警察,他们的心比我们还苦!他们不能扎上翅子飞到祖国的怀抱里来,为了生活,含垢忍痛地在敌人的凌辱下,在‘日兵的叱咤’之下,他们装出威恶的样子向着客人‘检查,检查’地乱喊,有时还用枪把子捣你,来势很猛,然而落在身上却并不痛;当日兵背过脸去时,他们便用眼色,手势,叫你赶紧打好衣包走开。”

“一有机会,他们一定会报效祖国的。”

作为一个铁的保证,我的朋友这样说了。

“在敌人的后方,没有被剥削瘦了,反而肥了,这真奇怪!”我仰着头,双眼盯在他的脸上,好似在估计他的肉比以前增加了多少分量。

“一点也不奇怪;偎在炕头上,像猪栏里的猪,一日三餐,还怕不肥吗?”

“还能终天不出门吗?”

“就是终天不出门。出门干什么?出去一趟带回一肚子气来,几天消不下去。什么'中日提携维持东亚和平'呀，什么'消灭不良分子'呀，红红绿绿的标语，到处刺人的眼睛；经过日兵的岗位，老远就得脱下帽，深深地一鞠躬，有时，疏忽地走了过去，他便用枪向着你，口里乱喊，不懂他咕噜些什么，看神色一定是在怒骂了。你必须赶快回来，含着笑，恭恭敬敬地补行一个礼，然后再走你的路。如果戴着眼镜，须得摘下来，不然，他会说你不恭敬。衣服不能穿得太好，式样更不能太特别；然而也不能太坏，太坏了不称你的样子，他又会怀疑你是化装的游击队——不良分子。服装整饰地下乡去，游击队有把你当做汉奸捕捉的可能，因为他们太恨城里的绅士们了。你看维持会里的人物大部分不就是绅士们的化身吗？他们服侍日本人像服侍祖宗，可谓极尽'先志承意'的孝道了。给养，房舍……凡日兵所需要的他们都给办得妥妥当当，甚至把'性'的问题也放心上——重价收拢妓女供给日兵的淫乐。不过，也有少数分子行动和良心在矛盾着的。他给日本人做事情，而心里却在疚愧。'谁知道我还可以活几天呢？如果捐弃了我的家财可以洗脱我的污名时，我甘心这样干！'一位维持会的会员亲口对他的故旧们苦丧着脸子这么讲。要知道，当汉奸不是一件容易事，什么都可以不在乎，然而自己与生俱来的那一点天良，却无法把它完全泯灭！

"你们以为汉奸们既'同流'就一定会'合污'吧，完全不对的，他们天天在摩擦。徐州陷落后，维持会要召开祝捷提灯大会，而伪保安队却怕不良分子混入捣乱而不主张开。日本人反而成了宾客，看这一群傀儡在演奏斗争的丑剧。结果，把双方的意见折中了一下，开会定在白天，日军司令部本来叫各家一律悬'五色旗'，结果飘在门前的却是一个个'红日头'。汉奸比日本人还可杀，一般人都深深痛恨着。

"真可笑，青天白日下开提灯大会，一个个到会的人都是被拉来的，垂着头，难堪的颜色点在双颊上。'宣抚队'的队员虽大演其讲，然而都不能自圆其说，自己说起来也不气壮。会，平安地开过了，在各方面苦心维持之下没出了乱子，他们的主子——日本兵，非常高兴。

"你们以为敌人占领了一个城市，他的力量会立刻触及各处吗？完全不对！他只占有了一个城圈而已，离城十里路的地方，他们少数的人马便不敢到，一到，管保叫他把命丢在那里！遍地是游击队，可以这么说，一个男子便是一个游击队员，无论老幼，能拿枪的拿枪，拿不起枪来的，长矛、菜刀都成了杀敌的武器。他们在乡间到处活动着，胶济路一天不晓得被破坏多少次。敌人气极了，便大队地开往乡间，放火杀人以泄愤，这样，更是给老百姓添仇恨。日本兵对于这广大的民众队伍，只有摇头。

"'山西人坏坏的！山东人也是坏坏的。'吃过游击队的苦头，日本兵操着生硬的中国话这样向接近他们的人说，眉头皱着，像打了一个结子。

“潍县是这样，别的沦陷区域的情况也不能两样。青纱帐一起来，看日本鬼子怎么应付。他们对于这次对我们侵略战争都莫名目的及意义之所在，完全是蒙在鼓里。对于自己的前途都非常悲观。‘早晚我们是这样，反正回不了家了！’说着，用悲伤的调子，把手比做一把刀放在自己的脖子上。‘中央军，厉害！’他们常常这么赞叹。

“关于战事的消息，我们并不是完全隔绝。从播音机中可以听到中央要人的演讲，可以听到台儿庄胜利的热烈庆祝的情况。听了，心里兴奋得要爆炸！各家秘藏着青天白日旗和一个个青天白日的小徽章（他们是多么珍爱着它呵！），都预备我们的军队一到，争先拿出来显自己的光荣。人民的身子困在敌人的手下，而心却都向着祖国！日本报纸，中国汉奸报纸——天津《庸报》天天登着‘皇军大捷’‘华军不堪一击’的消息，而一般人却都看它反面的意义，以为中国军队快打到山东境地来了。说到金融吧，老百姓只认中交票子；朝鲜银行的钞票，老头票，都不能在乡下流通。韩复榘时代发的省库卷，老百姓还高兴维持它，虽然打个折扣。从这里可以看出人民心理的倾向了。”

用不到我来发问，这位朋友把肚子里闷了许久的话，一件件报告出来，神色随着语气一阵紧一阵松的。

“那么你住在城里没有危险吗？”

“偎在炕头上像死猪一样，自然不至有多大危险。然而三日一次五天一番的检查，也够讨厌的了。有时，天还不亮，一条街巷里排满了日军，挨家点验人口是否和户口簿上的相符。他问你话你答得有点差错或者多出了一个人来，那你便倒霉了。唉，你想，深更半夜兽兵入宅，谁能忍受了这样的侮辱？他妈的！”

“那么你为什么蹲在家里？”

“所以呀，在家里再也不愿蹲了，才绕了个大圈跑到武汉来。我的老母亲起先是不愿意我出来的，后来看情势这样恶劣，随便一个理由便可以把一个纸贴在你的门上，从此你的产业便被保管了。老母亲担心我的安全，同时看我精神太不痛快，怕郁闷出病来，才放我走。离家的前夕，我们对着灯光话别。‘你到中国地方上痛快痛快去吧，我留在家里没有什么。’白发在灯光下闪亮，老泪滚下了嶒嶝的骨峰。现在，我是在自己的国土上站立着了，一想到老母亲和窘息在地狱中的同胞们，便不免有些凄然了。”话完了，他把双手向左右展开，像挣断了一条精神上的铁链。

1938年5月于武昌

潢川的女兵

分组的消息像一块巨石投出来，五千青年军团的大海里，立刻涌起了一阵涛浪。每个人自度着，和朋友商谈着，在志趣、才能、环境不同的条件下，到底把自己决定在哪一个组别里去的好——政治组？戏剧组？还是军事组？

当局的意思，是想把四百女同学换出军事组之外的。有更合适的工作在等着她们：救护、宣传、演剧、唱歌，也给她们机会接受一点军事普通常识，为了说不定将来她们会到军队中去做政治工作的缘故。

作为抗议，一个请愿运动来了。

一百四十个女生，挤满了政训处的办公厅，每个人的心都在做强烈的跳动吧，你看兴奋的火把一张张脸都烧得通红了。

她们都在沉默中静候着，在焦灼中静候着，静候着一句话。

教育长出现在她们的面前，一百四十条身子齐爽地立起来，像一座座火山的峰头，一个个倔强的质问，沉默的，严肃的。

"坐下！"教育长没开口，先用眼波在人群中打量了一遍，像水面上扫过一注秋风。

二百八十只眼睛在瞪着教育长的脸。

"你们来的意思是什么？"

"我们要参加军事组！"多少张口吐出同样的一句话。

"你们还是入政治组或是戏剧组合适些，工作都是同样的重要呵！"教育长的话里从来找不出一丝含糊，任谁没有那么大的力量把他已出口的话头给扭过来，他向来是说到哪里做到哪里，态度严肃得叫人有点害怕。

"我们要和男同学一样，加入军事组！"声音热烈得像火，要把教育长钢铁的话给熔化了似的。

"生理的关系，体力的关系，你们不能和男同学相提并论，你们要考虑考虑！"

"我们已经考虑过了！"一百四十张口涌出的音流，汇成了一个震耳的巨响。

教育长犹疑了。

队伍到庭院中，在东西双行排列着，阵容很整齐，好似要做个样子给人看看。

“好，你们这么坚决，那就让你们加入。”教育长在她们面前的瓦地上走来走去，话只说了个上半截，她们的脸色立刻另变一个样，高兴的声音从关不住的口中漏了出来。

“那么，我叫你们全副武装——背包、枪、子弹、毯子、水壶，一共有九十斤重呵，用急行军的步子开到固始（相距百余里）去，立即返回来，谁落伍，谁就没有资格加入！”

“好！我们去！”像百鸟齐鸣，一阵尖锐的声音，使得教育长再没话说了。

一大队军事组的学生中（五千人、共分六大队，女生在外）加入了一百四十个女兵。

她们从北城的团本部移到了南城的第四大队队部去。操场面着两湖清水，人们叫这里是“南海”。她们从此摘下了灰布军帽，头上压上一顶灰绿的钢盔。辞开了教室，身子长在操场、野外，她们的生活随着环境辟了更辽阔的天地。在风里，在雨里，在炙人的太阳下，她们为了国家、民族，在受着铁的锻炼。

她们想不到家，集团的寝室便是她们的家，辛苦一天，它可以给人以舒贴、温柔；她们不做儿女的青春梦，钢枪是她们的爱人；她们想不起文饰，手榴弹像一串美丽的花朵簪在她们的胸前。她们的英武不亚于男同学，她们在任何时候都用救亡的歌声来表示自己的快乐和勇敢，她们是大时代的儿女，她们是伟大的新女性。

“多怯懦呵，不入军事组，堂堂男子会怕死！丢！丢！”有的女兵见到了她的熟朋友，把食指点着自己的脸蛋开玩笑似的这么说。

“你们是新花木兰，好吗？”

“我们要打回老家去呵，我们有枪！”

这一百四十个女兵的家乡大都落在敌人的手里了，残狠的手拆散了她们的骨肉，从温暖的怀抱里把她们推上了流亡的道路，她们要复仇。当白崇禧将军到潢川时，她们曾派代表要求到后方打游击去，当时虽未允许，这个志愿一直保留在她们的心间，有一天，她们一定会拿着枪，握着手榴弹打回老家去的。

一个女兵告诉过我第一次实弹射击的情况。

听说要到十几里外的野地里实弹射击去了，大家都高兴得乱跳，有病的也不肯留在家里。高歌着，肩上的枪在打挺，雄壮的行列在野外展开了。野外的景色是美的，青色的郊原，黄色的野花，在向人点头，向人微笑。

开始轮流射击了。

子弹填进枪筒里，心在突突地乱跳，一种无名的感觉使得手有点颤动，托平枪，眼在斜着瞄准，手简直有点不敢去扳机子了。感情在兴奋恐惧中荡动得厉害，有的高呼，有的乱跑，有的狂歌、大笑，不知为什么还有的人哭泣起来了。

“通！”一枪响过后，人都平静了。

“这是第一次的关系，好似小孩子燃爆竹，一手把香头向‘信子’上簇，另一只手却掩着耳朵。”

怕我笑话似的，她加了一段解释。

我离开潢川已经两个月了，政治组的同学(有一部分女的)都已分发到各地工作去了，有一部到了鲁南，徐州陷落后，他们被截在后方。

如果被女兵开过玩笑的那位男同学也在里面的话，他可以这样用事实做个抗议:“现在你看谁怕死谁先打回老家去呢?”

听说军事组的同学——女生当然在内——最近曾全副武装，还带着大炮、机关枪，急行军到商城去作了一礼拜的演习，把队伍分成两组，作敌对的战斗，在枪炮声中，在硝烟里厮杀，冲锋。我想他们一定很勇敢地作战，因为两个月的工夫，该把身子、把心都锻炼成钢铁的。

合肥失守了，六安在敌机不断的轰炸中。战争的烽烟渐渐地迫近了潢川。这一队勇敢的女兵们，不须去后方打游击，战争的烽烟已在逗她们上战场了。

1938 年 7 月

诗歌朗诵运动展开在前方

诗歌，这大时代的号筒，在抗战中已经悲壮地在大众心间响彻着了。它的声音里迸着红的血，热的泪，迸着海潮一般的救亡热情。它呼号着，它愤怒着，它战斗着。抗战的烽火，烧化了它华贵的衣裳，它已变做“关西大汉”和大众在握手了。

一切服从抗战，一切都在逐着大时代的脚步向前奔驰。诗歌朗诵运动随着民族解放的战争展开了。在陕北有过“破题儿”的尝试，此后，广州、武汉……也响应了起来。因为是尝试，当然不能太心急地去求完美的成果，缺陷可以留给以后的努力去克服。这个运动的本身已经惹起大众的注意，已成为铁的事实。

我们这十四个，掮着“文化工作团”的牌子到前方来，想用我们的笔，我们的口，把文化的种子撒散到乡村，到战地。我们的队伍里的分子，多半是文艺工作者，都曾经在写作上呕过多年的心血。现在，作为一个战士跑到前方来工作，自然忘不了自己的使命和有力的武器——手下的一枝铁笔。

来到商城以后的第三次文艺座谈会，是在城外河畔上一个小茶棚里开的。四面的青山像一列围屏，脸前的河水淙淙作响，在这样青山绿水间我们这十四个开始讨论起诗歌的诸问题，发言、辩论，空气像河水一样的活泼。我们决定了几条大纲，大家一齐忙着下手，把纲目和记得的诗篇油印成一个小册子，我们准备第二天晚上来一个诗歌朗诵运动大会。

傍晚，西天的太阳收了它的余辉，一个个青年，文艺爱好者，男的女的，带着一脸喜欢走进来，到 7 点钟的时候，小小庭院的地上已经被人排满了。

可爱的灯火照着我们这一群在战斗着的有着文艺兴趣的青年在前方，破天荒地开诗歌朗诵运动大会。因为是第一次，大家都怀着新鲜的趣味，把大纲和诗册分给每一个参加的朋友，他们对着它像对着一张神秘的东西。

在主席致过开会辞后，首由主席先朗诵了自己的一篇新诗。空气立刻活跃起来，大家嗑着瓜子，啜着茶在思索着，倾听着。

第一，先在“诗歌，这抗战中的号角”这个大纲上，做了一番讨论，大家一致承认抗战的烽火把诗歌锻炼成了钢铁，时代的大手把诗歌推近了大众。陈腐的，唯美的，颓废的，全死灭了，诗歌已走上了大众化的健强的道路。诗歌的朗诵运动便是接近大众的一道桥梁。

第二,我们谈到朗诵诗的内容与形式。都觉得形式要创造,要新鲜,而内容却必须和时代的节拍扣紧,和大众的生活联系,和抗战的现实齐一步调。

第三,在山歌、民谣、鼓词、小调,与朗诵诗的区别这一点上,我们展开了一场舌战。有的主张朗诵诗自有其特点,决不能和别的部门混淆,虽然在新的形式未建立以前,可以把山歌小调的形式引来暂用。

"诗经是不是歌谣呢?"

又有人拿这个例证作为有力的武器向前一个发言人进攻。

在民谣山歌是不是朗诵诗这个问题上,我们花费了一个多钟头的时间,结果,赞成有区别的得到了多数的拥护。

第四,谈到朗诵的方法。多数主张用方言,辅以普通话,这样可以收效大些。朗诵者应该带表情,应该先叫自己和所要朗诵的诗的情感融成一片,大家没有第二个意见。有人提出了化装朗诵的办法,一部分人赞同,另一部分却持着反对的意见。理由可以用一个比喻说明,有声电影破坏了电影的神秘性,化装会破坏了诗的气氛。但是后者终于在一番激烈的论争后屈服了。

最后一项是如何展开诗歌朗诵运动。"不放松每一个朗诵的机会。"一位朋友笑着高呼。大家都笑了。"还有呢?""还有,多组织诗歌朗诵会,造成大批干部。"

大家都默默地承认了这两个提议。

"请各位诗坛的先进们,多写些诗篇叫人朗诵啊。"是谁又在这么说了。

"不放松每一个朗诵的机会"这一点已经做到了。在欢迎白将军的剧台上,在"八一三"的纪念大会上,都曾朗诵过,而且,朗诵者的声音、情调、姿态抓住了每一个人的情绪,使得全场上都不敢大声呼吸。

结论宣读过了。几个写诗的朋友,用着不同的声调、姿态和言语朗诵了几个诗篇,每个人的心胸被打动得在狂跳,每一个灵魂沉醉在诗里了。

散会了,大家怀着依恋叫脚步声送走。这时,天上的月亮像灯笼送这群青年走在归途上。

1938 年

十六岁的游击队员[①]

叫做临时伤兵收容所的，是两间茅草屋，矮小的坐落在贯穿着全村的一条大街的左手，路上的行人可以清楚地看到屋子里的情形。当我一步跨进这屋子赤裸的小门时，对于受伤的弟兄们是一个惊扰。屋子里的人并不多，只有七八位。轻伤的，见了我硬挣扎着往上起。重伤的，创痛使他们不能管顾得这多了。

一个年轻的小孩子，牵去了我的注意力，我的眼睛。称他"小孩子"一点也没有别的意思，拿他同别的弟兄比一下，在年龄上至少有十五岁以上的差别。还有，他的服装，他的神情，同这病房的空气一点也不调谐。他身子向下躺着，两只拐肘支着地，头向上昂起，身子一鼓一动的像一只青蛙。脸上的颜色像春风里的桃花，叫身上天蓝色的布衫映得更是鲜明，一顶黑色的瓜皮帽，把额角吞去了一半，帽子上却没有结子。

我简直纳闷不开了，这样一个孩子正好到春风的郊野里去蹦蹦跳跳，把他关在这间屋子里是为了什么？

纳闷打开了我的口。

"你这位小朋友是干什么的？"

"当兵的！"说着把眼睛向我映了几映，说是活泼倒不如说是顽皮。

"在哪个军队里？"

"补充第×团。"话，像一条春溪，清脆又流畅。

"那么你的军装呢？"

"军装，唔，军装没有……"一种羞愧的神色在他脸上一晃，他的眼光跌在地上，身子动了一动。

"军队哪能没有军装呢？"我想同他开一个玩笑。

"不穿军装也一样打日本呵。"

"你这小鬼掉这多花头；就说是游击队员不就完事了吗？"坐在一条长凳子上的兄弟一句话把我的闷结子解开了。他的眼睛红肿着，不断地流泪，敌人的催泪弹把他害得这样子。

---

① 此文当时被选为中学教材。

听过了这一句介绍之后，对于这个孩子，除了喜欢，在心上又添了一点敬意。

他脸前放着一双粗布鞋，还很新。“这鞋是谁给你做的？”我问他。“我妈。”他很爽快地回答了我。

在他说话的时候，我的眼睛盯在他脸上，从神色上一点也看不到他思乡的情绪。

“你家里都有些什么人？”

“有爹，有妈，有两个哥哥。”

“家里有消息吗？”

“我才从家里出来没好久，大哥叫鬼子抽去当壮丁去了，爹妈买了‘良民证’还在屋里。他妈的，谁能吃下去鬼子的那口气，把‘良民证’一撕我加入了游击队。”

“游击队改编成补充第×团，团长看他年纪小，要他做勤务，他不干，非当兵不成，真是一个捣蛋孩子。”那位红眼兄弟逗他似的故意向我泄他的底细。

“我为什么当勤务？当勤务不能上火线。”他也来了一句反攻。

“你这么小，上火线不害怕吗？”

“不，十六岁了还小，你说怕，怕什么，打鬼子谁也不怕。我不是在‘郝家大店’夺一个山头腿上受了伤，死也不能下来呀！”说这些话的时候，他非常勇敢，仿佛要显出问话人的卑怯。

他又告诉我前线上我们打得很顺利，游击队已迫近应山了，他相信不久就可以打回老家去。

“先生，你是往哪里去的？”他反过来问我。

“随县。”

“我跟你去好不好？”他眼睛里放射出了一线希望。

“等你伤好了再去吧。”我的心被一缕悲壮的情绪纠缠着，几乎想掉眼泪，当我看到他听罢我的话后那副失望的神色时。

“小弟弟好好休养，祝你快快健康起来。”我向他告辞。他用眼睛送我，身子又在一鼓一动，可是脸上的神色已经有些不同了。

1939 年 4 月 15 日写于随县净明铺

在随县前方

当我们未来前方之前，以为接近前线的地方一定是一团恐怖，一团混乱，甚至饮食也会成为问题。真正到了前方来以后，觉得以前的想法有点可笑。在距火线不过三四十里的这个地方，在敌机威胁和轰炸之下，在隆隆的大炮声里，人民生活的秩序一点也没有破坏。农民牵着老牛在坡下春耕，商人照旧做他的生意，野外花红柳绿，春光融融。就是在距离敌人一百米远的火线上，老百姓也是该干什么还干什么。他们也帮助军队工作，吃着士兵剩余的饭食。他们不是没有逃过，在以前也曾经逃过了的。但是，土匪的劫掠，生活的困苦，家庭的牵挂，使他们觉悟到逃跑等于自杀。同时，鬼子的厉害并不和他们想象的那样，我们军队的纪律和作战的英勇，使他们心间生出了自信的力量。

不过，万一他们的家乡不幸沦陷了，他们是要出走的，至少是壮丁们。因为敌人在马坪一带已经开始向一"保"里要二十名壮丁，要了去调到别处训练，然后用到另一个战场上去打我们中国人。这消息他们全知道。如果到前方来，你抓住每个壮丁问他："日本鬼子来了，你怎么办？"

"怎么办！能打就打，不能打就逃呀。"他准会给你这样一个回答。

这方面的主力是广西军，川军也有一部分。他们转战各地已经很久了，从广济下来便调到这边来。他们固守在战壕里已经不耐烦，人人急得头上冒火，希望向敌人进攻。他们希望的一天到了，现在各线一律出击，随县正面还在隔河对峙着，左翼方面我们已渡过浙河追出百余里，应山已在四面包围之中了。我们的老兵死亡的有一部分，剩下来的，一个可以当好几个用。他们有勇气，有战斗给他们的经验。立在战壕里，可以听到敌人的谈话。"广西弟兄们不要打呀。"这是敌人向我们军队宣传的一个熟语。我们朝鲜义勇队的同志，也曾立在百米以内装做觉悟了的俘虏向敌兵高呼反日反军阀的口号。

广西弟兄不好讲话，只会实干。卧在地上，眼瞅着敌人跑过来，动也不动一动，早晚快要近身的时候，突然投给他一颗手榴弹。

我们指挥作战的长官们都存着和土地共存亡的决心。旅长夜不解带地同士兵一道躺在战壕里，他对弟兄这样起誓："要是我们的防地有一寸失守，我先枪毙兵，再枪毙官长，然后我再打死自己。"当我们在访见负着左翼指挥责任的

××军长时,他也这样表示:“敌人的这第三师团,不是他打完我,就是他被我打完。”我们问他近来敌我死亡的比率数,我们三个是不是能抵他一个。“笑话,笑话,那是以前,现在我们死一个,他就得两个死。”他笑着回答我们。理由是这样:前些日子是他向我们不时攻击,所以死亡大,而且大部分都是老幼不堪的新兵。

我们的兄弟不怕飞机,实际上敌我相距太近,飞机也失了效用;不怕大炮,因为一千炮也不准打死一个人,况且由每日一千多炮,减到五六百炮,现在他大炮的火力同他的威力一样更减弱了。可怕的是他的战车,可是我们已经有了防护炮,同时把战场附近的公路全破坏个干净,使得它无能为力。最近,敌人无赖地用起毒气来了。关帝观一役,下来了许多中毒的弟兄,我曾亲眼见过被催泪弹伤害了的一个士兵的流泪不止的红眼睛。我们近来的伤兵有许多是刀伤的,在烟幕弹、窒息弹的迷乱和毒害之下,敌人用起大刀来。做一个对照,我们看一看敌军的卑怯和迷信。敌人不是拿真理、正义,或者是军纪来维持他的军队,代替了这些的是迷信,然而“迷信”这法宝,已经得到相反的结果,使他们的军心动摇,士气颓丧。他们的士兵怀着符咒,怀着一寸长的小木棺作战,祈祷上天保佑,祈祷木棺里的一条小木棒代替他死。他们害怕中国会胜利,因为中国新的国都是“重庆”,日本将会灭亡,因为昭和的“昭”字是“日”在“刀口”之下。

谈到民众组织,应当首先提起来的是“农民抗日会”,这是××军政治部组织成功的,截止到现在已经有一千多个会员了。有一部分组成了担架队,上午受着各种训练,下午实际去工作,一列一列的伤兵都是在他们的肩头上从火线上运到后方去。他们大部分是佃农,种着地主的田,除了把半数的收成作为租粒外,还得拿出一笔“押柜金”来。他们终年流汗,都得不到一个温饱。此外,还得替地主做劳役,简直是一个奴隶。在下手组织之先先问他们的疾苦,答应给他们生活上一点改善。他们提出了四点要求:第一,不再增加“押柜金”;第二,免除劳役;第三,迟还尾欠粿;第四,取消“菜单”和年礼(谷熟时,佃主到坡下看收成,便开一张价在十元左右的“菜单”叫他的佃户预备)。政治部召集了佃主大会,把这四点提出来,用许多理由,许多唇舌把他们说服了,“农民抗日会”便很快地成立了,现在正在顺利地发展中。

在随县组织最大、人数最多的是“黄学会”。会员农民占最多数,各阶层的分子都有,总领导人叫王川。吃斋,念咒,供奉“菩萨”。有“乾堂”,有“坤堂”,一个人一把木柄大刀,一条大黄带子。初入会时,先到“老师”那里去受七七四十九天的训练,学成了才“出师”。

会员每个人每月纳几毛作香钱。他们时常操练，集合起成千成百的会员在一场子里，老师口中忽忽做出一种奇特的声音，群众们便应声闭起眼睛，打拳玩刀。据说，虽然看不见，但是不会彼此冲撞。

我曾访问过一个男会员、一个女会员，除了崇拜老师和一些迷信的神话以外，得不到什么东西。他们组织这样一个集团的原因，还是为了自身的生活。保甲长鱼肉他们，土匪使他们不得安生，此外一部分游击队也给了他们某种程度的不利。所以在反保甲长、反土匪、反游击队的共同要求之下，他们成立了这样一个组织。反保甲长，变成了反法令，征工征夫的命令有时也可以置之不理。他们不打日本吗？打，但是得在某种条件之下。“分子太复杂，利用不好危险性很大。”×军长曾经这样向我们说过。“农民抗日会”里也有“黄学会”的会员，那是这样一个条件之下允许他加入的：当“抗日会”同“黄学会”在主张和行动上有了分歧时，他得服从“抗日会”的一切。

这方面的政治工作，在×××军政治部的努力之下，渐渐地开展起来。当我们来看他们的时候，一位女同志正在教歌，一大群小孩子包围着她。另一位同志提一篮子油条在向孩子们分发，他一手捏着油条，一面向他们讲油条的故事。“油条也叫油炸鬼，你们看它是两股，这一股是汉奸，那一股是汉奸的老婆。你们吃了油条，不要忘了杀鬼子，捉汉奸。”孩子拍手大笑。

他们出版了一份油印的《阵中日报》，有国内外新闻，抗战消息，编印得很不坏，由军部发到师部、团部、营部。训练民众的工作，已从“农民抗日会”下手，不过因为只有七个工作人员，感到人力的不够。

军队里的高级长官们，都把政治看得比军事还重。有些队伍里已经建立了小组讨论会，士兵们在战壕里谈论着国际问题：和平阵线和侵略战线。他们认识得很清楚，因而战斗力量一天一天在加强。

这里的救亡团体只有一个“青年工作团”和一个“妇女救国会”，目下因轰炸关系工作均无形停止。前方的士兵需要教育，前方的民众急得唤起，希望救亡团体能跑到战地上来开拓这一片文化荒地。

1939年4月于历山

随 枣 行

清明节的第二天，在警报声里，逃脱似的我们踏上了一只小木船。风很小，晴空里挂着一轮朝阳。船开了，心从郁结里解脱出来，胸怀像天空一样的爽朗。因为是顺流，大家的情绪又好，很快地驶到了张家湾。江面上的小船像一片片树叶，在等候着军事上的应用。我们坐在一家小茶棚里歇脚，飞机嗡嗡地到了头顶上，茶馆的主人带讥讽地说："鬼子好比是一条疯狗，在前方挨了铁棒，才东咬一口西咬一口。"说话的时间并不带一点畏惧的神色。

我们走在直通随县的公路上，脚步放得很快，谁也愿意争着走在前面，不一会儿，汗珠在背上爬得人发痒。郊原里老百姓在忙着春耕，景色是这样美，这样静，就像没有战争一样。再向前走不远便可以看到南横北斜的一道道新做的工事，翻起来的土还是湿润的。成群结队的老百姓，拿着锄，拿着铲在掘在挖。当中还夹杂着几个女孩子，四五十岁的老太婆，她们担着竹筐运土，额角上流着汗珠。

第二天我们停宿在双沟，距襄樊六十里路的一个镇市。在深夜里，四千多游击队也开到了。他们是才从信阳前线上下来的。队长是一位朋友，可惜我没有会到他。他们都是息县的老百姓，家乡沦陷了，他们不甘心做顺民，便做了游击队，不是亲友便是邻居，父子在一道的也有不少。他们各人带着自己的枪支，有的亲友不能一道出来，都把枪交给他们做了送别的礼物。所以，他们的枪比人还多些。壮丁、青年、孩子，一个人一身灰色军装，小小白布的臂章上写一个"武"字。是的，他们是为祖国为家乡而战的英武战士！

第二天，旭日照着我们走在前进的途中。远处一片黄，黄得耀眼，是菜花。桃花像春风里的处女，一见人便把脸红了。去年，同样的时日我曾在台儿庄看过用炮火夺回来的战地桃花，这回，随县前线我们正在向敌人出击，我想渡过浙河还可以看到桃花血一样红。溪水在没人处淙淙地流着，浮起一片幽香，梨花落在水面上。眼前的春光这样可爱，更叫人增强了对敌人的仇恨。

带跑带跳地我们向前进，勇气鼓荡在心里，使人记不起疲倦。在离枣阳不远的大路旁，困坐着一家难民，家乡给鬼子占了，为了寻求一个没有战争的地方，他们从中原跑到这里。已经几天没有吃到一点东西了，筐子里睡着的一个婴儿,他们逢人便哀求把他抱去。

“逃到哪里去呢?才来到这里,这里城里城外的村子炸得不得了,自己还顾不得自己,谁还有饭给讨饭的人呢!”一位老年人凄然地苦诉自己的命运。不打倒敌人,中国人的命运是一样的,眼前就是一个好的证人。

到达齐集时,太阳还老高。齐集是距枣阳二十里地的一个小镇市,一共不过六十户人家。不过,从六十户人家当中至少可以找出五十几盏鸦片烟灯来。人,又脏又懒,宁愿把时间消磨在看牌纸上,不肯在生活上多出点力气。麦苗短黄得可怜,周围的树木也很少。队伍到得太多,米价涨到两块一角,湿柴一毛钱只能买到十斤。他们生活的苦况可以不必问了。

因为现在各线一齐向敌人出击,所以许多负伤的弟兄从火线上辗转运送到这里来。换换药,停休不久,便送到后方医院里去。收容所是借用的民房,一共有三个。屋子里很洁净,底下有稻草,一个人一条被子。饭吃得也还舒服,米饭,另外有点菜,在特别情形之下还可以吃点面条。这些负伤战士,有的是从随县正面下来的,也有的是攻应山信阳挂了彩的。我们几次去慰问他们,情绪都很好,谈到火线上作战的情况时,个个都是眉飞色舞,像在讲一个动人的故事。从他们口中得到了许多珍贵的材料,例如敌人的迷信、胆怯、厌战,并且赠给了我们一些神符、伪钞,作为纪念。

收容所里的主任是一位忠实和蔼的青年人,他一点也无愧于自己的责任。每天东跑西跑看看,把心放在伤兵身上。挂彩的弟兄们,都对他很亲热,他简直是一位慈母。

王主任向我们诉说了许多难处,这些难处不是他个人的,可以说是一般的。担架兵只有几十个,每天不住脚地跑,一月薪金只有八元。饭钱一月就得去七块,剩下的连鞋钱都不够了。我们问他老百姓为什么不帮忙,公路上不是插着“义务担架队”的木牌子吗?

他笑了,接着解释道:“这是几个月以前××派来的×特派员竖的,他对这事情倒很热心,后来他走了,把责任交给了保长。用到时请保长去派,不是不来,来,要三十架,也许能来三架,来了,不是要求要饭钱,便是说肚子饿得实在担不动。这都是实情,你说怎么办呢?”王主任叹了一口气。我们也觉得这实在是问题。一方面由于民众生活的困苦,同时也得说是政治工作的不够。恐怕我们不相信似的,王主任向我们说:“不信我立刻给保长去个公函试试看?”

谈到伤兵问题,王主任把一些实际上困难的情形告诉了我们。伤兵每天支两毛口粮,米价这样高,他们吃得又多,而且还得多多少少弄点菜,如何能够?

不是从重伤的弟兄们的嘴上补过来一点，那就简直没法维持。他说这情形已向上峰请示过几次，可是都没有得到解决。

要民众起来参加抗战，必须注意到他们的生活。对于为民族争解放而负伤的弟兄更当给他生活上以安适，我们置身后方的同胞应当帮助政府完成这任务。

没有太阳，时针告诉我们已经是午后3点。我们出发了，向着枣阳出发。雨，起先还是星星点点的，渐渐地成了丝，成了线，身上的衣服沉得几乎驮不动，脚步在薄泥汤里东滑西倒，身子一晃一晃地失却了重心。三三五五的老百姓冒着雨从郊外向城里走，有的背上驮着孩子，有的手里提一包衣物，好天他们躲得远远的，在黄昏的雨里他们才回到被敌人的炸弹打得稀烂的城圈子里来。

枣阳城里的市容是很繁荣的，半年以前我曾在这里住过一夜，那正是我们转进大别山的时候。今天，街上冷冷清清的，整齐的瓦房，倒的倒，幸而留存下来的大门也在紧紧地关闭着，只有一些小商店、小贩子，还在点缀着这街市不叫它变成一座死城。敌人虽然到处狂轰乱炸，但是已经半年过去了，我还能再经过这里到淅河前线去，乘着胜利地出击的时候。

天黑下了，护城河上起一片白雾，河水淙淙地向东流去。没有灯火，没有星月，我们在雨夜里摸索着走。当我们到目的地时已经淋得像一只水鸡了。

几番的踌躇，终于带着一身泥水闯进了××集团军的总司令部。×总司令不在这里，×参谋长代理他的职务。穿一件黄色的鹿皮上衣，绿布裤，神态显得非常英秀。大家围住一张方桌，当中亮着一只洋烛。

三间小茅房，一架电话机，几张地图，他日夜在流心血，计划怎样去打击敌人。这三间小房像一个世外桃源，对于外来的我们显然地他感到了新鲜。“活活把人闷死，报纸也看不到，波兰的情形怎么样？广播上说的汪平×协定，到底是捣的什么鬼？”虽然关在屋子里，他的心在关怀着国家的一切，关怀着国际上的变动。

话题马上转到前方的战况上去。他说敌人企图在这里蠢动，但我们在这方面正在出击，已经收复了好些地方，而且旁出的队伍已迫近信阳和应山了。据他估计敌人在这方面的兵力不过两个师团，我们却有大过他几倍的兵力。

打过南口，打过台儿庄，一直到现在他们没得到一个休息的时间。现在他们补充的新兵力有×个师，正在加紧训练，下着雨也要出操，打靶。

“在抗战的初期，敌人的气焰万丈，我们的士兵也以为敌人的飞机、大炮、坦克车不得了。现在是无所谓了，士兵全都打惯了，飞机大炮也不过是那么一回事。打就打，三年就三年，五年就五年。"

×参谋长拐肘靠椅背，神色盎然地说。前几天敌机轰炸枣阳近郊的乡村，他住的房子叫炸弹打碎了。"打碎了，再换一个地方，这算了什么。"他的话使我想到敌人的炮火和炸弹把每个中国人都炼成钢铁的了。

第二日，雨止天晴，活生生的青麦带着小水点，在阳光下像一串串的珍珠。大野里传遍了悲壮的歌声，机枪清脆地阵阵响起，这是我们的新的战士在做野战练习。我们踏着雨后的小径到另一个小村子里去拜望×军长。村子周围蜿蜒着一条深沟，沟底下流水，岸上纷披着新翠的柳条。

×军长用笑容把我们引进了他的住室里去。胖圆脸上架一副淡黄眼镜，忠厚里透着干练。台儿庄战役以运动战立下了功勋，同时他又是一位练兵的能手。以前他曾练过无数的军队，一师一师地送给了别人。现在他正在补充训练新兵，为了加强士兵的认识，在队伍里建立起小组讨论会。"士兵同官长的薪金太悬殊也多多少少影响了作战的力量。"这个意见我觉得很是宝贵。每到一个地方，先救济贫困，赈恤出征军人家属，办民众训练班，叫士兵替老百姓耕种收割，先取得了民众的信任，然后进一步组织担架队、救护队，老百姓自然会乐为了。

"敌兵怎能不厌战呢，离乡背井替军阀打仗，大而说师出无名，小而说既不能发财又不能升官（敌少尉以上军官必须军校毕业充任），打得还有个什么劲呢？"

最后我们又谈到征兵问题上来了。他说，现在用绳子捆来还是要瞅空跳墙逃走的缘故，当然是由于政治还没有在民众身上起作用，同时也是"不平均"、"不平等"的关系才有这样一个结果。"话又说回来了，假若一切早就合理的话，国难不至于发生；假设现在一切都合理的话，国难不至这样严重。"说着他笑了，我们也都笑了。

"台儿庄的光荣，×军长应该分很大的一份。"

"台儿庄一战外边讲得那么响，身当其事的我们，倒觉得没有什么。希望将来大家努力，造成比台儿庄更光荣的战绩。"

"够得上是一位有政治头脑的革命军人！"我们走出了这位中原名将的门口时，人人心下这么想。

走出枣阳才望见一个个山从东方耸起，地势也一步高一步，翻过一个红色的土岭又是一个黄色的土岭。脚渐渐地感到了吃力。水田里生着青苗，蛙声一路子听不断，三两家人家围在绿树红花中间，门前汪汪的一塘春水。眼前的景色像南方也像北方。

在随阳店过了一夜。在这里已充分地表现出战地的景象了。伤兵从火线上一抬抬穿过街心向后方运行，乞丐、病兵把破庙、街头填得满满的。

过了随阳店第一个大镇市就是唐县镇。镇前横着一条潺潺的流水，又清又浅，两岸的柳树把柔条垂在水面上。河边浣女的捣衣声，响出一片清韵。刚刚走到河边，飞机来了，有的乱跑，有的干什么还在干什么。喊破嗓子，他们也不会听你的话，没有遭受过轰炸的老百姓总是这样无知和大胆，等到亲眼经见过以后他们又会过分惊惶了。

夜里宿在净明铺，这破烂小镇市距火线不过六十里路，差不多每天可以听到炮声，但老百姓都生活得很安静。照例两天一个“集”，照常做着买卖。问他们为什么沉着，他们回答得很好：“广西军××师住在这里，公买公卖，爱护我们，帮助我们，逃什么，前几个月我们也曾逃过，可是回来一看，家里的东西全净光了。现在，鬼子到不了我们这里来，我们前方打得很好呢。”

越往前方来，老百姓越是安定，因为他们已估透了敌人的力量，而对于我们抗战的军队坚决地相信。

1939 年 4 月于历山

一寸长的棺木

——战地拾零之一

披一身朝阳离开双沟，到达齐集时西天上已经烧起残霞。七十里路的步行造成的疲惫，觉得这小小的乡镇对我们是个安慰。走近村边时，看见行李堆在半截围墙上，伕子们向我们摆手。奇怪，为什么没找好房子？心下正在作疑问时解答的话来了。

“营子里全叫伤兵占用了。”

旁边的一位收容所里的职员告诉了我们许多关于伤兵的故事，他的话有许多碰得我们的心痛，好似带着气愤把话送出口来时他心上的那悲痛一样。他说这几天下来的伤兵特别多，因为在平靖关、随县我们已开始向敌人袭击。伤兵都是夜里从前方运来，换药休息一宵，第二天便抬到某地的××医院去。但是，把他们送走，却是送给一个悲惨的命运，由于对负伤战士的同情，使他对于医院负责人的嘲骂是那么泼辣。最后他头顶冒火地喊道：“我宁愿牺牲上这个饭碗，也一定向上峰把实情告发，今天一连打了三次电话，都没有打通！”

第一号病房恰和我们的寓所斜对过，为了想从伤兵口里探听点实际情况，我走了进去。屋子很干净，地上铺了寸厚的草，放出一股细腻的香气。几位负伤的弟兄躺在上面，身上盖一条带着光荣红十字的厚被。

“弟兄们辛苦了，我们特意来看看大家。”

“打日本就是我们的事，不敢当，不敢当。”有点惊惶似的一齐挣着身子想要立起来。用手势，用暖语使他们安静下去，最后，只有一位轻伤的连副——洪良同志和我们交谈。

“火线上的故事多得很呵！”当他明白了我们的来意以后这样说了一句。这位广西弟兄以前在军队里曾担任过通讯的工作，政治水准很不错，普通话讲得也还好。

“同志，抗战以来我已经上过二十七次火线了，受伤这却是第一次。”说起话来两只深湛的眼睛放着亮光，耳梢上贴着的绷带也白得耀眼。头顶把军帽冲得突起一点，在这顶点上开着一个枪洞。

“虽然这次在应山受了点伤，但我却够本。我亲手打死了一个敌人。在一个山头上，敌人在我们的追击中败退，一个一个的死尸倒在地上。在一丛乱草里我看见了一个死过的敌人，想从他身上搜一点什么，我先踢了他一脚。他身子突然一蜷缩，像一只小羊口里呜呜地出声，脸是朝着地的。拔出枪来，一下子把他放在这里。从他身上搜出来的东西我给你看……”

“几张钞票，几个小银钱，这没有什么希罕。另外有一具小木棺，一寸多长，里面埋葬着一个尸体——一条没头的火柴。包着这棺木的是一张纸，上边印着天神的名字。没头火柴便是他的替身，这样他可以免得一死。”

谈到敌人这迷信的情形，我们都笑了。洪良同志另外又告诉了我们一个故事。在阳历年的夜晚，也是在应山，敌人捏了两个面人，一个是蒋委员长，一个是他们的大将——滕田，一道关在一间屋子里，放进去一只小狗。他们祈祷着怀着沉重的心过了一夜，天亮打开屋门一看，白面的滕田已经不在了，他们难过得放声大哭。

这个故事惹得我们笑得闭不上口。

“敌人越来越不行了，士兵们简直不想再打，一个人身上带着一张妻子的照片，他们想回家乡，想得哭。把长官的话当做说诳，他们口里不说心里这样埋怨：‘不是说三个月就可以打败中国吗？’他们经济没办法，人没办法、打、打，再打它一年二年，看日本鬼子不死在我们的手下！”

他态度很和蔼，话说得却又硬又漂亮。广西人那股坚毅苦干的精神，从他身上可以找到。说到紧张的场面把拳头一拳，仿佛胜利就在他的把握里。

担架在催他们起身，洪良同志把话放下，取一支烟插在嘴里。

“祝你早日恢复健康。”我们向他伸出手来。

“伤很轻，几天又可以上前线！”说着，他把那口小木棺送到我手边来，我很高兴地接受了它——一份宝贵的礼物。

1939 年 6 月

在第一线上

几匹大马昂然地立在阡头上，顿足，吟啸，有的乱摆它的尾巴，这是很明白的一个表示，它们已经不耐烦于等待了。我们向×师长和送行的新结识的朋友们举手告别，匆匆地跨上了马背。蜿蜒的石径像一条白色的长蛇向着东南的山丛展开了身子，使人见尾不见首。这里去火线不过二十里，迎面而起的青峰和冈峦，把人的眼光扯上去又扯下来，得得的马蹄在石径上扣出一串清脆的声响。4月的朝阳在眼前展开一幅富丽静美的画卷，微风吹动着稻田的水，水皮上笑起波纹，庄稼人流着汗撒下了春天的种子，泥水吞没了他的半截大腿。

嗡，嗡，嗡，敌机的翅膀把人间的平静与和谐搅碎了。隆隆的大炮也响到了耳边。

马子，昂起头来作声声长啸，我们把鞭子扬起，听兴奋的铁蹄节奏着战斗的心跳。身子贴下去，春风在耳际飕飕作声，背上鼓起来一面帆篷。掠过了青青的麦田，掠过了蓊郁的林木，掠过了喧响的溪流，掠过了千万个山谷。十里长途，消尽在一扬鞭之间。我想，如果是在平原的古道上，马蹄扬起的黄尘会使得天地变色的吧。

挽马在界河岸上时，人身上、马背上都生满了汗珠。界河的水，清且浅，几个赤裸的小孩在追逐着游泳的小鱼，水珠溅起来，在阳光下一闪，又落在逝波上了。沙滩的边沿上躺着绿荫，像一个个永做不完的清凉梦。界河这一条天然银线，把随县和应山分开。在中流里立马片刻，为了享受河上的清凉。

过了河，在马上可以望见一座石寨压在路中心，古破得像一个饱经风霜的老人。这是界河新店。寨门口，我们武装的战士，以不可侵犯的威严站立在两旁，门楼子像一座瞭望台在监视着十里以外的敌人。这地方，一个月以前，遭过兽兵的蹂躏，七日前遭过敌机的轰炸，这残暴与耻辱，这血的故事，刻在它的记忆上，挂在老百姓的嘴角上。山里的民众是不会受人欺侮而不想还手的，他们有艰苦生活练就的钢铁的体躯，他们有强悍的山石一般的性情，他们是顽强而且勇于战斗的呵。他们世世被圈在这群山丛中，住山吃山，辛辛苦苦过着永不变样的生活。山峰缩短了他们的眼光，寂寞，冥顽，苦辛，填塞着他们的日子。青山那边的花花世界，他们看不见，也不想看见，他们熟悉的是山峰、水泉、野草、杂花，还有自己的邻里和家人。你问他的国籍和省属时，他会毫不红脸地向你摇头，或者说出一些令人啼笑皆非的话。抗战像一只伟大的魔手，经它一指点，一切都另变个样子。敌人的大炮做了奇效的启蒙工作，把包在山国人子心上的顽石的壳子打破了。他们开始知道把身家和祖国连结在一起，向识字夜班热心地去学习新的东西，知道在山坡上挖一个洞，听见嗡嗡的飞机声时赶快地躲进去，而且知道为了什么我们在和敌人打仗。觉悟过来也就立刻行动起来了。做向导，走在自己最熟悉的山径上；抬伤兵，用担柴磨硬了的肩头；受壮丁训练，参加游击队，为了保卫家乡，为了保卫祖国，他们立在战斗前列的岗位上。

一条大街穿过这座石寨，两旁堆积着货物，街心的人群拥来挤去，难民，胸前缀一个小白布条在贩卖点杂货，好赖得来的蝇头小利维持最低限度的生活。茶棚里，士兵和老百姓共一张桌，借着茶做谈话的引子，彼此交换着由过分希望虚传的一些耸听的好消息，每个人脸上都带着微笑。壁墙上××政治部主编的一张壁报，吸引来一大群人，一个人读，大家屏息倾听，每个人的悲欢，每一颗心都系在抗战上。

过了界河新店，一步一步地更接近了前线，心像一条弓弦也一扣一扣地拉紧了。当我们到达目的地时，太阳已经走近中天。×副师长驻扎着的这一座营寨是一所农家的庭院，茅屋土墙，清幽而又素朴。娘娘庙高挑在背后青拔的高峰上，石寨画成一个圆圈，营寨的门前一列岗岭，像女墙，上面有无数的青松，在风前作着涛声。左手，右手，前面，后面，山峰云头一样用不同的姿态媚人的眼睛。在这万山丛中我们以大军向敌人进击，山谷里涂着鲜血，山谷里响着大炮，我们预备把敌人葬埋在这山谷里。

副师长是一位勇于作战、善于赋诗的儒将，沉毅的态度，温文的话语，使人很容易接近他。坐镇在这山国里，指挥作战，听电话，运心机，白天黑夜生活在紧张的斗争里，和外边的世界远远地隔离开。我们的到来，给了他兴奋、新鲜和欢娱，好似见过面后他所给我们的一样。李参谋主任也是一位文艺爱好者，一位诗人。案头上堆着军书，座右却悬着自己的诗句。他们对于我不用一些浮面的客套，叫我从亲切的面孔上，亲切的谈话里，向更深处了解他们，同时，他们的诗句也很清楚地为我写出了不平凡的过去和希望中的远大的未来。

午餐桌上，我们以杯酒彼此祝福。“在这火线下，我们以几杯清酒，几样野菜来自奉，也算不了什么过分的享受；敌人把妓女、酒肉、戏匣子带到军营里去，极度地享受着声色口腹之娱，好似已经没有了明天；而我们却把一个伟大的希望放在明天，甘心尝受着眼前的苦辛。”每个人用一杯酒答谢了副师长这一席意义深长的话。真的，围住这桌面的每一条身子都是从奇险的道上走过来的，而且，在奇险中过惯了的人，都把险道看做坦途，个人的利害生死已不拿它当回事，存在心头的只有战斗。

“隆隆”。炮声接连着响起来，因为距离太近，又是在山谷里的原因，听起来格外激耳。

大约是怕我不习惯于这炮声，发过第一响，副师长抬头望望我的脸，接着若无其事地慢吞吞地笑着说：“敌人又打照例的午炮了。”

“我们再干一杯。”大家一齐举起了酒杯子。

山峰上挂着夕阳，松杉的影子向东倒下，山风渐渐地冷劲起来了。副师长携着望远镜，我们一同登上了门前的石岗，借一株松树把身子隐藏好，他看过之后把望远镜交给了我。

“那是王家大铺，敌人有几门炮在上面。”他指着右前方山头上的一座石寨这么告诉我。不用望远镜也可以看出它的轮廓，在镜头底下，连活动的人影也移到眼前来了。他又指给我左前方同王家大铺对峙着的一个山寨，是我们据守着的森林寺，这地方成了敌人攻击的目标，白天黑夜照例要打几十炮。

“讨厌得很，在望远镜所及的范围以内，不能叫敌人发现几个人的影子，不然，他会乱打炮——反正他们的炮弹是不值钱的。”副师长把深刻的讽刺用平淡的语音送出口来。

山峦减却了青辉，夕阳徘徊在西山的峰头，我同着另外几个同伴，趁着晚风，盘着直线的小径，升到娘娘庙上。远近的峰峦沉浮在眼底的云海里。大别山，我仰脸望望它庄严的青颜，三天走不出它的包围，在回忆中我惊叹着它的伟大。和它遥相峙列着的是桐柏山，在它们的胸怀里曾有过血的斗争，而且，这斗争现在还在猛烈地进行着。

娘娘庙上有我们的几个武装的弟兄依着女墙，把枪口向着前方。此外，什么也没有了，有，那便是卧在暮色中的破瓦颓垣了。狼狈的敌人临去时的一把火烧尽了这石寨的生机，现在只有叫人对着瓦砾去想象敌人的残暴了。

晚上，我们在光亮的场园上“消夜”(吃夜饭)，月光很淡，对面的人影也有点朦胧不清，微风把桐花的暗香吹过来，不知哪儿山泉在淙淙地弄着清响。

“战地月夜我们要多留恋一会儿。”

“每夜，都是过半夜才睡，时时刻刻得留心敌人的动静呢。”

副师长的话说到这里，电话来了。回去不久又转来，静静地坐在原位上，停一停才开口：

“师长的电话，说是敌人日来在马坪、浙河增兵很多，说不定最近在这方面要有什么企图呢。我把这话转告给×团长。他回答得很有意思……”

“怎么说?”

“他说，管他增加多少，来多少，打他多少!”

“×团长很谨慎，很勇敢，以前守过蒙城，把他放在前边，我放心多呢。”

夜间，躺在床板上，身子很乏了，可是心在警戒着不让睡得太死。朦胧中听到了稀疏的炮声。

天刚亮，便被敌人的“早炮”叫醒。山光，树色，一切都新鲜照眼。小径上走来几个难民，他们打算回到已经沦陷了的家乡去，我告诉他们鬼子的残暴，他们的脸立刻变了颜色，回去不好，不回去，当日带出来的一点粮食已经吃光了，而且正是春耕的时候，让地白荒着，将来怎么好呢？忧虑彷徨，他们立在歧途上。

下午，阳光渐淡的时候，我们要到火线上去看看。副师长本来要陪我们去，师长怕有什么事，不叫他离开，李主任做了我们的向导。依着山坡，傍着树木我们向前走着，先到了团部，也是一个小村落，同火线有五六里路的距离。×团长高个子，双腮瘦削，坐在小屋里，听他讲蒙城大战的故事。虽是没有把战局挽过来，然而全团的弟兄已经与城共亡。那忠勇，那牺牲，给了敌人以大的震撼。至今，谈到悲壮的战役人人还说起蒙城。最后，×团长用一滴清泪凭吊他的部下，我们大家都悲愤歔欷。

团部门前野地里落过很多的炮弹，我们刚踏进这村子时，面前不远的麦田里就落了两个，打起来一团尘雾。可是×团长住在这间小茅屋里，很坦然。他说，敌人每天打炮，可是从几百发减到一百多发，现在一天一夜只响几十下子，他们的火力渐渐地弱了。

“他打，我们不打，这叫做消耗战。早晚冲近了，我们才下手，用机关枪、手榴弹、刺刀。前两天弟兄们叫他打炮打得不耐烦了，请求给他一个回敬。发下三颗炮弹，听说很奏效。”

离开团部，经过营部，到了连部。这时天色已经完全黑下来，暗空里有星光闪耀，月亮在浮云的纠缠中挣扎。这正是刚吃罢晚饭的时候，从村子穿过时，犬吠几声，因为是在火线下，又是在山村里，听起来心有些悸动。庄户人家大开着柴门，虽是看不见人影，但从院中透出来的聊天的语声，笑声，却给听的人以温暖安闲之感。

浮云释放了月亮，地下撒满了白光。一大队武装的影子晃动在前进的小径上。月色之下的青松，像埋伏在山谷里的万马千军。马嘶声、泉咽声、问口令的喊呼声，使人兴奋、紧张，同时脸前的景物在眼中也变了另一种情调。

走过森林寺的脚下，弹窝像散乱的白棋子布在青青的麦田里，山形像一只雄伟的怪兽压迫着人的呼吸。大家默默地走着，间或有一二人谈话，也是用着细碎的声音。

是谁在丁丁伐木，斧头一落下，山谷里立刻响满了清音。经过连长的指点，我才可以借着月色看出几十步外树下的那一个仿佛的武装的身影。

“白天，敌人监视得太严，一动他就打枪打炮，趁着夜间赶筑工事，这是高头的命令，大约不久我们又要出击了。”营长小声向我这么解说。

月亮挂在天上，人走在谷底。忽而高起，忽而低落，忽而蜿蜒，忽而直线，变化多态的山谷，带着蛊惑的魔性展开在你的前后左右。

我们终于登上了一座山头。山头上有红的火光，憧憧的人影在闪动。我们走近了火光，这便是我们的战壕。说是战壕，其实不过是一个山坡下勉强掘成几个深不掩身的小沟小洞。士兵同志们在搬弄木头，燃着的火不是在夜炊，就是为了做工事的，大约怕火光红过山头，所以用一座小草棚子笼罩住它，因为山头那边就是敌人的阵地了。

他们，这群立在最前线上的弟兄们，4 月天穿着老厚的棉军装，立在太阳下，立在星光下，立在风里雨里，连天连夜，出击敌人，也防备敌人来袭击，展在眼前的是永不变样的青山和染在上面的血，听到的是不绝于耳的枪声炮声。他们有战斗的铁的身子，有战斗的铁的意志，他们的宇宙是封锁在血的战斗里。我们这一大群陌生人，从外面的世界闯进来，无怪乎做工的都放下了工作围拢来用亲切喜悦的脸子向着我们，蹲在战壕里的弟兄半截身子露在上面，也朝我们转过了半个脸。

“山坡下边，就是敌人的，他们吱吱地唱戏匣子，吹口琴，也有女人浪声浪气的，他们是来取乐，不是来打仗。”一个弟兄报告了这一些新鲜的材料，含着笑，这笑显然就是讽刺。

“每天夜里，我们派一部分人去摸营，走近了警戒线还看不见人，一只狗子汪汪乱叫，我们开了枪，才听敌人一面还枪，一面逃跑，哈哈，鬼子胆小得像一只老鼠，用狗子放起步哨来了。”又是一个新的讽刺。

“敌人黑白乱打炮，不能叫他看见一个人影子，我们是消耗战，看他的子弹有多少！高头有命令，任他打，没有命令不准回枪，回枪是要打屁股的。可是有时弟兄们真忍不住了，在他们歌唱时，聚饮时，穿着白衬衣走来走去时，不客气地给他几排子弹。弟兄们都说：只要出这口气，情愿挨屁股。”一位机关枪连的连长，话头也像一挺机关枪，纯粹的广西音，扫射得我的耳朵有点吃不消。

“最近我们的飞机轰炸淅河了，在这里听到咚咚的响。”咚咚响的是敌人用炸药在开山筑路，我们的弟兄却把它做成这样消息，而且把轰炸的地名也说得那么确切。

我们开始离开这第二连的防地，沿着山坡向西走，心里没有一点别的念头，除了战斗。我想，就是一个懦夫，一个自私的人，立在这山头上，立在这群弟兄们中间，也会变得非常单纯，勇敢。敌人就在二百米内，没有别的，把他消灭！不然，他就要消灭我们。

一大队人走在山坡上，脚步放得很轻，武器提在手里。天上的星更稀了些，月却更白了。唔唔，鸡叫了，呱呱，驴子也叫了，同时歌吹之声也借着微风从山头那边的世界吹送到我们的耳边来。战地月色下，敌人在行乐了，我们的×团长却曾告诉我说：“今夜晚想派一连弟兄去游击敌人。”

第二连防地的山头同第一连的紧密地连结着，就如同第一连的弟兄同第二连的弟兄紧密地连接着一样。我们刚进到另一个山头时，半空中突现一团刺眼的光亮，像坠下来的月亮，只一闪，就消失了。接着头顶上飞过了嗖嗖的枪弹。敌人在放照明弹了。

我跑到警戒线上的一个散兵壕里去，立在那位弟兄的背后，看王家大铺的寨墙在眼前画一个黑圈，山脚下敌人占据着的那个村子，也送给一个影子。我屏息地左右探看，我们的这位立在斗争最前列岗位上的战士，眼向前方直瞪着，双手持着枪，刺刀上跳动着月光，戴着钢盔，列着架势，像不可侵犯的一尊天神。

“这些警戒线上的弟兄，一天只能吃一顿饭，白天动不得，到夜晚才能换班。”他们的连长向我说。

“但是，他们的精神却非常壮旺。”我回答的话只这一句。不过，我心下却这么想：“在这些弟兄的感觉上，有些什么比挨饿还难耐，有些什么比饭更能使他们健壮……”

就在这火线底下，一座大院落，瓦鳞错乱地浴在月光里，空洞得有点可怕。先听见一声声悲惨的呻吟，我们走进大门去，黑影像一个魔鬼倒在地下，身上点着一个个白圈子，这是从屋顶上炮弹洞里漏下来的月光。又闻见臭味，我们走进了西厢，黑得不敢探步，擦灼了一根火柴，呻吟、臭气，从一张床上发出来，见不到人，只见到一床棉絮盖在床上，严密的。

“这个老百姓很可怜，他不肯离开家，帮我们做一点事，也吃我们一点饭，叫炮弹打伤了，而且很重，已经好几天滴水不入，恐怕过不去今夜了。他还有一个弟弟同时打伤的，已经死了。”听了连长的话，人人的心都沉重得像压上一块石头。

踏着月色走在归途上，敌人又打照例的夜炮了。听到炮，想起了刚才第一连的一位弟兄告诉我的“炮的故事”，同时，他说话时那副活泼的神态，活现在我的眼前。

“打炮，打炮，他妈的，打！真叫人忍不下去，弟兄们合起来，向高头请炮弹，发给了三颗。敌人正在草地上密集着，第一炮打过去，距离太远了，他们不动，接着又是一炮，×他妈，还是没打准，第三个炮弹打在人缝里，倒的倒，跑的跑，像一群兔子，哈哈……”

回到营寨时已经快到午夜了。有点疲乏，紧张过后的疲乏。

“高头有命令，叫我们稍稍移动，请先准备一下，说不定大战就在今夜开始呢。”

听了副师长的话，心立刻又拉紧起来，依着小被包把耳朵侧起来。

“打枪打炮的机会到了，火线上的弟兄们该多么痛快！”我心下这么想着。

1939年7月12日于河口

一个忠烈的故事

固始，这河南边角上的一座小县城。

在去年秋天的一个日子里，谣言的风吹动了这座城，说是敌人快要到了。老百姓都准备着逃难，用土车，用牲口，用肩头，把粮食，把器物，把老弱的人口运到乡间去，或者运到更远的山里去。很显然的，生活的秩序被谣言搅乱了，人心像秋树梢头的枯叶经不起一阵微风。

这时候，全个固始城里，只有一颗心是镇定的——一位七十岁的老举人，张维忠，他还是安然地坐在自己的书斋里不放下手里的那枝笔，他正在继续修县志的工作呢。他的房子在一条大街的旁边，他在写作倦困了的时候，也偶尔踱出书斋，立在大门口望一望。街上的人显然稀少了，就是有一些，也是仓惶地东奔西跑，可是他，张维忠，不一会又踱回了他的书斋，又坐在他的椅子上把笔帽拔开了。

谣言终于是谣言，可是，敌人虽然还没有来，而他的飞机却来了。丢下了炸弹，还扫了一阵机关枪。城里的人慌乱更加深，人更少了。他的朋友，他族间的子弟，纷纷地来劝他走，也可以说是来辞别。

"走吧，到乡下去避一避，你看，城里的人差不多逃完了。"

"让他们逃吧，我不逃，这个小县城，鬼子不一定会看在眼里。"

"不，敌人一定沿浦信路西下；万一他们来了，知道你在县里的声望，硬迫你出来，那……"说着，这位向他尽忠告的人把头摇一摇。

"那有什么，我已经这把年纪了！"他的右手捋一下白的长须，眼光向周围人们的脸上扫了一圈，像是说：

"你们可以走了。"

过了几天，敌人果真应了那谣言进到这座城边来了。炮声轰隆地不断，有的炮弹打到城里来，许多房子上烧起了火，他的屋顶也震动得失了次序。机关枪声紧一阵，松一阵，飞机上的，陆地上的。虽然没法知道真实的消息，但敌人已经到了跟前这是千真万确的了。

这位老先生的身子始终坐在书斋的椅子上。这时候，他的子女全都拢上来了，围着他要他走，这已经是出城的最后时机了。

"你们走吧，莫管我！"他用这话来催促他的家人起身，他却坐着一动也不动。他的子女全跪下了，跪了一地，流着眼泪哀求他。

“你们走吧，莫管我！”还是这句话，再催，什么也不说了。他的子女们哭着离开了他的身子，离开了他的书斋，几个人顶起一床棉被往城外逃去，这时候，敌人的炮火更加猛烈了。

从此，他和城外断绝了消息。可是，他不太寂寞，他还有两位朋友：一位是他手里的那枝毛笔；另一位是住在他耳房里的那个同他年纪不相上下的老木匠。他做饭他们两个人吃，好菜是吃不到了，不过米饭同咸菜总不至于缺乏。有时候，这位老匠人用脚底下的刨花子煮一壶茶，两个人对着面，对着茶谈谈话，可是这样的时候很少，因为这座房子很深，一个把守着门房，一个在后院子里，俨然是天涯地角。

在炮声不响了的第二天，一群鬼子兵到了这位老人的家里来，很熟悉似的，进了大门就一直往后院里去了。日本鬼什么时间进的城，听了谁的指示闯到这房子里来，他两个人全不知道。这个老木匠先是从门缝里望着鬼子兵，十九个，持着枪往后院里跑，“枪翅子”明晃晃的。接着，就隐隐地听见一阵喧嚷，不久，鬼子兵又从大门出去了。停了一小会儿，老木匠一管压惊的烟还没有吃透，同样的人又回来了。刚才那幕戏又重演了一遍，不过，声音更高了些，似乎还带着吵闹，可是吵闹了些什么，他也听不清。待了许久，没有动静，他煮开了一壶茶（这是照嘱咐办的），走到书斋里去，看那位老先生（应该说是他的难友）坐在他的椅子上，右手托着腮，合着眼在假睡。

“吃茶吧。”他走近身边去，刚想用手去推醒他，忽然，大叫了一声，他惊住了。他看见一把刀子从这位老先生的右耳里穿进去，只露一柄刀把，血染红了他的前襟，地上是那么殷殷的一大片。

……

敌人退走了以后，他的亲友们都回到了城里来吊他的故居，除了从老木匠口里得一点枝节的报告外，想从他的书斋里找一点什么遗物。果然，他们没有失望，从字纸篓里找到了一个纸弹，展开一看，上面写着六个大字：

“为何侵略吾华?!”

此外，什么也没有了。现在，他的书斋已经被敌人的飞机炸成了一堆焦土，血迹也看不到了，他留给人们的只有两件事：热烈的追怀；还有一般贫困的邻里，都在流着眼泪默念着：再到年节呼号无门，夫妇为了穷困死打，母子为了伤心抱头大哭的时候，再没有这样一个人用一只慈悲的手偷偷地向他们门缝里塞成吊的钱了。

1939年11月

淮 上 三 千 里

一　从河口到周口

我们常常高唱着“我们战淮河”，也常常听到看到大别山里我们同敌人斗争的消息，有许多地方，譬如涡阳、蒙城，它们的名字会从人心里唤起一种情感，那情感是悲壮仿佛又有点神秘味的。但，淮上的真实情况怎样呢？安徽，它如何地在和敌人搏斗，山远路遥，没有人说得清楚。凭想象，也许这地方很凌乱，或者是很荒凉，也只能说“也许”，因为想象不是事实。把这同样的心安在敌人后方的人们的胸中一定也可以，他们对于我们前方或后方的情形，想必也是很隔膜的。

为了想用笔尖挑破这层隔膜，为了听从一个战斗的遥呼，我同另外一个朋友——雪垠，组成了二人的“笔部队”，踏上了几千里险阻的征途。

7月天，太阳把人的影子都要融化在地上。高粱叶子像枯涸的舌头，探得老长，为了渴望一个水分，为了受不过热的煎熬而喘息着。我们用手拭着额角上的汗，汗像雨，脸是天空，一霎，又点点滴滴的了。但，我们不怕热，因为远征的心比这热度还要高。我们看到无有边际的中原的旷野，上面全是一色青青的大豆高粱，心胸也觉得辽阔。身子从平凡的泥淖里拔起来，离开了永远不变样子的斗室，离开了那把坐硬了屁股的椅子，我们的脚步跃然地走在去敌人后方的道路上。

我们不大感到寂寞，眼前有个金色的希望在闪光。偶尔闷得慌了，便随便说说话，大家沉默的时候，只听见手下的竹杖点着大地发出的铿然的响声。你渴了，你饿了，隔不几里路就有一座草棚或许是茅店在路旁等候你，用竹叶茶，用豆叶茶，用大碗盛着粗饭招待着南来北往的过客。武装的弟兄，两肩承荷千八百斤重的车夫，大家坐在一条长凳上，默对着，有时也交个一言半语，彼此的心间却仿佛有一股热流在贯通着。

“到××还有多少路？请问。”立起身子来拍一拍身上的尘土向店主人问一声。

“前面不远了，你望，那乌青青的树头……”他的手指挥着我们的眼睛。

“可是，‘望川跑死马’，平地上一眼路可要走一大会儿。”末尾，他又殷勤地加上这么一句。

过邓县再走一百二十里便是南阳。这地方，在抗战刚爆发不久，战争还没有把它安放在一个重要的位置上时，许多人从远方逃来，生活便宜，空气宁静，像是“避战”的桃源。可是，现在情形就不同了，飞机常常来投弹，敌人对于它垂涎三尺。5月间，随枣大战的时候，敌人的马蹄曾踏到新野，给了它一个虚惊，就在我们到达的那几天，敌人正从明港西犯，我们在桐柏给了它一个痛击。它狼狈地把头又缩回去了。

南阳，它同襄樊是友爱的兄弟。在军事地位的重要性上，它俩差不多，而且，彼此利害的关系没法分开。由于×、×两战区密切的联系，由于军民合作的成功，造成了鄂北、豫南的大捷，使敌人想到襄樊、南阳这几个名字时，心里先来一阵战栗。至今，南阳仍屹立在中原，它本身对敌人就是一个骄傲。

不到南阳十八里，有诸葛亮隐居的卧龙岗。一座巍峨的石头牌坊上横着“千古人龙”四个通红的大字，招惹路人的眼睛。岗背上压着他的祠堂，里边有他的造像；有“三顾堂”，堂中，汉帝在同这位羽扇纶巾的谋士对着面纵谈天下大事。孔明，他为了国家，日夜运用他的机谋，流尽了心血，减损了饭食，他全不在乎，他只想把祖国的命运在自己的手里奠定，他只觉得双肩上的担子沉重，他说出了“鞠躬尽瘁，死而后已”的话。他的骨头早已化做灰土，然而他的事业，他谋国的忠心千古不朽。你不看见吗，他的偶像今天还在收着香火——收着千万人崇敬的心。

过了南阳，走在平坦的公路上，脚踏在沙上发出细碎的微响。一入河南境一切都显然另是一个新的样子。公路平展，两旁植着树木，隔不几步一株，等到树头擎起绿盖的时候，在清荫里行车该是多么适人意。路旁插着小木牌，上面写着“雨后铺沙，雪后即扫”的标语，另外明白地注着哪人保管多长的一段。一路上，散布着老百姓做成的哨兵，立在岗位上盘查过路的行人；沿途村镇的土壁上，涂满了“整顿村容野容”和抗战的标语，从标语上可以看出地方政治当局对于“村治”的热心。路上很安静，在×××的势力圈子里没有一个土匪毛，据说已经到了“夜不闭户”的景象。你向当地的老百姓问：“路上好走罢?”他一定笑一笑，这样回答你：“只管放心，托着万两黄金黑夜里也只管走。”

过了南阳，第一个住脚的地方是方城。城下横一条河流，在明净的一片沙场上，有阵容整饬的大队士兵在操练，纵横的行列，高爽的声音，给山河添了不少的壮丽。这是县里的自卫团，他们很勇敢，在鄂北豫南大战时，新野的一队就协同着正规军打击过敌人。

雨，留我们在方城停了两整天，也可以说是闷了两整天。第三天，顶着一块一块破碎的云彩，踏着一脚陷得老深的湿泥，放开了步子。走，走过叶县，走过汝坟桥，在名字叫做遵化店的渡口上搭上了一只大木船。新落过雨，浪推着船像飞一样。两岸的田地被水吞下去一大片，林木、禾稼，根在土里，身子却倒在水面上了。夜里，暴风敲得席棚乱叫，席棚又把雨水泄在我们的身上。风吼叫着助着雨的声势，船被迫靠在荒野的岸上，叫一个人握着一支手枪立在船头上镇着这个浓黑无边的夜。

一日的水程，这只大木船把我们载到了漯河。坐过平汉火车的人，对于这个地方总会有个仿佛的影子罢。如果你是夜里经过这车站，而且又是第一次，小贩的叫喊，人声的喧嚷，汽笛的尖音把你从朦胧中唤醒，探头向窗外一看，辉煌的灯火下"漯河车站"四个大字会送到你的眼里。

现在，车道上荒草漫生，断壁残墙的车站叫花子依着它度夜，铁轨都运走了，接成功新的国防路线。车站是这样冷落苍凉，而它身边的大街仍然是昔日的荣华。敌人梦想着打通平汉路，哪里会那么容易，我们正要以大军取信阳，一段一段地缩短敌人已经占去的平汉线，"打通平汉路"，作为一个好梦存在敌人的心里吧。

过了漯河，我问船夫明天到什么地方。

"周口。"他爽利地回答我。

"周口的地方大不?"

"不大? 不大怎么叫'周口天下口'呢?"他一面摇橹一面转过半个脸来瞟了我一眼。

"这是怎样说法?"

"怎样说法，北有张家口，南有周家口。"话听到耳朵里，我也把眼光投到了船夫的脸上。

早晚从周口的大街跑了一趟回来，我才觉得船夫口里的那句谚语真有几分道理。周口坐落在四通八达的冲要的地位，又靠一条沙河，所以造成了它年久不衰的繁华。大街两旁的商店你挤我，我挤你，亮堂堂的玻璃窗子里，一架架的货床上，不因为抗战的影响而感到空虚，货物满满的，沉甸甸的，压得木架子有点承当不起来。闭着眼你只管摸，十件有九件是日本货。有的货物也不须你费心去辨别，上面明明地标着 Made in Japan 的字样。奸商，他只认得钱，只要有半星的利益可图，什么国家，民族，他全不管。

敌人的飞机决不来这里投弹，这里的日子是升平的。人，成群地走在大街上，很坦然地迈着悠闲的脚步。

一座大“洋桥”从周口插到隔河的另一个城去。流入沙河的一条支流把第三座大城隔在西北角，立在桥头遥望，武汉三镇的形势移到了眼前来，心，立刻有些沉重。

船过周口不远，就有一片黄水从北面涌来，爬到船顶上去瞭望，左一眼是水，右一眼是水，浩浩荡荡。黄河在搬家，它向人逞自己的威风，它吞没了数不清的庐舍、田庄和老百姓靠着活命的土地，它夺去了多少农民和牲口的生命，把他们的尸身沉浮在水浪里。远处近处的水面上露点点绿的影子，这是树木，作为一个标志叫人知道这是村庄。逃出水口的老百姓靠着一条救命的大堤，睡在上面，算是个家。他们张着破网在等鱼，卖鱼，吃鱼，说不定几天大雨把这一片干净土冲走，他们也许会被鱼吃了。

黄河，我诅咒你！但是，一想到当时在开封一带它把敌人圈住给我们歼灭，而且凭它广大的体躯挡住了敌人，造成了于抗战有利的局面，我又发生了诚意的感谢。

二　界首一瞥

船停在界首岸上了。

界首，我们应当给它一个清楚的认识，它的名字同仇货连在一起被远近的人称呼着，喧嗓着。方圆几百里的老百姓都叫它做“界沟”，现在看起来，这个称呼很有意思。它确是一条“沟”，而且是一条“鸿沟”。仇货从蚌埠，从宿县，从其他的沦陷区域，一条一条的支流灌注到这条“鸿沟”里来，它毫不停滞地又分做几个支流分泄到我们的后方，流，流，一直流得很远。一个支流经南阳、西安、洛阳直灌到兰州。另一支，则流到河口，西下汉中。这两条支流再分枝生杈，仇货的细网，便普遍地蒙络了我们的都市与乡村。倒过来说，就是我们的金钱以百川汇海的情势流到了敌人的手里去。

界首，多可怕的一个漏卮呵。

“那么，就没有人检查吗？”你要这样问，是不是？

不但有人检查，而且还有机关在收税呢。但是实际上，漏税的多，纳税的少。检查员可以说是冒着生命的危险去执行他们的职务。说不定什么时候，一群乞丐，一队难民，把他们包围起来，寻事开衅，结果是木石俱下，检查员被打个头破血出。这些凶手，不是难民，也不是乞丐，是奸商收买来的流氓。

界首，所以成为这个样子，就是因为它坐落的地位是独特的。界首，它的名字已说明了它的处境，它处在两省三县的边境上。城里属安徽管，西关是河南的。奸商可以观望着风头把货物从城里移到西关，情势不对的时候，再把它迁回城里去。

你看吧，先从河岸上着眼。船，身子靠着身子密挤成一个，有大木船，有小舢板，有双层房间的，我们就叫它“楼船”罢。桅杆像树林子，在比赛着高低，长帆在风里鼓荡，像一片一片的白云。这些船只，有的从下流逆水上来，卸下了重载，轻松地休息在水面上，水手叼着烟卷，神情很得意。有的忙着把货往船上装，不管他的船吃得住吃不住，只管把一包一包的东西从肩上往上面抛。汗滴在船面上，人仿佛不觉得一样。

看市面上，货物压在架子上，满堂堂的，上海货，青岛货，天津货。各色的布匹，多样的文具，还有说不清名目的用品。一句话，你所想要的任何东西都总可以从这里拿出来，而且价钱又便宜。

为了使大批的货物存身，西关里平地添了千百间草房，像一队新装的军队一直排列到荒郊外去。有的，来不及搭棚，就让货物躺在露天的土地上。

饭馆里，茶棚里，住满了客人。他们带着钱，带着一条扁担从四方拢来。回头，钱变成货，货压弯了扁担，扁担在肩头吱吱地叫。他们缘着不同的大道、小径，把货物担到地头，变成更多的金钱。

晚上，岸上的灯火同船上的灯火结成一个光亮的网，天上的星星同月亮没有了光辉。灯光底下有歌女在卖唱，听众把凳子挤得不留一点缝。

就这样，一天六十万块钱从一些人的手里，递到另一些人的手里。人人在打着个人的算盘，谁个还想到火线上敌人在向我们开大炮，谁个还想到后方的一些地方叫敌机炸成了焦土，谁个还会想到仇货比炮弹炸弹还厉害千万倍，它杀人却不见血！

三　阜阳十日

船离开界首，便驶入安徽境地了。黄水更汹涌，真可怕，整个太和县全沉在水里。因为是顺水，又得了顺风，船像扎了翅膀，一天的工夫便到了阜阳。

阜阳城四面被水包围得紧紧的，从望见它的影子到看到它的真面目，要在小划子上磨去十个钟头。房屋在水皮上露一条脊，像一条大鱼，老百姓在高树上架房，坐在大缸里，坐在木排上，在水上浮家的很不少。田禾淹没了，衣物漂走了，逃荒，水围困着你，夏天过去接着就是霜雪的秋冬，几百万苦难中的同胞将何以卒岁呢？

一进阜阳城，就有一种新鲜的感觉。新的房子，从炸平了的旧房子的基础上建立起来，满墙都是壁报、画报、标语，上面标着不同的团体的名字，在争着观众。书摊上有好几种杂志摆着出售。

阜阳，以前是颍州府，欧阳修、苏东坡都曾在此地做过官，城西北角上还留有一个亭子，使后人纪念起他们。现在，它是皖北的中心，郭专员兼着游击第×纵队司令坐镇在这里。他住过文学校，也住过武学校，能打仗也能摇笔杆。去年徐州突围，那时候他在××军里担任着职务，带着队伍同敌人打了多少昼夜，掩护着这一路我们转移的大军安然地达到目的地。他很爱好文艺，自己也常写作，难得这样一个文武兼备的人来推动救亡和文化工作。他很健谈，谈起什么问题来都有自己的一套，口像一条小河。他告诉我们，阜阳在敌人刚退走的时节，地方的秩序很紊乱，揭竿而起的“土英雄”三个人一起，五个人结伙，打着游击队的名义骚扰老百姓。费了一年的工夫，才把乱丝一般的杂牌队伍整理出一个头绪，现在已经成立了一个纵队，人枪都齐全，只是士兵的饷每月只有五元。这些队伍分驻在蒙城、宿县……接近敌人的县城和冲要的地点，一有机会便向敌人进攻。

“接近敌人的这些地方，汉奸活动一定很凶罢？”我们问他。

“汉奸是有的，阜阳就出了一个大汉奸。”

“哪个？”

“安徽的伪省长——倪道烺。”

“他的家呢？”

“家产已经查抄充公了。大汉奸根绝他，小汉奸也不能活动，因为我们盘查得很严。”

我们接着又谈到伪组织和伪军的问题上来了。他说：“维持会里的人物，身子是汉奸，但是良心还有一点。他们一方面应付敌人，一方面也给我们送情报，做向导，他们是双重人格，他们的心是矛盾的。分析一下，可以把汉奸归纳到四类里去：一种丧尽良心，甘愿为虎作伥，这样的顶少；第二种是被敌人胁迫而出，为了保障全家性命不得不虚与委蛇；再一种是在我们这方面失意跑了过去的；最后一种是想从敌人那里骗几个钱用。除了第一种以外，他们一方面希望中国胜利，另一方面又怕中国胜利。

“最近反正的陆司令（家云，现任独立第×支队司令），驻在蒙城，有机会同他谈谈，从过来人口中的话里可以得一点真实的情形。”

“他怎样讲？”

“他讲，中国一直打下去，再打几个大的胜仗，伪军全都要反过来。”话又接下去，他说，敌人想用中国人打中国人，同时对于中国人还是不放心。压迫，监视，收买，麻醉，在伪军身上敌人用尽了苦心。眼前的陆司令就是一个证明。敌人常常把他请到蚌埠的福春居（敌人俱乐部的一部分）去，麻将牌桌子上给他放上一千块纸票（司令一千，队长五百），眼前摆着“老海”[①]，可以随时把它撒到纸烟上去吸。晚上，一熬一个半夜，牌场放了接着是酒局，酒局散了，有女人来陪着睡觉。这样的生活，一个钢铁身子，一个钢铁的意志也会消磨完了。陆司令，一个堂堂的军人现在身子已经经不起风吹，但是他的意志倒很坚强，他现在正在忍痛戒毒，使生命再生。

现在，我们再来谈谈阜阳的文化工作。

我们就从抗战艺术社谈起罢。这是在专署指导之下的一个团体，每月有七八百块钱的津贴，社长程先生是南京戏剧学校出来的，社员男女都有，一共有二十几位。他们出的有《抗战艺术》。他们的社址是贴近西城根的一座古庙，门前有一池清水点缀着风光。我们看过他们在下面预演《雷雨》。很值得感激的是，在一个深夜的露天下，他们忙着演自己创作的剧本给我们看。灯光、布景、技术都很出色，想不到在敌人后方会看到这样的戏。他们，还有许多朋友们，约我们去谈话，谈民族化问题，谈诗歌的朗诵问题，他们向我们伸出热烈的手，显然，我们这后方的来人给他们以新鲜，以刺激。“留下一点礼物给我们，我们的精神太饿得慌！”他们都这样狂热地叫喊。

“穷人供穷神，穷神大喜，倾囊相助只一文耳。”我们用这个故事回答了他们。

怒潮社就紧靠着抗战艺术社，他们出的杂志就叫《怒潮》。这以外，有五战区政工队出版的《淮流》，有文抗分会附在《淮上新闻报》出的会刊，有司令部政治部出的油印小型报——《拂晓》，编得挺新颖，也很通俗。

这里的文化人有许多带过游击队同敌人打过仗，放下了枪杆才拾起了笔杆的。这里的文化工作很活跃，但缺点在不能统一。譬如各种刊物有着同样的内

① 指毒品。——编者注

容，大家尽可把力量集中在一个杂志上，把它办得更充实些。为了补救这遗憾，为了作为前后方的一道沟通线，在这里，成立了×战区前线出版社的分社，准备出一种前线月刊。就在开成立大会的晚上，在一所学校的大操场里排列着许多板凳，凳子上坐满了人，他们来开会，也是来向我们表示欢迎。在敌人三面包围的这后方，在这样一个朦胧的夜晚，我们跨过了千山万水，来到这里同这许多朋友在一起谈论着抗战上的一切问题，彼此看不清面容，只听见语音，任谁的心都在默默中狂跳，没有一个人不珍惜这个时间。不能忘怀的一个晚上呵。

救亡团体在阜阳的有县动委会、青抗、妇抗，有委托工作团，他们有的在城里，有的在乡下，有的在新队里，做的是宣传组训工作。最近开到的“政一队”，是潢川青年军团的学生，他们在信阳，在固始，在……打过游击，勇敢，活跃，工作热情很高。他们，不分男女，一个人一枝长枪，挂在墙壁上，学习的精神叫人起敬，这只手放下工作，那只手拾起书本来，枪是他们的武器，书也是他们的武器，文化同军事在他们手里结了婚。

阜阳的教育很发达，这一个城圈子里就有四个中学，省立的，县立的。还有诞生不久的一个抗战中学，它最年轻，它也最活跃，负责任的是一位任老先生，拖着三寸长的斑白胡子，但从精神上看，他却一点不老！他参加过上海的救亡工作，参加过徐州突围，“老当益壮”这句话可以送给他。

我们在阜阳住了十天，也可以说是忙了十天，天不亮就有朋友来，半夜里还同一班青年同志对灯说话。虽有时也感到疲劳，但快乐却比疲劳更多。

四　走涡阳蒙城

在一天的晨曦里我们告别了阜阳，悄悄地，怕劳动许多朋友来送行。这样，有一缕轻松飘在心上，然而这轻松也纠缠着怅惘。

我们踏着西面的城墙跳上了一条小船，朝阳的金光洒满了人的衣裳；双桨点在水面上，一个一个的“酒涡”笑开了。小船在风浪里前进，穿过村庄（应该说是水乡），穿过树林，穿过坟茔，穿过田野。船家也辨不清这千回百折的水路，走几步向远处的同行遥呼着问。船，忽然搁浅了，船底擦得泥底响，人跳下水去拖着它走，忽然又驶进一个深坑，一篙探不到底。水里有一道大堤挣出水面，一个一个的草棚是灾民临时的家，他们守着从浪头里抢出来的星星点点的东西度着日子，静候无情的水让出他们的村庄田舍来。

船，从清早摇到下午，大风几次想把它吹个翻身，可是，我们终于安全地落脚在大地上了。

大地上，青青的一眼望不断。这北方的原野广大又丰满。大豆角子鼓着小肚子，像满足了的一个希望。蝈蝈在绿叶间互应地叫着，把大野里的空气叫得更宁静。老百姓带着欣慰的脸子在坡下工作，把高粱，把棒子，收割到场院上去。场，光亮得像一面镜子，金的棒子，红的高粱，在太阳底下发笑。抗战已经二年出头了，生活在敌人后方的老百姓，距离敌人不过九十里路，他们照例地工作，守着生活的秩序。祖国的土地是广大的，祖国的力量是无穷的，祖国的民众是勤苦、镇定、勇敢的。敌人将在我们的面前跌倒！

渡淝河，船到中流时，想起响震史页的“淝水之战”就演在这条水上。也是在中流，几万秦兵被击破，尸身像树叶漂在河面上，水发红了。这胜利的消息送到谢安的耳边时，他正同朋友在闲敲棋子呢。现在河里的水浪依然在翻腾，我们同敌人在它身畔正做着无情的血的斗争。

沿途上飘着许多小白旗子，隔不几里就有一个。一个老百姓把守在一边，手里握一枝破长枪，有的持一条红绒长矛。他在盘问着过往的路人，你是一个军人，他会用一副和蔼的脸子向你要“路单”，或者看一看你的符号，看的时候神情很认真，上面的字他是不是认识就没人知道了。

盘查哨以外，在冲要的地方还有税收局分派下来的征收卡，有货物经过，他验查收税，有仇货过来不客气地给他没收，拍卖，把卖价充公。在这双重密布的盘查网中，汉奸同仇货不容易漏走。

到达涡阳已经是隔日了。名字叫涡阳，其实城圈却坐在涡河南岸。这个城炸得很惨，直到现在还是满眼荒凉，城里的人民很少，繁华也还没有恢复过来。在城里找一个寄身的旅社就不容易。在创痍满眼的街道的两侧，在炸弹的坑沿上，小货摊罗列着，看样子生意很清冷。

“是谁炸毁了我们的房屋？”

血红的标语，斗大的字，写在焦黑的断墙残壁上，刺人的眼睛，刺人的心。

这时候，政府正在推行“三项运动”——维持法币，完粮，肃清汉奸。这运动，立刻在广大的民众间起了大的影响。法币，老百姓珍惜它，信赖它，就是地方银行印行的成元的零角零分的票子，他们也同样地看待。他们珍爱祖国的法币，有如珍爱自己的祖国，任何的煽惑，谣言，决不能动摇他们的信赖，这信赖扎了很深的根在老百姓的心里。

各地的老百姓对于完粮，没有故意拖延或者抗拒的，大家都很踊跃地来完成他们的这个义务。涡阳县政府库房的格子窗户外，老百姓拥挤不堪，这就是一个好的证明。

汉奸,他卑劣的行为,一般民众早就认识了。许多地方沦陷过,汉奸给敌人做帮凶来残害迫杀我们的同胞,把他们的姐妹送去给鬼子泄欲,他们世世居住的老屋给放上一把火,人不死这血债决不会烂,对于肃奸的工作,政府就是不推动,他们也不会放松的。

涡阳的救亡团体同阜阳差不多,可以说应有尽有,但是在工作方面未免空洞一点。有许多的工作应该做,有许多的工作需要人去做,这里有一些团体里的热情的青年,却感到没有工作的苦闷!这里边藏着一个矛盾,这个矛盾不光在这里有,这个矛盾是普遍的。

各个团体的青年同志们,拿出最大的热情来欢迎我们,在一个夜里,大家围住一条长长的桌子谈话。他们提出各种的问题来要求我们回答,这时候,我们应是个博士。不过,从这里可以看出他们对于各项问题的关心,可以看出他们知识的饥荒,后方的书报到不了这里,消息一点听不到,他们被战争撇在荒落的一角。

涡阳背后的亳县、宿县,县城在敌人手里,我们的游击队常常打到城根下去,有时爬进城去打死鬼子和汉奸,敌人关着城门过日子。

“涡阳,在斗争最前线的涡阳,我祝福你胜利的前途!”当我们步出东门时,我的心这么喊了。

去蒙城,本来可以坐涡河的船,可是我们是沿着同河堤平行的大路走。夜上停宿在六十里地的小涧集。这是涡、蒙间的一个重镇。去年5月间敌兵到过这里,人逃空了,剩下的老头子被活活烧死,房子当然也不能幸免。这镇上,有些救亡团体在活动,墙壁上张贴着他们的成绩。我们会到一个同志,他新从沦陷的淮远乡下过来。他在那里担任民众教育工作,把油印的课本发给他们,往返全是化装;敌人也无法认真地清查。不但到淮远,长江还是可以随便渡过的,津浦路还是可以跨过的,敌人单薄的兵力仅能困守一个据点,他没有力量到处遍布封锁的网。

镇长是一个青年,才从立煌“干训团”毕业回来的。镇长是他,小学校长是他,自卫队的队长还是他。在“政教卫”合一的制度下,喊出了“行新政,用新人”的口号。在别处看到几位乡长,有的比他还年轻(也有女的),勇敢,活跃,不妥协,基层政治的大权从一般老绅士手里交到这般新的生力军手里,乡村的气象顿然不同了。

我们在小涧集的夜晚,有几十个游击队里的弟兄从火线上挂彩下来,敌人正向白沙铺进犯。我们去探看他们，有的伤很轻，有一个胸部中了弹，生命在和苦痛的重创挣扎。老百姓拿出自己的被子盖在他们身上，许多女人围着这位难以过去今夜的弟兄叹气，流眼泪。他们，都是这地方人，为了保家乡，为了祖国，一月五块钱出卖自己的生命。他们壮烈的行动，壮烈的言语，真叫人感动，他们的邻里围个圈子为他们垂下了同情的眼泪。

蒙城，闪在我心头的血的影子，反复在我脑中的血的故事，终于来到了它的面前，取得一个印证了。

蒙城，四五条公路，一条涡河造成了它在军事上的地位。如果把徐州会战比做一盘棋，那么蒙城就是一个棋眼。敌人在正面打不下徐州，如是，用了大迂回的惯技，从蚌埠、淮远以三四个师团的兵力向蒙城猛扑。因为我们这方面的兵力太薄弱，守城的士兵和这座城一同沦亡了以后，敌人的大兵才直下丰、沛、萧、砀，我们不得不从徐州突围。

4月间，在随枣前线曾听××××团的团长挥着眼泪论蒙城战役，他的一团人全牺牲了，他一个人带了两个副官从死尸堆钻出来。我们到了蒙城以后，第×纵队的一位支队司令带着我们到各处去凭吊战绩。他也是参加过这次战役的，那时候他是县长。当我们立脚在南城门外，他指着这一片土地说，这就是××××团的防地，敌人用大炮、坦克车几次冲过来，上空有飞机作掩护，但是，几次又被打回去，并且，有一次冲锋一直冲到几里路以外去，敌人的死伤很重，我们士兵的尸身也倒了一地，地全被血染红了。他说，防务分三个方面，城里是周副师长(周元)担任，河防归他的自卫队。敌人用“汽划子”，用大批部队水陆并进。他们在拼命地死撑着等候援军的到来，想不到援军被大批敌机截在道上，结果周副师长牺牲了，××××团全团士兵牺牲了，城落到了敌人的手里。

“现在，城，复活了，近郊的乡村也复活了。当时，近郊十几里以内的村庄全成了火烧场，多少老百姓葬身火窟。自从进攻那天起，敌机没有一天不来炸，‘五七’到‘五九’这几天炸得特别凶，你看城里的房子有一半是新建筑的。”

对着眼前的景色，谈着当日的情况，我们听的人已是悲愤难以自抑，难怪他这个当事人把悲伤挂在脸上了。

他领着我们从南门外绕到东门外去，跨过一条三尺红尘的古道，到了庄子的祠堂。堂内有这位哲人的木像，祠堂的周遭林立的碑碣在阿谀着陈死的人。去祠堂东南不几十步，有一座伟大的土冢，上面丛生的乱草在风中摇动。这就是蒙城战役为国捐躯的烈士冢！我们肃然立在冢前，热泪从腮边滴到黄土上。这一堆土里，埋着四千架骷髅，从将官到兵士，老百姓也有，他们有不同的籍贯和身份，为了一个目的，像生前立在一线上打击敌人一样，死后大家共一个墓穴。据×司令说，这里已成立了烈士祠筹备委员会，但因为临近敌人，不敢动手，现在还让烈士冢这样荒凉着，前面连座石牌也没有。

第二天的下午，我们踏着夕阳踱到城西北角，听说周副师长就是在那里殉国的。我们立在刘仙庙（刘海）东北角的八角古井沿上（传说刘海在这井里戏过金蟾。这井里的水，有时发苦，有时味甜，一个恶人喝了这井里的水，心立刻会变成良善），同一位老百姓谈起话来。

"老乡，听说周副师长去年就死在这附近。"

"这里死的人很多，当兵的，老百姓都有，说是死在这里，副师长的尸首可是没有找到。"

"不能从军装符号上去辨认吗？"

"哪里还有什么军装符号，鬼子退了，我们去收尸，全是一堆骨头。"

"啊哟，真惨呀。"我们摇了摇头。

"可不，鬼子把我们的国军和老百姓捉了去，用一条铁丝穿着手腕，圈成一个大圈子，当中堆上木头，烧，人肉全烧焦了，剩下一堆骨头，骨头上还穿着铁丝，唉……"说着，他的眼泪就想往下掉。

"死得太惨了，灵魂不散，夜静里常听见喝口令，唱歌，冲锋的声音，可是走到近前去，什么也没有了。"

踏着黄昏归来的路，回味着乡民这一番动人的话。心想脚下的土地上，当时不知道有几多红的血，白的骨头。

晚上，你去了，我来了，许多救亡团体的同志们来找我们谈话，谈地方的情形，谈他们的工作。从他们的口中知道这地方的旧绅士有相当的力量，自从基层的政权往青年的手里移，他们便起了恐慌，有的还造谣生事，后来杀了一个大绅士，这才镇下去了。

夜里睡在床上，隔墙一个训练班里的同志们的救亡歌声送到耳边来，听了心里很兴奋，蒙城又向着斗争挺起了身子。

第三天一早，我们去访陆家云司令，他的司令部扎在一条南北巷子里，拿还没起身做理由辞开了这远来的客人。第二次又去，说是有病不能讲话。我们知道他羞于拿一个瘦骨嶒嶝的身子来见人，也就不勉强了。他的田副司令（就是以前的参谋长）同我们谈了许久，也可以说是苦诉了许久。谈敌人加给他们的压迫，以及反正的经过。他是黄埔出身的，认识，谈吐，气魄，都够得上是一位年轻的军官。

下午,轰轰的大炮震动了全城,敌人在白沙铺一带已开始向我们进攻。人数并不多,据说是为了“复仇”,因为这一带的老百姓常协同着军队袭击敌人。敌人冲过来,用汽车,用步兵,把占领的村庄放上一把火,把捉到的老百姓杀个不留。这一次敌人的进犯,红枪会给他做了前锋,皖北的红枪会是有名的,尤其是淮远一带,有一部分听从我们,在沦陷了的地方又多半被敌人所利用。

然而,相反的,眼看武装的弟兄排成队伍向前方开,个个都是神气盎然。在这仓惶凌乱的状况下,我们又遇上了田副司令。

“对不起,不能长谈,我要到前方去部署一点军事。”

说完了这两句话,便昂然地去了,我望着他高大的背影。

五　立煌途中

本来打算从凤台、寿县、正阳关,经六安到立煌去,这样可以多看一些东西。无奈,大水同土匪使我们打断了这个想头,只好折回阜阳南下了。这时已经是初秋天气,水势落了,新的淤泥在秋阳下裂开了一条条的长嘴,没有被过水的田野里,农人在忙着割豆,村庄在做着梦,黄金色的秋收的梦。

渡过淮河向着固始走。去年春天,在这条河水上流的岸上,我们广西的弟兄同华北的健儿(五十一军)曾用无比的勇敢和血肉造成了光荣的“淮河之战”,使“淝水之战”不得在历史上专美。

快到固始了,雨也来了。踏着泥泞的道路,冒着雨,在黄昏的烟雾里我们投到了固始的城圈。

这个县城敌人曾到过,后来退走了,留下了两件东西:许多汽油和一个血的故事。汽油至今还藏在城东南角的一座古庙里,有些人在筒上凿一个小洞偷出来引火。血的故事是这样:敌人进城之后强迫一个老绅士张维忠出来组织维持会,这位七十岁的老举人很有点骨气,拿生命来保存了正气。据说死得很惨,刺刀从右耳根穿进去,左耳根上露出个刀尖来。敌人退走了以后,从他被害的屋子里捡出一个纸条来,上面写着“为何侵略吾华”六个大字。一个朋友引导我们去看他死难的地方,没有血,已经没有房子,有的是破砖碎瓦同一堆焦土。

固始很荒凉,陈腐,救亡的活动看不到什么,因为行政同军事不是一个系统(行政属河南,军事属豫鄂皖边区游击司令),所以很难配合得好。用许多名义把苛捐杂税加到老百姓身上去,这些捐税上峰不知道,知道了一定不会允许存在的。有一种叫做“烟囱税”,只要你屋顶上冒烟,每月就得拿几个税,数目虽然不大，但是劫后的老百姓是穷苦的。我们住在一所小学校里，有许多木匠在给教育局包工做学校用的桌凳，每一套价钱不过三元，就要四毛钱的回扣！在抗战建国的途程上，这种现象真是奇特惊人的。

过了固始，大别山的青影就纷然在望了。我们迎着山走，两天的工夫赶到了叶家集。叶家集这个名字早已响在我们的心里，去年秋天，我们十九万大军同敌人在这里作过主力战，这地方沦陷了，商城不保，敌人的马蹄才踏进了大别山。

可是，现在又变了一个样子，叶家集恢复了往日的繁盛，我们的军队镇守在这里，在军事余暇的时间，帮着老百姓在坡下割豆。那一场血战给民间留下了一个故事，××山下的小径上夜夜有鬼子兵哭泣拦人，因为在这山下，有许多敌人给我们打死了。

过了叶家集便快入山了，脚步渐渐觉得沉重。一条曲径转走了一个山头，又有一个新的山头立在你面前，曲折高下，山形千态万状，人被峰峦困在当中了。电线像大别山的脉络，从这里掣到那里，炮位踞在山岗上，绿树给它做了掩护。山径上，商旅、小贩、军人、学生，来往不绝，脚步接着脚步，肩膀摩着肩膀。为了生活，为了抗战，千千万万的人一齐去朝立煌。

六　立煌——大别山的心脏

立煌，它的前身是金家寨，重峦叠峰，屏列在四周，做成青石的藩篱。在山顶上，鸡鸣犬吠可以听三省，它置身在豫鄂皖的边境上，在万山丛中，因此造成了它险要的地位。过去有一场血的斗争，就在它身上扮演。现在，寨内因为敌机的轰炸渐渐冷落了，人也稀疏得很。听说敌机来炸的时候，都是在半空盘旋好几个钟头，因为乱山混淆了它的眼睛。

为了躲飞机，一个立煌，化身千万个立煌，在山坡上，在峰顶上，在三家村里，在马路和小径的两边，新起了无数的草棚，机关、团体、印刷工厂、旅社、报馆，都在草棚里工作着，活动着，交易着。彼此距离开很远，又是很容易迷惑人的山路，所以你想拜会一个朋友要费千百个周转。立煌的生活费用高得可怕，一间草房的旅社每天要两块钱，而且，往往房中客满，后来者遭受了拒绝。饭也贵得可以，但“米珠薪桂”这四个字在这里可加不上，因为山里的木柴总比较便宜。离开立煌几十里地，东西就贱一半，从此你也可见立煌的繁华与重要了。

我们到山下的一所瓦房里去（这是特别的）拜晤坐镇在大别山里的廖将军，

听他的名字想象一位叱咤风云的英雄，见了面却温和得像一个慈爱的长者。他不会滔滔不绝地大露谈锋，从他口里也听不到什么耸人听闻的伟论，他只是家常地、和缓地、半天一句半天一句地向人谈着很亲切的话。“勇于行动的人，往往是讷于言语的。”同他对坐着谈话我想起了谁的这一句名言来。他对于青年很爱护，很信任，他劝人不要怕青年，要好好领导他们，有许多工作等着青年去做。他到了安徽以后，实行“行新政”、“用新人”。经常有几千青年在“干训班”受训。内分“乡政组”、“会计组”、“师资组”、“电讯组”、“国民军训组”、“谍报组”……各组都已经有一两期毕业的了，这一批新的干部分发到乡村去，城市去，战地去，军队里去，崭新的成绩从他们的手里托出来。安徽，活跃起来了。

“省动委会”负责整个安徽的动员工作，有许多富有工作经验的和具有专长的同志们，在山坡下的一座草棚计划着，工作着，发号施令。它，每月有两万多块钱的经费，活动的网笼罩着安徽的每一个地方。我们在各县看到的“县动委会”、“区乡动委会”，就是从这一个母体身上生出来的细胞。有四十几个直属工作团，每团有二三十位男女同志到处活动；另外还有三十几个“委托工作团”，是各地热心救亡的青年自动组织起来，由“省动委会”来津贴，并给以指导。“县青抗”、“县妇抗”……属“省青抗”、“省妇抗”……而这几个团体，又绕着“省动委会”，以它为轴心。“动委会”的“宣传部”出版的《文化月刊》，那么厚厚的一大本，政治、经济、文化，多样的内容凑成了它的丰富，不少的文字出自专家的手，就把它拿到后方文化城的书店里去，同别的杂志陈列在一起，也没有一点愧色。“青抗”出的《青年月刊》，也很精粹。此外，还有一份《大家看》，文字、编排、印刷，很通俗、活泼、生动。这里所说的“大家”，就是民众和士兵。

我们到立煌这时候，“青抗”的青年剧团，正在排两个戏，这两个戏轰动了大别山，演一次再演一次。一个叫做《满城风雨》，是写安庆汉奸真实的丑态，每一个人的名字都是真的；第二个是《汪平沼协定》，正在大别山里反汪运动狂烈的时候，把这一个大汉奸搬上舞台去卖弄卑污的丑态，招万人的唾骂。我们认为这两个戏所以能够轰动，是一方面由于写作与排演技术的成功，一方面也是由于它们本身所具备的现实性，许多陈旧的剧本已失掉了对群众的吸引力了。

《中原月刊》同《文化月刊》、《青年月刊》在安徽三十种以上的杂志中是顶精粹的。这是中原出版社出版的。中原出版社是李司令长官捐资成立的，它有自己的机器，机器从安徽、南京敌人封锁网中偷运过来。我们去参观过它的编辑部、印刷社。文化工作者，排字印刷工人，还有这一座机器，都在不分昼夜地摇着笔杆，劳手瞪眼，转动着铁的轮子。大家都在为抗战忙着，用文化去打倒敌人的文化进攻。

这些刊物,一印就是四五千份,送到书摊上去,不几天就抢光了。这里的生活书店从江南有一批书运来,消息传出去,许多人打电报争着去预约。大别山里的青年需要着文化食粮,已经到了饥不择食的地步。

在这里的文化工作者,都有别的职务,对于文化活动可以说是业余的,这现象怪特别。同时,有一个危机伏在文化工作的前途上。这危机就是:文化人就这么多,而刊物却蓬生未已,在稿件的供给上将来怕会成为问题,一个人脑子里蓄藏的东西是有限的,没有增加,只一劲地往外掏,总有枯竭的一天。这危机他们也已经警觉,现在正用提拔新人、制造干部这两个办法来谋补救。但是,一个文化干部需要长期的培植,不同别的干部很快地就可以赶制出来。

安徽的教育已经上了轨道,除了十一处"省立联中"外,各县里都有联立中学,每次招生,报名的人数都是超过要求的好几倍。因为以往在外边读书的学生,路被塞煞了,同时沦陷区域的去年跑出来的也有许多。敌人也在办学校,"训练奴才",制造"反共青年团"团员。我们用教育来争取青年,这是迫切需要的。问题在战时教育,不应该单教学生伏在书桌上念死书,应当把一个学生训练成一个救亡的健全干部。

我们沿着一条弯弯曲曲的小径到××老湾财政厅去拜会一位负责人,章厅长这时已经离去了。从这位先生口里的话,再加上在外边的一些听闻,对于安徽的财政,有了一个轮廓。虽然我们失掉了一些地方,但在税收方面,并不比战前差许多,并且有些税收(类如屠宰税),还超过了战前。财厅在各县成立了征收局,这叫做内线收税。外线征收处就设在离敌人几里路的前线上。收税人员就是一队经济哨兵,在同敌人做经济的搏斗。这些工作员都是不怕牺牲的勇敢青年。敌人最恨他们,常常冲过来捕捉了去残杀,奸商也恨他们,常常演流血的惨剧。他们在艰苦中斗争,在敌人和奸商的夹攻中奋斗。财厅特为他们订了抚恤的条例,并派有武装警兵保卫他们。

为了当地民众的便利,为了防止法币的外流,财厅印发了许多地方银行的票子。敌人拿去等于一张废纸,在地方上,却同法币同样地流通,被老百姓欢迎。

上面说的是开源,节流也有严密的办法。各县县政府有一定的经费,特别开销,就是几块钱也得经过省府会议通过,经许多周折,这样可以减除浪费,根绝贪污。开源节流,得到了人可敷出的结果。章厅长(乃器)在安徽不但推动了救亡运动,对于财政的整理是煞费了苦心的。

立煌，度过了去年9月的难关，便稳定下来了，现在像大别山峰一样的坚不可拔。去年9月的时候，四面全是敌人，而我们守护这个中心的兵却只有一团，敌人没有西下，然而这一出空城计却演得真险。现在，我们的正规军直插到长江岸上，淮河两边，我们的游击队随处都有，敌人决无力量“扫荡”大别山，而我们的军队却常常出击到安庆城下去，使敌人吞在喉咙里的地方，不能下咽，反而要吐出来。

立煌，它是军事中心，政治中心，文化中心，它是大别山的心脏。

我们到了立煌不久，英国名记者、《大地的儿子》的作者斯沫特莱女士，也从江南通过敌人的封锁线闯进了大别山。对于这位冒着危险、不辞千辛万苦千里而来的国际友人，大家报以热烈的欢迎。在欢迎席上，她看见满墙的英文标语，她嗅着茅草礼堂里布置好了的一团抗战空气，兴奋得脸都发红了。她向大众演说，她说中国的抗战应当和印度的解放运动联系在一起，她大声向听众这样叫喊，她说：“世界大战发生，各国决不会减低对于中国的帮助，而日本却实际蒙了不利！”她的声音，她的手势，做了有力的一个保证。

这位国际友人向我们喊出了亲切的呼声，给了我们大的鼓舞，她向我们伸出了一只同情的手。她手中的笔，把我们军民抗战英勇的姿态，给一个生动的描绘，送到全世界人们的面前。她将用她的喉咙，把正义的呼声传遍太平洋、大西洋。她穿一套大兵的军装，腰间束一条二寸宽的皮带，她是以女战士的姿态出现于大别山，出现于我们抗战的军民之前的。

匆匆十日，我们告辞了立煌。临走的那个早晨，白雾锁住了群峰，走老远了，旭日的金辐才撑破了这一层轻纱，大别山峰上，出现了一轮朝阳。

七　归途过商城潢川

脚步听从着一条曲折的小径，山形像二八月的巧云，一刻一个变化。清流在石板上弄着寂寞的清音，满山的青树齐奏起秋声。在山里，一两户人家也算是一个庄村，黄昏以后就把竹门严闭，怕山冈里的豺狼夜里来碰门（竹门被碰破，它也便头破血出地奔窜了）。我们就有两三个夜晚宿在这样的山村里。半夜里，一声犬吠，群山响应，走出门来望一望星光下峰峦的黑影子，一种恐怖立刻使你的灵魂有些战栗。

山里的许多古树，老粗老高的，敌人一把火，烧死了它几百年的生命，空剩下一支焦皮孤干，不能再希望来年的春笋。我们走过的这条路，去年敌人也走过，山村里的老百姓都逃走了，逃到更深的山里去。可是回来的时候，已经找不到他们的旧居了。

我们走着，走着，一直走了三天才突出大别山的包围，眼睛驰骋在无际的大野上。

走到东门外，就知道商城变了。一座很大的石桥，去年常在工作之余立在上面眺望山色，现在断了的石条像一条胳膀插到了泥土里去。北关，汽车站的所在地，清冷代替了当日的繁嚣，有许多居民刚从山里逃回来，还有些房门上搭一把铁锁，锁上生了老厚的锈。好容易找到一家“饭铺”安身，但，连个门板也无法弄到，只好睡在潮湿的土地上。像关怀着一个故人，我拖着走了一天山路的双腿，踏着夕阳走进了商城。商城，仿佛是一座废墟，稀疏的行人在破墙残壁间走动着，像鬼的影子。如果你是一个陌生客，看到街心里填塞着的砖瓦石块，看着县署大门里那一片破碎，蔓草拖在上面，你不会相信这里当日的那繁盛，那火一样炽烈的救亡的活动。因为满城的标语已经没法再见，冲霄的歌声也不在你耳朵里响彻了。

我悲愤而又怅惘地走到了去年的故居去。我们的工作室已经变了，变成了敌人的马房，现在什么也没有，只有马粪的遗臭令人作呕。在西北墙上开了两个大洞，像两张大口，在向我苦诉它的命运。

房东，一位六十几岁的老头子，他费了老大的劲才从回忆里拖出了我的影子。

“唔，这，这怎么说呢。”半天说出了这一句话。

“炸，炸，没来的时候炸，退走了又炸，鬼子和商城是对上了。”

“为什么对商城这么炸？”

“因为他们来的时候，退的时候，游击队在山里截着他们。”

这位老人的话，把一队武装农民的影子拉到了我的心上来。不是忙着赶路，我可以到城南的山里去看看他们，他们一定也参加了这次的游击战。去年在一个山头上，我们演出的戏开了他们的眼，教他们唱歌，歌声响遍了山谷。他们单纯，勇敢，心像一块石头。山圈在四周，他们的宇宙小得可怜。他们有的一生没进过城，虽然相距仅仅三十里。他们不知道自己的国籍，省属，他们熟悉的是到深林里去的山径。但是，日本兵的大炮却打开了他们的眼界，打开了他们的“聪明孔”。他们现在已经知道拿着枪立在山口里截击敌人，为了家乡，也为了祖国。

走出了故居的院落，对门高墙上我们写的标语，不知为什么敌人竟放过了它，斗大的标语字是这么写着：

“田地不能挑着逃，何不和鬼子拼一遭。”

到潢川去的路，是一条坦途，大别山峰被我们撇到身后去了。这条路，在敌人刚退的时候，有成百成千的土匪挂着游击队牌子打劫旅客，现在，你可以放心地走在上面了。

到了城里，这才放下了对于它的担心。潢川，依然是旧日的风貌：连起南北城的那座大木挢，安然无恙地躺在沙河上，让往来的人群踏着它的身子。沙河，滚滚地向东流着，想用涛浪洗净敌人的马嘴给它的玷污。岸上的茶棚里依然有武装的弟兄对着流水看远天的帆影，在戎马匆忙中偷一刻悠闲。一切都照旧，唯有逐着波浪的节拍响动着的救亡歌声却寂然了。

城里边看不到大劫后的惨况，闪进眼里来的是一片宁静。商业还保持着昔日的繁荣，生活程度很低，人民度着太平的岁月，只是“青年军团”同学们的影子已经看不到一个了。他们有五千人，男的，女的，来自不同的地域，操着南北的语音，为了抗战一齐跑到这个城圈子来受训。每逢星期日，大街上，河滩的白沙上，尽是他们的壮影。每天早晨，天还灰蒙蒙的，这五千个青年，歌声接着歌声，脚步和着脚步，跑到“新民会场”来升旗。彼此看不清面目，在这天将破晓的时分，一万只眼睛望着一支国旗逐着朝曦升到半空。现在他们都分散了，分散到乡村去，战地去，游击队里去了。我怀念着他们，怀念着这五千个健强的青年战士。

墙壁上，我们写的标语，完全被敌人涂掉了。这有什么，我们最有力的标语原不单是写在纸头上的。

走出潢川城，向着驻马店的路上走。这是从后方到立煌去的一条捷径，当我们来的时节，确山一带有战事，这条路没有走成。

走到驻马店的东郊，旅社里接客的人早立在路旁向我们打招呼。他引我们走进寨里，经过寨门的时候，经了岗警严密的盘问。

旅社是一座北向的小院子，它身右的房子落过炸弹，而它却侥幸没有受连累。我们分住在内院东西两厢的小屋子里。屋子好像好久没有人住过了，一开门，一股异臭把人拒开好几步远。里边，阴暗，破烂，潮湿。回头拿店簿子来填，崭新的一大本，上面只落过一个人名字，而且已经是几个月以前的事了。

黄昏里，我们到外边去散步，车站旁边的洋楼大厦，全变成一堆瓦砾躲在夕阳的余辉里。有的剩半壁白墙，崛立在那里做一个记忆的标志。炸弹没有毁坏的街上仍然有人在做着生意。回头，天已经黑下来了，从接近旅社的一座草房里,透出了一声声痛苦的叫喊,有一个病人在死神的手握里挣扎他的生命吧?

半夜里,东房里的朋友在呕吐,呻吟,他病了;我也头昏得不能支持,突然一个恐怖的感觉兜住了乱跳的心。也许这两个房子里病死过人,也许有人在这里边被鬼子杀害,也许……就在这时候,近处那个病人的叫喊又断续地传了过来。

第二天的太阳,照破了一个恐怖的夜。

离开了鬼气森森的驻马店向着中原的大路放开了步子。在归途上心里这样思念着:三个月的时间,跑了三千里路,出来的时节是盛夏,现在已是秋色满天地了。心上失去一个神秘的影子,却得到了一个活生生的安徽。

1939 年

信阳前线的伤兵

从火线上下来

随着我们大军信阳的出击，伤兵不断地从火线上下来，有的是挺进队员在城郊一带负了伤，而大多数却是攻击敌人重要的据点挂了彩的。只要粗略地统计一下，便会知道这些为祖国流血的战士，半数以上是××军的，因为他们担任正面进攻，其余新×××军，×××军以及鲍×部的游击队都有一点。在严冬风霜的侵袭下，一个受伤的弟兄从战场上下来，想象着一定是很苦的吧。苦是有一点，但在救护的工作上，已经达到了相当令人满意的程度，所以，你不会从一个伤兵口中听到一句怨言，虽然身上负着创痛，然而，他们的精神是壮旺的、慰安的。自从负伤那一刻起，便有很舒适的担架在候着他们，三十里一个收容所，五十里一个伤兵医院，里面有茶水、稀饭，有医生和看护给他们敷药裹伤，伤轻的还可以略进饮食，然后再一站一站地转到后方去。

这一条线上的医院、收容所、招待所，不下二十处，里面的设备大都看见过。房子收拾得很洁净，负责人也都热心，再三地叮嘱把地上的软草铺得厚厚的。一个人有一床带着光荣十字的大被，为了怕冷风吹袭，都把病房挡得相当避风，住在庙宇通间大殿里的，也把透风的一面支起了高粱秆编织的屏风。除了医院的工作人员，另外由总司令部派几个政训人员前来协助。这样，可以给伤兵一点影响，同时还可以使得医院的负责人更得在工作上尽最大的努力。

义务担架队

伤兵，差不多全是在老百姓的肩头上从前线一直转到后方。有×百副以上的担架义务运送。担架员都是本地的民众，一个人胸前缀一个小白符号，上面写着他的姓名和队属。每保出五个人，十天一换班，这个组织普遍于××、××、××，所以数目很大。他们的生活费由县上发给每天四角，轮到谁去担伤兵的时候，医院里也有钱给他。他们担得都很起劲，只要送一站路，便另有人来接替他。这些义务担架队员，关心伤兵像关心自己的弟兄。担架是亲手用粗大的竹竿制成的，上面铺一层柔软的草，有的人在草上搭一床被子(把自己的被子披在伤兵的身上)，又有人在被子的一头放一个枕头，大家竞赛着看谁能给这些光荣的战士更多的舒服和安慰。他们知道将士是为了国家、为了民众而负伤的。他们有的家乡曾一度沦陷过，敌人赐给的苦头回味起来，他们的心间怎会不怀恨，他们对于伤兵的关注不是没有因由的。

伤兵到处受欢迎

伤兵从前方下来，到处充满了欢迎气象。“为国流血的弟兄，请到里边来吃点茶，吃点稀饭。”招待所竖立的小木牌，老远向战士们表示欢迎；担架走过的村庄，墙上涂着斗大的白字标语，夸耀着受伤将士的光荣；乒乓不断地爆竹，这家接那家，一直响彻一条大街；收容所的小白旗老远老远地便向战士招手，伤重一点的，躺在病室里；一会儿，孩子慰问团来了，唱一支歌，用几句天真的话表达了小小的赤心；一会儿，老百姓的慰劳团来了，有青年男子，有老太婆，有伤兵的太太和小孩子。他们带一点面条，提一壶茶。他们不会长篇大论，他们用乡土话说出自己的诚意。伤兵，创痛使他们呻吟，然而精神却浮游在无际暖流的大海里。伤轻一点的，裹着白纱布，走在大街上，四方里向他身上投敬慰的眼光。但他并不骄傲，你向他道一声“辛苦了，同志”，他会立刻用谦逊的面孔回答你一句：“为国家打仗是军人的本分。”

在××的一个××医院里，有一个伤兵穿着长袍，戴着礼帽在呻吟，旁边还有一个同他并卧着。前面坐着一个女人，两个小孩子立在两边。

“同志，你是游击队吧？”我向穿着便衣的那一个这么发问。

“我不是游击队，我是××军的呀。”他一面痛喊，一面分辩。

“这是我们的班长，一道从××受伤下来的。亏得老百姓好，不的话，我们的班长早就完了。”他身边的那位弟兄这么解释。

“信阳的老百姓救了我，老百姓真好呀！”他忍着创痛说着，声音都为感激而颤动了。

“唉，老百姓看见敌人，替我换一套便衣，我受了伤一点也不能动，他们把我藏在一个草垛里。敌人退了，又用担架把我送走。没有那家老百姓，唉……”他又开始呻吟起来。

“不是人家心眼好，俺‘当家的’早就不行了。”那个女人在旁边也加了句。

信阳的民众好，××、××、××的也是一样。军民合作的精神已经到处发扬着了。

伤兵口中的敌人

从伤兵口中可以得到前方的情况，这情况是最真实的。敌人在信阳一带的人数不多，受了我们的进攻侧击，显得恐慌万状，凭着几个据点坚守，没有力量再大量增援。只是那万八千人从这里开到那里，从那里开回这里，游动着虚张声势。不过，因为信阳一带，在敌人的手中时间已经相当的长了，几个重要的据点都筑有钢骨水泥的工事，有的还有碉楼，像受伤的弟兄们所说的，"我们一进攻，他们便把头缩进去了，再也不敢照面"。只是用周遭衔接的炮火和机枪乱打乱扫。一座寨子，我们攻打进去了，却见不到敌人，他们都藏到交通沟里去，在不注意的时候，他们向我们打起枪来。我们的弟兄攻击的精神却十分壮旺，绕过几个据点，××万大军向着信阳挺进。这伟大的精神，这一支永不泄劲的常胜军（台儿庄的光荣是他们创造的），一定会把胜利抓到手里。×××师因为不愿意作预备队请上前线。我们的士气如何从这一点上可以看出来，同时从伤兵的脸上、话头上可以找到胜利的保证。

我们等待着胜利的消息。

1940 年

平昌关之雄姿

一　平昌关的形势

豫南平昌关同敌人重要的据点——长台关在一条斜行的线上遥遥相望，南面的游河、新集和它对垒着。淮河怒吼的波涛永不停息地在它西边横流。望儿岗，一道天然的堡垒同淮水赛跑似的从南到北扯几里路长。望儿岗是平昌关的屏障，那崇伟的姿势使敌人望见就会气馁。

千万个山头峙列在它当前，最高的一个是老鸦山。上面有敌人的炮位，高兴就乱打一阵，平昌关满身都是创疤。可是我们军事上的运动是机动的，小鬼子只好打空炮了。

平昌关，它的名字在人心头上叫起一缕雄壮的情感；遥远望去，一片巍峨的瓦房中突起几座耸向青天的碉楼，也给人以壮观；但是走马街心时，所看到的是残破、凋零，战后的苍凉味，充满了人的眼，充满了人的心。墙壁上争奇斗胜的各色标语，写着工作团体的名字，使人对着它，想象一个繁荣的过去；但是，眼前里只有一片空漠，只有马蹄踏在石板上发出的空洞的回声。闹市从街心移到郊外，赶集的人乱哄哄地走在小道上，有老百姓，有士兵等等。

现在负责平昌关防务的是×××部。他们驻扎在它的四周，在重要的路口上都把守着哨兵，岗屋非常精致，就同一口坟一样，敌机就是低飞也不会被发现的。他——这个哨兵，在昼夜地监视敌人，盘查汉奸的侦探，因为敌我相距不过二十里路程。

二　平昌关战役

1月5号敌人向我查山阵地猛攻，坦克车已经爬上山头了(至今还留着一条条辙印)，××军派××部开到平昌关侧击敌人，以援友军。6号拂晓敌人舍开查山，将主力移向××团来了。飞机九架，坦克车十九辆，步炮配合几千人将××部压迫得渡过了淮河。×××师韩部(韩×长抗战以后，身中多创，大别山打船店一役右腿被炮弹打掉一块肉，在汉口医院中，将左腿上的一块肉割下来补在右腿上。）由平昌关××出兵两×渡河猛击××部正面之敌，使它安然转移到新阵地。这两×人从早晨9时和敌人接触，一直打到晚8时，辗转战到左翼桃湾，发生争夺战，以寡敌众，以血肉冲炮弹，赖我军士气雄壮，使敌人死尸满地，终不得逞。×连官长全部阵亡；三班班长葛长治四次受伤仍不下来。又一连人也死伤了过半。

右翼马营，在平昌关西南二里许，敌人飞机、大炮，集中火力，向这一个小寨子猛攻，苦战一昼夜，守在里边的一×人，仅剩了一个排长，两个班长和十九个兵。电话线被截断了，敌人进了寨子。我们这十几个勇士，仍然死守着一个西北角；后来，一个弟兄凿壁而出，到后边送消息，同时，电话兵三人，始终同战斗兵在一道，在炮火下，忙着接电线。少尉排长岳忠顺指挥着十九个弟兄支持了这个局面。现在已经擢升连长了。

当我们走进马营的时候，什么也看不到了，看到的是一片焦土！什么也听不到了，听到的是苦诉一般的悲风。愿意找一个老百姓问一问当时的情形，但是看不见一个人影子。西面的寨墙有几个洞眼，这大概便是那十九位弟兄的“生之路”了。

三　烈士墓与小鬼坟

在望儿岗阵地的西北角下，在层叠的岗峦包围中的一席平地上，平昌关战役的六十一个烈士埋葬在上边。用砖瓦砌成的一座大供桌列在前边，在它后面耸立着一块一丈多高的大木牌子，上面题着：“陆军××师××××平昌关、马营、桃湾战役阵亡烈士之墓”。木牌背后的土地上，用青翠的松针堆成了“民族英雄”四个斗大的字。后边，便是一列一列的长形低矮的小坟了。周遭围一道砖沿，坟前插一支小竹牌，上面写着烈士的生辰、籍贯、年龄和死难的地点。坟头上有一株稚松摇曳着，象征他们的忠贞。立在烈士坟前，每个人在拭着眼里的热泪。在生前，他们为了祖国的再生，一个挨一个地在阵地上同敌人搏斗，厮杀；流尽了最后一滴血，他们还是一个挨一个地躺在阵地的边角上，躺在祖国的大地下，听敌人的大炮，听淮河怒吼，看伙伴们同寇兵决斗。死而有知的话，他们一定不安于地下的。

作一个对照似的，隔一道望儿岗，隔一条淮水，在马营的北门外，中华的土地上，也埋葬了七个日本兵。坟前插一支同样的竹片，上边标着：“倭子之墓”，老百姓都呼它“小鬼坟”。我们走近它的时候，有几只红眼狗在争着啃一条血淋淋的大腿，招集了几个附近的农人重新又把它埋好。从坟前走过的赶集的人们——老太婆或是一个小孩子，都是掩好鼻孔，躲开它几步，口里唧咕着，不知道是在詈骂，还是在讲着他们生前残暴的故事。

这七个冤魂，在地底下做着回乡的梦。他们的妻子也许还在瞪着昼夜不瞑的盼望的双眼呢。

1940年3月29日前线归来于河口

序言

《从军行》自序

在炮火连天的时候，在距离血肉纷飞的火线不远的这地方，在极度慷慨与悲壮的情绪下，编就了这一本薄薄的诗集。当我重读它一遍时，真有点不安与抱愧，把这样薄弱的东西呈献给这大时代中的读者。

时代太伟大了。神圣的民族抗战，不但将使中国死里得生，而且会使它另变一个新的模样。现在，每个中国人，都在血泊里拼命地挣扎，都在受着炮火的洗礼，都在苦难中磨炼着自己，都在为祖国做英勇的斗争。

中国正在扮演着一幕伟大的历史剧。

前线上战士壮烈的牺牲；沦陷了的国土上同胞们被惨杀的血迹；流亡道路中的难民的眼泪；遍地民众为保卫家乡而作的血战；青年男女为国忘身的伟大精神……刺着我的眼睛，刺着我的心。使我兴奋，使我止不住悲壮的热泪。

同时，汉奸的无耻，颓废者的荒唐与堕落，又使我多么愤恨！

面对着这一堆事实，自己的诗句几乎变成无声的了。就是有一点点，然而是那么微弱，被压倒在时代的呼声中了。

我这样愿望着：把自己的身子永远放在前方，叫眼睛，叫这颗心，被一些真切的血肉的现实，牵动着。这样，或者可以使得诗句逐着行动向前跨进一步。

这本诗的编排，全是按照时间的先后。起首的一篇，是在“八一三”抗战以前写成的。

1938年4月7日灯下，

时津浦北线正展开空前的血战

《津浦北线血战记》序言

我写这本小书,没有一点别的念头,除了想把个人在前方眼看耳闻的一些惊心动魄的血的事实向大家来个忠实的报告。有几段是谈战局经过的实况,有几段是战场惨状的素描,此外,一些零星有关抗战的材料,我也很珍重审慎地把它穿插起来,作为枝叶呈献给亲爱的读者,叫置身后方的同胞们读罢它,掩起书本来,默想一下敌人的凶狠,劫后的残灰,无家可归的灾民的惨状以及前线上士兵们英武敢死的精神,而悲愤交集,热血澎湃,来一个深切的自省。如果叫不起这样的反应,那便是我失败了。

一个胜利的消息传到后方,大家都鼓舞欢腾,不知争取这个胜利,得多少血,多少肉!单凭想象是不行的,想象填进事实的模型永没有个恰巧。战地给人一个新东西看,而且会使一切人心地放宽,精神健强,希望年青体壮的朋友们到那里去。

本来打算到临沂去访张军长,探询临沂血战的经过,终以道途阻隔不能如愿,心下很怅怅。因为临沂的血战是初次胜利的火花,台儿庄的血战是胜利的火把。它将继续着燃烧——燃烧遍所有的失地。

这本小书的完成。可以说是全凭大家的助力。感谢李司令长官、白崇禧将军,不但予以多方便利并于军事倥偬中为长篇题句,使它分外生色。黄师长于七十里外专人送来题句、绘图、照像,这热情使我感激。此外,三十一师战地服务团的诸同志,以及林处长、李副官、于秘书、张参议、阎站长、扫荡报社张先生均曾给我许多助力,初次结识的青年朋友王文彬借给我一个独院,使我幽居僻处闭门谢客,于六七日内把这个小册子赶就,均在此敬致我的谢意。

1938 年 4 月 17 日小屋烛光下

《古树的花朵》序

范筑先，是一个新的英雄。他以惊人的老龄和毅力推开过去，用战斗为国家民族和自己另辟一个崭新的生命。他认清了光明、真理及其反面的意义，他以他的血做油，去点亮理想的明灯。他是一颗老人星；他是一棵古树，在大时代的气流里开出了鲜红的花朵。

他把战斗的精神与红血留给了人间，像一道不败的彩虹。

抗战以来，以轰轰烈烈的死，表现了中华民族的气节与人格的英雄——人的花朵，先后开放了许多，而范筑先，是这些人花丛中灿烂的一朵。他的业绩的光辉照耀着人的眼，人的心。鲁北的民众纪念着他的名字，中国人，甚至外国人，也都以崇敬的眼光仰望他，像仰望着一个巨人。

是的，他是一个巨人，他有着一只擎天的手。

当敌人的马蹄以敏捷的步子冲入了山东边线的时候，“韩主席”用更快的速度把几十万大军带到了黄河南岸去，西北的半壁天地成了一个被弃的孩子。千百万的人民顿然陷入了叹息、惶恐、彷徨之中，替自己寻找着归宿。这时候，一只指路的手，对于他们，比生命本身更有意义，更重要。

范筑先，他就是在这茫茫夜里，耸立起来的一座灯塔，向人眼放射出光亮。他以五十八岁的高龄，他以一条给内战几乎磨碎了的身子和心，他以一个专员的资格，被良心、责任、理想，推到大众的脸前来了。一出场，就带着生死不移的决心和朝气郁勃的战斗气势。他向青年知识分子号召，他向农工号召，他向妇女儿童号召，他向一切有良心、有血性、有为民族战斗的决心的人们号召。他提出了“良心抗战”、“责任抗战”、“守土抗战”的三个口号。口号，不是虚伪的宣传，不是欺骗，是一支号筒，一块磁铁。如是，如响应声的，农民向他走来了，工人向他走来了，学生向他走来了，妇女、政工、文化人员，向他走来了。有的从近处，有的从千山万水以外，大家追随着他，像影子追随着形体。

一开始，仅仅不过他一个人，有的仅只是一张口，两只手；然而一年以后呢，他建立了十几万军队，把政治工作打进士兵的脑子里去作他们的灵魂；他建立了农会、工会、妇女会，一切抗日力量的组织。他尽量地向大众中间去开发力量，他知道这是克敌制胜的唯一源泉。他，慈悲，和蔼，他有颗良善的心；但这些美德并不是洋溢着淹没了他。另外，他还有一副铁的脸子，铁的手腕，铁的心。他是人民的慈母，同时，也是他们的严父，他是一个领袖，一个优秀的组织者。他们拥戴他，由于爱，由于敬，由于他和群众同甘苦、共生死的那副崇高坚忍的精神，而最重要的，还是因为他是一个引路人，一个伟大的战斗指导者。他用铁的纪律去范围、维系他的部下，但，有时代替它的往往是骨肉的真情和他那一把斑白的胡须。这样，即使像喝惯了人血的“架机子”，也伏帖在“老头子”的手下另变了一个新人。

他抓紧了时代，抓住了人心，他领导着他们一刻也不停息地在战斗中磨炼，流血。他把一盏希望的灯，挂在人人可以看得见的距离以内，他同他们，用战斗，用血，用生命去接近它。

他的儿女，抗战前的少爷小姐，他把他们投到一个“熔炉”里锻炼过、改造过，成了一个新的型。儿子范树民带着“挺进队”挺向济南，牺牲了，他才不过是二十几岁的一个孩子。当这不幸的消息报告过来的时候，这“老头子”并没有流一滴泪：“牺牲没关系，只是这一回太不够本！”他却对着安慰他的人们这么说了。同他儿子一起倒下去的还有他的女婿、范树琨的未婚夫、“挺进队”的参谋长——何芳，一个杰出的战士，此外还有二十几位青年。队长他们死在今天；然而战斗却还有个明天，范树琨，以一个女儿身，接替了她弟弟的职位，用枪去讨血债。

范筑先，用血，用苦心，用超出人情的坚忍培植出来的胜利的花朵，全国的同胞们，国际友人们，正以惊奇希望的眼来赏鉴它的时候，一阵暴雨却把它打碎了。

他倒了下来。而敌人的枪炮却没有打倒他的心，只制造了一幕悲壮的剧，以他，五十八岁的一个老头子做了英雄的主角。

新的英雄，应该是一个典型的人，把人的水准提高，使大家去够及它。范筑先就是这样一个高度水准的人。

我为什么要以五千行的长诗来赓歌范筑先呢？

“黑线条里的光明区”，鲁北抗日堡垒——聊城，是旧日东昌府，也就是从古出英雄的燕赵之地。我的曾祖父曾经在这个县分做过“教谕”，我小的时候，曾祖母的口把它的一个神秘的影子送给了我。抗战前，我在张自忠将军的故乡——临清，教过三年书，临清和聊城是连着手臂的弟兄。“七七”事变三个月后，敌人要到来的消息，把临清的官府、学校都吓散了，那狼狈，那慌张，那零乱的情形，今天想起来还活栩在眼前。而一般学生，走投无路，顿足啼哭，像被捣毁了窠巢的鸟儿，一般老百姓，情况也是一样。我们十几位同事，集体流亡到聊城，那时候，就风传着“范老头子”要留下来打游击，这消息，定心丸一样地给人们精神以镇定。被弃的人民眼前有了一个希望。后来，我们辗转地到了济南，不久，“韩主席”做着“黄河为界”的幻梦，一声巨响，把价值五千万的洛口大铁桥粉尸万段。起初，敌人一到德州，就大贴标语“拥护韩主席”，后来，我在济南也常看到“敌机”到上空游玩，老百姓们都毫不在乎地站一街筒子，叫着，仰着头看，因为它不投炸弹，不过偶尔投下一些“神秘的纸包”而已。这是12月间的事。在以先，“韩主席”就几次严令范筑先率领部下，带着壮丁和枪支，速渡黄河；但，终于被他拒绝了。他在黄河岸上，向天下的耳目发出了“誓死不渡黄河”的通电，最后，他以死践了他的诺言。

去年，在一张报纸上看到了纪念范筑先的许多文章，同时也看到了电影广告：《范筑先》，我的心一动，因为同他一道牺牲的许多人里还有我的一位朋友——张郁光。后来，意外地碰到了几位新朋友，谈到范筑先，谈得那么亲切，感动，像述说一位古代悲剧里的英雄的故事，说的人终于淌下了眼泪，而听的我也酸鼻了。这些朋友之中就有一位是跟范筑先一起战斗过的茌平民军司令。他以兴奋的口说着，我请他用笔把这些悲壮的故事移到纸上去。再后几个月，在安徽的一个小县城里会到了范筑先的老友、战友、前任临清专员韩多峰先生，他又给我加添了许多活生生的材料。冬天，在阜阳一个训练班里，一个临清中学的老同学找上了我来。不是他背起往事，道过姓名，时间把他改变得使我几乎认不得了。他说，他曾经做过“挺进队”的队员，并且，绘声绘影地把一切经过细米拨糠地数聒给我。一个人名，一个地名，甚而一个日子，都记得那么牢，好似在心上生了根的一样。分手以后，他又几次用几张信纸上的蝇头小字，补缀他仿佛永远不断头的战斗的故事。

我无餍足地搜括着材料，心，日夜在鲁北。回忆着，揣摩着，想象的翅子回翔在事实上，感情澎湃得人日夜心跳。

三个月以前，范树琨因为材料的事，从陕西投给我一个信，昔日的女战士，今天变成农林学院的学生了。

从搜集材料到完成，差不多费了一年的功夫。写一个人物很难，写像范筑先这样一个人物更难！“英雄”这两个字并没有先入为主地得到我的心。我只想把范筑先写成这样一个人物：时代把他从陷身已久的古井筒里打捞出来，用不屈的决心去打击敌人，建立自己的理想。他有一副新的观念，他接近群众，领导群众，而目的在拯救他们，因为，他认清了时代，也认清了民众的力量。他有欢喜，也有眼泪，有决心，也有矛盾，不存心把他写成一个英雄，只想把他写成一个和群众连结着的有血有肉的人。

事实并不能成为艺术上的真实，我写的是史诗，然而却不是历史或战史。所以，我得从材料的身干上剪去一些繁枝浮叶，另外，把一些足以使它生色发光的东西点缀上去，例如地震，大水……这一些眼前的实景。

我的范筑先是我用自己的心血塑成的一个艺术上的人型。

写长诗特别需要气魄和组织力。为了紧张的场面叫起来的不羁的情感，为了使气势不受窒息，字句就不能太局促于谨严的韵律和韵脚下了。因此，在格调上，这个诗篇也就有些不同。同时，意识和材料也在压迫着我试探改变自己的风格，使它更恢廓些。这篇东西也许可以作为起点的第一个步子。

1942 年 9 月 7 日于渝

回忆录

我的诗生活(节选)

我在民族革命的战场上歌唱

一匹久经战场的马,把它拴在生活的木槽上,它的心是不死的。一个真理的歌手,没有不应着大时代的呼唤而贡献出自己来的。

逃出了北平,逃出了敌人的检查网,我愤怒,然而更兴奋——我们的祖国抖了抖身子,终于站立起来了。

离去了家乡,离去了家庭的温暖,从一个旧梦里醒过来,颠沛,流亡,我悲痛然而更欢腾——我们的祖国抖了抖身子,终于站立起来了。

诗的热情,兴奋,鼓荡在我的胸中。一道希望的亮光在我眼前闪动。

我立在了光荣的民族革命的战场——"台儿庄"上。我的马子迎着炮声嘶号,我在炮弹缝里乱穿,争来夺去的这焦土的寨子我三次进去凭吊过,我看见敌人丢下了坦克车和许多东西败退了下去。

我从徐州到了潢川。潢川,南城北城,当中隔一条沙河,一道大木桥手臂似的牵着这两个弟兄。依在河北岸上有许多茶栅,坐在里边,远处近处的帆影向着你的眼睛飘送过来。

潢川是美丽的。五千青年男女的抗战集团——"青年军团",使它的生命有色有声。这群从不同的天涯流汇过来的青年男女,称得起是"人的花朵"。其中有不少诗的爱好者,年轻的诗人。庄重,这个小朋友,抗战前就在《文学》上写过诗。章文龙的《元宵》得到了我们的“文艺奖金”，而且发表在《自由中国》上，后来在一本《抗战文选》中也看到了他这篇东西。每逢星期这一天，学生们像出了笼子的鸟儿一样，翅子擦着翅子到处飞。我同几个小诗友跑到沙河滩上去，躺在做着梦一样的闪光的白沙上。我们谈着诗的诸问题，也交换着彼此的作品——交换着心。在潢川我写过许多诗，在潢川，我同一道从苦难中过来的十年关系的她永远分了手(我祝福她，那么健强的一个好人!)。在潢川，我留下了深的欢欣和悲痛……二年以后我再经过这地方时，却不堪同记忆来一个对照了！我只有在《淮上吟》中写出我相念的一颗诗心！他们，有的我在别的地方见过，身上背着枪，打游击；他们以鲜血写诗，以战斗的心情实感去代替空洞的想象了。

战斗的人，才能写出战斗的诗，从“新人”的诗句里才可以嗅到“新”的气息；新的生活，才能产生新的风格。把自己圈在一个老不变样的生活圈内，乱嚷什么“新风格”呀，“战斗”呵，说好一点，这不过是“立意以为高，异众以干誉”，说坏一点，这是狂人的梦呓。因为“风格”并不单是指形式上的分行与否或有韵无韵；“新的气息”并不是凭空自己酿造出来的；所谓“战斗”并不是“血呀，肉呀，机关枪卜卜地响了”的代名词。不是的，问题没有这么简单。把问题看成了简单，实在是他自己太简单了呀！

“文化工作团”在潢川诞生了，应该叫做“文艺工作团”。我们一共十四个：黑丁、曾克、邹荻帆、田涛、田一文、李石锋、伍禾……这该说是最先出现在战地上的一支“文艺兵”吧？我们打一支小旗子从潢川开到商城的大别山中。去向不知道自己是哪国人，哪省人，甚至哪县人的“山民”说教，唱歌；半山上，遥远地望去红的白的云朵在飘动——这是我们演剧的舞台。用联保主任的命令，加上三次五次的催请，加上锣鼓的喊叫，从早上等到中午，才看见台子下边的河岸上站了一百多个人，一半是老百姓，另外一半是民团——奉命来“帮场”。

戏剧开了他们的眼，歌子唱哑了我们的喉咙。山里的风情，世外桃源一样的逗人的诗思，那迎着人笑的山花，那在寂寞中潺潺的流水，那竞赛一样的鸟声，那黄昏里负柴归来的樵人；夜间，那惊心的犬吠，那鬼怪一样的山形，大个的蚊子，那和人瞪眼的星星，那……

“枫香树”，只要一想到它，就像想到一首最美丽的诗。

我们十四个，曾经在多少伟大的场合中朗诵过诗，也曾在溪水边，绿树下，烟雨濛濛之中，做诗歌朗诵问题的探讨。也曾在炮声隆隆中突围，腿走直了，一夜摸十八里路，也曾……回忆的布幕上，那么生动地绘画着生命悲壮而又绚灿的图画呀！

春天，迎着随枣五月大会战，我们三个人——雪垠、孙陵，带三位爱好文艺的小朋友到了大洪山中。敌机，欢送也欢迎着我们。我们徒步走，跃动的心使步子放得轻快得像飞。一面走着一面写着，一条铅笔，一个小日记本，一个膝盖。我的《走向火线》就是这么写成功的。雪垠的《春到前线》也是在风霜野店的小灯前写下来的。他有才情又有一张会讲故事的嘴，一停下来，他便给我们大讲他的女性“三典型”(《春暖花开的时候》的胚胎)，或者用不善歌唱的歌喉唱《一根棒儿》——这是最能打动他心弦的一根棒儿，因为三“典型”之一的一个“月亮”曾经以这个歌子叫开了他的心门。我们不寂寞，那时候，热情，希望，还有力地支持着我们。

双沟、随阳店、净明铺、厉山……在回忆中，这每一个名字都带给我们以亲切、美丽、温暖和诗的情感。

我们分手了，我到了钟天任(毅)师长的部队里去。钟师长是我抗战以来结识的许多军人当中最有头脑、最热情、最懂得“文化”的一个杰出的军人！他能打仗，能吃酒，能做诗，能招纳有为的青年，能叫自己的部队把书本子同枪杆看得一样重！

在月夜光亮的场园上，我们放谈，大笑——从心里发出的笑，酒把他结实的铁脸上镀上了红色。几个工作团体的一二百青年，都情愿来围绕着他——像围绕着自己的老大哥。他的每个兵除了枪以外还有一本书，丢了书，要同丢了枪一样地受处分。

他的部队有着“政治文化水准高，能打胜仗”的声誉。他对旧诗有着很深的根基，他写了许多，而且都好。他是战士，名士，又是诗人。他写了：

虎帐春宵人半醉；

他写了：

故迟明月送归人；

他写了：

思从马上平天下，
爱上城头看月明。

有几个昼夜，我们听他谈作战的故事，奇，险！说的人兴奋得红了脸，听的人担心得心跳。他是从那么不平常的道路走过来的呵！

我活动在他的部队里，师部、团部、营部，借着松影的掩护，明月照着我从炮弹疏落的雨中爬上森林寺的第一线。我同哨兵并肩地站立着，山半腰就是敌人，一百米的距离把另一个世界里的鸡鸣声犬吠声送了过来。

敌人一夜打了三千多炮，我们一夜转进了二十几里。回到师部的时候，钟师长没有时间陪我们玩了，他日夜对着地图，守着电话，他的眼皮已经红肿，他的嗓子已经嘶哑了。我们睡在他前面一间过道的左厢房里，这时候雪垠也来了。夜深人静后，听见吡吡的私语和搬运东西经过过道的低微的然而是惊心的声音，我们摸索着打好了小包裹，彼此用小声交谈着：

"他们走了吧？"

"钟师长一定还没有走，他不会丢下我们的！"

第二天拂晓，他到我们的房子里来下"逐客令"了："真想多留你们住些天，可是战事已经不允许了！"他送我们出了大门，留恋地紧紧地握了每一个人的手。这时候，炮弹已经打过了他的屋子，敌人的机枪已经在墙上穿洞了。

走过"万家店"，敌人正以这寨子做目标轰击，四炮八炮，一排地来！炮声，炮弹的飞片，使伏在地下的我以为自己已经死了。这时候，一点也不怕，心上亮晶晶的只有一个念头："我为了抗战死在这里！"然而，当一排炮弹响过去了（勤务打伤了），摸摸身体的每一部分，理智告诉着并没有死，重新爬起来向前挣扎时，腿在发抖，心也在打颤了！

当我们到厉山不久，钟师长又从十几里以外派马来接我们了，像死别重逢一样，不用借酒，情感就成了沸水了。他兴致浓烈地说故事一样地对我们说着他自己前日的事：

"这一次转进，不是那一天风尘做了幛幕，得多少人死呀！你看漫坡的老百姓……敌人在飞机上会把这认做军队扫机枪哩。"

"说天意，我们不会相信；然而真够巧的了。"说着，他打开了他的一本日记，上面写着某年月日从某地转进，"尘雾蔽天，似有神助"。

深夜里，我们的马蹄在月光中闪耀。我们同他离别了——永远地离别了。第二年又是"五月会战"，他为民族壮烈地牺牲了。我纪念他的是眼泪，他留给我的是许多信件诗稿和一个生动的影子。

到了枣阳，敌人突然从天上掉下来似的，公路被切断了，周围是枪炮声、大火和乱跑的人马。我们撕下了胸前的符号，向北突围，敌人一直尾追在身后，洋店、苍苔、新野、邓县，翻过路绝行人的房山，八天两夜的工夫，赶死赶活地赶到均县。东西丢个净光，连诗稿也在内，后来发表的《走向火线》，是默写下来的第二手的稿子了。

我又同雪垠冒着盛暑向大别山的心脏——立煌，做几千里的远征。过蒙城，过阜阳，看到了一决千里的黄泛，也看到了灾民的苦楚，我写了《淮上吟》。

写大水包围了阜阳城：

坐在城头上探腿洗脚，
屋脊像鱼群掠船而过。

写灾民：

黄泥不能团作面饼，
秋风不能剪做寒衣。

不亲历其境，亲历其境不动过感情，动过感情不很深切，都不能写得“入木三分”；凭空想，那等于水皮上投一片油脂罢了。

冬天，我冒着冰刀似的寒冷，骑着大马在风雪吹打着的战地上奔驰，我到过查山，这几次被敌人拿去又夺了回来的今战场；我在鲁寨同士兵们一道在战壕里过旧年，大炮是我们的火鞭。我驰马平昌关，敌人的大炮从老鸦山上把炮弹打落到我的身后身前。我曾在信阳前线深入刚反正过来的彭子文部，同他们一道住了两三天，谈了两三夜，凭这，我才敢写我的《向祖国》，因为我不但听到，而且见到，不但见到，他们的生活、处境、表情，曾经深深地打动了我。

从抗战到如今，我在前线上屹立了整整五个年头！今日来总结一笔账：快乐少，苦痛多。在私人生活上，两次爱情的悲剧，使我根本推翻了爱情（美丽的谎！）。家信不容易透过烽火的网，偶尔半年一年有封信千转万折地找到我，上面写着的话叫人断肠（庶祖母死了，叔叔被汉奸枪杀，土地没收了，家人四散逃亡，秋天穿着夏天的衣裳。故乡大旱，千里无人烟，村庄里不剩一条狗，人，更不用提了；我们的房子露着天——别家的也是——院子里的草长得比窗台都高了……）！十年的朋友，变成仇人或路人，使我相信人世间只有“同志”没有友情。

家（我最留恋的！）完了，剩一个旧梦；爱情（我付给它了多少赤心和诗的热情！)，完了，剩一心悲痛；友情（我生命的抓手），完了，剩一团虚空。我正寻找着另一个"家"——灵魂的"家"。我在拼命追自己的事业——诗。

五年的前线生活，从心境上分，可以截成两段。第一阶段：心里充满了热情、幻想和光明。这心境反映到诗上，显得粗糙，燥厉，虚浮和廉价的乐观，热情不应许你沉深，洗炼。《从军行》、《泥淖集》、《呜咽的云烟》中的诗大概可以这么说。《淮上吟》（包括《走向火线》），就比较精炼些了。后一阶段，热情凝固了，幻想破灭了，光明晃远了，代替了这些的是新的苦闷和郁抑。心，从波动中沉垂了下来。这个时期，回味体会了五年的战地经验，面对着眼前的世界，有时间给它们以较深沉的刻画。光明的，歌诵它；黑暗的，讽刺它；爱与憎，是与非，真理与罪恶，界线是分明的。在这一个时期，我写了几本诗（均即出）：《黎明鸟》[①]、《泥土的歌》、《第一朵悲惨的花》[②]、《向祖国》和《古树的花朵》（一名《范筑先》）。最后的一本是我用心血塑成的一个新型民族英雄的形象，它是抗战以来第一篇试验的五千行英雄史诗，也是我平生最卖力气的一本东西。它的意义有两点：第一，这个故事是有着伟大的历史的意义；第二，我的风格已经和从前有些不同了，这篇诗就是一个转捩点。一个风格的形成很难，改变也不容易，写成了的调子，像唱熟了的调门一样，一开口它就来了。我常常为这苦痛。一个诗人不但不应当抄袭或摹仿别人，也不应抄袭或摹仿他自己。然而这就很不易。一个境界在心头，用惯了的想象，字句，朋友似的来碰你的手，使你推拒不开。这是很糟糕的事。然而，一个风格的变——渐变或突变，不是以形式，相反的，是从生活上、意识上。新的意识，使你换一副新的眼睛，新的心情，用它们去观察，去感觉，觉得宇宙、人生，一切都同以前不同了。诗的内容变了，而适应它的形式也一定随着内容走。内容形式变了，就是风格变了。一个风格的演变的过程，也就是苦痛的过程。这话，不是过来人是不会了解透彻的。

以上，是我过去诗生活的一幅缩影，未来，我追着它，我也追着我的诗。

1942 年 9 月 20 日灯下于渝

---

① 本诗集未能出版。——编者注

② 本诗集未能出版。——编者注

附录

臧克家1937年7月～1942年7月年表

1937年　三十二岁

7月7日，卢沟桥事变爆发，全面抗战开始。此时臧克家陪夫人王慧兰在北平治病。他曾赴清华大学访恩师闻一多。7月19日南下，在车站遇闻一多，不料竟成诀别。

7月19日，写诗《我们要抗战》，表达了"我们要下上所有的生命/和敌人赌这次最后的输赢"的誓死抗战决心。

9月，国民党石友三部退至临清。临清中学"放长假"。正在此任教的臧克家返回山东诸城故乡。

11月初，随友人吴伯箫所率莱阳师范师生至临沂。月底，与王慧兰及妻弟王甡珙去徐州，寻找抗战机会。

12月上旬转西安，曾去八路军办事处要求去延安。等待延安方面消息时，因第五战区电召，急于上前线的臧克家年底返回徐州。12月11日，写诗《从军行——送珙弟入游击队》。

1938年　三十三岁

1月，到第五战区成立的抗敌青年军团宣传科从事抗战文艺宣传工作，旋即随团自徐州转移至潢川。

2月2日，写诗《血的春天》，载3月18日重庆《新华日报》。

3月底，与王慧兰离婚，别潢川，去武汉。

4月4日离武汉赴徐州。4月初至15日，应第五战区司令长官李宗仁之邀，与李宗仁、白崇禧等同赴徐州会战的台儿庄前线采访。他深入三十军的二十七师、三十师和三十一师，并冒死三赴台儿庄战场采访。15日晚回到徐州，开始创作长篇战地通讯报道《津浦北线血战记》，21日完成。23日赴武汉，25日去生活书店谈出书事宜，张仲实、邹韬奋亲自接待。（汉口）生活书店以最快件，仅用十天左右时间即于5月初出版此书。书中附有李宗仁4月14日于战地亲笔题写的长篇题记和白崇禧的题辞。这是一本最迅速、真实地反映台儿庄大战的书籍。同年9月再版。2012年6月，此书收入三联书店八十华诞所出的《三联经典文库》。

4月23日，作诗《兵车向前方开》，载《文艺》五卷四期（复刊号）。

6月，抗战诗集《从军行》由（汉口）生活书店出版，印行多次。

7月1日，第五战区战时文化工作团在潢川成立。臧克家、于黑丁任正、副团长，成员十四人。秋、冬，率团徒步深入河南、湖北、安徽农村和大别山区，开展抗日文艺宣传和文学创作活动。1939年春，该团解体。期间曾参加武汉会战。

10月，由中共中央长江局副书记周恩来和第五战区司令长官李宗仁商定建立的统一战线文化工作组织——国民党第五战区文化工作委员会在襄樊成立。部分文化界著名进步人士和共产党员参与该会领导工作。钱俊瑞为主任委员，臧克家为七委员之一，负责军队文化工作。

12月3日和23日，中华全国文艺界抗敌协会襄阳、宜昌两分会先后成立，臧克家当选为两分会理事并任宜昌分会总务股股长。

1939年　三十四岁

3月，抗战诗集《泥淖集》由（重庆）生活书店出版。

春，任第五战区司令长官部秘书。

4月，与姚雪垠、孙陵组成“文艺人从军部队”（亦称“笔部队”），4月6日出发至随枣前线，分别到广西部队八十四军的一七三师、一四三师、一八九师，从事抗战文艺宣传和文学创作，曾参加5月的随枣会战。此行，创作《十六岁的游击队员》、《随枣行》等多篇散文、通讯和长诗《走向火线》。

5月，散文集《乱莠集》作为《现代散文新集》之一，由上海良友复兴图书印刷公司印行。1943 年 8 月出桂林版。

8 月至 10 月，与姚雪垠等徒步五千里，自湖北经河南向大别山进发，到安徽敌后采访、创作。在安徽会见了新四军办事处主任何伟和美国女作家史沫特莱。此行写报告长诗《淮上吟》和通讯报道《淮上三千里》等。

10 月，散文通讯集《随枣行》由前线出版社出版，其中《十六岁的游击队员》被收入国语教科书。

12 月中旬，再赴前线采访，在正阳深入刚反正的王月高部，并多次参加守土御敌的激烈战斗。

1940 年　三十五岁

2 月，在激战中与前线官兵共度旧历年。

春夏之际，与姚雪垠、碧野、田涛随五战区抗日部队与日寇交战于枣宜会战的鄂西北战场，曾转战于武当山、古钧州和汉口上游的郧阳城，并在荆山、汉水之间大举歼灭日本王牌军。

5 月，报告长诗集《淮上吟》作为《每月文库》二辑之一，由(重庆)上海杂志公司出版。

6 月，《随枣行》一书被国民党中央图书杂志审查委员会以“故不送审原稿”为由“暂停发行”。

7 月，诗集《呜咽的云烟》由(桂林)创作出版社出版。

8 月，写论文《谈比喻》，载《中学生》战时半月刊第 35 期。

10 月，由于国民党逐次掀起反共高潮，进步文化人士受到迫害，臧克家愤而辞秘书职，离开第五战区司令长官部。

1941 年　三十六岁

1 月 1 日，应池峰城军长之邀，去三十军从事文艺工作，任参议，驻地湖北南漳。被誉为“三十军之友”的臧克家，受到官兵们的热烈欢迎。

4、5 月间，总司令孙连仲下逐客令，臧克家遂与碧野、田涛愤而离去。住河南鄢陵，搜集到范筑先将军壮烈殉国的事迹，开始构思有关长诗。

夏，与碧野、田涛等被邀至三十一集团军工作，任参议。在驻地漯河、临泉开始创作长诗《范筑先》(后改名为《古树的花朵》)。

10 月 27 日，重庆《新华日报》发表《中国诗歌界致苏联诗人及苏联人民书》，冯玉祥、郭沫若、田汉、冰心、老舍、臧克家等 150 人签名。

12 月，被调至三一出版社任副社长、代社长。在驻地河南叶县寺庄继续写长诗《范筑先》和诗集《泥土的歌》中的大部分诗篇，并与碧野、田涛筹办进步文学月刊《大地文丛》。

1942 年　三十七岁

2 月 8 日，五千行长诗《范筑先》竣稿。7 月至 9 月在《诗创作》连载。

4 月，写诗《第一朵悲惨的花——吊屈原》，载《天下文章》月刊一卷四期《诗人节特辑》。诗中倾注了诗人近五年来的种种深切感受。

5 月 1 日，《大地文丛》创刊号出版。两千册被读者一抢而空。因刊有宣传马克思主义文艺观的日本森山启作、林焕平译的《创作方法与艺术家的世界观》及徐盈、姚雪垠等人的进步作品，刊物遭汤恩伯查封，图书馆被搜查，臧克家被传问。臧克家遂与碧野、田涛愤而辞职。

5 月 20 日，写诗《春鸟》，表达了对黑暗统治的抗议和对光明、自由与真理的渴望。此诗解放后被选入中学语文课本。

5 月 29 日，写论文《谈灵感》，载《文艺杂志》一卷六期。

7 月，与郑曼等离叶县徒步奔赴重庆。8 月中旬抵渝后，于 8 月 16 日与郑曼结婚，共同生活六十二年。臧克家依旧心系抗战前方，继续进行有关抗战诗文的写作，积极参加中华全国文艺界抗敌协会的各种活动，开始了在大后方重庆的创作和生活。

臧克家抗战时期著作目录

《津浦北线血战记》（长篇战地通讯报道集），生活书店 1938 年 5 月初版。

《从军行》（诗集），生活书店 1938 年 6 月初版。

《泥淖集》（诗集），生活书店 1939 年 3 月初版。

《乱莠集》（《现代散文新集》之一）（散文集），良友复兴图书印刷公司 1939 年 5 月初版。

《随枣行》（散文、通讯集），前线出版社 1939 年 10 月初版。

《淮上吟》（《每月文库》二辑之一）（报告长诗集），上海杂志公司 1940 年 5 月初版。

《呜咽的云烟》（诗集），创作出版社 1940 年 7 月初版。

《古树的花朵》（长诗集），东方书社 1942 年 12 月初版。

《我的诗生活》（回忆录），读书出版社 1943 年 1 月初版。

《向祖国》（诗集），三户图书社 1943 年 4 月初版。

《泥土的歌》（《今日文艺丛书》之一）（诗集），今日文艺社 1943 年 6 月初版。

《国旗飘在鸦雀尖》（诗集），中西书局 1943 年 11 月初版。

《感情的野马》（长诗集），当今出版社 1943 年 11 月初版。

《十年诗选》（《现代文艺丛书》之二）（诗集），现代出版社 1944 年 12 月初版。

《生命的秋天》（诗集），建国书店 1945 年 5 月初版。

《民主的海洋》（诗集），世界编译所 1945 年 6 月初版。

编后的话

2015 年，是伟大的中国人民抗日战争和世界反法西斯战争胜利 70 周年；2015 年，也是我们亲爱的父亲臧克家诞辰 110 周年。为了这个具有双重意义的纪念之年，我们怀着崇敬、热爱与缅怀的心情，选编了《高唱战歌赴疆场——臧克家抗战诗文选》，以此来迎接 2015 年的到来。

出版这样一本书，是我们兄妹近几年来的共同心愿。因为，抗日战争是中国历史上伟大而悲壮的一页，它令中华民族子孙万代刻骨铭心，永志不忘；抗日战争同样是父亲人生中的一个重要阶段，他为了卫国保家抵御外辱不惜牺牲个人生命的精神和积极投身抗战洪流的战斗历程，同样值得后人钦敬、记取和学习。

1905 年出生于山东诸城的父亲，从少年时代起就怀有强烈的爱国主义思想，早自日寇入侵中国之初的 1931 年开始，就在自己的诗文中号召人民奋起抗争；1937 年全面抗战爆发后，他就满怀抗战激情奔赴前线，“我要去从军，到铜山，/ 因为那里最接近敌人。”从 1938 年 1 月起，父亲开始了他在抗战正面战场长达五年的抗战历程，直至 1942 年 8 月因国民党多次掀起反共高潮，进步文化人士受到无情迫害才被迫离开。在这段高唱战歌赴疆场的战斗岁月中，父亲满怀对祖国和人民的忠贞热爱和对日本侵略者的刻骨仇恨，有多少次，他不畏牺牲，冒死奔赴战争前沿，亲身参加了徐州会战、武汉会战、随枣会战和枣宜会战等著名战役，在枪弹和炮火之下进行战地采访和抗日宣传，实践着他发自内心的抗战誓言。战火与热血之中，他与抗战官兵结下了深厚的战斗情谊，这份情感一直被父亲念念不忘地铭刻于深心，直到暮年还多次在自己的诗文中追忆和缅怀这些抗战英烈。有多少次，他不畏千难万险，和战友们徒步远征万余里，赴鄂、豫、皖和大别山区进行敌后抗日救亡宣传和采访，将抗战的火种撒进无数人的心田。在这段上前线、走后方的日子里，父亲用自己手中的笔，见缝插针地在艰苦紧张的战争环境中（有时是在以膝为桌的战斗间隙或行军路上，有时是在夜半荒郊破庙微弱的手电筒光下），写下了大量凝结着自己强烈爱憎的抗战文学作品。它们内容丰富，题材广泛，涵盖了诗歌（含长诗）、战地通讯报道、随笔、散文、小说等多个文学样式。在他解放前出版的 28 本作品集中，除两本为重版本外，有 16 本是抗战期间写作、出版的，足见父亲的抗战文学作品在他解放前的文学创作乃至整个创作生涯中所占的分量和比重。

这些作品展开了恢宏多姿的正面战场的生动画卷。其中，既有对抗日前线战争场面扣人心弦的真实描写，也有对后方情况细致入微的详尽叙述。有对如李宗仁等国民党抗战高级将领多方面的刻画，对普通官兵舍生忘死保家卫国的充满激情的颂扬与钦敬，也有对平民百姓无私支援前线的高度赞美。老人、妇女、青年、孩子，都是父亲笔下的生动形象。对于范筑先、张自忠等抗日民族英雄，他更是倾尽心力与情感地写了长篇颂诗。而对于侵略者凶狠残暴灭绝人寰的滔天罪行及卖国贼、奸商们的无耻行径，父亲满腔痛恨地做了无情的揭露与控诉。就连伪军、反正过来的皇协军和替伪政权干事的人，他也不忘将他们揽于笔下。不仅如此，对于抗战中的政治工作、文化生活、官兵关系和青年干部培养及士兵百姓们对于战争的心理变化等诸多方面，父亲在作品中都多有涉及。在刻画激烈紧张的战争同时，父亲的笔触还深入到男、女军人之间的情感追求。这对很少触及爱情题材的他来讲，是难能可贵的。对于青年军人们的人生追求，也有了另一番抒写。此外，对于抗战时期前方和后方所存在的令人痛心的腐败和阴暗面，父亲同样敢于揭露，无情抨击……这些作品证明了，父亲不仅是长于描写中国农村和贫苦农民的乡土诗人，而且还是驰骋疆场，唱出中国人民与抗战将士不畏流血牺牲、誓死抵御侵略的前线诗人；他不单属于他所钟爱的乡土，更属于他勇于献身的祖国和人民。同时，父亲在抗战期间的文学创作风格，随着抗战的不同时期而发生着一定的变化。初期热烈激昂，雄健开阔，富于战斗性；后期则恢复了精炼、沉实而又具体细致的个人独特韵味。值得关注的是，他以报告的形式创作了以《淮上吟》和《走向火线》为代表的报告长诗，探索和开创了诗歌体裁的一种全新样式。中国现代文学研究会副会长、著名抗战文学研究专家张中良教授，在写于 2011 年的长篇论文《臧克家与正面战场》中这样指出:全面抗战爆发之后,作家走向战地者为数不少,但能像臧克家这样在战区工作长达五年之久,与前线官兵结下了深厚友谊,并且创作了如此大量而全面的有关正面战场作品的作家,实不多见。的确,父亲是一位自觉地与时代同步前进的作家和诗人,他高唱战歌赴疆场的这段人生经历和源自于他足下、眼里、手中的一部部浸染着抗战烽烟的作品,是他尽心竭力地为这场伟大的抗日战争做出的忘我奉献。这些作品,是父亲文学创作道路上不可或缺的组成部分,对于了解他的人生和文学成就起到了重要作用。它们恢复了历史的真实,填补和丰富了中国现代文学史抗战文学叙述的空白,是一本含有多重意义的历史和爱国主义教科书,更是一份珍贵的文学遗产。

最后,是我们选编这本书的初衷。无须讳言,在过去相当长的一段历史时期里,由于某些政治原因,抗日战争中的正面战场被掩盖和淡忘,这段历史的真实从人们的视线中消失了。在这种大的历史背景下,父亲的这些抗战文学作品没有受到应有的关注和重视,没有得到恰如其分的评价。可喜的是,近几年,随着社会的开明进步和实事求是之风的深入人心,抗战正面战场逐渐恢复其本来面貌,得到了应有的正视。2012 年 2 月,在三联书店为庆贺 80 华诞出版的"三联经典文库"中,选入并再版了父亲在抗战时期的重要代表作《津浦北线血战记》。因此,在这新的历史时期,我们回过头去,用与时俱进的眼光重新阅读和审视父亲的这份珍贵的文学遗产时,感到了不同往昔的沉甸甸的分量,看到了它独特的意义。在抗战胜利 70 周年和父亲诞辰 110 周年即将到来的时刻;在当下日本右翼政权顽固地拒绝正视历史,在复活军国主义的路上越走越远的时刻;在我们重温历史,立法确立了中国人民抗日战争胜利纪念日和南京大屠杀死难者国家公祭日的时刻,我们将精选出的父亲的抗战文学作品结集出版,更是恰逢其时,意义深远。

在选编过程中,我们着重收入了父亲在抗战正面战场时所写的、正面反映抗战的作品,基调是昂扬向上和激奋人心的。我们尽可能比较全面地选择了除小说外的文学样式呈现给读者。至于揭露与抨击国民党在抗战中的腐败与阴暗面的作品,在这本书中就不得不忍痛割爱了。我们很高兴地用父亲生前亲笔所题的"高唱战歌赴疆场"做了本书的书名,并精选了他当年的两张旧照作为封面、封底,以此窥斑见豹地呈现出前辈们全身心地投入抗战的人生历程。我们还将父亲这时期的年表和著作目录附于文后,以便读者了解作者的全面情况。还想在此谈到的是,一向对于自己的作品要求和评价十分严格的父亲曾在文章中表示,他抗战初期的一些作品艺术上有些空泛粗疏,不免有粗糙之感。我们想，从当时的历史环境和创作条件来看，戎马倥偬，战争激烈，一些急就章式的作品艺术上想要做到反复推敲、精益求精是比较困难的。我们还是不能脱离当时的历史和社会环境来评价一个人的创作，这才是唯物主义的历史观。

在2015年即将到来的时候，我们将《高唱战歌赴疆场——臧克家抗战诗文选》奉献给天堂中的亲爱的父亲母亲，奉献给读者和历史，奉献给父亲挚爱一生的伟大祖国。让我们的子孙万代和全世界人民牢记这段中国领土不可侵、中国人民不可辱的历史，牢记这些在伟大的中国人民抗日战争中，无私地奉献出生命和全部力量的人们。他们将永垂不朽！

臧乐源、臧乐安、臧小平(执笔)、郑苏伊

2014年3月7日

编者注：《编后的话》采用了抗战文学研究专家张中良教授在《臧克家与正面战场》一文中的部分观点，在此表示深深谢意，并向在不同历史时期拍摄了本书照片的摄影作者和所有为出版本书付出心血和劳动的人士致敬。